科技英文閱讀方法

陳達武

編著

推薦序

改變態度與調整學習方法

我從事教育工作近四十年，見證了台灣從開發中國家晉升到已開發國家的歷程，深知英語文能力是國家發展與國際接軌過程中不可或缺的要項，尤其在此國際化和知識經濟時代，身為國際村的一員，英語文能力更是國家、企業發展與個人競爭成功的最大武器之一。因此，如何提升國人，特別是大學生之英語文能力乃是當今國家社會之重大課題。

有鑑於此，各大學紛紛將英語文能力當成學生畢業時必備的一項能力。許多企業徵才時亦常指定英語文能力須達到一定之認證標準。即使如此，許多學校畢業生仍舊無法達到該校英文能力之畢業門檻，最後只能以變通之方法畢業。解決之道，當然有賴優良的教材及有效的教學方法，才能引領學生打破此種「英語能力」之困境。

由於英文與中文是兩種截然不同的語文系統，「逐字翻譯」常是初學英文者在閱讀時常犯的毛病。許多學生常常查遍了所有生字後仍無法精確的了解原意，使得閱讀英文成為他們痛苦的折磨，因而視學習英文為畏途。

本書突破傳統的講解方式，不只談如何解讀英文句子，而是從英文閱讀能力不佳的深層原因下手。它強調突破英語能力魔咒的關鍵步驟在改變態度和調整學習方法。為此，本書深入地陳述和示範了英文和中文這兩種語文基本構造的差異，以便充分的了解英文句子的結構方式。其第四到第八章的「簡易文法」，就是繞著認識「英文句子的結構方式」這個主題，以提綱挈領的方式解說英文句子的結構。第九章開始，真正進入如何閱讀英文之核心，共有三章以實際教科書上之例子來示範說明，解說如何一步一步的分段解構句子，以便將一個複雜的句子精簡到最基本的架構，再從這個易於掌握的基本架構逐步還原到句子的原貌，而整個句子的意思就在這過程中一段一段的搭起來。

誠如前述，在此網際網路與知識經濟的時代，知識是個人、企業和國家競爭的利器。因此，優良的英文能力是各種高級人才的必備能力之一，最少要能閱讀英文資料，如此才能不斷的提升自我，強化競爭力。本書作者陳達武先生是我在國立空中大學服務時的同事，他教授英文並兼任圖書館館長。在空大教材數位化過程中，他率先編撰英文網路數位教材，是一位教學認真負責的老師。今天他將多年英文教學與研究之心得融合提出了克服英文閱讀難題的解決方法。對於想學好英文，特別是那些自認「基礎沒有打好」的人，應可用以解決閱讀英文的難題。故特予推薦。

銘傳大學終身榮譽教授

劉水深 謹識

推薦序

後學的專長非屬英語教育，很榮幸有機會與達武教授學長一起留學美國愛荷華大學，再有幸任教耕耘於高等教育學府，深體英語學習能力對於個人求學與工作職守之重要性，並且身體力行而稍對英語學習有些認識，加上達武教授熱情之邀約，逕以親體經驗推薦其所新著之英語專業學習用書，頗有班門弄斧之嫌；然拜讀達武教授之大作伊始，竟一發不可收拾，頗有感同身受之熟悉。首映入眼底的乃是「態度決定一切，只要讀者或者求學者，能夠進行學習英語態度之改變，」或可收事半功倍，繼之成果展現自不在話下，必然有所成就，故樂與之推薦。

達武教授於 1984 年負笈美國愛荷華大學 (The University of Iowa)，專攻英文教育，獲得博士學位後回國貢獻所長，於國立空中大學擔任英語教學與研究。這些年以來持續立論著述，出版諸多英語教育與學習相關書籍，最近這 4 年來更加潛心專研，集結過去 20 餘年針對大學英文教學與研究之心得，完成一本專為輔導大學生閱讀英文專業教科書的著作，著眼協助當代學生能夠克服閱讀英文教科書的恐懼和慌亂，今其書名定為「科技英文閱讀方法」，為使讀者易於翻閱與檢視，全書共計三百餘頁，劃為三個單元，分屬十六章，簡列如下：

壹、改變篇

1. 改變態度
2. 基本功夫 (一)
3. 基本功夫 (二)

貳、簡易文法

4. 英文句子的組成
5. 句子的主要結構－「主詞」和「動詞」
6. 句子的組合材料
7. 句子的延伸 (1) －修飾語
8. 句子的延伸 (二) －明顯的標記

參、閱讀方法

9. 英文閱讀方法
10. 解決問題第一步：分段與結構
11. 分段與結構（二）
12. 分段與結構綜合練習（一）
13. 分段與結構綜合練習（二）
14. 解決問題第二步：線索與大意
15. 閱讀之分段、結構、線索及大意練習
16. 總結

個人有幸先窺其貌，發現本書具有許多值得分享特點，野人獻曝敘述如下：

1. 一般而言，人的短期記憶只能同時處理 7 2 筆資訊。所以，背生字和文法容易忘記，或是逐字翻譯英文句子往往翻得七零八落不得其解，這並不代表看官讀者之略遜，而是我們正在進行多元同步人腦運作極限的挑戰，本書提示如何接受挑戰並能進行有效之學習。
2. 學習英文的成效在我們台灣目前出現所謂「雙峰現象」，尤其大學之後更顯嚴重，竊認關鍵在於閱讀原文書籍和論文的能力，為能急起直追，唯有改變觀念和態度才能學好英文，並從事閱讀活動以持續獲取科學新知。
3. 若只死背生字、文法是錯誤的觀念和無效的學習英文方法，而逐字生硬翻譯句子的「閱讀」方式，即使重複多年，恐仍然無法有效率的閱讀英文。
4. 科技英文閱讀方法一書植基於「認知心理學」，試以闡明符合人性學習語文的道理；引用「實證研究」的論述，以作為有效學習方法的示範。
5. 其中「簡易文法」之內容，從組織句子的觀點出發，期能有效掌握英文句子結構的特性。
6. 鼓勵讀者能運用「句子分段」的技巧，並能確定「主要結構」以突破英文閱讀的瓶頸。

7. 本書試著引導讀者從閱讀的「惡性循環」跨入「良性循環」，並能邁入以英文思考 (Think in English) 的境界。
8. 我們身處資訊爆炸的時代，目前英文仍是新知識傳播的主流，只有靠自己能決定，是否願意屈就與一般人停滯於英文程度較為低落的一側？還是藉掌握英文閱讀之竅門跨越障礙，向上提昇到有自信的另一個山峰？

反覆思量達武教授所著此書，提示如何進行有效之科技英文閱讀方法，似與個人略知之化學反應，頗有相類似之處，亦即若要發生化學反應，粒子與粒子間必須進行有效碰撞，而且在碰撞過程中有幾個條件依行：

1. 粒子為硬球；
2. 兩顆分別甲和乙的粒子必須實際碰撞；
3. 碰撞粒子之能量須超過普通粒子的平均能量，且空間方位需適宜，才能脫胎換骨產生新的產物。

其中硬球比照記誦科技相關英文單字，無論如何，個體必須努力武裝自己成為硬球，以與英文另一粒子進行碰撞，而此書之功效提供了一個正確的方向，促使讀者與英文之間提供正確學習方位，以進行最有效的碰撞，藉由能量的互換，突破既有的窠臼，產生全新的物質，也開創了嶄新學習的樂章。

再次期盼達武教授所著此書的付梓與推廣，能提升國內科技英文閱讀的能量與水準，乃為個人衷心所望，是為之推薦。

國立屏東大學應用化學系教授
李賢哲 謹識

前言

專業英文閱讀及寫作

許多在學或在職的專業人士對於閱讀專業的英文及英文寫作普遍地有二個誤解：

1. 閱讀就是將句子的意思翻譯出來，任何不認識的字都可以靠勤查字典解決。
2. 寫作就是先寫個草稿，再找個英文好的人幫忙改一改就可以了。

這些人卻都沒有想到兩個問題：

1. 大學用的專業英文教科書都是為美國大學生寫的教科書，而職場的英文書信更是以美國職場人士的標準來看的，可不是給我們英文課學習英文用的材料。
2. 如果寫出來的草稿只是用英文寫的中文思想，這種英文是無法修改的，只能全部改寫。

還有一個更關鍵的問題：沒有相當的閱讀英文經驗的人，不論是閱讀英文或是用英文寫作都很困難的。只因為，閱讀和寫作是一體的兩面，閱讀時為了解決疑難的字和句所運用的閱讀方法，也就是在寫作時可以運用的基本寫作方法，更不用說在閱讀中所吸收到的語文程度及廣泛的知識。

所以，閱讀專業的英文書籍和在英文課讀英文課本不一樣。

首先，英文課讀的英文大多是簡短的故事，用意只在讓學英文的學生做練習用，那些文句不論是內容或是表達的方式，都沒有甚麼深度的。專業的英文書籍是要傳道、授業和解惑的，尤其是到了高年級和研究所，外文教科書不論是內容的深度或是表達方式的多樣化，都遠非大一英文課本那種程度。

其次，英文課讀的英文因為主要是練習用的，句子中的生字和用語都不僅數量有限，而且大多僅限於單一層面的用法，也很少出現專業領域或是個別作者的獨特用法；另外，英文課文的文法及句子結構是為了明確的課程學習目標而陳現，不會毫無預警的接連出現各式各樣的句子結構。所以，這種文句用粗糙的逐字逐句的翻譯還勉強可以應付。

專業的英文書籍要陳述知識，所以要旁徵博引、要從不同的角度分析和申論、有時更要引喻類比。這些都牽涉到更廣泛的背景知識和語文能力，而且因為是長篇大論，更不能讓讀者讀得枯燥乏味，所以，用字、遣詞和構句都不可能死板板地就幾個簡單的用法，因而，閱讀專業的英文書籍決不是單純的生字和文法的問題。

所以，我們的大學生閱讀專業的英文書籍時，最大的錯誤，就是誤以為可以靠著一本字典，逐字逐句地將課文的「意思」解讀出來。如果這麼簡單就可以解決，那美國大學生的英文程度是不是太幼稚了？

我們就先略談一下美國的教育是如何重視閱讀的。

美國從小學到大學的語文教育 (English) 中閱讀是重點，國家揭示的語文教育白皮書中，閱讀一定是核心，在大學的師資培訓及語文教育研究所，閱讀是專門的課題，許多中小學都設有「閱讀專家」(Reading Specialist) 這樣的人員，用意就是專門協助閱讀有障礙的學生如何突破困境。

這個如此重視閱讀的國家所出版的專業教科書，絕不能將它們當成是我們這裏英文課的課本來讀。

閱讀是講究「策略」(Strategy) 和「技巧」(Skills) 的。簡單講，「策略」就是依據閱讀的材料和閱讀的目的，決定要如何讀，例如：休閒性的閱讀就不需要字斟句酌、只是為了找到特定資訊的閱讀更是只須快速瀏覽、而為了知道詳細內容則須仔細的閱讀；「技巧」則是實際閱讀時可以運用的一些方法以協助解決閱讀的困難，例如：斷句、找出重點結構、尋找線索、判斷文章或句子的大意等等。

筆者負笈美國八年半，和美國的初、高中英文教師同窗，飽嚐了鴨子聽雷的辛酸，也親眼目睹了美國從學校的語文教育到社會各界是如何重視閱讀。

回國後在第一線教學已逾 20 年，教過的學生有明星高中畢業的醫學系學生、有高職畢業的技職學生、有碩博士班的研究生、也有從 20 歲到 70 歲的成人學生，心得是，我們大多數的學生在閱讀英文的態度及方法仍停留在40、50 多年前時的狀態。至於寫作，更不用提了，大多數的人是平時唯恐避之不及，等到趕鴨子上架時，還是一副漠不經心的樣子，就因為他們覺得只須找個人改一改即可。

在臺灣這樣子高度仰賴外貿的國家，對一個專業的職場人士，所謂的「國際化」、「外語能力」、「專業能力」及「競爭力」，不是語文檢定考試的分數能呈現的。真正具體的指標是閱讀英文報紙、雜誌及專業的書籍的流利程度，因為，這代表的不僅是語文的能力，還代表著從書籍中所獲得的知識，更代表著在建立這樣的能力過程中所獲得的語文程度、文化知識與常識。

有了流利閱讀的能力後，再來談寫作，就很容易了。

當然，這也是大多數人心中的目標，只是，許多人迷失在代代相傳的誤解中，不知道如何能有效地達到目標。這本書是為有心成為真正的專業人士所寫的工具書。

因此，這本書的重點有二個：

1. 從理論面讓讀者瞭解正確的觀念，好放心的採用長期的改進策略，以奠下紮實的基礎。
2. 從實務面教讀者一些讀和寫的技巧以突破眼前的困境，好讓學習得以持續。

《射鵰英雄傳》中的郭靖從一個傻小子變成了高手，除了有好師傅及武功秘笈加持，更重要的是他的苦練，還有在無數的比武挫敗中檢討改進。各位讀者只要有心，不要管以前的程度如何，只要肯改正觀念和下工夫勤練，都可以練成英文閱讀和寫作高手的。

陳達武　104 年 3 月 03 日　初稿

3 月 10 日　謹識

Contents

Chapter 1

改變篇

Chapter 2

基本功夫（一）

Chapter 3

基本功夫（二）

Chapter 4

英文句子的組成

Chapter 5

句子的主要結構－主詞和動詞

Chapter 6

句子的組合材料

Chapter 7

句子的延伸（一）：修飾語

Chapter 8

句子的延伸（二）：明顯的標記

Chapter 9

英文閱讀方法

Chapter 10

解決問題第一步：分段與結構

Chapter 11

分段與結構（二）

Chapter 12

分段與結構綜合練習（一）

Chapter 13

分段與結構綜合練習（二）

Chapter 14

解決問題第二步：線索與大意

Chapter 15

閱讀之分段、結構、線索及大意練習

Chapter 16

總結

Chapter 1
改變篇

很多想學好英文的人都打了退堂鼓，或是半放棄了，原因不是能力的問題，而是態度與方法的問題，這些的根源都是因爲懼怕不懂、不會所產生的高度焦慮感，還有因爲焦慮感而產生的慌不擇路的急就章作法，如此更加深了挫折感與焦慮感，眞的是「怎一個愁字了得！」。

這一章就先針對學習英文的態度和大家最寶貝的工具：字典說明清楚，希望各位能從這一章學會降低、壓抑或是甚至於消滅焦慮感。

1-1 正心

所謂修身在正其心者，身有所忿（懥）懥（怒），則不得其正；有所恐懼，則不得其正；有所好樂，則不得其正；有所憂患，則不得其正。心不在焉，視而不見，聽而不聞，食而不知其味。此謂修身在正其心。 ——《大學》

好奇怪，談如何閱讀英文的書竟然像是在教中國文化基本教材？

首先，許多研究顯示，以英語爲外語的學生在閱讀英文的文章時，都有很重的焦慮感 (apprehension)。最令人無奈的是，這份焦慮感是和閱讀的經驗及能力成反比的，也就是說，初學者的焦慮感最沉重，這不就是上面引文中說的：「有所恐懼」和「有所憂患」？

這對初學者不啻是雪上加霜，心無法正，學習怎麼可能有效果？怎麼可能持續？躲在焦慮感後面，隨時準備跳出來的就是挫折感。也難怪，筆者二十多年來觀察到的一個現象：許多人就是在閱讀的過程中放棄學英文的。初學者在閱讀英文時的焦慮感來自二方面的相互影響：

1. 擔心閱讀能否讀懂；
2. 擔心無窮無盡的生字，還有文法。

因爲擔心有生字會妨礙閱讀的理解程度，而一再地中斷閱讀去查生字，查到一個解釋以後又匆匆地回到閱讀去拼湊句子的意思，這樣子的閱讀和查生字的過程變成了一個極度焦慮的惡性循環。到頭來，閱讀進行得不順，文章讀得歪七扭八的，然而，生字還是一樣的多、不懂的地方還是一個接著一個出現，怎是一個惱人了得？

造成焦慮感的原因主要來自二項，其中有一項是我們自己造成的：我們絕大多數的人都是等到被迫要面臨考驗時，如考語文能力測驗、讀原文教科書或是要面對職場的英文的報告或書信時才來認眞面對。但是，在這樣緊急的狀態下，哪有心情去管甚麼「札根、打基礎」的功夫？於是，許多人用盡各種應急的手段，只求能夠應付。讀者只要問問你自己，你是不是這樣子說過：「馬上要考試了」、「這個很重要」、「英文又不是要學到像老美一樣」，你接著說：「沒有那個時間了」，所以，你覺得直接用各種翻譯軟體如 Google 翻譯或是別人的翻譯都心安理得。

這樣的「學習」過程不就是上面引文後段說的：「心不正焉，視而不見，聽而不聞，食而不知其味」。因爲，你眼睛看的是英文字，但是進入腦中的只是中文，而心中更只是慌亂而已，你這樣子「學習」英文不就是「視而不見，聽而不聞，食而不知其味」？這就是爲何，許多人大學畢業，進入職場多年，英文還是那個說「英文好」會心虛、說「英文差」卻又不服氣的情形。這些人常會感嘆，明明有心想學好英文，但是，好像學好英文是個永遠得不到的夢。

筆者當年退伍後找工作，每一家應徵的公司都要有經驗的，而我就是需要一個機會才能有經驗。後來才知道，我班上有的同學利用大學暑假或是大四課業較輕鬆時就去找個公司工讀，這些人等畢業後憑著那些經驗找工作都很順利。像我這樣等到面臨失業關頭時才開始爲沒有工作經驗發愁，結果當然是四處碰壁，誰會管我失業會怎麼樣？所以，這個故事的弦外之音是，平時多做些休閒性閱讀是有用的。

造成焦慮感的另一個主要原因，就是我們無法容忍「不懂」。或許是學校教學留下的陰影，每一個人在聽或讀英文時，只要一遇到不懂的，內心立即警報大響，挫折感和焦慮指數急遽升高，大多數人的反應就是停止聽或讀。問原因，每一個人都說」我讀（聽）不懂，要我怎麼讀（聽）？

只要觀察六個月到二歲的小孩子如何學走路和說話，就可以發現，如果小孩子也是抱持著許多人學英文的這種態度，這些小孩子一輩子不會走路和說話了。沒有一個小孩子是確定不會摔倒、撞到頭才開始學習站立和走路，也沒有一個小孩子是確定他聽懂了才開口說話，沒有一個小孩子沒有叫錯人、叫錯東西名稱；還有將不能吃的東西放到嘴巴裡的。

也就是說，人類天生就是在錯誤中成長的，「不懂」就是成長的過程必定發生的，所以，絕不能因爲「不懂」就停止聽和讀。就像小孩子摔倒、撞到了頭，哭了一下後，站起來，繼續跌跌撞撞地練習走路，我們學英文遇到「不懂」時也是同樣的態度，忘掉挫折感，繼續聽和讀。

因此，學習閱讀英文專業文章的「正心」之道，首先就要減少和克服心中的那份焦慮感。所謂的減少焦慮感，不是等挑戰來時再打打氣或是喊個口號就好了，是平日就要做些扎根沃土的工作；而克服焦慮感，則是面對挑戰時，要試著採取些實際的步驟去解決，而不是只一味地想要立刻得到解答。歸根結底，就是要學會三點：

1. 埋頭扎根，鐵杵磨成繡花針；
2. 面對挑戰，每天進步一點點；
3. 忍受暫時的疑惑無解，君子報仇三年不晚。

1-2　調整觀念

傳統的學習英文的觀念有四個特色：

1. 著重課堂上（包括補習班）直接的教學；
2. 著重硬性、可以立即衡量的學習方式，如強記硬背，做練習等；
3. 考試引導教學明顯，不容易考的就不教不學。
4. 將聽、說、讀、寫還有生字、片語、文法、聽力、發音等當成是一個個不相關的能力，分別學習，加總起來就是英文程度。

英文教學有如此的傳統，源自於中世紀時歐洲貴族的拉丁文教學，而眞正在日常生活中使用拉丁文的部落在四世紀時就消失了，只是因爲天主教會的總部從開始就在那個使用拉丁文的地區（就是今天的梵蒂岡），天主教會就一直都用拉丁文做爲教會的官方語言。

當時，是歷史學家稱爲「黑暗世紀」的時代，天主教會成爲知識份子的避難所，也是普羅大衆尋求心靈寄託的唯一安定力量，因此，天主教會在紛亂的歐洲大陸上是政治上、學術上、民心上唯一的一股穩定的勢力。因爲這個原因，所有的王公貴族都要攀附天主教會的關係，要讀書也唯有讀天主教會翻譯成拉丁文的古典書籍，所以，學習拉丁文是那個時代的顯學，不想當貧苦的工農大衆，想要攀上貴族的身分，學拉丁文是必備的條件。

既然學拉丁文有這麼攸關命運重大的關係，拉丁文的教學就有一個不成文的傳統，就是要篩選資質優異的人，篩選的方法就是看誰能學得快、學得好。資質不夠優秀的，憑甚麼想晉升貴族階層？這個傳統一直到二十世紀的二十和三十年代才逐漸從英、美的教育中退出。但是，這個傳統的陰魂一直無形的遺留在我們學英語的環境中。

舉個名人爲例，英國有名的首相邱吉爾，他小學和中學時不認眞讀書，小學唸了三所學校，中學進入著名的哈羅公學 (Harrow School)，他的數學和歷史成績都很優秀，但是，因爲古典文學這一科的成績差（就是拉丁文）被分到放牛班，一直到畢業。就是憑著拉丁文這一科決定了資優與否，分到放牛班後語文科就只讀英文[1]。可以想見拉丁文在歐洲的魔力吧！

用個比喻來說明，傳統的觀念將學語文當成是像疊磚塊，疊得多、堆得高，語文程度就會好：就科目分，我們學閱讀、學聽力、學發音、學會話、學寫作等等，實際在做時則是背生字、背片語、學文法、做句型分析、做翻譯練習等等，好像將一個又一個的個別學習加起來的總合，就是英文的程度。如同拉丁文教學，誰堆得多、堆得快，誰的英文程度就好。

如果用爬樓梯做比喻，傳統的觀念下的學習語文是在建築物內直接往上的樓梯，學習者從第一階開始，一階一階往上爬；現代的觀念下的學習，是一個繞著建築物的螺旋型的樓梯，學習者是繞著建築物往上走的，在往上爬的過程中會向外看到不一樣的景色，向下則一再的回顧之前走過的階梯，而每往上走一階，不管向下或向外所看的角度都不一樣，雖然是同樣的景色，但是，角度不同，視野就不同了。

只要爬過這二種樓梯的人都可以感受到截然不同的過程和感受，那種直通通往上的樓梯，剛開始幾階還好，一陣子後就開始感到負荷越來越重，越往上爬就越感

1　誰知道塞翁失馬的結果，1953 年，邱吉爾得到諾貝爾文學獎。

到吃力，這種時候，如果再抬頭看，沒有人不會感到壓力沉重的。

而爬那種螺旋式的樓梯，看起來是多走了不少冤枉路，而且繞著建築物兜圈子，有點枯燥無味，但是，等爬得越來越高時，不論向下的視野越來越居高臨下或是向外的視野越來越寬廣，人整個的感受反而是越來越輕鬆和愉快的。

用實際的數字來換算，假設一個圓形的建築物高 35 公尺，若是用垂直的樓梯，就是要爬 35 公尺；若是用螺旋式的樓梯繞著建築物向上爬，樓梯的長度是 $2r\pi\times5$（假設每層樓高 3.5 公尺，樓梯每走二層樓就繞建築物一圈），如果建築物的直徑是 10 公尺，這個螺旋式的樓梯的長度約是 $50\times3.14 = 150.7$ 公尺。

150.7 公尺 是 35 公尺的 4.3 倍，純就數字看，走螺旋式的樓梯是繞遠路了，但是，就實際的過程和視覺的收穫看，垂直向上爬 35 公尺不會是最輕鬆、最愉快的，也是最單調的。

這個比喻的道理是說，所謂的語文的程度，是一個動態的組合，而達到的方式主要不是直接直線式的前進，通常是繞著一個核心的、間接的方式前進的。

有二個原因使我們必須要調整學習英語的態度：

1. 現在是尊重個人的時代，國民教育的基本目的是提升國民的素質，擇優汰劣的用意是分流，而不是藉此篩選少數資優的人才能繼續學習。
2. 現在是資訊科技發達的時代，許多以往必須耗費大量人力和物力才能做到的教學，現在用指頭滑一滑，許多學習資源就在眼前。

因此，以前初中或國中沒學好英文，都說底子沒打好，大多數人的英文此後就很難翻身了。但現在 50、60 歲還能重新學好英文的有好多，更不用說是 30、40 歲的職場人士；以前很難做「聽、說、讀、寫」全面性的學習，現在是眞的可以了；以前只能靠課堂上強記硬背學習，現在可以用不同的方式，在各種方便的時間與地點學習；以前只有英文老師能教英文，現在網路上各式各樣的英文資源隨你挑選；以前，許多不會考的就不必學，現在你隨便放棄的學習，別人會自己去找資源學習，留學生、外籍生、國際專業人士等英文好的成群，你不努力，很容易就被比下去。

上面這二節如果有給各位一些的震撼，那是因爲這章的主旨是在提醒各位要調整學習英語的態度，所以才會在第一節提出「正心」這樣另類的看法。

筆者親身經歷過學習英語這條路上的荊棘和喜悅，回國教書20多年，每年都看著一代又一代的年輕學子一再重蹈我們當年的錯誤，儘管筆者大聲疾呼，甚至講得聲嘶力竭，到頭來只有一個心得：除非學習的態度改變，不然，會繼續有一代又一代的學生學習英語如飛蛾撲火。調整了態度後，接下就要來談我們都熟知的：「工欲善其事，必先利其器」。

1-3 字典的誤用

「工欲善其事，必先利其器。居是邦也，事其大夫之賢者，友其士之仁者。」《論語・魏靈公》

講到學英語的利器，大家一定都知道是甚麼。沒有錯，就是一本好的字典。

但是，接下來要講的，不是介紹大家哪一本英漢字典比較好，而是要提醒各位，字典，尤其是英漢字典，不是萬能的，要慎選和慎用。

因爲誤解字典的功能和使用方式，不正確的使用會給有心學習英文的各位一些意想不到的傷害的，而這些隱性的傷害使許多人受害一輩子仍不自知。

有哪些誤解呢？

1. 字典的解釋是正確的；
2. 字典是工具，查到了我要的意思就可以了。

一、字典的解釋是正確的

字典當然是正確的，但是，不是完全正確，尤其是經過翻譯的解釋。

這分二個層面來看：

1. 翻譯是很難將原意完全呈現出來的。

英漢字典呈現的是中文翻譯出來的意思，字典的翻譯經常是針對原文的某一個特定的用法，然後，取中文用法中比較接近的意思，放在字典中當作那個英文字的「意思」。但是，因爲一般的英漢字典都不會解說一個英文字的來龍去脈，使我們的學生不僅不能看出這個英文字的本意，結果變成斷章取義式的學英文字，這樣子就容易出現三方面的問題：

(1) 針對一個英文字的每一個用法，中文所呈現出的意思，會讓人誤以爲這個字有好些個毫無關係的奇怪用法。

以welcome爲例，我們中文比較接近的意思是「歡迎」，所以，大家在迎接外賓時都會說：「Welcome!」但是，當有人對我們說：「Thank you!」我們也都會說：「You are welcome.」這在我們的字典翻譯是「不客氣」。因此，我們大家在學英文時，都將這個字背了二個中文意思：「歡迎」和「不客氣」，大家都覺得很自然。很少有人會想一想，從「歡迎」和「不客氣」這兩個中文意思，我們能看得出來 welcome 這個字的本意是甚麼嗎？

再看一個更有趣的例子：train，大家最熟悉的意思是：「火車」，這個字當名詞還有好幾個意思：「隊列」、「一連串」、「裙裾」等；這個字當動詞的意思同樣很有意思：「訓練」、「使植物朝某個方向生長」、「瞄準」。從「火車」、「隊列」、「一連串」到「裙裾」，看起來是一堆風馬牛不相干的意思，背起來實在痛苦。可有人思考過，這些個意思所呈現的到底是這個字的好幾個不同的用法？還是，這些看起來五花八門的用法其實英文字的本意是同樣的：「一個拖在後面長長的東西」？

這還是二個大家都耳熟能詳的字而已，其他我們不是那麼熟悉的字還有多少這樣的陷阱？

(2) 我們中文用法中比較接近的意思和英文字的原意仍有相當的差距。

以 instead 爲例，字典都解爲：「代替」、「取代」或是「反而」，我們看看這個意思如何套用在下面的用法中，大家在相約三天的連假要去哪裡玩，你另有計畫，要回家去，你說：

I will go home, instead.

Instead, I will go home.

Instead of taking a tour with you, I will go home.

問題來了，許多人在試著套用這樣的意思時，感覺卡卡的，那麼，是因爲「代替」或「取代」的意思不正確嗎？不是的，但是，使用這樣的意思時眞的就是怪怪的。這個字如果解為：「沒有做A，反而做了B」這樣可能較清楚些。

再以context為例，我們的字典解為「上下文」或是「環境」，這個意思用來指在文章中是可以的，但是，這個字不限定只在文章中時，如：Let me put it in context.以及You should see things in context.，這時再來套「上下文」的意思就怪怪的了。如果解為「一個整體的環境」可能比較好些。

但是，我們的字典好像不習慣這樣子敘述式的解釋方式。

(3) 延續上述二個現象後，出現同一個的解釋中有嚴重的相互衝突的問題。

以mean為例，學過數學的學生都記它當名詞的意思是「平均數」。 這個字當形容詞的意思就眞的五花八門：「吝嗇的」、「卑鄙的」、「兇暴的」、「平均的」、「低劣的」、「出色的」。乍看之下，這些個意思中最少有二個相互衝突的地方：「平均的」和「吝嗇的」、「卑鄙的」，還有「低劣的」和「出色的」。一個初學者若來查到這個字，說他承認字典是個很有用的工具恐怕很難。其實，這個字的本意是指：「一般大眾皆有的」，這在以前那種只有貴族和平民，沒有中產階級的時代，所謂的「一般大眾」指的就是低下的平民，當然是負面的意思，因此，說這些人「卑鄙」、「粗暴」、「低劣」等當然不足為奇。這個字用在數學上，「平均的」也不是多好的意思。所以，從這個字出現的時代背景來看，這些意思其實都是相關聯的，不足為奇。倒是最後那二個意思是眞的相矛盾的：「低劣的」和「出色的」。這可以從二個角度看，一個說法是，二十世紀初時，當時有許多人口語上習慣說：This is no easy task.或是He plays no mean music.，整句的意思是說：「不差的」或是「不錯的」，但是，沒多久就被弄混了，即使說：He plays mean music.，漏掉no，大家還是當成在讚美不錯的意思。

另一個說法，則是這個字指一個人很兇暴，是個狠角色，如美國陸軍的精兵政策所標榜的lean and mean（短小精悍），所以，也有可能從慓悍或兇暴而衍生出了「出色的」意思。

screen則是另一個例子，大家都知道電子產品如手機和電視的螢幕就是這個字，當動詞時它有二個看起來矛盾的意思：「遮蔽」和「呈現在螢幕上」。

類似的例子還有很多，重點就是，如果只是依賴英漢字典上所列出來的許多中文意思去學英文單字，困擾一定很多的。這就引入一個更有意思的話題了：英漢字典的翻譯是怎麼來的？

2. 英漢字典的翻譯是怎麼來的？

討論這個話題，目的在提醒各位有心學好英文的同學，在還沒有辦法脫離對英漢字典的依賴前，眞的要愼重挑選。臺灣市面上的英漢字典，在最近這些年已經有相當大的進步了，但還不是全面性的，所以，一些固有的問題仍然或多或少地存在著。我們如果去挑幾本英漢字典來比較一下，我們會發現二個有趣的現象：

(1) 有許多字的解釋都相同，特別是早期出的字典。

(2) 有的字典的編著者不是一個堅強的團隊。

整體來說，編著一本外語字典是很浩大的工程，除了需要一個學識優異的領導者之外，也需要一個財力雄厚的出版社支持一個堅強的編輯群。在上個世紀七十年代以前，臺灣仍是貧窮落後的避免紛爭，因此，在那種年代完全靠自己從無到有出版英漢字典是很艱難的。依據筆者自己的查證，有些以前出版的英漢字典都和一本1962年出版的「英和字典」有關。

臺灣落實重視智慧財產權是八十年代後的事情，所以，在以前的時代，「參考」日本人現成的作品是很有可能的，當然，有些小規模的書商再依樣「參考」市面上現成的英漢字典自己出版英漢字典也是有可能的。

最明顯的跡象是，可以去看一看市面上現成的英漢字典，看看開頭的幾個部分：「出版說明」、「編輯群名單」及「序」，有的有詳細敘述編著者的背景及編著的過程，有的則簡單的一頁帶過，或是對如何編著的過程只簡略說明。舊的英漢字典有不少在這些方面是較簡略的。

因爲這樣的背景，所以，有不少早期的英漢字典的解釋文字，並不是完全依照我們中文慣用的方式來敘述的，最明顯的特色就是解釋都比較精簡（多是2到

3 個字的解釋）。如果一個英文字的用法不複雜，幾個簡單的解釋比較不會造成困擾，但是，如果是一個用法複雜的字時，一堆簡單的解釋會讓人眼花撩亂，這是很困擾的。

近二十年來，因爲重視智慧財產權的緣故，隨便「參考」別人現成的出版品的代價很大的，所以，新近出版的英漢字典都已有明顯的進步，最明顯的就是字的解釋會用比較多的字以敘述的方式說明，特別是一些中文沒有直接相對應的意思的字，這些改進對學習者是一大福音。

所以，買英漢字典要認眞挑，建議依據下面三個原則去挑：

(1) 仔細看字典前面對於編著者及編輯過程的說明，簡略帶過的就要愼重考慮。

(2) 挑幾個你自己覺得眼花撩亂或是使用時有些卡卡的字（例如前面提過的：instead, context, train, mean等），比較幾本不同字典的解釋，看看哪一本的解釋方式讓你有比較清楚的認識。

(3) 挑最近的版本。

最後，筆者冒著得罪人的風險還是要說，很多人都在用電子字典，因爲它的方便性，但是，要提醒同學們，不是每一台電子字典都有編著者及編輯過程的說明，也比較不容易看出是依據哪一本英漢字典製作的，因此，你圖個方便性的副作用，很少人會思考，所以，如果要使用電子字典時，你是如何「參考」的？想清楚再決定。

二、字典是工具，查到了我要的意思就可以了

根據筆者歷年所做過的課堂調查，絕大多數的人查字典的習慣是這樣的：

1. 在讀或聽時遇到一個生字，打開字典；
2. 查到那個字，從數個解釋中挑出一個合用的；
3. 將那個解釋記在生字的下方；
4. 關上字典，繼續讀或聽。

筆者每次都會接著問他們二個問題：

1. 每一頁的閱讀中出現10個生字，算不算多？

   答案：10個算少的。

2. 每查一個字從打開字典到關上字典，平均每次要不要半分鐘？

答案：這算快的。

依上面的方式計算，平均讀一頁英文，花在查字典的時間就是至少 5 分鐘，我們做一個保守的估算：假設一個學期讀了 100 頁英文，就是 500 分鐘花在查字典上面。

筆者接著提醒這些人思考二個問題：

1. 這500分鐘中所查的約1000個生字，有多少字事後還記得的？有多少個字沒有事後一查再查？有沒有因此而學到幾個字？
2. 這500分鐘花得值不值得？ 就是說，這500分鐘的學習效果爲何？

這才是以一學期來計算的，大學四年下來，像這樣子的無效率的用功浪費了多少的寶貴時光？這是不是很諷刺？一方面，我們的學生很希望學好英文，同時，許多人都浪費了許多時間在無效率的功夫上。更糟糕的是，許多人還樂此不疲，眞的讓人哭笑不得。所以，想一想，還要繼續這樣子毫無道理可言的學習方式嗎？

1-4 字典的正確使用

字典如英雄的寶劍，英雄的寶劍是不隨便出鞘的，小混混才會隨便拔刀亂揮舞，所以，武俠電影中揮舞著刀子嚇人的小混混都是第一個斃命的。英雄一定是有重大的原因才會拔劍。學英文使用字典就要將它當成是英雄的寶劍，英雄拔劍有三個原則：

1. 愼選時機
2. 愼選目標
3. 劍出鞘後一定要分出高下

一、愼選時機

閱讀很重要，但是，不是每一次的閱讀都必須同樣的如臨大敵，例如爲提升英文程度而做的休閒性閱讀就不需要斤斤計較懂多少，重點是在一段時間中能夠盡量多讀到些英文，因此，只要不是一再重複出現的字或是眞的不查會嚴重妨礙閱讀的字，就放掉吧！

很多人都不知道，休閒性閱讀提升英文程度的功效最大，以為這樣子沒有像在課堂上一樣地逐字逐句分析和翻譯就不像是認眞地學英文，其實，錯了，休閒性閱讀能提升英文程度，就是因爲沒有那種沉重的壓力，反而可以輕鬆地運用有限的單字去猜和判斷，不必一定要讀懂意思，只要抓得到個大概就可以了。這種情形下閱讀，反而能學會三種處理生字的方法：

1. 不懂就跳過，不必爲他們難過；
2. 從上下文中找到一些線索可以協助解讀幾個關鍵的字；
3. 因爲沒有被一再的查生字而打斷閱讀，在持續讀的過程中，才會眞正注意到英文，才會發現有幾個字一再地出現，會留下深刻的印象。

也就是說，能學會對生字淡然處之也是門功夫（還記不記得前面「正心」篇最後提的三點？）所以，學會判斷何時不必那麼斤斤計較，甚麼時機才需要查字典，這是下過功夫的人才能學會的。

二、愼選目標

即使是嚴肅的閱讀，不是每一個生字都同等重要，而同學們在經驗不足的狀況下也無法判斷，因此，見一個殺一個的方式不僅浪費時間，對學習的熱誠更是一大折磨。

先談愼選的原則，以武俠小說爲例：

1. 狂徒，近來四處爲非做歹，殘害鄉里，待我今天將你收拾了！
2. 妖道，你三番幾次羞辱我，今天絕不饒你！

第一項是指在一篇文章的閱讀過程中出現了好幾次的字，而第二項是指有一個字前後在不同場合遇到了好幾次，好像每一次的用法和意思都不一樣，這種字就値得好好查一查了。

如果不依照這二個原則亂查，就回到前面講到的那種浪費時間且沒有效率的功夫。一個最簡單的道理就是，見到一個生字就查一個時，這一個字是一輩子就只見這一回的？一年就見一次的？每個月會見到一次的？還是每周都會見到的？沒有經驗的初學者是不知道的。

當然，很多人會說：應急需要啊！不然要怎麼辦？

這是不是就回到了前面「正心」篇講的那樣子？爲了應急，就合理化了所有的做法，也一再地應證了成語說的：病急亂投醫。在這樣的心態下，講甚麼「副作用」和「後遺症」都是對牛彈琴。

這不就是一個標準的「惡性循環」？一直陷在這個循環中，焦慮感和挫折感只會越來越深，放棄只是早晚的事情。

所以，不能繼續以前那樣無知的做法，唯有大膽的採取具體的作法才有可能突破這個「惡性循環」。當然，能練就這個本事，就確定不是一個還沒有經驗的初學者。這就來到了一個兩難的局面：沒有經驗，哪來的工作機會？沒有工作機會，哪來的經驗？

解決之道其實很簡單，可是，關鍵是一定要有耐性，具體的步驟有二個：

1. 不管有多少的生字，耐著性子先將文章的頭二頁讀完；

   先不要管有多少不懂的，先將文章的頭二頁讀完，有三個效果：

   (1) 讓自己對內容有一絲絲的概念（一定不會是零）；

   (2) 會發現有幾個字出現了好幾次，這幾個極可能就是「重要的字」；

   (3) 熟悉一下這個作者的寫作習慣（也一定不會是零）。

   大多數的人因爲從未如此做過，都是一打開書本就直接埋頭苦幹，這樣子沒頭沒腦地閱讀當然像是一個觀光客兩手空空地闖入了亞馬遜叢林，遍地荊棘，又不辨東西南北，能順利地走出來要靠上天保佑。

   先瀏覽前面的二頁效果，我們就以誤入亞馬遜叢林的觀光客爲例來說明：

   (1) 至少讓我們大概知道這篇的主題是甚麼，這讓我們在接下來的閱讀時有個方向感，如同觀光客有個簡單的地圖；

   (2) 發現了幾個「重要的字」則讓我們對他們提高警覺，如同觀光客知道要注意哪些有危險性的東西；

   (3) 稍微熟悉了作者的寫作習慣則是讓我們看到某一個句型或是某幾個詞彙時不會全然陌生，這就如同觀光客有個簡單的工具，不至於全然無助。

   做了這個步驟後，再重頭開始正式的閱讀，在面對一個接著一個撲面而來的生字時，心裡會比較有數，因爲你不會是全然心虛且腦袋發脹的狀態，總是比較不會心慌慌地胡亂查。

2. 一些能明顯看出是形容詞或是副詞的字就先跳過。

 這個應該就很容易理解了，沒有經驗的初學者多少也可以從字的外型認得不少的形容詞或是副詞，遇到這些字就先不急著解決，特別是副詞，那只是在補充說明一個動作或是一個形容詞到甚麼樣的程度，直接拿掉也不會妨礙句子的主要意思。形容詞則偶爾會出現一個足以影響意思的用法，但不是經常如此，各位沒有經驗的初學者對這些形容詞就先不要處理，等句子的主要意思讀出來了，再決定是否值得去查。

上面這二個步驟都是你可以立即採行的，當然，一定有人還是滿心的疑惑：眞的這樣就沒問題了嗎？我怎麼知道這樣子做到底有沒有效？我甚麼都讀不懂，要我怎麼讀二頁？哪有那麼多的時間用這樣的方法讀英文教科書？

沒錯，你可以將時間用在這樣一再地質疑，也可以就照著做就是了，前者保證是重演原地踏步的歷史，你繼續做英語夢；而後者則是確定開始了每天進步一點點的旅程，讀者你自己決定。

三、劍出鞘後一定要分出高下

每一個學英文的人都經歷過這樣的事情：有的生字一查再查，明明知道曾經查過這個字，但是，眞遇到時還是一樣的搔頭皺眉，這就是隨手查、隨手蓋字典的後遺症。既然已經查到這個字了，何不就多花點時間好好地認識一下這個字？如何做？三個步驟：

1. 將這個字所有的解釋和例句全部看完；

 多數人都是只找到符合自己需要的解釋就蓋字典了，就算你的記憶力能過目不忘，一個字只有五個用法，你爲這個字就需要查5次，眞的是美國時間很多。

 多花一點時間，將這個字的不同用法時（例如當動詞和當名詞）全部的解釋和例句都看完，重點不在記憶，而在於思考，想想看，有些看起來不相干的解釋是否有共同點？這一個動作可是一個獨門功夫，別人要記憶5個看起來不相干的解釋，你因爲有這樣子想過，可以統合其中的2到3個解釋。

2. 將字典上列在這個字附近和他相關的字一起看過，例如不同詞性的字或是加了一個字尾後衍伸出的字；例如：cheer 這個字的下面又列出了cheerful, cheerleader, cheerless, cheers, cheery 等共七個相關的字；又如determine這個字的前面列出了：determinable, determinant, determinate, determination 這四個字，接著是determine, determined, determiner, determinism，以上共是八個相關的字。多花點時間將這些相關的字一併看了是值得的，因爲三個好處：

(1) 以後碰到其中任一個時，不會當成是又一個生字；

(2) 增進對英文字的衍伸使用方式的認識，這個沒有書本可以教的；

(3) 加深了對這個字的瞭解，也不容易忘。

3. 歸納整理一下所有看過的解釋、例句和相關的字，想一想這個字的「核心意思」爲何。

這和第一點談到的「想想看，有些看起來不相干的解釋是否有共同點？」相關。將上面二個步驟中所得到的資訊歸納整理一下，更有助於思考一下這個字有沒有一個「核心意思」？

甚麼是「核心意思」？就是一個字最基本、最常用到的一個意思。大多數的字都有好幾個用法，許多英文字經過我們的英漢字典的翻譯後，所呈現出的意思經常是看起來風馬牛不相干的，前面談過的 train 和 mean 就是最好的例子。

這裡以 sorry 這個也是我們非常熟悉的字爲例來說明：

不小心踩到對方時說：Oh, I am sorry.（感到抱歉）

聽說對方家的寵物走失了，說：I am sorry (to hear that).（感到遺憾）

聽說對方發生了不好的事情，說：I feel sorry for you.（感到難過）

告訴對方，不想再看到他，說：I don't want to see your sorry face anymore.（讓人難過的）

叫對方，給我滾過來！說：You move your sorry butt over here.（讓人難過的）

很多人將這個字當成「抱歉」。「抱歉」和「道歉」只差一字，好像一樣的意思。其實，「Sorry」這個字是換一個婉轉的方式「道歉」，同時，避免了正式的「道歉」[2]。

「Sorry」這個字是在告訴對方：發生了這樣的事情，「我的心裡不好受」、「我感到難過」。不論是踩到對方或是聽說對方發生了不好的事情，用這個字，是要讓對方瞭解我心裡的感受不好、感到難過；因而，運用在損人的言語上，就是指對方

2 102 年五月時一艘臺灣漁船「廣大興」號在巴士海峽被菲律賓海巡艦射擊，船長中彈死亡。臺灣輿論大譁，政府出面向菲律賓嚴正交涉，菲律賓政府起初不願承認責任，也只肯說：“We are sorry.”，中華民國外交部嚴正表示，拒絕接受菲律賓的這個說法。就是因為“Sorry”這個字並不是「道歉」。

讓人看了就難過。

所以，這個字的「核心意思」是：「感到難過、不好受」。這樣子是不是比較能夠全面性的掌握 sorry 這個字的意思？

這個功夫也是沒有課本能教的，因為這是每一個學習者自己要逐個建立的心得，沒有課本可以取代，也沒有人可以代勞。

或許有人說，沒有看到英文程度很好的人做這個事情。沒錯，這些人沒有刻意如此做，因為他們在持續密集的閱讀過程中一再地接觸到許多字的各個不同的用法，長時間下來已經累積了相當的經驗足以做正確的判斷。教初學者如此做，是一個可以比較快速建立生字知識的具體步驟，最大的好處是讓初學者發現原來英文的生字不是死記能解決的。

四、關鍵的態度

眞正的關鍵有二點：

學不好英文的人是等遇到危機時才想到翻字典，是充滿焦慮感的狀態下不得不用；而學得好英文的人，是平常就在翻字典，是在心情輕鬆的狀態下，抱著學習的心態。

學不好英文的人，查到需要的意思就放下字典，就是像用免洗筷那樣子應付的心態；學好英文的人，會花時間將所查的字仔細看、慢慢體會。

就是說，如果使用的態度和方法不對，最好、最新的字典在這樣子人的手上一樣沒有用，反而是，態度和方法對的學習者，就算拿到一本老舊的字典，照樣可以從它學到東西。

寶劍要放在英雄的手上，才是寶劍。如同一個初學網球或羽毛球的人，即使給他世界排名第一的球王用的球拍，他還是一樣的肉腳；反觀排名前十的球王，隨便拿一把普通的球拍，也可以輕鬆地對付業餘的高手。

綜上所述，字典是必要的工具，但不是萬能。就如醫生用藥，對症下藥就是良藥，誤用就是毒藥，各位要學會對字典抱著對待朋友同樣的態度：尊敬、善待，但也絕不輕易就將你所有的機密和財物都放心地交給他；字典不是像免費的、隨招隨到的萬能博士顧問。查字典要有方法，這裏先簡略說幾點，因為有些重點和後面閱讀的部分有關，等到那裏再詳述。

五、結論

這一章的重點是希望同學們先檢視一下自己學英文的態度，是不是經常不自覺地給自己不需要的焦慮感？是不是一直放不下對「不懂」的恐懼？

如果不能正視這些問題，並想好你要如何面對，你在讀和聽的過程中就會不停地懷疑自己和中斷學習，如此只會雪上加霜，然後又步上了一代又一代放棄英文的前輩的路途。

至於字典，它就是個工具，能不能好好發揮這個工具的效能，關鍵在使用者。使用的態度和方法不正確，它的副作用不容小覷，造成的長期傷害遠甚於工作的收穫，一定要謹慎。

有興趣深入瞭解有關英文的生字的學問，和甚麼才是有效的學習方法，可以參考筆者的三本著作：

1. 陳達武、洪敏琬著，[103]。中階英語（單字篇），國立空中大學，民103。
2. 陳達武著，[95]。學習英語的策略與方法，國立空中大學，民95。
3. 陳達武著，[91]。英文閱讀方法，國立空中大學，民91。

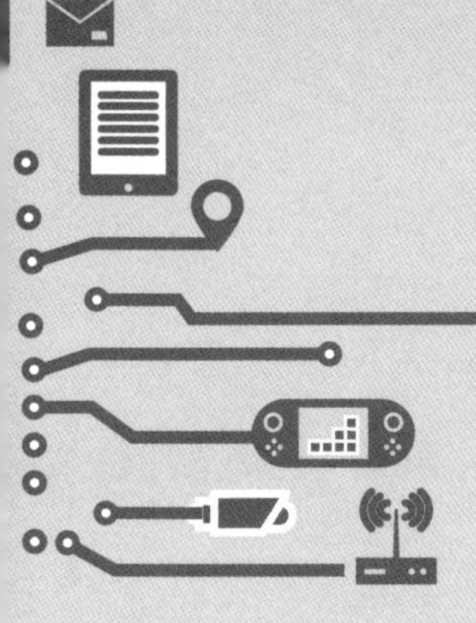

小試身手

第一節和第二節談如何降低或消除焦慮感，給你的練習題很「簡單」：

1. 到下面的新聞網站去聽幾個英語新聞

   (1) https://thisibelieve.org/essays/featured/

   (2) https://www.npr.org/programs/all-things-considered/

   (3) https://edition.cnn.com/

   第一個適合高一以上程度，因爲每一個單元的主題很大衆化，比較不需要背景知識或常識，可以讀也可以聽。第二個是National Public Radio（NPR，公共廣播網），第三個是CNN；這兩個都是正規的新聞媒體，適合大學以上程度。強迫自己每天聽10個英文新聞，不要管「懂」或「不懂」，持續做一個月。

2. 到下面的新聞網站去點擊幾個新聞

   (1) https://edition.cnn.com/ CNN

   (2) https://www.bbc.com/news BBC

   (3) www.nytimes.comNew York Times

   (4) www.washingtonpost.comWashington Post

   這四個都是知名度很高的新聞媒體，文字和影音的資料都很豐富。強迫自己每天讀3～5個英文新聞，同樣地不要管「懂」或「不懂」，持續做一個月。

第三節和第四節介紹如何正確的使用字典，給你的練習題也很「簡單」：

每天撥出半小時，打開字典，隨意找 1 個字，好好將它所有的解釋和例句看完，接著，如果願意，將這個字上下和它有關的字一併看一看，看看和它相關的有幾個。

Chapter 2 基本功夫（一）

宋朝著名的文學家蘇軾有篇作品叫〈日喻〉，其中有一段文字說：

南方多沒[1]人，日與水居也，七歲而能涉，十歲而能浮，十五而能浮沒矣。夫沒者，豈苟然哉，必將有得於水之道者。日與水居，則十五而得其道。生不識水，則雖壯，見舟而畏之。故北方之勇者，問於沒人，而求其所以沒，以其言試之河，未有不溺者也。故凡不學而務求道，皆北方之學沒者也。

蘇軾藉著上面的故事告訴我們讀書求學之道。故事說，南方人善游泳是因爲從小就在水中活動，很早就能在水中自由進出。而北方人以爲問南方人，知道如何游泳就可以下水了，結果當然都溺水了。而南方人之所以能在水中自由自在，「豈苟然哉，必將有得於水之道者」，就只是因爲「日與水居」而已。

學英文也是同理，每一個學英文的人都聽過一些「前輩」或是「專家」說：學英文，就是怎樣、怎樣就好了。如果眞的這樣子就能學好了，就不會有那麼多的大學生仍在爲閱讀英文苦惱；重點不是因爲知道甚麼道理、或是學了一些生字和文法，就可以上陣運用了。而是因爲經常地浸淫其中，久了而能「得其道」。接下來這二章，就介紹學好英文閱讀的基本功夫，這些基本功夫都是需要平時日積月累地接觸，因爲「日與英文居」，最後才能「得其道」。這一章先談大家最關心也最心痛的主題：英文單字；下一章分從二個主題來談：聽力和文法。

1 沒，沒入水中之意，沒人就是指善泳者，下文說：浮沒，就是指游泳時，在水面及水下出現。

2-1 迷惘的第一步

幾乎每個人看到英文的單字第一個想到的就是：甚麼意思？字的意思應該是每個人在學習英文時投入最多心力的，也是最讓學習者頭痛的部分。在閱讀英文時，這個痛苦更是劇烈，經常是壓垮駱駝的最後一根稻草。

我們最大的錯誤，不論是國一學英文，或是大學畢業生學英文，大家學習單字的「意思」的方式都一成不變。都是背刻板的「意思」。如果是「簡單」的字如 book，我們就背一個簡單的「意思」：「書」；稍微「不簡單」的字如 address，我們就背下它的二或三個「意思」：「地址」、「演說」；如果是「複雜」的字如 draw，我們就背其中二、三個「常用的意思」：「畫畫」、「拔槍、拔劍」、「抽籤」、「引導」。然後，每次見到一個我們背過的字時，就原封不動的將心中記得的那個「意思」搬出來。

我們從來沒有想過，老師也很少會提醒我們：

1. 英文字的「意思」只是針對某個特定的用法的解釋，不必然是那個英文字的原意，事實上經常不是。
2. 我們所背的某個英文字的「意思」，經常只是它完整的意思的一部分。
3. 字實際用時的意思是依據它在句子中的功能來決定的。
4. 我們透過中文解釋來瞭解英文字的「意思」，又多加了一層迷霧。

這是長久以來從國中、高中到大一英文，這三個階段的課程欠缺通盤課程規劃的現象。上述的現象，在單字的教學上深刻地展現出來。不論是大一英文或是高中的老師，都很少會提醒學生[2]：

1. 以前學習單字的方式僅適用於初學者。
2. 以前所背的那些簡單的意思要再進一步地增進認識。
3. 字的意思其實是和文化常識以及背景知識相關的。

---

2 英語教學界有個向下推責任的風氣，高年級的英文老師經常都會怪低年級的老師沒教好許多「基礎的」東西。不論是發音、文法、閱讀能力等，經常都會怪前一階段的老師沒將學生教好，大學推給高中、高中推給國中、現在國中也可以推給國小，也難怪幼兒美語班生意火紅。

所以，許多大學畢業生，不論是爲了應付研究所考試或是英文能力測驗，要提升英文，第一個想到的都是：背些單字；然後，背的方式和國一時背的方式幾乎沒有差別。這一個令人迷惘的學習環境，陷所有的英文學習者進入一個劫難，只有少數堅持不懈的學習者才能脫離這個迷障。

只要想一想我們自己的中文，有幾個字是只有一個刻板的意思？當我們看到「天」、「心」、「黃」和「看」這些字時，我們會不假思索的立刻說出他們的「意思」嗎？我們是不是會等確認這些個別的字是和甚麼字連用，再決定怎麼解他們整體的意思？爲甚麼我們學英文單字時，就採用一個完全背離我們自己學習和使用中文的經驗來學？我們先來看一看英文字的一些特性：

2-2 英文字的一些特性

一、英文單字的五個層面

Nagy & Scott (2000) 綜合有關單字特性的研究，總結英文的單字有五個層面：

1. Incrementality（漸進的特性）
2. Multidimentionality（多面向的特性）
3. Polysemy（一詞多義的特性）
4. Interrelatedness（相互關聯的特性）
5. Heterogeneity（多元異質的特性）

這裡就簡略地說明一下就好：

（一）漸進的特性

我們對於單字的掌握程度是漸進的，不是一次或二次學習就能解決的。

學好一個單字需要由不同的管道經過許多次的接觸，包括在課堂上的學習以及學生個人在各式閱讀活動中的接觸。即使是教師在課堂教導解說，也不是一、二次的講解就清楚了。McKeown 等人的研究 (McKeown et al., 1985) 發現，經過四次課堂的學習[3] 也不保證就能讓美國學生充分瞭解某個英文字在文章中的用法，若是經

3 原文是稱之為：“Instructional Encounter”，是指在課堂學習的場合中接觸到，至於是不是每一次都有教師

過十二次的學習，學生就能充分瞭解。另外有研究也發現，一般的美國學生需要六到八次的學習，才能瞭解一個字。

Waring & Takaki (2003) 清查許多有關以英語爲外語的學生學英文單字的研究，整理出一個表格，發現一個共同的現象，從課堂閱讀中學到單字的比率都不高，即使最好的狀況只有 17.6%，一般都介於 6% 到 8% 之間。

接著，Waring & Takaki (2003) 針對日本學生學英文生字的研究發現，學生平均要接觸八到九次才比較「有可能認識」一個字，如果是接觸八到九次，事後的測驗（選擇題）顯示學生能認得 40% 的字；如果是接觸十五到十八次，事後的測驗顯示學生能認得 72% 的字。很明顯的，接觸單字頻繁的程度所產生的學習效果是有明顯的差別。

但是，三個月後再做同樣的測試，接觸八到九次的學生，還認得的字從 40% 掉到 25%；接觸十五到十八次的學生，仍然認得的字從 72% 掉到 38%。人類容易遺忘的天性，充分展現無遺。

其實，一週之後用文字翻譯重作的測驗，接觸十五到十八次的學生，能正確翻譯出意思的字就已經掉到了 10%。可見，認得和瞭解是二個不同層次的知識。

Waring & Takaki (2003) 的一句話值得我們注意："Words met fewer than 15 times had little or no chance of being learned" (p. 20).。意思是說：接觸不到十五次的字是沒甚麼機會能學好的。

這個針對日本學生的數據和針對美國學生學習單字所得的結果類似，就是學單字絕不是一次性的功夫。不論是美國學生還是我們這些外國學生，每一個人學生字的過程都是一點一滴累積而成的，這就是漸進的特性。

講解，則不是重點。重點是因為是在課堂中使用到這些字，理論上，學生應是會認真學習這些字的。

（二）多面向的特性

英文字不是只有拼法、讀音和意思這三個面向，這一點是所有研究者都同意的。Nation (2000) 將英文的單字細分了八個面向：

1. Spoken Form—口語形式。特別是一些用得非常頻繁的字，爲了方便，它唸出來的音和它實際的拼法不完全一致，如you在美國東部有許多人唸成ya；而How are you doing?唸成：How ja doing?更省略的則是：Howdy?
2. Written Form—書寫形式。這當然是我們比較熟悉的，也是我們認爲標準的。當然，有的字美式和英式的拼法不一樣，如：labor，這是美式拼法，而英式拼成：labour; behavior 以及behaviour也是同樣的道理。
3. Grammatical Behavior—文法的表現方式。就是不同詞性時的寫法和用法。例如：garden 通常當名詞用，而 gardening 就是動名詞形式，表示在做園藝。
4. Collocational Behavior—常搭配一起使用的字。簡單講就是習慣的用法，一個字在表達某種情境時，通常會和特定的字一起連用，如：a lot of, as good as it gets, once in a while, be fond of, in general, for the sake of, in case of, up and running, a worst case scenario, so far, so far so good, a window of opportunity, to stick one's nose into someone's business等等。

   英文在使用時，習慣上都要用到許多用來輔助句子結構或是意思的字，這許多字通常沒有很明顯的「意思」，但是，在組織句子時就是不可或缺。這種字在閱讀教學上有個專門的名稱，叫做：「贅字」[4]，這類字在文法書中稱之爲「功能字」，下面會講到。如：I want to go to Taitung，這句中的to go 的to只是爲了輔助使用不定詞而用的，至於to Taitung的to純粹只是爲了表示前進的方向；in case of則是將這三個字當成一個意思，沒有人去細分in和of有甚麼意思。

   因此，英文使用時的「常搭配一起使用的字」是中文比較少見的，這是我們在強調「生字與文法」時很少注意到的。
5. Frequency—使用的頻率。也就是我們說的常用字。如果一個單字在同一篇文章中出現了好幾次，或是在印象中，同一個字在不同的地方出現好幾次，那麼花時間去查和學這個字是值得的。

4　有關「贅字」詳細些的說明請參看拙著「英文閱讀方法」。

《三國演義》中常看到領軍的猛將要決鬥前都要對方報上名來，因爲他們「不殺無名小輩」。我們學單字也要抱持同樣的態度，使用頻率很低的字，是否值得我們浪費特別排出來的寶貴學習時間和精力？

6. Stylistic Register一文體的語域。人使用的語言因爲地域、族群、教養、身分、場合、用意等而有不同，而 Register則是將所有的使用情形記錄下來。以我們中文爲例，以前都用「歌迷」、「影迷」，最近十來年流行用「粉絲」或「追星族」，這就是不同年代的Stylistic Register。
7. Conceptual Meaning一觀念上的意思。請注意重點是指觀念層次的理解，而不是死記的一個意思，這二者是有差別的。
8. Associations with Other Words一與其他字的連結關係。最常見的如同義字、反義字、同音異字等。這些字有助於提升我們對某個字的認識，是因爲藉由他們所提供的比較與聯想，使我們察覺某個字與其他相關的字的細微差異或相似之處，這些資訊，能間接的協助我們更進一步的認識這些字，特別是在使用時，能夠精準地表達意思。

(三) 一詞多義的特性

用得越是頻繁的字，它的意思就可能越不單純[5]。如：stand 這個字當動詞我們都知道是「站立」；但是在這個句子中：I can’t stand his behavior anymore，它同樣是當動詞，但意思是表示「忍受」。後者是個衍生的用法，何以會有這樣的變化？我們只要推想一下，比如說有一陣臭味飄過來，我不願意留著繼續受這個臭氣，離開最好，所以說 I can’t stand the smell.，原意就是說：我不能站在這裡承受這個。但是，字典不會說明其中的原委，只是呈現出「站立」和「忍受」這二個意思，不知情的學生就認爲有這二個看起來不同的意思。

再看個例子：我們使用電腦時常用的 file，意思是「檔案」；但是它另有一個意思是「銼刀」。這是因爲這二個意思源自不同的地區，但是各自的原始發音聽起來相似，後人開始用文字記錄時，不知不覺地就寫成一個樣子。另一個常用的字 jet 也是同樣的情形，不同的來源，二個完全不相關的意思。

5 不包括功能字，因為功能字不是用於表達意思。

前述的 stand 就是一例；envelope 也是一例，這個字動詞的拼法是：envelop，少了 e；這個字原本是指一個將東西包起來、蓋起來或摺起來的動作，如：

The fog enveloped the ground. 霧鎖大地

The general turned his troops left to envelop the enemy. 軍隊向左轉以包抄敵軍

可能後來有人覺得將信件包起來就如同霧將大地罩起來一樣，因此就用 envelope 以指信封，這個意思卻通常是我們認識這個字時第一個學到的。到了科學的時代，首先，數學在使用 X 軸和 Y 軸的圖表時，在表上的許多點連起的這一條凹凸歪曲的線，好像包覆住了一個空間，就借用 envelope 這個字來說明；後來，工程界用數據來分析產品性能時，也借用 envelope 這個字來指所有性能的數據在函數圖形上所包覆的範圍，這個不規則的圖形中文稱為：「工程封包」或是「測試包」。

envelope 這個字今天已經是好幾個專業領域的專門用語了，如機械工程中講的 Design Envelope，中文翻譯是「工作狀態的設計範圍」；而建築工程學講的 Building Envelope，中文翻譯是「建築物外體圍護結構」；在航空工程則是講 Flight Envelope，中文翻譯是「飛行包線」或「飛行狀態範圍」等等。除了機械工程和航空科學，其他如建築工程、電子學、生物學、建築、生物學等，甚至於連音樂系也有用到這個字。當然，在每一個領域中所指的實際東西各有不同，其實，都是借用這個字所指的「一個包覆狀的圖形或實體」這樣一個概念。經過中文翻譯後，每一個領域各有不同的中文名稱，對這個字的原意沒有仔細認識的人，一定不瞭解的。

工程師依據這樣的數據要來改進產品性能時，順勢又出現了一個用語：to push the edge of the envelope，意思是指試圖將產品某些地方改良，以使得性能的數據在 X 軸和 Y 軸上的圖形再擴大一些，好像是將圖形的每一個可能的邊緣地區都往外推一點。若要依著字面的意思翻成中文，就出現：「推信封的邊緣」。這種翻譯的意思一定讓人如墜五里霧中。

後來，因為人類使用語言時喜好省略的天性，這個講法又簡化成了：to push the envelope 或是 to push the edge。這恐怕更讓依賴逐字翻譯的人哭笑不得了。這個字原本指的是一個動作，後來也當作名詞用，大家比較熟悉的是指包信的信封。後來，科學界借用這個字後，變化就多樣了。

再以 port 這個字爲例，他的原意是「港口」，指水運的貨物進出的地方，引申的用法就指「開口」、「進出的地方」，既然是進出的地方，再引申就指「可以帶進帶出的」，就是「攜帶」。所以，port 這個字用在電子工程就是指外部資訊進出視訊產品 (電腦、電視機) 的那個接觸口，中文稱之爲「端子」；用在機械工程指引擎的「閥門的開口處」（液體或氣體進出的地方）。光上面這二個字就充分地展現出英文一詞多義的現實。

(四) 相互關聯的特性

字不是單獨存在的。我們認識的每一個字，通常也會連帶的認識或知道常常會和某個字同時出現的一些其他字，這就是文字「相互關聯的特性」。以 window 爲例，只要是閱讀經驗豐富的人，一定會因爲看過：a window of opportunity（機會之窗）和 the window of soul（靈魂之窗）而同時認識 opportunity 和 soul 這二個字；若是使用電腦的，則一定會同時聯想起 Microsoft, Intel, Window 98, Window 2000, operating system, Internet, Internet Explorer 等和電腦視窗相關的詞彙。

換個角度想，今天有一個人聽到人家講到 window 這個字，他只想到「窗子」，根本沒想到這是和電腦有關的話題，我們能指望他知道甚麼是 Internet 和 Internet Explorer ？

文字「相互關聯的特性」還有一種情形，就是文字的組成方式的相關性。例如中文的提手旁，和它相關的字如：「打」、「提」、「捶」、「擀」、「拎」等，不都是表示和用手做相關的動作？

英文這個拼音的語言更是如此，一個字的字根加上不同的字首或是字尾，可以改變這個字的詞性，也可以改變這個字的意思。以大家最熟悉的字 book 爲例，book 是字根，我們都看過下面三個加上不同字尾的用法：books, booking, booked；但是，下面這三個字我們就很陌生了：bookie, nonbook, unbooked。沒錯，這三個字是很罕見，當我們遇見時，能不能從這些「不認識」的字中去辨認一些認得的部分，以供判斷和它相關的可能意思，這反映的就是個閱讀能力或是整體程度的問題。

所以，以 book 這個字爲例，和它相關的字，除了上一段列出來的與字根有關的字以外，其他如：book maker（主持賭盤的人，收受賭注的叫：bookie），a book dealer（書商），a match book (包裝精美的火柴)，a book case (放書的箱子)，the book value（依據鑑價手冊訂的參考價格），a book worm（書蟲）等也都算的。

再以前面介紹過的 port 這個字爲例，這個字加個 trans- 的字首就用在運輸界：transport 指將貨物從這個港口轉運到另一個港口；加個 in- 的字首就用在貿易界：import，指將貨物運進港口，就是「進口」；加個 ex- 的字首就是：export，指將貨物運出港口，就是「出口」；加個 -able 的字尾：portable，就指「方便攜帶的」，這個字在介紹產品輕便易於攜帶時都會用到的。

此外，資訊業常用到的一個字 portal 也和 port 這個字有關，上一段說過，port 這個字是指海運進出的門戶，而 portal 這個字則是指陸上運輸進出的門戶。這二個字都被借用在資訊業，用來指進出的地方。

就以上一段提到的幾個字首和字尾，大家都經常在不同的地方看到，搭配起來後產生許多的變化用法。也就是說，我們學字的過程就如同人際關係如網路般地展開，這反映的從表面看是字彙量的增加，本質上則是知識的擴張，這絕不是靠背生字能做到的。

(五) 多元異質的特性

簡單來講，所謂的「多元異質的特性」，就是說我們不能依賴同一套的學習方式來學習單字。因爲，每個字的難易程度、使用的習慣及實際使用的方式都不同，我們很難用同一套標準來確認我們是否學好了一個單字。

我們可以將單字簡單地分爲四大類：

1. 有的單字很常用，又不牽涉到複雜的概念或是抽象的意思，如one, two, three, and, or, a stone等；
2. 有的單字很常用，同時又牽涉到複雜的概念或是抽象的意思，如board, draft, envelope, ego, post, scale等；
3. 有的單字不常用，又不牽涉到複雜的概念或是抽象的意思，如a defibrillator（電擊器）；
4. 有的單字很不常用，且又牽涉到複雜的概念或是抽象的意思，如the black-hole, the Higgs Boson等。

以上的分類是還沒有牽涉到實際的使用情形的，實際使用時，有時因爲解讀的方法不對，或是欠缺相關的背景知識，以致有的看起來很簡單的字也會造成困擾。例如「代名詞」it，大家都認得，但是許多人在看到這個字時，常常只會以「它」這樣的意思帶過，卻忘了確認這個代名詞實際指的是甚麼；又如「連接詞」的 and 和 or 也是一樣，很多人看到時只會以「和」、「或是」這樣的意思帶過，有不少人甚至於還會補充說明它是「對等連接詞」，卻沒有習慣去確認這個連接詞實際在句子中連接的是甚麼。也有的時候，看起來不認識的字，或是原本很抽象、很複雜的字，可能因爲會善用解讀的方法，反而不會造成困擾。類似的情形不勝枚舉，要視實際的個案而定，因此，只能先以靜態的知識來分類。

舉個簡單的例子，以英文的「功能字」(Function Words)[6] 爲例，它是相對於慣常使用於表達意思的字 (Content Words)，「功能字」包括「介係詞」、「代名詞」、「助動詞」、「連接詞」、「冠詞」、「數量詞」以及少數「副詞」等。

其中多數是屬於上述的第一類，如「代名詞」、「助動詞」、「連接詞」、「冠詞」、「數量詞」等，這些字都沒牽涉到複雜的概念或是抽象的意思，都是輔助性質的用字，要學會不難。

但是，「介係詞」就不一樣了。首先，他們不是用於表達一個「意思」，而是用來連接句子中的重要組件的，如同螺絲和螺帽將機器的各個組件結合在一起。學習這類字就不能靠瞭解意思，也不是看三、四個例子就能清楚掌握的，而是要依據他們個別的實際使用情形來熟悉的，根本無法以「瞭解」這個字眼來說明。例如：on land, in the air, at sea，個別看時，感覺好像與這三個介係詞一般的用法沒差太多，但是，還是有一點覺得突兀，尤其是 at sea 的用法。

我們來看邱吉爾於 1940 年 6 月 4 日，英國風雨飄搖時在下議院宣示奮戰的決心的一段著名講詞：

We shall go on to the end. We shall fight <u>in</u> France, we shall fight <u>on</u> the seas and oceans, we shall fight with growing confidence and growing strength <u>in</u> the air, we shall defend our island, whatever the cost may be. We shall fight <u>on</u> the beaches, we shall fight <u>on</u> the landing grounds, we shall fight <u>in</u> the fields and <u>in</u> the streets, we shall fight <u>in</u> the hills; we shall never surrender,…

6 詳細的說明請參看拙著「學習英語的策略與方法」

再看二個例子：

You are always on my mind.

I will always keep that in my mind.

光是其中的 in 和 on 的使用，如果想要歸納整理出他們的「用法」、「規則」或「道理」，一定會讓人抓破頭。因此，對於單字，試圖用同一套的方式來學習是很危險的；同樣的，我們試圖套用同樣的一個方式來確認是否「學好」單字，也是很危險的。

從學習者的角度，我們要關注的當然不是在學習每一個單字前，先用這五個標準去檢視一下，知道每一個單字複雜的程度，再決定要採用何種方式去學習。而是瞭解，每一個單字都有它獨特的背景，每一個單字都需要學習者經過一段歷程後才能充分掌握。每個單字複雜的程度與重要性各有不同，所需要投入的心力不盡相同。我們學英文既然這麼在乎單字，要學好單字就要先瞭解單字的多面向的特性，我們才能清楚知道要如何做才是有效的學習方式。

二、多層面的字義

我們就先來瞭解一下何謂單字：

Lehr, Osborn & Hiebert (2004) 是這樣定義英文的單字：

“......we define vocabulary as knowledge of words and word meanings in both oral and print language and in productive and receptive forms.” (p. 3)

「單字就是對字與字義在口語及文字語言還有創作及吸收的形式中的知識」。

請注意，他們說的：「字」與「字義」的知識。

Waring & Nation (2004) 認爲學習單字分爲二個階段：

1. 字形與意思的關係：將字的拼法（包括音）與意思連結。
2. 額外的知識以便能充分掌握一個字：這些是字的「深層知識」，包括字的語調、字的發展變化、不同層次的意思、搭配的字、使用的限制、正式或非正式用法、是否輕蔑、較常用於口語或文字等 (p. 5)。

我們明瞭，每個字複雜的程度是不一樣的，而字的意思也不是單一層面的。我們和一個字第一次的接觸不論是如何用心學，那只是第一印象而已，還碰不到它的「深層知識」。就如人與人的第一次見面，距離成爲至交還有一段時間。

既然稱之爲「深層知識」，當然是因爲有多個不同面向的意思。言下之意，當然不會是讓我們看過一、二個解釋加例句（有不少學習者只背解釋而不看例句的）就能夠一目了然，需要我們經歷一段學習的過程（八次、十二次、十五次）去一一體會的。

維高斯基 (Vygotsky) 用一個簡單的比喻來說明字與字義間的關係：人與衣服 (Vygotsky, 1962)。大家應該都記得一個流傳很久的笑談，就是一個光鮮亮麗的女明星，在外面美艷動人，回家卸妝後，她的容貌連自己的親人都不會多看一眼。不是她變成了另外一個人，而是場合不同了，她的穿著打扮和心態也隨著改變。字與字義就是這樣的關係。

字義就如我們的衣服。我們會依場合與心情決定穿甚麼衣服：我們可能爲一個重要的場合穿著光鮮亮麗；會爲了要清理環境而穿著工作服；也會爲了在家中輕鬆而穿著隨便。然而，不論我們的穿著怎麼變，我們自己核心的人格部分並沒變，我們每次穿的衣服仍然展現出我們自己獨特的風格。

就算偶爾我們的衣櫥中有幾件衣服和別人的一樣（社交新聞稱之爲撞衫），即使同時穿著同樣的衣服出現，我們獨特的個人特質及穿衣風格和別人還是不一樣，任何人一眼就可以看出我們不同的風格。

我們的衣服多變，有時，我們的行爲舉止也會因爲所穿的衣服的用意和心情而有不同。例如，我今天要去後山上健行，穿得當然是耐髒、耐磨的粗布衣。走累了要休息時，往草地上一屁股坐下去，絲毫不覺得怎樣。晚上要去參加一個重要的婚宴，要穿正式的禮服，這下子規矩就多多了。不僅要講究搭甚麼配件，連走路和坐下都變得小心翼翼的。這當然一方面是要顧身分形象，另一方面也是要顧惜一下這一身豪華的裝扮。

然而，我們個人並沒有變。我們只是在不同的場合有不同的穿著和相配的行爲方式而已。對一個外人，不管他們第一次看到我們時，我們當時的穿著是甚麼，那是我們的一部分，但不是我們完整的風格。想要憑第一次見面的印象來斷定一個人就是怎樣的人，每次看到那個人就只想到當初那個第一次的印象，這樣與人交往恐怕有不小的風險。

若是同樣只憑第一次的印象來學單字，這樣是不是同樣有風險？

(一) 多層面的意思

Stahl (2003) 將英文字的「意思」分爲二個層次：Definitional Knowledge（定義的知識）以及 Contextual Knowledge（文義的知識）。

「定義的知識」就是我們習慣的字典的解釋。這是任何人初學一個字時必定會見到的，尤其是學外語時更是明顯。套在我們身上，就是我們每次見到單字時背的那個簡單的「意思」。不過，這只是剛開始。

要能眞正的瞭解一個字，我們要能掌握到它的「核心意思」，這就需要靠我們建立起這個字的「文義的知識」。所謂的「文義的知識」是指瞭解一個字在不同的情境下的用法，而不是死守著單一情境下的單一解釋。

以我們中文的「黃」與「豆腐」這二個字爲例。任何人第一次看到這二個字，認識「黃」的意思是「一種顏色」，說文解字注解這個字是：「地之色也」；「豆腐」的意思是「一種中國人常吃的，以黃豆做成的食物」，這就是他們的「定義的知識」。

等我們學中文的經驗多了，我們知道這二個字都各有許多衍生的用法，其中最令我們印象深刻的是：「黃色書刊」、「黃色電影」等給我們一個猥褻的印象；「到深坑吃豆腐」是很平常的休閒語調，而「吃小姐豆腐」則是表示對女性的輕薄行爲。這些用法都是字的「文義的知識」的一部分。

想像一下！我們請一位略懂中文的老外到家裡吃飯，他爲了表示感激，對女主人說：「某某太太，我很喜歡吃妳的豆腐」。我們的反應很可能是私下竊笑，然後當成茶餘飯後的趣談。經過這次經驗後，這位老外一定對中文的「吃豆腐」終生難忘。

又如英文說：「Don't gun the engine in a cold start.」，這「gun the engine」三個字依字面的意思一定讓人覺得怪怪的。很明顯的，在這裡緊盯著“gun”的字面意思只會走入死胡同，不如從「the engine」和「in a cold start.」這二個線索去思考。只有能夠串起這二個線索所指的情境是甚麼後，才有可能判斷「Don't gun the engine」在這個情境中是指「冷天啓動汽車後不要猛踩油門」。

回到前面介紹的 port 這個字，字典的解釋是「港口」、「進出的地方」，但是，引申的用法就包含電子產品上的「端子」，機械產品上閥門的開口：「氣埠」、「氣道」；這個字當動詞的用法更有意思，指將船的左面貼近港口靠泊，這個用法的名詞就是航海和航空用語中指的「左邊」。有意思吧？這就是「文義的知識」。這些需要有更廣泛的語文的經驗才能累積出來的。

另外有一種講法，Carey (1978) 則是將學習單字的歷程分爲二段：

1. 快速繪圖(Quick Mapping)。
2. 延伸繪圖(Extended Mapping)。

Mapping 這個字的原意，是將一個陌生的地形繪製成地圖（或是在心中形成一個概略的地圖），以便以後在這裡行進時的依據。因此，顧名思義，「快速繪圖」就是將一個陌生的地形用簡略的方式轉成一個簡圖，讓陌生人能依據最明顯的地標找到目的地。例如，我們幫陌生人指路時常會用「幾個紅綠燈」、「車站」、「某某商店」、「加油站」、「左邊、右邊」等明顯的地標指引方向，通常不會用詳細的路名。套用在學習單字的作法，就是剛開始接觸一個單字時記憶它的簡單意思，如：book 是「書」、window 是「窗」。

「快速繪圖」所提供的資訊只是爲了方便不明狀況的人達到一個簡單的目的。它只能應付一個特定的、簡單的功能，只要遇到一個超出原先想像的狀況，這個簡圖是無法應付的。例如，我們依據一個簡圖去找個地方，路上突然遇到大塞車，或是道路臨時封閉了，我們除了死守簡圖在馬路上等待奇蹟外，再不然就是放下簡圖去憑運氣盲目摸索。

任何有經驗的用路人都有過這樣的經驗，在沒有手機和導航機之前，那種卡在車陣中無助地乾著急的經驗，對耐性是很大的考驗。這時候，每一個駕駛一定都滿心期望，如果有個詳細的地圖，或是一個熟悉當地道路的人來幫忙指引，多麼好啊！

而「延伸繪圖」的意思則是將到達目的地的所有路線、沿線的地標、目的地附近的地形狀況、目的地本身的特徵等相關的資訊全部都列在圖上。

其實，Stahl 講的「文義的知識」和 Carey 講的「延伸繪圖」就是維高斯基說的「多層面的意思」，每一個面向就是每一個不同的情境下的用法。每一個字，我們每經歷過了它在一個情境下的用法，我們對這個字的認識就多了一個面向。我們經歷過的愈多，我們對這個字的認識當然也就更充實了。

就以大家熟知的字 book 爲例：

book 這個字在上一章簡單介紹過。其實，我們都知道的，book 這個字光就功能[7]就有三個：當名詞、動詞和形容詞。我們脫口而出的「書」，其實只是當名詞時，指某類東西時的意思。當動詞和形容詞時，還不假思索地照搬這樣的解釋就要撞牆了。例如：

1. 當動詞

   She already booked a flight to Taitung tomorrow. 預訂了一班明天去台東的機位

   The police took the thief to the station to book him. 將罪犯帶到警局去登錄

2. 當形容詞

   He has a lot of book knowledge but few practical experiences. 書本的知識

   Our students spend most of their time in book learning. 書本的學習

   由動詞又衍生出動名詞的用法：booking：

   The actor's booking shows a busy schedule. 已安排好的行程

   還有分詞的用法booked：

   The place is already booked. 已經被訂了

再進一步講，book 這個字當名詞時，解釋爲「書」其實只是它的好幾種可能的解釋之一，不足以完整的代表 book 這個字當名詞時的「意思」。例如：

Could you please sign on the guest book? 簽名簿

She learned her cooking from cook books. 食譜

The FBI found questionable dealings in the company's books. 公司的帳冊、帳本、帳簿

The corporation cooked its books to evade taxes. 企業作假帳以逃漏稅，請注意cooked這個字的用法

A bookkeeper keeps the book about all the financial transactions. 管理帳務

She wants to sell her car by the book value. 依鑑價標準訂的價錢

Every player has to study the rule book first. 規則手冊

The players know the coach's playbook very well. 戰術準則、秘笈、寶典

7 這裡不用「詞性」這個字，是因為字的詞性不是天生的，是由功能決定的。請參考拙著：「初階英文」。

Every family has a few picture books for their memory. 相簿、相本

For Christians, the "Book" means their bible. 特指基督教的聖經

The police threw the book at the drug dealer. 對罪犯依法起訴

We do everything by the book. 照章行事

He tried every trick in the book to get out of the bad situation. 任一行業所有的招數的統稱

The electricity was out, I searched in the darkness and finally found a book of matches. 一包火柴

其他衍生出常見的用法還有：a bookmaker 是指賭盤的組頭；a bookkeeper 是指幫公司管理帳簿的會計人員；bookkeeping 就是管理帳簿；至於 a blue book 的意思又有好幾個，這裡就不一一列舉了。

從上面這一個「簡單」的字所衍生出的沒那麼簡單的用法，可以清楚看到它的好幾個層面：

1. 就功能看，這個字有三個詞性。
2. 光就名詞的用法，這個字的用法就多樣了，不是特指某幾樣東西而已，更像是指一個概念，凡是符合這個概念的東西，都可以用這個字來表示。

回到 Stahl 的二個層次，book 這個字的「定義的知識」就是：

1. 名詞、動詞和形容詞這三個詞性；
2. 名詞的解釋列出一些常用到的意思，如：書、簿、冊等。

至於這個字的「文義的知識」，那就多了。如：光是 the book 這個字在不同的行業和不同的用意時，各有不同的涵義。這些都不是字典可以一一列舉完畢的，即使全部列舉出來了，也不是任何一個初學者可以一下子就能消化的。

至於衍生出的用法，即使有字典收錄更是必須另外專門列出，不放在 book 的解釋中，如：black book, blue book, red book, white book, yellow book，以及 cook book, cook the books, bookkeeper, bookkeeping, bookmaker 等。由賭博的 bookmaker 又衍生出一個簡略的說法：the Bookie。

我們的學習歷程則比較像 Carey (1978) 的繪圖比喻：「快速繪圖」是我們初學時知道 book 這個字的詞性是名詞，意思是「書」；「延伸繪圖」則是接下來，我

們知道這個字的詞性還可以當動詞、形容詞用，而意思則光是名詞就不只是「書」而已。

一個簡單的 book 這個字，上面簡略的介紹已經用了二頁的篇幅。相較於許多大學畢業生見到這個字仍只想到「書」這一個解釋，有沒有覺得有點荒謬？

不僅是如此，我們完全依賴中文的翻譯來學習外語，又爲每個字的每個層面憑空增加了好些從中文看起來不相干的解釋，使學習更複雜。我們如果沒有這點基本的認識，就只知道埋頭猛背字的「意思」，然後，每次看到一個字就將記在腦中的「意思」原封不動的搬出來套用，這樣學習是充滿挫折感的。

所以，許多人會放棄學英文，不論從學習的理論、語言學或是心理學的角度看，是不令人驚訝的。

2-3　過程導向的學習

本書好幾次提到俄國認知心理學者維高斯基。維高斯基的精華都在「思想及語言」(Thought and Language) 這本書中，爲教育界留下深刻的影響[8]，特別是運用在語文教育上。他的核心觀念就是：語文與思想的成長是息息相關的，這二者相互影響，也共同成長，而二者的成長歷程卻是相反的，但都是從最初簡單的形式逐漸經歷結構的變化，而各自最終發展出一個精緻的形式。語言的精緻形式就是「內在的語言」(Inner Speech)，而思想的精緻形式就是「抽象的思想」。

運用在單字的學習上，他的思想給我們的啓示有二點：

1. 文字不僅是「意思」而已，而且，「意思」是會變的。
2. 學習必須經過三個基本的階段：認識、瞭解、熟練。

首先，文字的「意思」僅是文字所蘊含的內容的一部分。如中文的問候語：「吃過沒？」這句話出自家人或是同事的口中，意思不同的，不分青紅皀白只依據文字

8　在臺灣一般談到認知心理學多以皮亞傑 (Jean Piaget) 為主要人物，很少提到維高斯基。可能因為維高斯基 37 歲就英年早逝 (1896-1934)，且生存於史大林集權統治的蘇聯，他的著作在蘇聯被禁，直到史達林死去六年後，1958 年才被蘇聯解禁。後來又因為美、蘇二大集團的冷戰對峙，政治因素極度敏感，維高斯基的著作於 1961 年才由哈佛學者引進美國。皮亞傑則得高壽 (1896-1980)，加以沒有政治干擾，因而在學術界一直備享殊榮，在臺灣可以說是獨尊皮亞傑。他晚年時自己宣布，他的思想與維高斯基基本上無二致。

表面的意思解讀這三個字，會鬧笑話的。再如英文說：「I missed him.」，這三個字的「意思」到底是「我想念他」、「我沒遇到他」、還是「我開槍沒打中他」？還有，英文說：「Can he go the distance?」和「Does it carry water?」，這二句的「意思」都是在質問某人有沒有能耐，這種都是比喻的用法，純依文字表面的意思解讀是無法瞭解的。

再如英文在對話時說的：「Bless your heart.」不是眞的爲對方祈福如：「Bless you.」或是「God bless you.」，而是有點挖苦對方笨到信以爲眞的意味；而「Tell me about it.」，也不是在表示：「Really? Tell me more.」，而是表示：「還用你說？」或是「就是啊！」；還有個很有趣的：「Break a leg!」，這絕不是詛咒人，反而是在祝福對方，不要眞的發生不幸的事[9]。

文字會有這種現象不是毫無來由就發生的，通常是某個人，在某個場合，因爲某個用意，靈機一動想到個創意的用法。旁人聽到或讀到這個新用法，覺得新鮮，也跟著採用，使用得普遍後，就產生了一個新的「意思」。這就是爲何許多使用得很普遍，而且已經使用有段歷史的字，我們看他們的「意思」經常都會覺得眼花撩亂，例如前面介紹的：to push the envelope, to push the edge。

字本身會有這樣的演化過程，我們對一個字的認識也是要經歷類似的演化過程。文字「意思」的變化不僅僅是內容有結構上的改變，也牽涉到使用者或學習者心理上的改變。因爲語文和思想在發展的過程中有緊密的關係，我們對文字的理解程度（或者說是，我們所理解的文字的「意思」對應實際現實的程度）是伴隨著我們自己思想發展的程度。

一個小學生的思考方式以聯想 (Association) 爲主，他學英文單字「a car」，他所能理解的是以他所實際經驗過的車子爲範圍，特別是他坐過且印象深刻的車子；一個國中學生的思考方式開始轉入邏輯性思考，他看到同樣的「a car」，他會用分類的方式來理解，如幾個重要的廠牌，最起碼，他知道小汽車和戰車、卡車、貨櫃車、遊覽車等不是同一類；一個高中生的思考方式開始進入抽象的思考，他看到同樣的「a car」，他會用概念來理解這個字，如車子主要的類別（房車、跑車、休旅車、麵包車等）、分屬於不同等級的廠牌和型號、主要的組件（引擎、變速箱、煞

9 以前劇場的環境很差，不論演員或是工作人員容易發生意外，使節目無法演出，所以有這樣的講反話以作為祝福的傳統。

車等；一個成年人看到「a car」，他不僅是想到有關車子的種種知識或常識（例如某幾個款式的車子的比較、一般的使用和保養的常識等），他還同時想到許多情意方面的因素，如他一直心儀的某款車、和某輛車子的特殊經驗，或是車子的貸款以及保險等等。是甚麼在變？「a car」這個字？還是我們自己的思想對它的認識有了結構上和心理上的變化？這就是維高斯基說的：「不只是字的內容改變了，同時字綜合和反映現實的方式也改變了」[10]。

因此，學習語文必須是學習者本身的思想也經歷了一段整合及轉化的過程才會成功。所以，維高斯基認爲直接講授不等於學習，學生也不是照著課程安排的進度而成長的。他當然不是說教師教課沒有用，而是說，教師講授的進度和學生學習的進度不是平行線；學生有沒有學習到，必須要等學生自己的思想有了進一步的發展，學生已經能將教師教的內容轉化爲他的思想的一部分後，才算是有效的學習。

維高斯基如此說的：「講授有它自己的順序與結構，它是照著課程及進度表來進行的，不能期望它的規則剛好與講授的內容所啓動的『學生的思想』發展過程中的內在法則相符合」[11]。

套在我們學英文單字上，我們慣用的模式就是，教師要學生學課程範圍內的單字，學生努力的記下這些單字的拼法、發音和意思，然後教師測驗學生能否完整寫下這些字的拼法或是能否正確運用這些字的意思。如果通過了，我們都認爲學生學會了這些字。從國一英文課到大一英文課都是同一套學習的模式，只要問任何一位嘗試過閱讀英文文章的人就知道，許多自認爲會的單字都讓學生吃足苦頭。源頭不就來自我們對於「學會」的定義太過狹隘？

---

10 原文是：“It is not merely the content of a word that changes, but the way in which reality is generalized and reflected in a word.”(p.121-122)

11 原文是：“Instruction has its own sequences and organization, it follows a curriculum and a timetable, and its rules cannot be expected to coincide with the inner laws of the developmental processes it calls to life.”。(p.101) 括號『』內的是筆者補充以方便閱讀。

2-4 學習三階段論

還記得這一章前面講到學生字需要接觸 12 次或是 15 次的研究嗎？這些研究的理論基礎就是來自於維高斯基提出的「學習三階段論」[12]。簡言之，我們學好一個東西，不論是小到一個字，或是大到一個語文，都是經歷一個「初識、瞭解、熟練」(Knowing, Understanding, Mastery) 的三階段歷程。我們的學習，是一個由懵懂的初步「認識」開始 (Knowing)，然後，經過持續的學習後，逐漸的提升到「瞭解」(Understanding)，再經過實際的運用後深化到「熟練」(Mastery) 的過程。

這個「學習三階段論」當然和前面提到的衣服與人的比喻相關。就是因爲單字不是單一層面的，是有多重面貌的。因此，學習者需要經歷多次的學習，由具體的層次提升到了抽象的、概念層次的理解，才可能清楚掌握。

就是說，知識不是如同疊磚塊一樣的一個、一個加上去的。而是經過深化和轉變，在這過程中學習者的知識系統要經歷好幾次質的變化，就是前面說的結構上和心理上的變化。學習會有成果，必須是學習者自己將新收到的資訊與自己原有的知識融合後，產生一個新的內容。也就是將新的資訊「內化」(Internalization)[13] 爲自己的知識系統後，學習才算是有效的。

這個學習的過程基本上是分四個步驟進行的：

1. 剛開始是個籠統的定義。
2. 接下來擴大接觸的經驗，從衆多實例中學會區分用法。
3. 整合所有的經驗以形成一個概念。
4. 整合所有的知性及情意的經驗。

一、籠統的定義

我們第一次認識一個字，不論是名詞如：book, window，或是動詞如：go, see 等，我們都只有一個籠統的概念，就是認爲一個字的意思就等於這個字：book 就是「書」；window 就是「窗子」；go 就是「走或去」；see 就是「看」。

12 詳細些的說明請參考拙著：「英文閱讀方法」。

13 「內化」是談學習過程中一個重要的觀念。認知心理學的二位重量級人物：維高斯基和皮亞傑 (Piaget) 對此都有詳述。

我們通常都將初認識的字與一個具體的物品或是動作連在一起，而且，就如所有的初學者一樣，很容易就以偏概全。以 a book 爲例，筆者做過許多次這樣的調查，問一群大學到碩士班的學生，當他們看到 a book 這個字時，他們腦中出現的是甚麼印象？多數都是回說：「書」，有少數會說：「一本書」[14]。

Run 初學到的意思是「跑」，如果到了大學，看到：“She runs the company like a queen.” 腦中出現的第一個的念頭是：「跑」；或是看到：“It's a go.”，第一個想到的是：「走」。到了大學仍然未能跳脫出初學時那個籠統的印象，這當然是因爲沒有擴大學習的結果。

二、擴大接觸的經驗及區分用法

依據「詞法重組假說[15]」(The lexical restructuring hypothesis, Metsala & Walley, 1998)，單字不論是發音或是意思，能跳脫出剛開始時籠統的印象，會開始注意到具體的用法，以及區分不論發音或是意思相似的字的差異，這是學習有進展的現象。這種進展不是全面性的，而是一次一個字的突破。

我們學的多了後，知道，“run” 除了「跑」的意思外，它還有這些用法：

This shop runs from 10 a.m. till 10 p.m..

He is running on a tight schedule.

She plans to run for the mayor of this city.

Let's run the program and see how it works.

Let's run the process one more time.

I have no experience in running a business.

經歷過這些，使我們知道，run 除了「跑」還有其他的意思。另一方面，初學時知道 go 就是「走或去」，但是，後來學到了 walk 雖然也是「走」，但後者比較著重實際的用腳走；see 就是「看」，後來也學到了它和也是「看」的 watch 和 look 略有不同；car 是「車」，automobile 也是「車」。

這些新知識一方面擴大了我們對學過的字的認識，另一方面，新認識的字也迫使我們去區分許多表面上「意思」看似相似的字，這使我們知道，某些字適合某種

14 依賴中文翻譯字及句子久了，很多小東西如冠詞都自動地視而不見了

15 暫譯。

場合和某種用意。也就是說，我們對一些已經學過的字已經從初始時籠統的印象，開始深入瞭解他們更具體的用法，有的甚至能進一步區分與類似的字的差異。

三、形成一個概念

等我們學習更深入後，一個字經過許多次的接觸，我們經歷過這個字在不同場合的各種用法，此時，我們對這個字的掌握已經不再是基於記憶中那一個又一個的「意思」，而是歸納歷來的經驗，對這個字的「核心意思」有個體認。

這個「核心意思」經常都不是我們有意識地去整理出來的，只有少部分是因爲我們的好奇或是興趣而刻意去查過和思索過的。多數的情形，是我們因爲接觸和使用久了，每一次的思索在我們的記憶中留下印象，其中重複的部分會給我們留下深刻的印象，這個印象雖然沒有經過我們刻意的整理，但是，它卻是能讓我們產生一種信心，可以掌握這個字的各種用法。

這和我們在課堂上學的某種理論或是某種觀念不同，這是日積月累的思索的結晶，是我們將一個字的種種知識與經驗消化與整合後的產物。

字的「核心意思」對閱讀經驗豐富的人不成問題，閱讀經驗不夠豐富的人可以藉著刻意地思索和練習，以縮短學習的歷程，不然，許多人還沒有累積足夠的閱讀經驗，就先已經被一直理不清的生字意思給打敗了。

四、整合所有的知性及情意的經驗

文字單獨看，是冷冰冰的。但是，當文字被用來表達意思以達到某個用意時，是有生命的。因此，我們知道某種場合適合用某種字，我們也知道社會使用語文的規範與潛規則。我們有時候透過文字所傳達的訊息不一定從文字表面看得出來，這些就是文字屬於「情意」的經驗。

如前面舉的中文的「吃過沒？」，還有：「有空來坐坐」等，以及英文的“Bless your heart.”,“Break a leg.”,“Tell me about it.”,“You don’t say.”等。我們在聽到這些詞時，沒有人是依字面的意思在解讀的，而且，我們也都知道要注意講這些詞的場合及語氣。

再以“go”這個字爲例，1982 年英國和阿根廷爲了福克蘭群島而戰爭。英國遠征軍在福克蘭島登陸奇襲，第一批搶灘的是空降特戰部隊，他們搭乘海軍的登陸艇搶灘。登陸艇衝上灘頭，艙門打開，登陸艇的海軍駕駛對空降部隊喊：「Out!」，沒有人動。這本應是猛虎出閘的時刻，居然玩起來木頭人的遊戲？海軍駕駛急了，再喊一次：「Out!」，還是沒有人動。空降部隊的人回頭看著駕駛，駕駛瞪著空降部隊的人，大家都滿臉疑惑。終於，有位空降部隊的軍官想通是怎麼回事了，他說：「Go!」，空降部隊蜂湧而出，衝上灘頭。

事後檢討原因，原來空降部隊要攻擊時都說：「Go!」，沒聽到這個字，他們沒反應的。對他們來講，「Go!」是有特殊意義的字眼，而「Out!」不知道是甚麼意思。而海軍登陸艇的駕駛說：「Out!」，就是告訴搶灘的部隊衝出登陸艇，陸戰隊聽到這個字會熱血沸騰，但空降部隊的人聽到這個字則不明所以。

這就是字的情意的部分。各行各業、各個族群、不同地區都各有些附有獨特情感的用字或用語，這些也都是字整體的內容的一部分，等下會再談到這一點。

接下來，我們以 book 爲例，來說明「學習三階段論」。我們初識它時只知道它的意思是「書」，後來，經過無數次的接觸和學習，我們逐漸的知道這個字的用法不只是「書」。一般來講，我們能知道這個字在我們的生活與學習中常見的用法，而不再受限於「書」及「名詞」這樣單一的印象，就可以算是進入「瞭解」階段了：

1. 不會先入爲主的認定它的用法只是當名詞而已，會依據句子所呈現的情境來判斷它正確的詞性。例如：He finally booked two seats for Saturday night's ball game.。這個字常用到的詞性還包括動詞（形容詞的用法比較不會給學生困擾，畢竟比較不是那麼常用，通常還要再晚一點才體會出）。
2. 它當名詞的用法有好多：guestbook, keep the books, take a page out of the book, by the book......。
3. 它當名詞時所指的不單單只是具體的「書、簿或冊」，能夠依據一個概念來配合使用的情境解釋。
4. 進入這個階段的另一特徵就是不會執著於字典中或印象中的中文解釋，會配合英文的原意給最適合的中文解釋。

等接觸到更多不同的用法，也經過說和寫的實際使用，具體地檢驗我們所瞭解的是否需要修正，我們對這個字的掌握雖然沒到百分之百的詳盡完整，但足以知道如何正確地解讀和使用，這樣可以算是達到「熟練」了。

從原本僵硬的一點印象：「名詞」和「書」，轉變成能依句子所呈現的情境來正確判斷詞性和意思，這絕不是一點、一點的資訊疊起來的。必須是學習者已經藉由概念的整理，用抽象的概念統合了所有關於這個字的經驗與知識，轉化成了學習者個人的心得，也就是完成了「內化」的過程。

2-5 結論

這一節花了這些篇幅來談生字，用意是要讓各位瞭解，文字就如同我們人一樣，都是個有機體，每一個字就像每一個人一樣，都有段來歷、有各自的特性、有多重的面貌、也都有一些生疏遠近的親朋好友，都要用心才能有好交情；叫得出名字只是第一步而已。

因此，我們身爲學習者，學習單字時在心態上要有三點認識：

1. 與其斤斤計較單字數量的快速增加，我們更應注意提升對所認識的單字瞭解的深度。
2. 我們一般人自認「會」的單字中，沒有幾個字能達到「熟練」的層次。我們所知道的只是每一個字完整的用法的一部分，還有一些是我們還不知道的。
3. 單字的學習不是只靠一次的功夫，有賴接下來持續的聽和讀的歷程去逐漸地充實。

而要學好單字的關鍵就在於「密集的接觸」，接觸的方式只有二個：讀和聽，重點則有二個：

1. 接觸的頻率
2. 接觸的多樣性

唯有在這樣的過程中，我們才能一步一步地建立起生字的廣度和深度。當然，大家都知道閱讀可以幫助提升程度，只是，許多人閱讀的態度不正確，以致於經常自己放棄，所以，我們對閱讀的態度要有二點認識：

1. 當我們在閱讀時遇見單字，不假思索地套用記憶中的「意思」是有風險的，尤其是一個句子中多數的字都是這樣去硬套時，風險是急遽升高的。

2. 當感覺解讀得很生硬時，很有可能就是某個字或某些字遇到了我們還不知道的用法，要有心理準備去運用閱讀的方法，以配合句子上下文的情境來解讀有疑義的字。這就是本書的後半部分要講的。

我們用個簡單的機率來談這個問題，《三國演義》中的關雲長知道劉備的下落後，封金掛印離開曹操，一路上要過五關斬六將才能回到劉備的陣營。假設每一關能平安通過的機率是一半，關雲長能平安通過五關的機率就是：

$0.5 \times 0.5 \times 0.5 \times 0.5 \times 0.5 = 0.03125$

今天假設我們在閱讀的一個句子中，扣掉簡單的「功能字」，還有五個單字，如果我們只會硬套記憶中的「意思」去解讀，每一個字能正確套對的機率也算一半(實際的情形通常低於一半)，這樣子，這個句子能被我們剛剛好套出正確意思的機率也只有 0.03125。

關雲長能從 0.03125 的機率中殺出來，所以他是「武聖」。我們畢竟只是凡人，0.03125 的機率對我們絕大多數的人而言，太渺茫了。再加上，關雲長畢竟只幹那一次，而我們學英文的人則是每一分鐘都在面對同樣的挑戰，即使偶爾有點運氣的成分，要連續一次又一次的闖過 0.03125 的機率，沒有硬底子功夫是不可能的。所以，死背硬記單字的「意思」，然後在閱讀時硬套記憶中的「意思」，是注定學不好英文的。

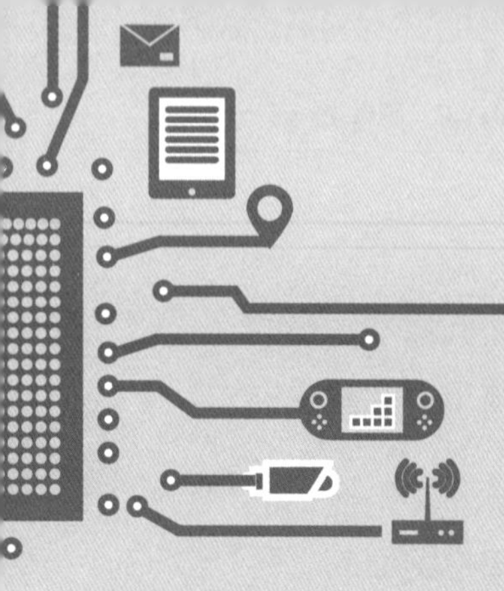

小試身手

下面這 12 個英文字都是你們「很熟的」，然而，你們對這些字的認識只限於幾個看起來不相關的中文意思，如第一個例子的 welcome 這個字，你們都知道他有二個「意思」:「歡迎」和「不客氣」。只是，很少有人會去想，「歡迎」和「不客氣」這 2 個中文的意思背後有沒有共同點？也很少有人會去想想，welcome 這個字的原意是甚麼？

接下來的這 12 個作業，就是要你們上一個英文的字典網站，看完每一個字所有的英文解釋和例句後，想一想，同樣一個字為何會有這樣子看起來不相干的中文「意思」？具體講，就是先提出一個說法，將這個字一些看起來不相干的中文「意思」串連起來，然後，判斷這個字的原意。

1. 英文welcome這個字，你們都知道他有二個「意思」：「歡迎」和「不客氣」。
2. 英文sorry這個字，你們都很熟悉，然而，這個字的中文「意思」也是好幾個：「抱歉」、「遺憾」和「難過」，其實，他的英文原意都是一樣的。
3. 英文party這個字，你們都很熟悉，這個字的中文「意思」也是好幾個：「派對」、「團體」和「政黨」，他的英文原意都是一樣的。此外，party這個字和part也是有關係的。
4. 英文run這個字，你們在使用程式時常用到，然而，你們對這個字最早的印象是指「跑」，這個字也有好些個看起來不相干的中文「意思」。
5. 英文drive這個字，你們在使用電腦時常用到的(driver)，然而，你們對這個字最早的印象是指「開車」
6. 英文pilot這個字，在資訊和工程界常用到，然而，你們對這個字最早的印象是指「飛行員」。
7. 英文press，這個字的中文「意思」也是好幾個：「新聞」、「壓迫」和「按」，其實，他的英文原意都是一樣的。

8. 英文mean這個字，你們在數學和統計常見到，這個字當形容詞卻是不好的意思，然而，都是同一個字。
9. 英文address這個字，你們在上網時常用到，然而，這個字的另一個意思是指「演講」。
10. 英文post這個字，你們在上網時常用到的，然而，你們對這個字最早的印象是指「郵局」。
11. 英文screen這個字，使用電腦時常用到的，然而，這個字不僅有好些個看起來不相干的意思，有的意思還看起來相反：「螢幕」、「屏障」相對於「審查」、「篩子」，其實，他的英文原意都是一樣的。
12. 下面幾個字，請依照本章作業要求的方式繼續自行做：dry, train, draw, secretary, general, doctor, class, off, sense。

Chapter 3
基本功夫（二）

中國古人學習，必有「朗讀」、「唱和」、「吟唱」、「歌詠」或「背誦」，讚美好的文章時說「傳誦一時」、「琅琅上口」和「膾炙人口」，用「弦歌不輟」指教育也和「音」有關。可見，「音」是學習任何語文最基本的功夫。

許多人學了一輩子英文，一直忽略了英文最重要的基礎：「音」，所有花在學英文的功夫都只是在沙灘上建城堡。

「音」，不只是很多人第一個想到的「音標」和「發音」，更重要的是從聽的練習所建立的「聽力」和「發音」的能力，進而認識到英文這個拼音的語言；其中，字的拼法和讀音之間的對應關係，再由此推進到「音」和個別字、片語到整個句子的對應關係，這才是眞正的「程度」。

簡單說，「聽力」和「發音」的能力，反映出的是持續、密集地投入的學習，而這個學習的過程中，收獲的不僅僅是「聽力」和「發音」的能力，我們最關心的「生字」和「文法」都在這個過程中受益豐富。有了這個基礎，我們閱讀英文或是用英文表達時，所謂的「語氣」、「音韻」和「情境」，才能準確掌握。

以前沒有電腦和網路，學英文的「聽力」和「發音」的確很麻煩，今天這個行動網路盛行的時代，學習「聽力」和「發音」的管道多元，而且很多都是免費的，因此，理論上，現代的學生的英文程度應該比20世紀的學生好很多才是。

3-1 聽力

聽力和英文的讀、寫和說的能力有密切的關係，連每個學生最關心的生字學習也和聽力有強烈的關係，這是有學理依據的。很可惜，我們傳統的學習方式總是忽略聽力的練習，總以為它是獨立於讀、寫和說的能力之外的，這個錯誤的看法害慘了一代又一代的學習者。基本上有二個原因造成這樣的現象：

1. 只重視發音準確，不重視讀音：簡單的分別是，讀音就是聽力練習，這無法教的；而發音則是可以教的。當然，二者都要靠學習者自己長時間的練習，聽力需要更大的耐性和毅力。

   我們都很在乎發音準確與否，這尤其反映在許多家長再辛苦也要送小孩去兒童美語班的態度上。但是，我們常忽略了，個別字的發音只是整體的讀音中的一環；而且，我們又習慣將發音限定於「音標」與發音規則的教學。

2. 不考就教得少、學得少：因為凡是牽涉到發音就很不容易考試，不論是讀幾個字或是朗讀文章，先不論評分的準確與公平性，光是所要花的時間與人力就讓人望而生畏。既然不考，當然就不是學習的重點，因此，許多人在學英文時都抱持著一個態度：我先專心學好英文，發音等以後再說。發音都可以等了，那聽力更可以等了，當然，這一等就等得海枯石爛了。

   以前限於人力及物力，英語教學不重視聽力和偏重於教英語發音的規則是無可奈何的情勢。而我們太在乎發音的準確而輕忽了讀音的練習，反而造成了三個反效果：

   (1) 忽略了英文的字的拼法與讀音間的相對應關係，連帶影響到學習和記憶生字的效果；
   (2) 忽略了閱讀文句時相對應的語氣，以致於閱讀只剩純粹字面意思的組合；
   (3) 使許多學習者畏懼發音練習。太過重視「發音準確」，許多人一講到「發音」立即聯想到是「音標」和「發音規則」，還有「標準發音」，這樣偏執的觀念使許多學習者畏懼發音學習，特別是一些先天聽力或是發音條件欠佳的人，更是心生恐懼。

所幸，近幾年國、高中都開始重視聽力了，可惜的是，因爲是以測驗來引導，所以，爲考試而學的心態仍然存在，許多學生並不是眞的瞭解聽力和讀、寫和說的能力的密切關係。在今天這個網路盛行的時代，網路上有許多的學習資源，我們該導正英語的發音教學到以讀音爲主體的正規了。接著，我們從理論來說明爲何要多聽英文。

一、讀音的功能

讀音的主要功能，是當我們在解讀文字時，不論是依據記憶，或是依據對於字母的拼音模式的熟悉[1]，我們能讀出一個字的讀音。這個讀音能啓動我們記憶深處中關於這個字的資訊，讀音能做爲我們的工作記憶[2](Working Memory) 以及長期記憶間 (Long-term Memory) 的一個媒介，使我們的工作記憶不至於超載，便於我們的處理中心（大腦）順利運作。簡單講，讀音可以協助我們順利的處理文字的資訊。或許有人會疑惑：我們閱讀時又沒出聲音，爲何還需要讀音協助？

讀音的主要功能有二個：

1. 協助在工作記憶中的資訊的儲存(Kleiman, 1975；Levy, 1975)。
2. 迅速獲得儲存在我們的長期記憶中有關的用法及意思的資訊(Koda, 2005)。

這應是人類的自然構造，我們使用中文也是一樣的依賴讀音協助。我們都看過，有的人在看報紙或讀小說時，嘴巴會無聲的「讀」；我們自己一定也有過這樣的體驗，我們經常會在心中默唸我們所「讀」的文字[3]。

你是不是有過這樣的經驗，你參訪一座廟，欣賞一下廊柱上的長長詩句，「讀」到某個字，因爲字跡無法辨認，無法默讀出它的讀音，你的閱讀過程就此卡住了，你無法確認整個句子的上下文。另一種情形是，你讀古人的詩句，雖然不見得完全懂得意思，可能也有幾個字不認得，但是，因爲「讀」的過程還順利，我們的挫折感相對的就沒那麼嚴重。想一想，是不是這樣？

1 英文字的拼法和讀音相契合的比例是 75%，就是說，這些字的拼法和讀音是一致的。

2 有的文獻中用「短期記憶」，這兩個名詞重疊之處很高，本書盡量統一用「工作記憶」；但有時為了和「長期記憶」對比，還是用了「短期記憶」。

3 會速讀的人當然不受這樣的限制，但是，一般人是這樣「讀」的。而且，學習速讀時都會教學生要脫離默讀才能成功，可見我們一般人都會依賴默讀的。

例如漢朝名將李陵[4]的《與蘇武詩》：

良時不再至，離別在須臾，屏營衢路側，執手野踟躕。仰視浮雲馳，奄忽互相踰。風波一失所，各在天一隅。長當從此別，且復立斯須。欲因晨風發，送子以賤軀。

要講生字和生詞，這首詩中筆者個人就有好幾個，其中有的字雖認得，但一直不會唸，有的甚至也講不出確切的意思，如：「須臾」的「臾」；「長當」二個字誰不認得，但這樣用法筆者也講不出來是甚麼意思。可是，我想只要有國小程度的人都可以看得出來這是一首贈別離的詩，我們光是從其中幾個字或詞，如：良時不再至、離別、各在天一隅、從此別、送子，就可以得到「離別傷感」這樣的大意。

許多英文不好的人在讀中文時都會默讀，但是，這些人在讀英文時，默讀都進行得很艱辛，常常無法順利的默讀完一個句子。當然，他們都會歸咎於有不認得的字，其實，這些人經常也唸不出一些認得的字，這就如雪上加霜，所以，一句話默讀得磕磕絆絆的，怎麼不會有挫折感。

這就是讀音的功能：一方面，幫忙喚起我們記憶深處有關這個字的資訊；另一方面，讀音也協助我們將一個句子所有的文字串起來。能讀出整個句子的讀音，雖然其中某個字的確定讀音不太有把握，但是，只要讀音能連貫，我們心理上的挫折感就不會那麼強烈。

以單字 window 爲例，它由六個字母組成二個音節；它的讀音是：['wIndo]；它的意思是：「窗子」，可以指實際的窗子，也可以指一個無形的窗子，自從桌上型電腦流行後，它還指電腦的作業系統；它經常用在下列的用法中：a window of opportunity, window shopping, a window seat, the Window operating system, Window 95, Window 98, Window 2000......。這些資訊都是儲存在我們的長期記憶中。

當一個熟練的讀者看到這個字時，他立即辨認出這個字的讀音：['wIndo]，這個讀音和儲存在他的長期記憶中所有關於這個字的資訊產生了連結。再依實際的需要，擷取長期記憶中適宜的資訊，拿到工作記憶中處理。

4 漢朝名將，奉武帝命帶兵五千攻匈奴，孤軍深入，久戰無援被圍，兵敗降匈奴，漢武帝怪他未死戰，殺他全家人。李陵在匈奴與同是天涯淪落人的蘇武交好，後匈奴放蘇武回漢，行前李陵與他告別，作詩三首相贈，此是其一。

例如，假設這位讀者看到下列二個句子：

He opened the **windows** to let in some fresh air.

She opened too many **windows** and slowed the operation of the computer.

一個熟練的讀者在看到這樣的二個 windows 時，首先，他絕不是從 /w/,/i/,/n/,/d/,/o/,/w/ 這六個字母加起來才確定是 window，而是依據經驗掃描到 [win] 和 [dow] 這二個音節，外加一個 [s]，在他腦中出現 /wIn/ + do/ + /s/，連成 /'wIndos/ 這個讀音。

其次，他依據 /'wIndos/ 這樣的讀音喚起了記憶，但他不是直接搬出「窗子」或是「視窗」這樣的刻板意思，而是依據在工作記憶中，和這個字相關的其他字，連起來要如何搭配，再決定在長期記憶中，window 這個字的哪一個意思或用法能搭配得宜。將合意的意思拿到工作記憶中，再和句子中前面和後面的字一起搭配，最後才決定它這個字確切的意思。

另一方面，英文的字有一個特性，叫做：Collocational Behavior（常搭配一起使用的字）。最簡單的如大家常背的「片語」：take care of, carry on, to make up with 等。以 window 爲例，一個有經驗的讀者，因爲熟悉通常會和 window 這個字一起搭配使用的字，如：open a window, a window of opportunity, a Window 7, a Window system 等，這些資訊都以音的方式儲存在他的長期記憶中了。因此，光是靠著幾個常搭配著一起的熟悉的音，就足以直接判斷意思了，根本不用進入到判斷如何搭配意思這個地步。這樣子是不是減輕了工作記憶的負擔？

想想看，在閱讀時這位讀者的處理中心同時要處理多少筆資訊？ 閱讀時，讀者的處理中心是很忙碌的。它先要判斷字的讀音，再依據此讀音去擷取一個字的意思，同時又要依據上下文如何搭配來決定個別字確切的意思，以便能正確地解讀出句子的意思。所以，我們不可能將每個字的拼法和所有可能的用法和意思全部都放在工作記憶中，而是依據字的讀音去長期記憶中擷取相關資訊，放到工作記憶中去給處理中心比對、挑選、判斷、驗證，所以，能夠善用熟悉的讀音，不論是一個字或是一組常搭配使用的字，是足以使閱讀的過程順利許多的。

另一種現象，是許多人用心記了許多的單字，所有這些資訊都儲存在長期記憶中。每當閱讀時，他們的工作記憶卻因爲種種原因無法發揮功能，只能死板板地抓著記憶中刻板的意思來拼湊，這當然違反人腦運作的原理，電腦也不可能這樣子運作的。最常見的現象就是，很多人在閱讀英文時感覺很艱辛，爲甚麼？原因不就是因爲他們在閱讀時，看到的每一個字，先要辨認它的拼法，還要刻意去想這個字的「意思」。這是很費力的功夫，處理一個字尚不覺得多辛苦，等句子中的每個字也都是同樣的方式處理，沒多久，腦中塞滿了一個又一個字的「意思」，任誰都會明顯地感覺到辛苦的。光是這段過程，這些讀者就已經比熟練的讀者辛苦許多了。

然後，這些讀者拿著一個字的「意思」去和其他字的刻板「意思」配對，努力地想要將這許多個硬梆梆的「意思」拼湊成一個有意義的句子意思。這樣子讀法，光從生物的角度看，人腦的工作記憶塞得滿滿地，處理中心儘管全程高速運轉，根本無法順利地運作。

一台電腦的工作記憶超過負荷，它的處理中心就當機，畫面就僵住。我們人腦不會當機，但是，我們的工作記憶會自動刪除一些訊息以方便大腦繼續處理。我們卻一直不知道，我們努力解讀出來的「意思」是遺漏了許多資料的，我們只發現我們努力的結果是不符預期的，接著，產生深沉的挫折感。然後，就放棄。

美國的 National Literacy Panel on Language-Minority Children and Youth[5]（國家級針對英語非母語之學童之讀寫能力專題小組）在 2006 年發表的研究報告 Developing Literacy in Second-Language Learners (August & Shanahan, 2006)，發現閱讀能力差的學生，不論他們的母語是不是英語，都在語音意識 (Phonological Awareness) 及工作記憶 (Working Memory) 這二項顯現出有困難。所以，這些學生在處理字的語音方面的缺陷，是他們在認字時有困難的主要原因（很可能，語音方面的缺陷又是導致工作記憶缺陷的主要元兇）。這二項缺陷與他們的母語是否爲英語無關，也與智商無關（頁 6）[6]。

無獨有偶地，英國的教育部長 (Secretary of State for Children, Schools and Families) 於 2009 年發表一份針對閱讀有困難的英國學童的專題報告 (Rose, 2009)，報告中就明指三項因素爲造成閱讀困難的主要原因：

5 由美國教育部和教育科學研究所 (Institute of Education Sciences) 在 2001 年贊助的。

6 原文是："Both groups demonstrate difficulties with phonological awareness and working memory. These findings suggest that underlying processing deficits, as opposed to language-minority status, are the primary issue for students experiencing word-level difficulties."。

1. Phonological Awareness（語音意識）
2. Verbal Memory（口語的記憶力）
3. Verbal Processing Speed（口語的處理速度）

這份報告的總結中，開宗明義就聲明，識字障礙[7](Dyslexia) 的確存在，這個障礙普遍出現於各種資質的學童中，就是說與智商無關。該報告引述資料說，英國的學童約有 4% 到 8% 有識字障礙，而識字障礙的後續影響深遠，如文盲、國民基本素養、犯罪率等。

該報告列出三項主要因素，其實，核心的還是語音意識這一項。原因很簡單，一個字如果不知道如何唸，當然不容易記住，「口語記憶」(Verbal Memory) 就差；一串字唸起來嗯、嗯、啊、啊地不順暢，處理他們的意思當然也不會順暢 (Verbal Processing Speed)，這連帶著又影響了「口語記憶」。有這樣子的障礙，後續的語文學習當然就困難重重。

可見，如果在認字的過程中無法順利的處理字的讀音，無法順利的見字生音，再由音起意，必然對工作記憶造成沉重的負擔，也不容易在長期記憶中有效的儲存所學過的單字。一旦陷入這樣的困境，不管英語是否為母語，都是一樣的很難閱讀。

所以，美國有許多研究都證實，一個學生讀音的能力，是他的閱讀能力的強力指標 (Bowers, Golden, Kennedy & Young, 1994; Share & Stanovich, 1995; Torgesen & Burgess, 1998; Wagner, Torgesen, & Rashotte, 1994)。讀音能力差的學生，他在閱讀方面的能力一定差，這二者間是有因果關係的。Koda (2005) 說：「能獲得讀音的資訊的能力對成功理解是至關重要的，而且，很可能和閱讀能力有因果的相關」[8]。Share & Stanovich (1995) 說：這樣的差異是「專屬於讀音領域，有長期的指標作用，而且無法歸咎於非讀音的因素，如智商、處理意思或是視覺的能力」[9]。

---

7 字典翻譯為：「識字困難」或「誦字困難」

8 原文是："The ability to obtain phonological information is vital to comprehension, and in all probability is causally related to reading proficiency."。（頁 33）

9 原文是："domain-specific, longitudinally predicative, and not primarily attributable to non-phonological factors—such as general intelligence, semantic or visual processing."（頁 9）

關鍵就在於讀音在閱讀過程中所扮演的一個媒介的作用。很可惜，我們一直都以爲這是可以「暫時」忽略的。

Koda (2005) 在談到「拼字法的能力」時說：「要建立拼字法的能力，學生首先要明瞭書寫的符號和語言的單位相對應，然後，學習書寫的符號如何混合運用，以呈現口語的文字」[10]。

所以，我們學習英文的音，不是只爲了「發音」準確，而是要明瞭英文字的拼法及讀音間的相對應關係，從而建立拼字法的能力。

二、美國的英語教育綱領

1997 年，美國國會要求美國國立衛生研究院 (National Institutes of Health) 下轄的國家兒童健康和人類發展研究所 (National Institute of Child Health and Development)，在教育部的協助下專責研究「閱讀」這個主題，以釐清如何可以有效地建立閱讀的基礎。他們組成了一個專案的研究小組：National Reading Panel（國家級閱讀專題小組），於 2000 年出版了：*Teaching Children to Read*：*An Evidence-based Assessment of the Scientific Research Literature on Reading and its Implications for Reading Instruction*，這份報告至今仍是美國中小學的語文教育的重要參考藍圖。

National Reading Panel (2000) 的報告列出影響到閱讀的五個關鍵因素爲：

1. phonemic awareness（音素意識）
2. phonics（字母拼讀法[11]）
3. fluency（流利的程度）
4. vocabulary（字彙）
5. text comprehension（理解文句）

前面提過的一項針對英語不是母語的人學英語的研究專案 National Literacy Panel on Language-Minority Children and Youth 在 2006 年發表的研究報告 (National Literacy Panel, 2006, p. 9)，認爲 National Reading Panel (2000) 的報告中所列的那五項關鍵因素對英語不是母語的人也是一樣適用的。

10 原文是：“To develop word-recognition competence, children must first become aware that written symbols correspond to speech units, and then learn the specific ways in which symbols are combined to represent spoken words.”（頁 32）

11 字典通常解釋為「拼音」，為避免誤解，本書中都用「字母拼讀法」這詞。

我們檢視 National Reading Panel (2000)「國家級閱讀專題小組」的報告，可以發現，它是綜合了拼音教學和全語文教學這二個教學法。它將這二個教學法統合在以閱讀作爲精進語文程度的大架構下，明確指出各個因素對閱讀能力的重要貢獻，當然，也打破了發音教學做爲單項獨立的教學活動。

「國家級閱讀專題小組」的報告呈現這五個關鍵因素的順序是有深意的，是由基礎而進階排列的，前三個是與辨認單字的能力息息相關的：

1. phonemic awareness（音素意識），簡單來講，就是能夠聽到和辨認音素。例如：聽到look的音[lʊk]，能知道是由[l], [ʊ]和[k]這三個音素所組成的；而聽到took的音[tʊk]時，能分得出來它的第一個音素[t]和look的[l]是不同的；或是聽到[lʊk]和[lʊt]時，能分得出來這二個字的第三個音素[k] 和 [t]是不同的。能聽到和辨認音素，最終的功能就是幫我們能辨別不同的字。
2. phonics （字母拼讀法），簡單來講，就是能夠熟悉字的拼法和發音間的關聯。這個因素的功能和重要性在前面談過，這裡我們看這報告如何評論的：「有系統的教字母拼讀法是爲了提升解讀和辨認文字的技能，這二項都有助於理解能力」[12]。
3. fluency（流利的程度），簡單來講，就是能夠迅速而準確地辨認所聽到或讀到的字。這個因素就和我們在上一節談到的「工作記憶」息息相關，如果辨認字的過程順利，就不會給我們的工作記憶造成負擔，讓我們能專心處理所讀到的字，以解讀出句子的意思。

「國家級閱讀專題小組」的報告提到：「儘管流利程度是熟練的閱讀中的一環，它的重要性在課堂上卻經常被忽略，這是不幸的」[13]。

唯有能掌握了「音素意識」、「字母拼讀法」及「流利的程度」這三個關鍵因素後，我們才能進入到「字彙」這第四個關鍵因素，最終才能達到「理解文句」這個大家都企望的目標。

---

12 原文是：“Systematic phonics instruction is designed to increase accuracy in decoding and word recognition skills, which in turn facilitate comprehension.”（頁 3）

13 原文是：“Despite its importance as a component of skilled reading, fluency is often neglected in the classroom. This is unfortunate.”（頁 3）

對照於我們的態度，我們都是跳過前三個關鍵因素，直接從第四個因素「字彙」開始，希望解決它之後可以讓我們順利地達到「理解文句」，好讓我們高枕無憂。可以說，在學習的策略上，我們的第一步和美國及英國人的第一步比起來，顯得我們像是資優班的「跳級學習」。

所以，我們就不要繼續堅持一個錯覺：我們是外國人學英語，我們不可能像老美那樣的方式學英語。總之，忽略了聽力練習，小看了從聽力中學得的讀音的能力，要付出很慘痛的代價。所以，利用所有的零碎時間聽英文吧。

3-2 正確看待文法

在忙著學文法前，先想一想，甚麼是文法？簡單地說，是先有語言使用了數百、數千年後，學者將這個語言的使用習慣歸納整理，用文字條列出來，這就是文法。也就是說，語言是人依據生存的需要而創造出來的，文法只是後來的學者用文字來說明一個語言的使用習慣。

每一位同學只要仔細檢視一下自己平日生活的許多習慣，就會發現，有一些是邏輯上不一致的，或是說不出個明確的道理的，但，你就是習慣如此。例如：年輕的人都很在乎外貌及身材，但是碰到高熱量的食物及飲料時，就是擋不住誘惑；一個號稱愛地球、重視環保的人，自己每天過著高耗能的生活方式。語言的使用習慣也是一樣的，都不是照著既有的規則很一致性的發展的。這是爲何各位在學文法的過程中有時會聽老師說：「這是特殊用法」或是「特例」，這些就是和一般的習慣不一致的。英文不論發音、字和詞、文法或是習慣用語都有不少「特例」，如果照著死讀文法的心態學習，只會增加學習的壓力。

以上簡略的說明，是先要打破文法在各位心中的神聖地位，切莫以爲「如果」你掌握了文法，你就眞的能掌握了英文。當然，那個「如果」是一個很巨大的假設，因爲這個假設是建立在二個錯誤的認知上：

1. 學好了文法就如同掌握了建築的藍圖，以後就按圖施工就對了，就可以避免犯錯，能夠精確地表達。

2. 學文法就是將文法課本中講的道理和規則讀熟、記好，再配合例句，應該就能學會運用文法。

這二個認知有誤，根本的原因就在於大家都將文法當成了知識在讀，而不是將它當成一個語言的使用習慣去熟悉。讀過和記下來了不等於熟悉。

我們用個簡單的比喻來說明：今天你要招募新進人員，從應徵人員的履歷資料中，你可以看出來一個人有怎麼樣的學經歷。但是，每一個有過招募經驗的人都知道，最難的是如何從履歷資料及面試中所呈現的文字和語言中，去探索出一個應徵者的能力和人品，這對每一個招募者都是很大的挑戰。這是爲何美國不論是大學在審查申請入學或是企業招募新人時，都會要求列出「參考人物」，也有聽說有的公司會「建議」通過第一關篩選的應徵者提供社交媒體如臉書的帳號[14]，就是針對最後幾個難分高下的資格時，從應徵者所列出的「參考人物」或是社交媒體中的資料以詳細查詢文字無法呈現的具體事蹟。「參考人物」和個人的臉書帳號很有參考價値，就因爲和應徵者有過長期相處的經驗，熟悉他們的習性，所以能提供較具體的事蹟以供判斷。

所以，文法書就如同一個人的履歷資料，讀文法書能讓我們知道一些道理，就如我們知道某位應徵者是某校的某系畢業，修過甚麼課程，成績如何，有過些甚麼相關的工作經驗。這些只能是供招募者當作第一關篩選用的，越是進入第二、第三甚至於第四關的篩選，透過當面溝通以及側面瞭解的功夫就越深[15]，用意不就是要挖掘出許多深入的資訊？

履歷資料無法呈現深入的資料，招募者要依賴好幾個不同層面的探索去拼湊。同樣的道理，文法書只能告訴你基本的道理，但是，無法幫你養成使用這個語言的習慣，要靠學習者自己從不同的層面去獲得。這就是許多人老是感嘆文法學不好的根本原因。

14 公司只是「建議」提供，沒有強制性，但是，大家都知道後果會如何。

15 筆者當年在美國唸書時，打工的單位主管出缺，因為這個單位是個國際知名的文藝組織，所以對這個主管的要求涵蓋很多層面的本事，學校為了慎重起見，進入第三輪面試的候選人都會安排和我們這些工作人員午餐，用意當然不在考察專業能力，而是要看每一位候選人給這些可能將來是他的工作人員散發出怎麼樣的個人領導的魅力及親和力。筆者雖然只是個兼職的小人物，也接到通知參加餐會，就因此吃了好幾頓窮學生吃不起的大餐，事後，本單位的幾個專職人員有針對這一系列的午餐提出一份心得報告，供學校高層參考之用。

這裡用減去法的方式，讓各位看清楚為何多數人學不好英文文法：

1. 我們在市面上看得到的各種版本的文法書都有個共同的特色：都是參照國外的文法書寫的，這是無可厚非的事情，問題在於，很少有人會思考一個問題：英國和美國的學生是何時開始讀文法書的？他們開始讀文法書時都是已經有了基本的英語語文能力，因此，他們讀文法書是用來檢驗或糾正他們原有的語言使用習慣，而我們讀文法書則是有如一個蠻荒探險者拿著一個指南針闖入亞馬遜叢林。
2. 文法書的本質是個學術的著作，不是單純的使用手冊，因此，文法書的作者都會力求嚴謹，通常都會將一個事情幾乎所有可能的現象都詳細地列出來，以便使用者有需要時能夠在書中找到依據。結果，許多學習者一拿起文法書就像一個觀光客進入亞馬遜叢林。
3. 讀文法書細又雜，但要語文程度不夠的人能清楚掌握就有困難，因為很多資訊很難連貫成一個概念來掌握，也不容易瞭解其中的道理，學習者根本不知道為何會如此，多半只能用死記的。
4. 文法書中要記的資訊多如牛毛，單獨看一章還不覺得壓力沉重，讀完名詞之後再讀動詞，此時，名詞那章的許多內容已經印象模糊了，讀完動詞這一整章後能夠清楚說出過去式和現在完成式的區別的已經不是多數人了；讀完動詞後，讀句子時還能記得動詞那章讀過的東西的更是少數了。
5. 文法書的標準模式是文字說明配例句，但是，這裡潛藏著一個問題，英國和美國的學生讀這樣的文法書沒有問題，因為他們已經有了相當的語文經驗，所以，給幾個例句的功能是勾起他們印象中所有類似的用法，如此就能瞭解文字說明的道理；而我們的學生則不然，因為我們的學生對文法書所講的全然陌生，給幾個例句完全無法引起他們的共鳴，因為他們的記憶中相關的資訊幾近於零，這是為何很多學生在讀完文字說明配例句後覺得好像懂得，等看到實際的句子時，很多人無法和文法書中的那幾個例句連起來，如此狀況下指望能想起書中講的文法規則更是緣木求魚。
6. 英國和美國的學生讀文法書，是藉此歸納、印證和整理他們已經有的經驗，而我們的學生讀文法書，則是要他們能夠舉一反三，看過幾個例句後，能夠在實際的文章中立即察覺出來文法書中講的規則，這其實滿強人所難的。

7. 因爲前述的細和雜的現象，自然就使許多人一直都認爲自己的基礎沒有打好，所以聽甚麼都不懂，就自己放棄了。其實，我們的文法教學就是有如將一個城市人丟到亞馬遜叢林，甚麼都不知道，處處皆是危機，寸步都難行，能活下來靠運氣。是這些原因才會讓許多人覺得文法怎麼都學不好，其實，仔細觀察一下，能純靠學校教學就學好文法的，那就如同中世紀時的拉丁文教學，能學好的是極少數，所以，同學們，絕對不要怪你自己，單純靠文法書學不好文法是先天的因素就註定的，不是你個人的因素。

總之，筆者認爲，我們學校教學學不好文法是因爲教得「太多、太快」。太多就是一講到 A 就牽涉到 B，而講到 B 就牽涉到 C，等老師將 C 和相關的 D 和 E 說完，學生已經眼花撩亂了；太快則是學校課程有進度，老師要照每周的進度教，每個進度的內容就是上面講的文字說明、例句加練習。老師教過了，剩下是學生的責任，但是，大多數的學生是沒有自己找例句的能力的，更沒有貼身家教隨傳隨到，結果，多數教過的內容就擺在倉庫的角落，沒有被遺忘是極少數。

舉二個最明顯的現象爲例：

1. 我們學英文都會依據程度分級，很多人也都會希望分階分級來學好英文，可是，有幾個人看過文法教學是分階分級的？多數的情形是，國中和高中教的文法內容都差不多，用的教科書也差不多，到了大學可能文法課少一點，但如果講起文法來，講授的內容和方式和國、高中也差不多。這就是爲何一本著名的柯旗化文法可以從國中生到留學生都在讀[16]，這是個正常的文法教學方式嗎？
2. 每個初學英文的人都知道英文有主詞和動詞，文法書的頭幾章就是在講名詞和動詞，但是，許多大學生常常沒有辦法在一個句子中找出它的主詞和動詞，筆者拿同樣的問題考明星高中出身的醫學系學生和科技大學的學生，結果都差不多。學了那麼多有關動詞的文法，卻無法辨認一個句子中的動詞是哪個字，這是怎麼回事？

16 筆者當年考高中時，全班不約而同的幾乎都買了一本柯旗化文法，因為我們的學長們一代一代皆是如此。

因此，建議學文法時要遵循二個原則：

1. 別落入「太多、太快」的陷阱。

   以學名詞爲例，先學會知道主詞、受詞和補語在句子中的功能，這個部分可以一分鐘就講完，也可以花一到二個小時才示範完；以動詞爲例，不要一開始就進入動詞的時態，先瞭解動詞在英文句子中的重要性，知道爲何動詞被稱爲「句子的靈魂」，接著要學會辨認句子中的動詞。

2. 養成使用這個語言的習慣比讀文法書還有效。

   持續的閱讀和聽是養成使用這個語言的習慣唯一的具體步驟；唯有經過持續、密集的接觸，才能讓學習者對英文的使用習慣有個印象，有了印象，才可能和後續接觸到的文章和文法的說明產生連結，也才能在我們的長期記憶中形成一個連貫、保存良好的知識。

眞正難的是如何養成使用這個語言的習慣，因爲學校的學習有時間、進度和考試的壓力，學生自己有信心的壓力，學校的英語課程先天就很難做到多聽和多讀。因此，學生必須要自己額外地去聽和讀英文，就時間、精力、毅力和自信心都要承受相當大的壓力。

所以，要學好英文的文法，不是將文法當成單獨一個科目學習，而是建立英文的基本功夫中的一環，也就是在持續的聽和讀的過程中，從聽力、發音、生字、文法及句子同時著手，以建立整體的英文程度，另一方面，也隨著整體英文程度的提升而同步提升。總之，建立英文的基本功夫不能只靠課堂教學，一定要自己持續的聽和讀，才有可能藉著熟悉而提升整體英文程度。各位好好思考一下。

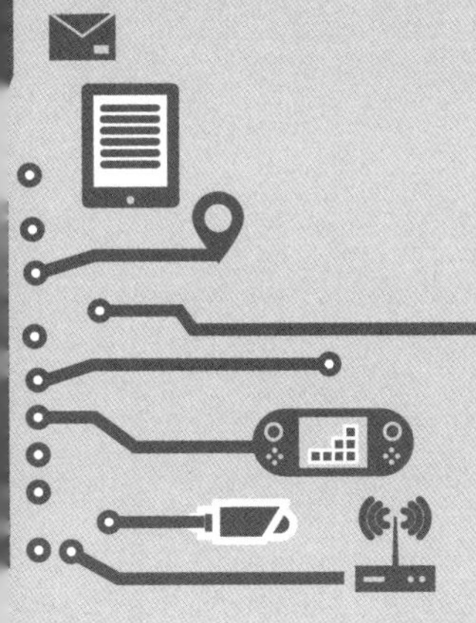

小試身手

這個作業要用到下面這個英文字典的網站：www.merriam-webster.com。請找到列出的那個字，做三件事情：(1) 點網頁上的喇叭圖案，聽字典發音，然後跟著將該字唸出來 (2) 唸的時候，順便看著網頁上的音標，決定這個字有幾個音節 (3) 將這個字依據逐個音節寫下來。

smartphone

windowless

volcano

ornament

ballistic

helplessness

strategy

ergonomics

observation

instructional

stability

developmental

sensationally

opportunity

serenity

carbonado

euthanasia

adolescent

ecological

trajectory

小試身手

unforgettable

interrelationship

sinusitis

desperado

originality

psychotherapeutic

functionality

salpingitis

serendipity

intercontinental

variability

unapologetic

cacophonously

industrialization

susceptibility

psychoanalysis

irreconcilability

neuroanalysis

adenocarcinoma

psychopharmacology

接下來進入「簡易實用文法」，有二個特點：

1. 這是給正爲學習英文閱讀、寫作以及口語表達的人而寫的工具書，不是專爲初學者教英文文法的。本書的功能更像是技術手冊，補足傳統文法書所遺漏的基礎功夫。
2. 其中章節的安排以及內容的呈現，都是筆者個人針對我們的學生在實際地閱讀和寫作英文時最欠缺的基礎功夫而設計的。這樣的編寫方式，是爲了進入到閱讀教學時的需要，也就是一個最基本的「結構」的概念，由此才進一步建立英文句子的「分段」的概念[1]。

閱讀和寫作是一體的二面，在英文這樣的語文，這個情形更是具體。而英文從字到句子的組成方式，就是類似樂高積木式的組合概念，能掌握這個概念，學英文才能跳脫死啃文法以及逐字翻譯的窘境。而閱讀和寫作的關鍵基礎功夫就是分段，閱讀時會分段，寫作時才知道如何逐一的組合成一個合理、通順的句子，這不是一般的文法書所能涵蓋的。

不會分段，是每一個英文學不好的人的通病。因爲不會分段，閱讀英文句子就沒有結構的概念，就無法抓到句子的重點，閱讀就只剩下些死背硬記的死知識的胡亂拼湊，很難談正確的理解原意；等到了難度更高的寫作和口語表達就更困難重重了。

閱讀無法順利進行，英文程度就很難提升，想要寫作和口語表達就更困難。

所以，讀接下來這幾章的文法，要抱著學習「結構」和「分段」的心態，這樣才方便進入到本書後半部的「閱讀方法篇」。

1 「分段」和「結構」的概念，何者是因？何者是果？各有看法，就如先有雞還是先有雞蛋之爭論，很難計較。

Chapter 4
英文句子的組成

每一個閱讀英文有困難的人都有二個共同的困擾：(1) 讀句子沒有「結構」的概念 (2) 看字時不會依據「功能」來判斷「詞」。

本章就先介紹這二個基本的觀念，期望引領各位同學一步一步的了解閱讀英文句子的正確態度。

4-1 主要結構、受詞、補語

一、中英文迥異的句子結構

大多數的人仰賴中文翻譯學英文，卻從來沒有注意到，中文句子和英文的句子在結構上是很明顯不同的。因爲這一點忽略，就陷入了中式英文的病態。中文句子和英文的句子在結構上有二個很明顯不同的地方：

1. 英文的每一個句子一定有一個明確的「主要結構」，就是主詞加動詞；
2. 英文的每一個句子在結尾一定有一個句點，在這個句點之前，這個句子的長度在理論上是無限的，只受限於作者的功力。

中文則沒有這樣明確的要求，好像從來也沒有眞正教過所謂的中文句子是如何組成，以致於，如果問：中文怎麼樣算是一個句子？不要說是我們一般人，問問國文教師恐怕也難得到一個清楚的說法，好像也從來沒有甚麼問題。就以上面這一段爲例，你認爲，這算幾個中文的「句子」？

再如十字路口常見的：「越線受罰」。這是不是一個「句子」？它有沒有「主詞」？「禁止踐踏草皮」也是一樣，「誰」禁止？禁止「誰」踐踏草皮？我們都很習慣這樣的中文「句子」。英文當然也有類似的簡略用法，但是，我們中文如此簡略的頻率高了很多。

看這個例子：高速公路邊經常有這個警告標示：「前有違規取締」，大家都懂它的意思，可是，很少人想過，這是個怎麼樣的中文「句子」？我們唯一能確定的是它的動詞是「有」，至於它的「主詞」可能是「前」嗎？還有，那個「違規取締」到底是甚麼意思？我們都習慣性地懶得去管它；我們都知道它不是「違規的取締」，而是「針對違規的取締」？但是，有哪個規則允許我們如此的解讀？

中文這樣子的自動加料解釋的慣性，我們都不自覺地就帶到學習英文的環境中，也難怪，幾乎每個人都怪英文文法沒學好，其實，是我們一直不自覺地在套用我們的中文習慣在英文中。因爲這樣的習慣，以致於我們在學英文時，對於怎麼樣才算是一個句子沒有概念、也沒有基本的警覺。於是，很多人都大學畢業了，還沒法分清楚英文句子的主詞和動詞。

再看這個健保署寄給民衆的一封信中的說明事項：

「對本繳款單有疑義者，請於繳款期限內，塡妥『表單名稱』，檢具給付單位發給之證明或相關資料，連同本繳款單，郵寄本署業務組更正，或電洽所屬業務組承辦人」。我們都很習慣這樣子從頭到尾沒有一段話有一個主詞的中文「句子」，我們也從不計較這到底是一句話？還是幾個句子？

還有，我們中文說：「我喜歡唱歌」。這句話到底有幾個動詞？「喜歡」是一個，「唱」也是一個（也有說法是「唱歌」連著用就是動詞）。但是，英文就不允許這樣子，一個英文的簡單句就只允許一個動詞："I like singing." 同理：「這小孩成天哭鬧」，「哭」和「鬧」都是動詞，英文就要說："The child cries **and** screams all day long."

4

英文的句子絕不可以像中文這樣子寫。因爲英文句子有這二個與中文不同的特性，我們在學英文時，就必須學習如何掌握他們：**重點一定是：「主要結構」，方法則是靠「分段」**。「主要結構」是句子的重心所在，而面對一個一再延伸的句子時，分段是基本的技能，分段可以幫忙找到句子的主要結構，也是克服閱讀障礙的必備功夫。

不幸的是，很多人到了大學都還是靠著中文翻譯來讀英文，我們仍然不自覺地將自己的中文習慣帶了進來，結果就是，學文法有講到結構和主詞與動詞，但是實際在讀的時候，面對各式各樣的句子時，仍然照著中文由左至右的方式堆疊英文字的中文意思，毫無分段與結構的概念，腦袋中裝的全是沒有結構概念的中文翻譯。於是，我們的中式英文就一步一步地打下了紮實的基礎。

二、英文的主要結構

英文句子的「主要結構」就是「主詞加動詞」，它使一個句子有了明確的重點，**它點出了一個句子的主角以及清楚表明這個主角的意圖或狀態**，如：I go 是表達了主角「我」做了一個「走或去」的動作，I am ，則是表達主角「我是屬於一種甚麼樣的身分或狀態」；光是主詞加動詞的字通常還不足以將意思講清楚，可是已將句子的主軸先定下來了，剩下的是後續的內容，是屬於細節的部分。

____ 以蓋大樓做比喻，「主要結構」就是相當於挖地基和架結構一樣，____ 是整棟大樓的骨幹，____ 關係到大樓最基本的安全和耐用程度，外行的 ____ 此時來看工地多半只會看到地下一個好深的大洞和四處的塵土和泥濘。經驗不足的 ____ 在看到一個長句子時不也是同樣的感覺？

上面這段話中，劃底線的空格就是省略了主詞，相信讀者們都不會覺得有何不妥。但是，英文就是不可以這樣子。照著英文對完整的句子的要求來寫的話，上面這段話應該是：

我們以蓋大樓做比喻，「主要結構」就是相當於挖地基和架結構一樣，它是整棟大樓的骨幹，**「主要結構」**關係到大樓最基本的安全和耐用程度，外行的人此時來看工地多半只會看到地下一個好深的大洞和四處的塵土和泥濘。經驗不足的學生在看到一個長句子時不也是同樣的感覺？

因爲我們的中文不會刻意要求如此，而我們又是非常依賴中文翻譯來學英文，因此，當我們在閱讀、要說或是要寫英文時，這一點中文的習慣給我們帶來許多麻煩。就是因爲我們習慣性地對「主要結構」這個最重要的東西毫無概念，因此，閱讀英文時抓不到整個句子的重點，寫英文時寫出結構支離破碎的句子，說英文的時候更是七拼八湊的。學生覺得苦不堪言，只會怪罪生字多和文法不好，卻絲毫無法察覺問題出在哪裡。

「主要結構」的功能就是設定一個句子的基本走向。例如：我今天要自我介紹我的職業時可以有下列幾個不同的說法：

I am an English teacher.

I teach English.

I have a full time job of teaching English.

Teaching English is my job.

Being an English teacher is my job.

My job is teaching English.

I enjoy being an English teacher.

I love teaching English.

第一句和第二句、第三句的差別在於第一句是表達「我是這樣一個身分」，而第二句是表達「我做這樣的工作」，第三句是表達「我有這樣的工作」；第四、第五和第六句和前三句的差別在於，這三句都不是以說話者為主詞。有沒有感覺到前三句和後三句的重點和讀後的感覺都不同了？

至於第七和第八句，因為用了一個更具體的動詞 enjoy, love，整個句子所表達的內容就較前面六句更動人。前面六句如果也要表達出這個意思，就必須要寫成二句話：

I am an English teacher. I love my job.

Teaching English is my job. I love it.

Being an English teacher is my favorite job. I enjoy it.

Being an English teacher gives me great pleasure. I enjoy it.

以上的對照，是否可以感受到，換了一個動詞，整個句子給人的感覺就會不同？就是所謂的「牽一髮而動全身」，這就是「主要結構」的重要性。

由此可見，英文句子的「主要結構」牽動了整個句子的後續發展，也影響到了接下來的句子的表達方式。這其中環環相扣的學問，到了需要深度理解字裡行間的文義時就很重要了。

所以，我們在解讀句子或是寫英文作文時，處理每一個句子的首要之務就是先抓出它的「主要結構」，再循著它所指的方向往下去將後續的內容逐步解出。

許多人將看不懂、說不好、寫不好都歸咎於「文法差、生字少」，請想一想，當你讀的或寫的每一個句子都抓不到一個明確的「主要結構」，你無法辨認眼前這個句子的「主詞加動詞」，當然也就無法區分一個稍微複雜點的句子的主要和次要的段落，也難怪許多人的閱讀只會逐字逐句地堆疊字義，辛苦了半天，堆砌出一個連自己都不忍多看一眼的「什錦雜燴」。

如此胡亂的閱讀，當然會視閱讀為畏途。以蓋房子為喻，你的地基要挖多深不知道，房子的結構也還沒計算好，你心目中再怎麼雄偉的建築就只是一個夢而已。

三、知易行難的基本功：「主詞加動詞」

依據筆者的經驗，向我說：「讀不懂」的人，至少有八成以上都無法辨認出那個句子的「主詞加動詞」。每一次有人說：「看不懂」時，我都會問：你有沒有、能不能將這個句子的「主詞加動詞」先找出來？大多數的人都是一臉茫然，有的甚至狐疑：爲甚麼會問這個問題？

英文寫作時更嚴重，大多數有問題的句子都沒有一個明確的「主詞加動詞」。絕大多數英文寫作的學生都期望老師幫忙「改改文法」，但從不知道先檢查自己每個句子是不是有個明確的「主詞加動詞」，即使許多博士班學生拿著英文論文找我幫忙「改改文法」也是一樣的情形。

你自己想想看這其中的連帶關係：是因爲「文法不好」所以才句子寫不好？還是因爲寫句子時沒有先抓住一個明確的「主詞加動詞」，整個句子寫起來就不知道是你的中文在指揮英文文法，還是你的英文文法在混著你的中文產出一個「中英混血」？

文法書不是寫給初學者看的，所以文法書不會要學生練習如何辨認「主詞加動詞」，國、高中的英文老師也很少想到要帶學生練習這麼「基本」、「簡單」的東西，這個部分是每個想學好英文的人都必須自己練習的基本功夫。

最基本的做法就是從簡單的句子開始，簡單的肯定句的主詞都在句子的開頭，當主詞的不是名詞就是代名詞，代名詞大家應不陌生，而名詞經常都會有個冠詞如 a, an 或 the 帶領，這樣更好認。例如：

This is the car.

I am a teacher.

The car went east.

She drives the car to office every day.

這裡提醒各位二點：

1. 習慣是平日點點滴滴累積而成的。平時看到簡單的句子時不養成辨認主詞和動詞的習慣，等到句子複雜難解時，眞的就是急得如熱鍋上的螞蟻，卻千頭萬緒抓不著頭腦。

2. 每當你說：「看不懂」時，有沒有想過：你有沒有、能不能將這個句子的「主詞加動詞」先找出來？

閱讀的成功與失敗的差別就在這裡。

四、跟隨在「主要結構」後的受詞和補語

一個句子有了「主要結構」後，多數的情形下，光是個「主詞加動詞」並無法將意思說明清楚，於是，爲了將整個意思說清楚，有時會在「動作動詞」後面接個「受詞」或「be 動詞」後面接個「補語」。

先前舉的英文例子：She drives, The car went 和 I am, This is，前者的動詞 drives, went 因爲是表達一個動作，我們稱之爲「動作動詞」(action verb)；後者 am, is 雖也是動詞，但是表達「屬於一種甚麼樣的身分或狀態」，我們稱之爲「be 動詞」。前者表達的是動態的動作；後者則是靜態的。

「動作動詞」既是表達一個動作，動作通常會有後續的效應，像 I go. 或 You eat. 這樣的句子畢竟不是常態，語言是要說清楚的。如：She wants，這樣並不能將意思說清楚，就在後面接著說明清楚這個動作的後續效應，如：I saw a dog. 或 She wants a car. a dog 和 a car 我們稱之爲「受詞」，就是當作動詞 saw 和 wants 的受詞，以說明動詞 saw 和 wants 後續的效應。

請注意：「受詞」一定是個「名詞」。其他詞性的字如：I saw a dog this morning.、She wants a car now.，這些不是在當受詞，只是在修飾說明句子。

筆者個人的解讀是，稱之爲「受詞」應是指這些字是承受之前的動詞所表達的動作，就是說明這個動作做出去**所影響或達到的目標或範圍**，如：我放眼望去所看到的是一隻狗、她心中所想的是一輛車。這一隻狗和一輛車都是動作 saw 和 wants 所影響或達到的目標或範圍。

最明顯的例子就是：The car hit a tree.，承受這輛汽車撞擊力道的是 a tree，a tree 就是動詞 hit 的「受詞」。

反觀「be 動詞」，因爲這是靜態的動作，這樣很難產生後續的效應，也沒有「影響或達到一個目標或範圍」，但意思也是需要說清楚（He is 到底說了甚麼？），於是就在它後面接所謂的「補語」，顧名思義就是將意思**補充說明清楚**，如：

He is a good father. 是補充說明主角的身分；

My car is old. 是補充說明主角 My car 是在一種甚麼樣的狀態；

I have been a teacher for 10 years. 則是補充說明主角的這個狀態或身分已經持續了十年，所以用現在完成式（後面談「動詞」時會有介紹）。

五、be 動詞和動作動詞

「be 動詞」是表達「處於一種怎樣的狀態」有的學生總以為看到：I am, You are, The....... is......，等的用法時，將「be 動詞」解為「是」就好了，但常忽略了這就是句子的「主要結構」的一部分，它後面接著的內容看起來字比較多，感覺起來比較麻煩，總以為比較麻煩的地方比較有學問，也比較重要，所以全付心神就專注於看起來比較有學問的部分，就忽略了先辨認「主要結構」這個習慣，等到句子一長的時候，就經常看到有學生在讀 is...... 這樣的句子時就不知道「動詞」在哪裏，遑論找主詞了。

「動作動詞」是表達「做了一個怎麼樣的動作」，看下面二個例子：

I am an English teacher. Vs. I teach English.

She is gone. Vs. She (drove, flew, ran, slipped, walked) away.

第二個例子最明顯地點出「動作動詞」和「be 動詞」的差別，She is gone. 只是說「她已離去」，用「動作動詞」的則是具體地說明「她是如何離去的」。

「動作動詞」是我們學英文生字時相當弱的一環，我們這裏的風氣對所謂的「生活實用」的定義，偏向生活中會用到的「東西、物品」名稱，以教育部公布的「國中基本一千字」為例，其中列了許多名詞，但這些「東西、物品」名稱在我們日常的語言中是否經常用到？如：「電冰箱」(refrigerator)、「沙發」(couch, sofa)，我們每天都會用到，可是，我們多久才會在語言中提到這個字？

至於其他不是經常會用到的如： 橡皮擦 (eraser)、手套 (glove)、沒邊的帽子 (cap)、博物館 (museum) 等，看看我們自己的生活中多久會用到這種字一次？

反觀常用的「動作動詞」，但沒列在「國中基本一千字」中的 favor, continue, provide, unite, increase, state 等六個字（favor 和 state 也可當名詞用），以這六個字和上面的幾個「東西、物品」名稱 [1] 比，你覺得哪一類比較常在語言中使用？

---

1 另外如：cap, blackboard, eraser, glove, library, museum, ruler, salad, umbrella… 等，這些更不是生活常用品，學這些字的急迫性有必要排那麼高嗎？有關這方面詳細的說明請參考拙著：「學習英語的策略與方法」與「中階英語」，國立空中大學出版。

換個方式看，今天你要表達一個意思時，不知道那個動詞怎麼講比較麻煩？還是不知道句子中所指的某個名詞怎麼講比較麻煩？缺了動詞，一個句子就難以為繼了，缺了個名詞再怎麼嚴重也只不過是句子的意思不完整。

例如：

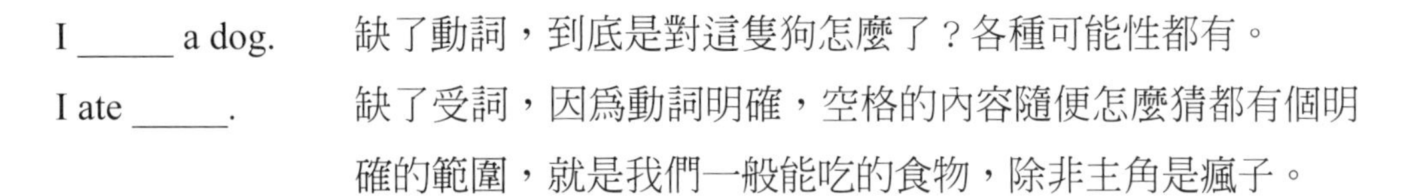

I _____ a dog.　　缺了動詞，到底是對這隻狗怎麼了？各種可能性都有。

I ate _____.　　缺了受詞，因爲動詞明確，空格的內容隨便怎麼猜都有個明確的範圍，就是我們一般能吃的食物，除非主角是瘋子。

再看一個動詞用得精準與否的例子：你要請供應商每月增加供貨一百公斤，你會用動詞 increase 這個字，可以說：Please increase your supply by 100 kg every month.；你雖然還是可以用其他的動詞表達這個意思，但是不是麻煩多了：Please give (send) us more of your supply by 100 kg every month.、We need 100 kg more of your supply every month. 或 100 kg more of your supply is needed every month.。

首先，increase 一個字可以解決的，第二句必須用 give us more of 四個字、第三句必須用 we need more of 四個字、第四句則是改用被動語態了；其次，更重要的是，意思都不如第一句精確；give 這個字可以隱含「免費」的意思，所以，收信者勢必要就這點澄清；we need 只是說我們這邊有需要；至於第四句更是不提是有誰這個需要，和第三句一樣沒明講請收信者供貨，而且語氣也不若前二句客氣，還是需要下文再說清楚。

從上面的例子還有本章開頭用的那個 I love...... 的例子可見，選擇一個適當的動詞對一個句子的影響力，而「動作動詞」在句子中的「主要結構」中發揮的影響力比「be 動詞」更強烈，影響所及當然對整個句子的意思有決定性，因此，建議同學們：

1. 不要輕忽有使用「動作動詞」的「主要結構」；
2. 花在學習「動作動詞」的功夫要超過記「東西、物品」的名稱。

六、備註

通常在談到動詞時會將動詞分成：「及物動詞」和「不及物動詞」，有的還更細分，在目前可以先不去管這些[2]，簡單言之，「及物動詞」就是那些後面要接受詞的動詞，上一節所談的接「受詞」的就是此類；至於「不及物動詞」，就是後面不必接「受詞」的動詞，如：I was sleeping.；閩南語及客家話的「睡」後面就可以接受詞，但中文和英文的「睡」就不可以。

「不及物動詞」若要再將意思說明清楚些，後面可以接個「介係詞片語」，如：He goes <u>to school</u> <u>in the city</u> <u>by bus</u> everyday.; I slept <u>in the back</u> <u>of my car</u> <u>on the street</u> last night.，來協助將動作發生的方式、條件或方向說清楚，這個在後面會有專門的介紹。

最後，「及物動詞」和「不及物動詞」的分類不是涇渭分明的，有的動詞是可以兼具二種身分的。這個分類，以筆者個人的主觀看法，靠死記是沒用的，也不需要特別知道每個動詞的屬性，只要接觸多了，你不必知道一個動詞是「及物動詞」還是「不及物動詞」，也照樣可以學好英文到相當程度的，所以，本書就先不去管這些了，你們也不必急。

4-2 字的詞性與功能

一、字的詞性是因為在句子中的功能決定的

我們一開始學英文就聽老師說：「名詞」、「動詞」、「形容詞」、「副詞」等「八大詞類」的詞彙，老師也會提醒我們在背生字時，要注意一下這個字的「詞性」。可是，我們的文法書都忽略了一點：一個字之所以會被歸爲「名詞」或「動詞」等，不是因爲它天生就是這個屬性，而是因爲這個字在句子中擔任了某個「功能」，所以才將它歸爲「名詞」或「動詞」等。

---

2 教文法的人都很怕被人批評：不夠詳細，因此很容易使文法教學陷入了上一章中講的「太多、太快」的陷阱。本處強調「目前」就是為了避免一下子給太多資訊，又讓學生喘不過氣來。

也就是說，我們的文法書和字典通常在講「詞性」時只是告訴我們結果，並沒有告訴我們原因，是因爲某個字在句子中擔任了某個「功能」，所以才有這樣的「詞性」。李敖以前在他的節目中，就以「春風又綠江南岸」中的「綠」字當動詞，用以說明中文的這種「詞性」與「功能」的多變；如我們在高速公路邊常看到的警告標語：「前有違規照相」其中的「照相」到底是名詞還是動詞？再如最近幾年一個電視節目「大學生了沒？」，依照我們中文說：「吃過了沒？」的用法，那個「大學生」應該也是動詞，觀眾們都不覺得奇怪。

英文也是一樣的，每一個字或字組眞正的「詞性」，最終還是要以它在句子中的「功能」來決定的，單獨列在字典或課本中的「詞性」是供參考用，而在句子中實際的「詞性」則是實際在句子中的「功能」決定的。很多人不明就裡的學習「詞性」，很自然地就不會分辨「詞性」與「功能」，以致造成閱讀認字時很大的困擾。

所謂的「功能」可以簡單歸納爲：

1. 當句子的主詞和受詞的就是「名詞」，「名詞」也可以當補語；
   This book is very good.
2. 表達句子的主詞所作的動作或是處於某種狀態的就是「動詞」；
   I want to book a seat for next Monday's game.
3. 在句子中修飾名詞的就是「形容詞」，「形容詞」也可以當補語；
   She reads a lot, so she has a great deal of book knowledge.
4. 在句子中修飾動詞、形容詞或副詞的就是「副詞」。

所以，閱讀時如果不清楚一個字的功能，就不要隨便依據記憶來認定這個字的「詞性」和「意思」是甚麼。

「名詞」、「動詞」、「形容詞」這三個詞類的基本觀念大家都有，這一章就不贅述，只針對給我們的學生很大困擾的二點談：

1. 一個字依實際的需要在句子中展現不同的功能；
   當一個字可以當名詞也可以當動詞用，如我們在本書中舉book的例子，我們要學會依據「功能」判斷，而不是依據有限的記憶來判斷。
2. 「動名詞」和「現在分詞」等經常因爲我們不準確的中文意思，以至於妨礙我們對他們的清楚認知[3]。

3 後面會有好幾個地方繼續介紹「動名詞」和「現在分詞」。

「動名詞」和「現在分詞」等雖然功能是在擔任「名詞」和「形容詞」，但是，他們的解釋方式和傳統的「名詞」和「形容詞」的意思不一樣，偏偏文法書和英漢字典沒有提醒同學們，以至於費了很大的力氣學習，還是沒能弄清楚其中的區別。

以 focus 爲例，英漢字典中會告訴你這個字可以當動詞，也可以當名詞；國、高中的英文課本有時爲了不要一下子給學生太大的負擔，可能只列出在那一課的課文中使用的詞性。學習者如果沒有持續的學習，只記得先入爲主的第一印象，這就造成很嚴重的後遺症。

This book **focuses** on teaching basic English to inexperienced students.

（當句子的動詞）

The focus of this book is on teaching basic English to inexperienced students.

（當句子的主詞）

Teaching basic English to inexperienced students is **the focus** of this book.

（當 be 動詞 is 的補語）

這個字只有在第二和第三句中是當名詞。第一句中當動詞解爲「專注於、聚焦於」；第二和第三句中則解爲「焦點」。

再以 frequent 爲例，我們許多人都知道它是「形容詞」，殊不知它也可以當「動詞」用：

She is a frequent visitor of this bar.（當形容詞修飾名詞 visitor）

She frequents the bar a lot.（當句子的動詞）

She visits the bar frequently.（當副詞修飾動詞 visits）

第一句解爲「經常的」；第二句解爲「經常造訪」；第三句解爲「經常性地」。

最後看一個大家都很熟悉的字：better。相不相信？它也可以當「動詞」：He really wants to better himself. 就是要使自己變得更好。

二、中文翻譯對詞性的誤導

字典中所列出的每個字的「詞性」是指在一般單獨看時是如此，可是，在文章中有些字或字組（二個以上的字組成的一段）的「詞性」不是一成不變的，是以這個字或字組在句子中的「功能」來決定的，這種情形又以至關重要的動詞最常見。

本書好幾次以 book 這個字爲例，也是說明一個字在不同的功能時所呈現的不同用法。各位應當還有印象。

判斷字或字組的「功能」是所有依靠中文翻譯學英文的一個重大盲點，有二個原因：

1. 這些人因爲對「功能」沒有概念，以至於看到一個英文字就直接搬出印象中唯一知道的「詞性」和「意思」；
2. 許多中文解釋所顯示的「詞性」和英文句子中實際使用的「詞性」不同。

經驗不足的學生是無法分辨的，如：I am sorry. 的中文解釋：「抱歉」、「遺憾」、「難過」等，我們中文說：「感到遺憾」、「很遺憾」和「我遺憾」這三個用法是不是同樣的詞性？「難過」也是同樣的情形，我們可以確定 sorry 這個字是形容詞。

再以英文的動名詞爲例：

I love singing.

She sings very well.

英文的動名詞的功能是在當名詞，可是，上面二個例子 singing 和 sings，絕大多數的學生都解釋爲「唱歌」。中文的「唱歌」可以是名詞也可以是動詞，請問，我們用「唱歌」來解釋 singing 和 sings，有幫我們釐清 singing 和 sings 的不同？何況，singing 是動名詞，前面說過動名詞的解釋和名詞是不一樣的。

很諷刺的是，我們學英文都很計較是否正確、懂不懂，在實際學習時卻一再地用這樣不分「功能」與「詞性」的方式學英文，大家最關心的生字和文法怎麼學得好？

許多經驗不足的學生在讀英文時會犯二個錯誤：

1. 依據每個字所解出來的中文意思來決定每個字的「詞性」。這樣作法最明顯的後果就是因此而錯判了動詞，這些學生在不明就裡的狀況下解釋字的「意思」，這個中文解釋的「意思」經常是「詞性」不明或錯亂的，如：help解爲「幫助」；frequent解爲「經常的」；focus解爲「焦點」，或是不論do, to do, doing, done一律都翻成「做」。

2. 依據記得的既有印象去判斷字的詞性，而不是依據該字在句子中的功能。這樣刻板的判讀在遇到名詞當動詞用或動詞當名詞用時最常見，偏偏英文就是經常會如此，而且有時候一個創新的用法在字典中還沒來得及列出。

這種不計功能的「中文解釋」對於解讀句子到底是助益？還是誤導？每本文法書開宗明義都必講「八大詞類」，用意固然不錯，可是，經驗不足的學生到處亂放詞性錯亂的「中文解釋」，這樣的後果，有幾本文法書有補救之道？

其實，英文許多不同詞性的字從中文解釋是看不出來的，除非句子中有很明顯的上下文說明，不然我們的中文解釋是看不出有甚麼詞性的不同的，如：go, to go, going, gone：

I **go to school** everyday.（原形動詞，我**去學校**）

I want **to go to school**.（不定詞，我要**去學校**）

Going to school is important.（動名詞，**去學校**是重要的）

I **am going to school**.（現在分詞，我正要**去學校**）

He is **gone for school**.（過去分詞，他已經**去學校**）

再看個例子：

I **read** English everyday.（原形動詞，我每天**讀英語**）

I **am reading** English everyday.（現在分詞，我現在每天**讀英語**）

You need **to read** English everyday.（不定詞，你需要每天**讀英語**）

She loves **reading** English everyday.（動名詞，她喜歡每天**讀英語**）

Reading English is important.（名詞，**讀英語**是很重要的）

就這樣，我們學生對所謂的「功能」和「詞性」的辨別能力被一個又一個不分詞性、不管功能、不計詞意的中文解釋給淹沒了。進一步想，我們很多學生學英文好多年後，對於「動名詞」、「現在分詞」、「過去分詞」等這些東西一直都很有困擾，到底是因爲文法學不好？還是因爲仰賴不分詞性、不管功能的中文意思學英文的嚴重副作用？

三、中文翻譯對學習「動名詞」和「現在分詞」的障礙

英文的「動詞」有二個變化的形式是令我們學生頭痛的：「動名詞」與「現在分詞」[4]，這二類字是我們中文使用習慣中沒有的，最足以說明我們不分「詞性」與「功能」的區別的嚴重後果。

儘管文法書針對這二類字的說明很詳細，也會將他們的「功能」一一詳列，這樣的說明方式對於沒讀過幾篇英文文章的人只不過如鴨子聽雷，一個重要的原因是因為我們靠不分詞性、不管功能的中文意思學這二類字，例如：listen, to listen, listening, listened，我們的中文意思都完全一樣，導致我們幾乎不可能從中文意思去察覺到其中，不同功能的差別，所以我們很多學生在這方面一直都很有困擾，總以為是自己沒有學好文法。

文法說「動名詞」是當名詞，可是「動名詞」當名詞所表達的意思和我們熟知的「名詞」所表達的一個東西、事物、事情等的名稱是不一樣的。同樣的情形也發生在「現在分詞」，「現在分詞」是當形容詞，可是「現在分詞」當形容詞所表達的意思和我們熟知的「形容詞」所表達的修飾、形容的意思也是不一樣的。

這些都是文法書和字典疏漏的地方。不是文法書和字典差勁，是因為我們慣用的文法書和字典都是參考英國和美國的文法書和字典，英國和美國的學生從小耳濡目染，「動名詞」和「現在分詞」這些都已經是日常生活語言的一部分。

我們不同，我們需要解釋、說明和額外的練習，以從零開始熟悉這樣一個習慣。

從「動名詞」和「現在分詞」的用法可以很清楚地看到，這二個在文法上歸屬不同章節的東西，其實有一個共同的來源，筆者猜測可能是早期的英語使用者碰到二種特殊的情形時，覺得與其另創新字，不如利用現成的動詞，在字尾加個音的標記，以表示這個「動詞加 -ing」(V + -ing) 的字在這裡還是在表達一個動作，可是，「功能」不是當動詞了。

所以，「動詞加 -ing」的形式只是一個「音」的標記，用「-ing」這樣一個音來標示出這個字：

1. 「功能」及「詞性」都不是在當動詞用；

4　本書後面講「動詞」和「動作」時還會從另一角度談到。

2. 意思都是表達「一個動作」。

至於「動詞加 -ing」的字在一個句子中的「詞性」爲何？那就要依據這個字在句子中的「功能」而定。

(一) 動名詞

「動名詞」顧名思義就是說「一個字表達出一個動作的意思，但是在句子中的功能是當名詞用」。所以，「動名詞」是個名稱，雖然意思仍是個「動作」，「動名詞」的後面可以像「動詞」一樣接受詞，但它實際的「功能」是在句子中當「主詞」、「受詞」或是「補語」，所以，它的「詞性」是「名詞」。

稱之爲「動名詞」，是因爲這個字在句子中是當「名詞」，因此在句子中的意思是表達「做某個動作的這件事情」，如：I like swimming. 是表示「我喜歡游泳這種事情或活動」；She loves singing. 是表示「她喜歡唱歌這種事情或活動」[5]。

在臺灣，大家都習慣依據中文翻譯學英文，I like swimming. 和 She loves singing. 翻成「我喜歡游泳」和「她喜歡唱歌」，中文沒有「動名詞」這樣的形式，所以我們的中文翻譯當然就無法顯示出「動名詞」與「動詞」的差別，我們的中文翻譯都只能翻成「做某個動作」(唱歌、游泳)，無法讓同學瞭解是「做某個動作的這種事情或活動」(唱歌、游泳這種事情或這種活動)。

以 garden 這個字爲例，這是名詞，可是我們需要一個字來表示「在花園中工作、整理花園」這樣一個動作，但「功能」不是拿來當動詞，與其另創一個字，最簡單的方法就是在原來的字後面加個「-ing」的尾巴，使這個字可以「當名詞用，但是表達一個動作的意思」，gardening 就是這樣一個產物。很有意思的是，garden 這個字本來不當動詞用的，但爲了上述的目的也一樣把它轉成「動詞」，再給它加個「-ing」的尾巴，讓它變成「動名詞」。

這種現象在英文中經常會見到，如：brand (名詞是品牌、動詞是給予一個標記)，在商場上如何打響品牌的名氣是每個正派經營者努力的目標，就出現了 branding 這個字，意思就是「打響、推廣品牌名氣這件事情」。

至於常見的 I like watching TV.; She loves listening to music.; Memorizing grammar does not help much in learning English. 等大家應不陌生，這些都是最典型的「動詞

5 這裡為了呈現出字的真實意思，所以解釋方式當然不能像字典或文法書那樣的簡潔。

加 -ing」的形式，以上通通都是當名詞用，前二句都是當動詞的受詞，第三句中的 Memorizing 是當句子的主詞，因爲是個動作，所以 grammar 當它的受詞[6]，learning 則是當介係詞 in 的受詞（介係詞後面接名詞）。

「動名詞」先瞭解這個基本道理就好了。

（二）現在分詞

另外有一類字同樣也是「動詞加 -ing」的形式，可是它的「功能」不當名詞用，而是當「形容詞」用，它的名稱叫「現在分詞」。

大家從國一開始就知道的「進行式」如：I am writing now. 和 She is talking on the phone. 就是「be 動詞加現在分詞」，writing, talking 在這裏就叫做「現在分詞」。

稱之爲「現在分詞」，則是因爲這個字在句子中的功能是用來當「形容詞」，而在句子中的意思是表達「正在做或是主動在做某個動作」，如：I am writing now. 表示「正在寫」；She is talking on the phone. 表示「正在講電話」；She is willing to stay with me. 表示「主動的意願」；There is a man selling watches on the street. 表示「正在賣手錶」，這樣的用法同時也表達了「主動、積極在做」的意思。

可能有人會說：It is interesting. 怎麼可以解釋成「正在使人產生興趣」，它不是進行式！應解爲「它是有趣的」。沒錯，這就是本人一再強調的「文法書不是給初學者讀的」原因（文法書光是有關「動名詞」用法的分類就細到讓本人都眼花了），文法書是個學術性的作品，凡事都要分門別類精細，這樣子當然就必須將 I am writing now. 和 It is interesting. 分成二個不同的類別來談（前者放在動詞的時態，後者列在「現在分詞」）。

看起來，「進行式」和「現在分詞」是二個不同的領域，可是，就本質來看，這二個例子中的 writing 和 interesting 都是同樣的在當「形容詞」用，而且，解爲「它是有趣的」是依我們中文的習慣翻成的，並不代表英文的原意就只限於此意，用「它正在使人產生興趣」解釋，或是將 I am writing now. 解爲「我是正在寫作的」有何不可？這樣的解釋不合我們中文的習慣講法，但對初學者而言，反而更能反應出「現在分詞」的用法。

---

6 很多人都知道及物動詞後面可以接受詞，其實，只要是表達動作的字，都可以接受詞，後面會有一章專門談動詞與動作。

This is exciting. 及 The story is boring. 也是同樣的情形，She is talking. 和 I am thinking. 及 This is exciting. 都是同樣的用法。初學者已經很辛苦了，何苦化簡爲繁爲難自己？

換言之，會稱一個「動詞加 -ing」形式的字爲「動名詞」或「現在分詞」是個果，不是因。是因爲知道了這個字的「功能」，所以才稱它爲「動名詞」或「現在分詞」。我們的文法課則是倒過來，先講甚麼是「動名詞」和「現在分詞」，接著才談「動名詞」和「現在分詞」的各種用法，這樣子教法，學生很容易就陷入「見樹不見林」的狀況，許多誤會就因此而生。所以，問題的根源還是在不會區分「詞性」與「功能」。

四、知易行難的基本功：學習辨認字的「功能」

實際使用時，不要管你以前記得的是甚麼「詞性」或「意思」，凡事以「功能」爲主就對了，「功能」決定正確的「詞性」和「意思」。來到重點了，要如何學會辨認一個字在句子中的「功能」？這也是文法書和字典沒有教的，唯一的方法只有在下一頁的小試身手去找篇英文文章，從每一個句子中去辨認主詞、動詞、受詞、補語等，這樣子才能學會這些基本的觀念。當然，這也就是一個持續地閱讀的過程的一部分。

五、備註

這種事情多說無益，總之，有三點補充說明：

1. 不是句子中每一個字的詞性都是飄浮不定的，這種依功能決定詞性的現象最常令我們的學生混淆的大多在與動作有關的字，就是名詞當動詞用、動詞當名詞用或形容詞當動詞用時，這三種情形較常見；
2. 在解讀句子時不要隨便沒頭沒腦的就立即將每一個字翻成「中文解釋」，這是避免後續無數煩惱的第一步。
3. 不要死背「詞性」，多讀些句子才會判斷「功能」，也才能判斷「詞性」。

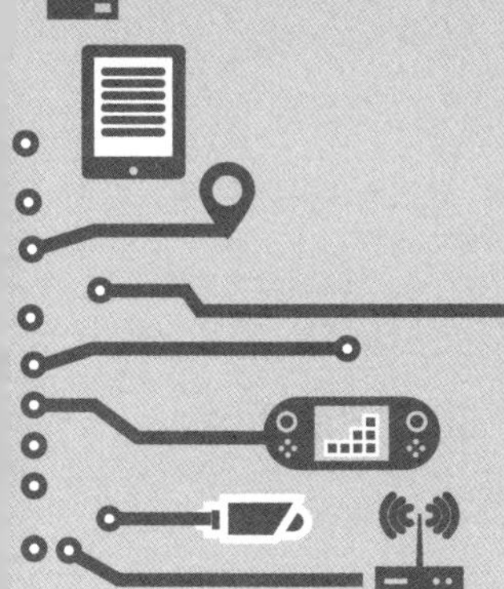

小試身手

請找篇英文文章，從每一個句子中去辨認：

1. 主要結構：主詞和動詞
2. 受詞或補語
3. 看到V+ing的字，判斷一下它的「功能」，是當名詞還是形容詞？

Chapter 5
句子的主要結構：主詞和動詞

「主要結構」是英文句子的重心所在，「主要結構」就是「主詞」+「動詞」。看似熟悉而簡單的詞彙，其實，不論文法書或是教文法的老師都沒有專門教同學們如何去辨認一個句子中的「主要結構」。本章就專門介紹「主要結構」的二個重要的角色：「名詞」和「動詞」。

5-1 名詞(單字、片語、子句)

名詞是英文句子中的一個重要的「詞性」，但是，一個字會被歸爲這樣子的詞性，不是因爲它天生如此，而是因爲在句子中擔任了「主詞」、「受詞」或「補語」這樣子的功能。而「主詞」正是句子的「主要結構」的一半，從閱讀的角度看，「主詞」是重點。所以，這一節就專門介紹「名詞」。

一、「名詞」的三個「功能」和三種身分

前面提過：當句子的主詞和受詞的就是「名詞」，「名詞」也可以當補語；當主詞時就是一個句子的「主要結構」之重要一環。而組合英文句子的材料有三種：就是單字、片語和子句（後面有專門一章介紹）。在一個句子中可以當作名詞的材料有可能是單字、片語和子句，片語和子句統稱爲「字組」（後面會介紹）。

在一個長句子中擔任「主詞」的，可能是單字，也可能是個片語和子句，因此，能不能、會不會辨認出一個長句子中的「主詞」，是足以決定閱讀能否順利的進展的第一步。「主詞」在哪裡？閱讀經驗不足的人是無法一眼看出的，要刻意練習過才能學會。

許多閱讀經驗不足的學習者有個錯誤的認知，以爲我們所講的字的詞性都只限於單字，加上學英文時從未養成分段和找主詞與動詞的習慣，以至於在閱讀時無法注意句子中的「字組」，當然更不可能去注意這個「字組」在句子中的功能，這樣子當然只能落入逐字的「堆積木式的翻譯」。

讀者們可能還記得以前在國中和高中上英文時，每次在講解課文時老師都會將每個句子的文法結構做一番仔細的分析，哪裏是一個甚麼片語、做甚麼用，哪裏又是一個甚麼子句、做甚麼用。老師們都認爲這樣子才算是「精讀」，才是解讀句子的正確方式，但筆者以前每次聽到這些都腦袋發脹，昏昏欲睡，不知各位讀者的經驗如何？

這種解讀方式的理論背景先不論，也先不管這種文法導向的解讀方式的效果如何，最起碼大家都忽略了一個最基本的事實：學生不會分段，也不知道要分段，更不知道要找句子的「主要結構」。不會分段，碰到稍微長一點的句子就不知如何處

理；不會找「主要結構」，連句子的重點都抓不到，只能照著字面的意思，不分輕重地亂拼湊。

因此，本章談「名詞」是從「功能」的角度介紹，重點就在「字組」的部分，用意有二個：

1. 協助同學們養成分段的習慣；
2. 在閱讀時能據此來找到句子的重點。

二、因為擔任某種「功能」才會稱之為「名詞」

再強調一遍，重點不在記文法詞彙，而在：

1. 學習分段；
2. 瞭解功能。

所謂的「瞭解功能」是正確地指出這一個名詞的字或是字組在一個句子中和動詞有怎麼樣的關係？例如當「主詞」的話就是在動詞前面，和動詞共組成句子的「主要結構」(爲了易於瞭解，本書中所講到的句型都是以「直述句」爲主題，除非另有說明)；當「受詞」或「補語」的話就是在動詞的後面，協助將「主要結構」的意思說清楚，有可能是協助主詞，有可能是協助動詞，也有可能是協助受詞。

(一) 主詞

This car is very good. My car is very good.

Learning English well is very important.

To do your job well means (that) you need to work hard.

Understanding what you are doing is the first step to doing your job right.

The fact that someone should be able to succeed under such a situation amazed me.

Whoever finds the key should give it to me.

"How are you doing?" is more common than "How do you do?"

What she did matters very much to me.

(二) 受詞 (請注意黑體字的動詞和畫底線的受詞之間的關係)

She **loves** reading. He **saw** a red car.

I **want** to go home.

She **enjoys** going to a movie every weekend.

He **understands** that this is his last chance.

I don't **know** if he will go or not.

Learning English well **gives** us one more tool to open up our world view.

(補充說明「給了我們甚麼」)

The teacher **said** that I need to work harder.

We **told** him that he had done a wonderful job.

(三) 補語 (請注意這些例子中的動詞都是表示狀態的「be 動詞」)

She is a teacher. It is my watch.

To see is to believe.

I am sure that she will be back.　名詞子句當形容詞 sure 的補語[1]

Understanding what you are doing is the first step to doing your job right.

補充說明主詞

It is true that she will be back.　補充說明主詞 It[2]

I am afraid that she might not come.　名詞子句補充說明「怕的是甚麼」)

就如同前二章在談「動名詞」、「現在分詞」以及各種「子句」時一樣，我們能判斷出一個字或字組是「名詞」，是因爲我們從它的功能看出來是當「主詞」、「受詞」、或「補語」，所以，才會出現「這是個『名詞片語』」或「這是個『名詞子句』」這樣的結論，一定是先知道它的功能，才能決定它的名稱的。另一方面，如果知道一個字或字組的功能後，知不知道它的名稱，反而已經不重要了。

1　只有子句的時候才有這樣的功能，單字無此功能。

2　文法通常都會說 It 是這個句子的「虛主詞」，筆者碰到不少學生就誤以為這句話真正的主詞是後面比較長的那一段話。以此提醒各位，學文法沒有以閱讀為基礎是很容易會錯意的。

三、備註

文法詞彙對於沒有起碼的語文能力的人只是應驗了一句諺語：「小和尙唸經，有口無心」；以「受詞」和「補語」這二個詞彙爲例，我們在國中的英語教室中常見的說法，給學生的印象則是「受詞」和「補語」是二個不同的類別，而有的文法書將「受詞」歸屬於「補語」之一類，也就是一個廣義的補語，筆者比較贊成這種講法，因爲不論是「受詞」或「補語」，功能都是在補充說明句子還沒說完整的意思。

以上面的二句：Learning English well gives us one more tool to open up our world view. 和 We told him that he had done a wonderful job. 爲例，文法書通常都以「直接受詞」和「間接受詞」來談：us 是 gives 的「直接受詞」，而 one more…是 gives 的「間接受詞」；him 是 told 的「直接受詞」，而 that he…是 told 的「間接受詞」，這種講法很普遍。

本書提到另一種講法，不是刻意要標新立異，而是想讓同學瞭解另有一種說法，以「補語」、「補充說明」這個觀念來簡化句子的結構。不管你選擇哪種說法，反正都是針對前面的「主要結構」再補充說詳細些。

對初學者而言，去計較哪一種學術的說法比較「正確」是沒有意義的，「受詞」和「補語」都只是個詞彙，因爲此時的首要之務是：

1. 學習分段；
2. 瞭解功能。

動腦時間

1. 請看這章例句中有畫底線的部分，判斷一下這個名詞是「單字」、「片語」還是「子句」。
2. 去找一篇英文的文章，將每一個句子中的「主詞」、「受詞」或「補語」圈起來。
3. 如果你在做這個練習時，心中會出現個別字或句子的中文翻譯，你眞的有「堆積木式翻譯」的習慣，要另外找幾篇文章好好重新做幾遍。

5-2 動詞

一、動詞的配備

(一) 動詞是句子的靈魂

動詞是組織句子時的靈魂，它可以說是決定了整個句子的基本走向，如：「我」，這個主詞是因爲動詞而表達出「我要做甚麼」、「我是甚麼」、「我看甚麼」、「我被怎麼樣了」、「我正在怎麼樣」、「我已經怎麼了」等等。

進一步可以這樣說，有很多時候作者或是說話者是爲了配合他的目的才決定了主詞和動詞呈現的方式，而動詞是其中的關鍵，如：我今天不小心打破了一個杯子，我可以有好幾種說法：

我可以老實的說：「我打破了這個杯子」(I broke the cup.)，我做的；

避談責任的說：「天呀！這個杯子破了！」(Oh, my God! The cup is broken.)，用被動的語態，避免「我」成爲主詞；

如果想推卸責任，可以說：「是誰把這個杯子放在這裏？混蛋！」(Who put this cup here? XXX!)，改用疑問的方式，責任推給將這個杯子放在這裡的人。

再如，爲了解釋是因爲沒注意到有個杯子在哪裏，以至於將它打破了，下面幾種說法所表示的態度就不一樣：

I failed to see it.（最坦白的說法）

I didn't see it.（承認自己有疏失）

I wasn't aware of it.（我根本不知道那裏有個杯子）

I couldn't see it.（杯子那樣放，我怎麼會看到）

I never knew it was there.（是哪個冒失鬼幹的好事？才害我疏忽）

How could I have seen it?（我怎麼可能知道那裏會有個杯子？）

因此，可以說：「動詞決定了主詞的角色」，也因此決定了整個句子的基調，既然是句子的靈魂，和它相關的規則和習慣就一定很多，這樣才能配合著將動詞所要表達的用意說清楚，如上面看到的：I didn't see it. 和 I couldn't see it. ，同是用否定的助動詞，就是會有不同的意思；而用了 How could I have seen it? 這樣的「假設語氣」更是根本就認定自己是受了委屈的。想一想，動詞重不重要？

（二）動詞的配備如軍人執勤的裝備

哈佛大學心理學教授 Steven Pinker 在「語言本能」[3] 一書中如此評論「動詞」:「一個句子若要合文法，動詞的要求必須先被滿足」（頁 135）、「我們說的句子都是受到動詞和介係詞的控制」（頁 139）、「一個句子若要結構完整，它的動詞所需要的配備一定要完善，每一個所需的角色都必須出現在它的指定位子上」（頁 144）。

動詞的重要性，就如同軍人執勤時的裝備，一個裝備不全的軍人不能執行任務。同樣的，配備不全的動詞，就是會拖垮一個句子的基本結構。以蓋房子爲例，動詞的配備如同房子的地基和結構，這是確保房子的安全性無虞；其他的地方有任何問題，都只是瑕疵，不至於威脅到房子的存在。所以可以說，學好動詞，是學習英文文法的基礎。

「動詞所需要的配備」有哪些呢？

1. 時態 (Tense)：就是表示一個動作是在何時做的：現在、過去與未來；
2. 動態 (Aspect)：就是表示一個動作進行的流程：進行式、完成式；
3. 語態 (Mood)：直述句、命令句、祈使句；
4. 語氣 (Voice)：主動或被動。
5. 助動詞(Auxiliary)：就是協助進一步地確定動詞眞正的用法和意思，如表示疑問、否定、未來式、進行式、完成式、語態和語氣時會用到的。

此外，動詞還需要三項配合的條件：

1. 人稱：第一人稱、第二人稱、第三人稱；
2. 性別：陽性、陰性、中性；
3. 數量：單數、複數。

英文動詞的配備給我們造成很大的困擾，主要的原因就是其中大多數在我們的中文沒有這些習慣。其中有些在中文雖然也有，但是，我們中文沒有那麼嚴格地要求，例如，二個人見面，

3　Pinker, Steven (1994). The Language Instinct—How the mind creates language. William Morrow co.；中文版「語言本能」，洪蘭譯，商周出版社，民九十五年二版。

張三：「你去哪」？	Where are you going?
李四：「去台東」	I am going to Taitung.
張三：「不是上個月才去過了」？	Didn't you visit Taitung last month?
李四：「上個月去的」	I went there last month.
張三：「我從未去過台東」	I have never visited Taitung.
張三：「總有一天要去看看」	I will visit Taitung someday.

從上面的中英對照，我們可以清楚看出中、英文在使用文句上很不同的習慣[4]：首先，我們中文習慣省略主詞，其次，中文在表達時態與動態時，通常都是利用上下文以及動詞周邊的文字來輔助，而不是在動詞本身表達。

以上面的「去台東」爲例，不論張三問：「你上週去哪裡」或是「你去哪」？英文必須是二個不同的時態表達，但是，中文的「去台東」、「去的」或是「要去」完全不必考慮時態的問題。因爲中、英文的習慣有如此重大的差異，我們平時在閱讀或是聽的時候要特別提醒自己留意這些不同，會注意，才有可能有印象。

我們剛開始學英文時接觸最多的文法就是和動詞有關的，看看上面列的五種主要配備和三項配合條件，光看這八項就足夠讓人頭皮發毛，一想到光是個時態，花了多年的心血都還沒摸清楚，感覺壓力很沉重。

這種事情是急不來的，而且也不是猛啃文法書就能解決的，是需要時間慢慢磨出來的，初學者不要再重蹈我們的國中教學，一下子教一大堆，結果，光是個「第三人稱單數主詞的現在式動詞加 s」就讓許多大學畢業生還在爲它傷腦筋。

初學者可以從簡單的下手，這裡試著提供一點個人的淺見，先將這些粗淺的掌握好了，再隨著閱讀和收聽的接觸機會而提升瞭解和熟悉的程度；總之，沒有持續地閱讀和收聽的配合，花再多的功夫在文法知識上都是浪費時間。

1. 時態(Tense)：就是表示一個動作是在何時做的：現在、過去與未來。

   (1) 現在式

   所謂的「現在式」其實經常是不牽涉到現在是否正在做的動作，它只是表示「有這麼一個動作，就說或寫這句話時的狀況而言是經常性、持續

4 細心的讀者應會注意到，上面的例句中有三個用的動詞不是 go，而是 visit，這不是隨便換著用的。因為筆者認為在那樣的狀況下，繼續用 go 不太符合這個字的使用習慣。

性的，甚至於已是事實」，如：I want a car.（我不是只有此刻想要，也不是昨天才想要，而是一個持續好一陣子的經常性的心願）；I am a man.（這個事實會持續很久很久，除非哪天我做變性手術）；She is young and beautiful.（持續多久不知道，就眼前能看到和想到的，這是經常性的、是事實）。這個應是動詞中最簡單的部分，有困擾的地方有二：

① 初學者經常誤以爲「現在式」就是現在正在做的動作，如：I watch TV. 這句話到底是甚麼意思？很多學生在考試時寫這樣的句子，表面上看，沒有文法錯誤，可是，意思很奇怪，它既不是在表示「目前正在做」，也不是表示「這是我經常性的動作」。若說：I watch TV everyday.就對，這樣來表示這是我經常在做的一個動作。

再如：Please come.（你現在沒在動，是說話者此刻要你做的一個動作，即使你是在門口，從門口走進來的動作也是要持續一陣子的）；I understand.（我不是現在正在瞭解，而是我的「瞭解」是會持續好一陣子的）；I go to school by bus.（這是我現在每天上學的情形，不是說我現在正在做的動作），其他如：I think you are right.；She likes her red car.也都是同樣的道理。

這就是爲甚麼文法書說：經常性的事情、眞理或是不變的事實都一定用「現在式」，如：The sun rises from the east.; All human beings are equal.; I am a man and she is a lady.。

I get up at 7:30 a.m. and go to work at 8:30. 這句話當然算不上是眞理，也不可能是永恆的定律，也不管說這句話是在下午還是晚上，就我現在所能看得到的範圍內，是我「現在」不變的事實、好一陣子經常性的如此或是持續了一陣子的習慣。

② 「第三人稱單數主詞的現在式動詞加 s」，如：He wants a car.; She loves books.; The car needs repair.，道理誰都能倒背如流，可是，因爲實際接觸的例子太少了，以至於實際用時常常會「忘了」[5]。

5 筆者是到了美國的第三還是第四年後才比較沒有這個煩惱。

(2) 過去式

「過去式」當然就是指過去發生的一個動作，如：We went there last night.; They were classmates ten years ago.; I studied hard for my degree.，經常會有個表示過去時間的字相伴。

我們用個簡單的圖來說明「過去式」：

——————X——————————————→

→表示說話的當下，X表示動作發生在過去的一個時間點上。因此，使用過去式的動詞時，經常都會和一個表示過去的時間連著用，如：I woke up at 7 a.m. this morning.；She visited the office last week.；He came home late last night。

關於「過去式」比較會有麻煩的是：

① 中文本身沒有這樣子的動詞變化方式，初學者經常因此而「忘了」；

② 知道要用「過去式」，但是動詞的變化方式不熟悉，是規則的？還是不規則的？要如何寫？

其實，「過去式」最明顯地反應出我們在文法上的盲點，我們一直以為是其中的文法知識我們不懂，其實真的只是我們仍然受中文的習慣影響，還沒有養成英文這樣的習慣。所以，習慣是養成的？還是讀書本讀會、讀懂的？

剛剛提到我們對「現在式」的誤解也是源於此，所以，要區分「現在式」與「過去式」的根本原因，就在於一個動作是經常性的？還是已經發生過了？

He was here yesterday.; We did a study on dogs.; She lost her keys.，就是動作是發生在過去的某個點上，都已經過去了。

(3) 未來式

「未來式」如：She will go to school tomorrow.; They will come tonight.; I am going to take a trip.; We are about to make a decision very soon.，常見的表達未來式的方式有下面四種，特別是前面二個方式大家都很熟悉：

will + v.	She will come.
be going to + v.	She is going to come.
be about to + v.	She is about to come.
to + v.	For that to happen, you need a lot of luck.

請注意表示時態時通常在句子的上下文中會有些和時間或先後發生相關的字，這些都可以幫忙判斷時態。

2. 動態 (Aspect)：所謂「動態」就是表示一個動作進行的流程：是正在進行中的（進行式）？還是已經做了一段時間的（完成式）？

剛剛介紹的是時態的入門課，那三種時態並不足以涵蓋所有的動作發生方式，有時寫作者要表達一個動作「正在做當中」或是「已經持續做一段時間了」，這時就要用到「進行式」或「完成式」，如：眞要表達現在正在做的動作就要用「進行式」：I am watching TV (now).; The sun is rising.。

若是要表達一個動作已經做完了或是已經持續做了一段時間了，就用「完成式」，重點是表達**做這個動作持續的一段過程**。「完成式」又分「現在完成式」和「過去完成式」。

「現在完成式」的用意是要表達**有一個動作，從開始發生到最近[6]一直持續了一段過程**。如：I have waited for 2 hours.（我的等待已經持續了二個小時）；She has lived here for 10 years.（她有沒有搬走還不一定，但到目前爲止她住在這裡已經持續了十年）；It has been a while since she left（她離去之後已有一陣子了）。

我們用個簡單的圖來說明「現在完成式」：

從X開始的實線部分代表現在完成式所表示一個動作持續的過程，→是說話的當下，是個灰色地帶，動作不一定還在持續做。例如：I have studied for 2 hours.，說話這時還有沒有在讀書？不一定，要由上下文來確定。

「過去完成式」則是指在過去的動作之前做的一個動作，就是在談到過去發生過的二個動作時要區分哪一個先和哪一個後發生。如：He had been here before

6 個動作不一定已經結束，這裡是個灰色地帶，要由上下文去說清楚。

you came in.（他比你更早來到，所以你是過去式，而他是「過去完成式」）；Before you called last night, I had already talked with her.（我先和她談過了，所以用「過去完成式」，你後來才打電話，所以用過去式）。

我們用個簡單的圖來說明「過去完成式」：

————X1————X2————→

發生了二個動作，爲了區分這二個動作的先後，就用「過去完成式」表示最先發生的X1，後發生的X 2則用「過去式」表示。

初學者在這方面的困擾有二方面：

(1) 會弄不清要用「現在式」、「過去式」、「現在完成式」還是「過去完成式」的主要原因，是因爲沒有注意到不同的「動態」所要表達的用意，如：He died. He is dead. He has died. He dies.[7]，第一句是指那個動作已經發生過了；第二句是指他現在是這樣一個狀態；第三句是指「發生那個動作已經有一段時間了」；第四句是指他是經常性、持續性的如此了（已經成爲一個事實了）。

簡單地說，「過去式」和「現在完成式」的差別是，作者針對一個動作想要表達的重點不同。

「過去式」是指過去發生過一個動作，已經結束了、沒有了，如：I lived here 2 years ago.; I was a student of this school.，就是提到過去有這麼一件事情，不想就那個動作多說甚麼。因此，「過去式」常常會和一個表示過去的一個時間點連著用，如：yesterday, last week, 2 days ago。

「現在完成式」則是爲了要表示過去有這麼一件事情「持續的過程」，如： I have lived here for 10 years.; I have been a student at this school for 4 years.，這二句話和前面二句話的差別就在於，這二句要表達出那種曾經在這裡消磨過一段時光的感覺，要將當年的那個持續的過程表達出來。

想一想，一個人說：She left.和She has left.，他隱含的用意有甚麼差別？

至於「過去完成式」則只是爲了區分二個已經發生的動作的先後而已，

7 沒有一個人不會將這四句話翻成「他死了」，想想看，由這樣的翻譯能幫你瞭解這四個不同時態的用法和連帶的意思嗎？許多人學英語堅持要翻譯，總以為知道了中文意思才代表瞭解，可是，中文翻譯中到底表達出了多少英文原文的用法？

如：She had left before he arrived.清楚地表明了這小姐在男人到達前就先離去了。或者，如果作者不打算區分先後也可以用過去式就好了，如：She left , so he did not see her.。

也就是說，用何種「動態」是依據作者的用意決定的，這是我們在閱讀及學習時要注意的，將來在說及寫的時候才不會出錯。

(2) 「完成式」的組合方式 have + p.p.（過去分詞），少數初學者對何時用 have 或 has 因對人稱的用法不熟而連帶的影響到，較多的人是對p.p.不熟悉，這個部分就和動詞的過去式一樣，都要花些功夫去記的，死記的功能有限，重點還是要靠多接觸才能有深刻的印象。

3. 語態 (Mood)：直述句、命令句、祈使句；

這個部分和我們中文的使用習慣差不多，就是表達說話者的態度，閱讀時很容易就看出來。祈使句雖然較麻煩些，但一樣可由上下文找到協助解讀的線索，這裏就先不花時間詳述。

4. 語氣 (Voice)：主動或被動；

英文就是要說清楚一個動作是主動發生的還是因爲一個外力因素所引發的。這個部分會有困擾的只在被動語態，國中生都知道就是「be動詞 + 過去分詞[8](p.p.)」，眞正的困擾不是因爲不知道這個公式，而是因爲不熟悉英文使用被動語態的習慣，因爲我們中文在這方面沒有那麼計較，而且用被動語態時也是藉著額外的字來表示（我被怎樣了、他讓某某給怎樣了），可是英文就是要清楚呈現一個動作是主動還是被動發生的。

國高中最常見的例子是：I am interested in learning English.; I’m pleased to hear the news.; I’m honored to see you.，許多人剛開始遇到這種用法就用死背的，可是，這樣子就無法理解爲何英文用被動語態，更不容易體會這是個習慣的問題，不是知不知道「被動語態」如何寫。

「被動語態」和「第三人稱單數主詞的現在式動詞加s」一樣，都不是「不知道」，而是因爲不熟悉，以至於需要用時茫茫然。總而言之，學問不大，只是因爲接觸的經驗少，所以就無從判斷、不知所措。

8 過去分詞在後面還會有說明。

5. 助動詞(Auxiliary)：就是協助進一步地確定動詞眞正的用法和意思，如表示疑問、否定、未來式、進行式、完成式、語態和語氣時會用到的。

   一講到「助動詞」，許多人一定知道就是do, does, can, will, shall, should, would… 等這些字，顧名思義，當然是協助動詞的。一般而言，「助動詞」協助動詞形成「被動語態」（be + p.p.）、「進行式」（be + v+ing）、「完成式」（have + p.p.）和「疑問句」（Do yo; Will you）、「否定句」（I don't; She can't; They couldn't）、「加強語氣」(I do need your help.)等等。

   這是文法書的講法，其實，「被動語態」（be + p.p.）、「進行式」（be + v+ing）和「完成式」（have + p.p.）等在其他地方都介紹過，不必爲了那個 be 動詞和 have 屬於「助動詞」而增加負擔，只要注意「疑問句」、「否定句」、和「加強語氣」的用法就好，這個部分我們的學生的困擾不嚴重。

至於那三項配合條件：

1. 人稱：第一人稱、第二人稱、第三人稱；
2. 性別：陽性、陰性、中性；
3. 數量：單數、複數。

這更沒甚麼學問，純粹是熟不熟的問題，如性別，這種東西你有可能專門記憶哪個東西是屬於甚麼性別？別開玩笑了，只要多接觸，這些人稱、性別和數量的用法很容易就掌握了。

如果有朋友學法文，德文和西班牙文，這些語文的性別區分比英文嚴格，你可以問他們，靠死背能記住那麼多的性別區分嗎？

(三) 知易行難的基本功：文法不能靠死背的

單獨看這五種主要配備和三項配合條件還不算非常難，其實眞正讓我們的同學們困擾的是這些配備和條件的搭配使用，不要講學習者，光是要一位英文老師將所有這些和動詞有關的種種一氣呵成講清楚，不是很容易的。

偏偏我們的英文課一講起與動詞有關的文法，就鋪天蓋地的無所不講，沒有幾個學習者能在短時間內消化。因此，建議同學們二點：

1. 先由本章所列的幾點開始，不要一下子就想要全面解決；
2. 不要指望靠記憶能學好這些，一定要多閱讀和多看例句，這樣子才會有印象。

動詞是英文文法中最令我們頭痛的，想要純靠記憶來學會動詞的五種主要配備和三項配合條件，這是極困難的。其中牽涉的不僅是文法道理，更牽涉到許多動詞的時態變化，許多國、高中生一想到這個就頭大。

動詞還不只這些而已，後面還有一章談動詞與動作，那些都是由動詞衍生出來的東西，要和動詞一起學習，才能有個比較完整的概念。

許多的資訊絕不是每週幾堂課就可以學好的，一定要從自主的學習中去一一接觸和熟悉，就是持續的閱讀和聽。

（四）備註

要講起文法，有太多太多需要講且講不完的，我曾對一位資深的英文老師說：只要你指出一個重要的文法我沒講到的，我可以另外再提三個也是「重要的文法」，如果這樣下去，那就是回到原始，一整本文法書從頭教到尾，這不就是回到從前？

只要一講到這是個「重要的文法」或「常見的文法」，就好像皇帝的聖旨一樣，沒有答辯或申覆的機會，大家就埋頭苦幹就是了。如果以前這樣有效的話，怎麼會過了五十、六十年後，大家還是一樣的在掙扎？

文法永遠有講不完的話題，可是，我們不是大學專攻語言學的學者，要學好英文不需花那麼大的精力去學文法，更不需要一網打盡；坦白講，筆者也是到了這次要寫這本書，才將過去四十年的功力做番總整理，也只能做到這個地步，何況是初學者？

總之，只要肯多讀和多聽，去它的文法書！

二、動詞與動作

（一）不是只有動詞才表達動作

這又是一個「詞性」和「功能」的例子。

英文可以用來表達動作的「詞性」有四個：動詞、動名詞、分詞、定詞。會出現這樣子四個不同的詞性，是因爲配合句子中的需要，所擔任的功能不同，以至於會以不同的詞性出現。

英文用一個很簡單的方式來標記另外三種同樣是表達動作，但是在句子中的「功能」不是當動詞的字，就是加上一個「音」的標記，如「動名詞」和「現在分詞」都是在動詞後面加上一個「ing」的音；「過去分詞」則是原則上加上「ed」[9]；而「不定詞」則是在動詞的前面加上「to」。這些都只是讓聽者知道，這個字仍然是表達動作，但是，「詞性」已經因為在句子中的功能不同而改變了。

我們說「動詞」，是指「功能」是在句子中表達主詞所做的動作的字的「詞性」；「動名詞」的「功能」就是當名詞；「分詞」的「功能」就是當形容詞，「分詞」又分「現在分詞」和「過去分詞」；而「不定詞」則功能較多樣，可以當名詞或副詞用，也可以在一個 wh- (what, when, where, who, how) 開頭的構句中擔任它的動詞，不過，「不定詞」最令人印象深刻的是它那個表達一個「企圖」或「目的」的意思。

前面說過，我們傳統學英文時不分「詞性」與「功能」，在遇到一個「表達動作」的字時，純靠它的中文解釋來判斷，很容易犯二個錯誤：(1) 誤將所有表達動作的字當成是「動詞」；(2) 因為中文翻譯的不當而無法察覺這是個動作。

這樣一個誤判的嚴重後果首先就是抓錯了句子的「主要結構」，還記得上一章說過：「動詞是句子的靈魂」嗎？「句子的靈魂」都抓錯了，這個句子怎麼讀？每次閱讀時都一再重覆這樣的錯誤，怎麼能累積經驗？

另一個後果，就是始終無法正確了解其他表達動作的字的用法以及意思，「動名詞」和「現在分詞」是最明顯的二個例子。

「動名詞」、「分詞」和「不定詞」都是由「動詞」變化而成，光從這一點就可以察覺到英文在這方面是刻意地要區分「詞性」與「功能」的，雖然意思都是同樣在表達動作，但是因為在句子中的功能不同，所以，特地針對某種功能的用法加上一個明顯的音的標記，這樣造成二個明顯的區隔：

1. 讀音略有變化：「動名詞」是字尾加–ing；「分詞」是字尾加-ing（現在分詞）或-ed（過去分詞），所以尾音加了個-ing或-ed的音；「不定詞」則是動詞前加個to，讀時則是to和原型的動詞合在一起唸；
2. 雖然還是一樣地在表達動作，但意思略有變化：「動名詞」因是當名詞，所以意思就是「做某個動作的這件事情」；「分詞」因是當形容詞，所以「現在分

9 過去分詞有分「規則」(字尾加上 ed) 和「不規則」二種，常用的「不規則」的過去分詞需要花點工夫記憶。

詞」的意思就是「主動、積極或正在做某個動作」，「過去分詞」的意思就是「被動做某個動作」；「不定詞」不論詞性，都是表達「一個想要做某個動作的企圖、心意」。

「動名詞」、「分詞」和「不定詞」的功能都不是當「動詞」[10]，所以，他們都不必像「動詞」那樣要注意到五項配備和三項配合條件，從這一點也可以看出來英文針對「詞性」與「功能」是有明確的區隔的，雖然都是源於同一個字，不論從字的外觀、讀音和所表達的意思都是有區隔的。

先看二組例子：

(1) She sings very well.（做「唱歌」這個動作[11]）
She loves singing.（「唱歌」這件事或這個活動）
She is singing.（正在做「唱歌」這個動作）
She wants to sing a song for her parents.（要做「唱歌」這個動作的企圖或規劃）

(2) I heard her singing.（聽的動作）
I enjoy hearing her singing.（聽她唱歌這件事情）
Her wonderful singing was heard by everyone.（被聽到）
We all love to hear her singing.（去聽）

這個現象同時也證實，學英文不能忽略聽力和發音的練習。即使學文法的「動名詞」、「分詞」和「不定詞」等，也不要忽略了在動詞結尾加上的發音標記作用，這些都是配合字的「詞性」的改變而一併發生的。

（二）根源還在詞性與功能

「動名詞」、「分詞」和「不定詞」都是我們中文使用習慣中沒見過的，再加上我們的中文解釋通常不會刻意有所區隔，因此常見到「動名詞」、「分詞」和「不定詞」的中文解釋和「動詞」都一樣，如此當然使得許多學生無法正確地理解這些動作的不同詞性和意思。

正本清源之道，還是要回歸到注意「詞性」與「功能」的不同，也就是依「功能」決定「詞性」，由此才決定正確的解釋。

10 「不定詞」偶爾會當動詞。
11 這裡是為了清楚說明用法才如此寫，絕不是模仿電視新聞中語言癌的那種贅字累累的用法。

我們的中文也是一樣的由用法來決定「詞性」，如：「她喜歡唱歌」（喜歡當動詞，唱當動詞，歌當受詞）；「喜歡唱歌是很好的」（喜歡唱歌當主詞，「是」當句子的動詞）；「我想要唱歌」（唱歌是我現在的一個意願、一個企圖），我們的中文並沒有給這種現象一個專門的文法名稱（事實上，我們根本不在乎中文的文法），也沒給這種用法一個專門的標記。

任何人剛開始學外語時一定會依靠母語來輔助，母語的習慣和母語所提供的解釋對初學者有如暴風雨中路旁的遮雨棚，可是，遮雨棚畢竟不是家，不能待一輩子的，怕淋雨的就回不了家。

我們的中文沒有明顯地區分「詞性」與「功能」的習慣，再加上我們多數人是不知道中文文法的，所以要學會區分英文的「詞性」與「功能」，不是文法書說說就會的，事實上，文法書通常也很少針對這方面專門講述，原因很簡單，只因爲我們常見的文法書都是以英美出版的文法書爲藍本，而他們不是專門爲我們這些外國人出版這些文法書的，他們的文法書是給他們自己的學生讀的，而且，也不是給小一、小二的學生讀的。

所以，解決之道還是只有自己從閱讀的經驗中去摸索和體會「詞性」與「功能」，這樣才能瞭解爲何要用「動名詞」、「分詞」或「不定詞」，而不是盲目地死背哪些字後面要接「動名詞」或「不定詞」，或要表達甚麼樣意思時用「動名詞」、「分詞」或「不定詞」。大家以前都背過上面講的哪些，自己想想，有多少用？如果你還不信邪，有一點你可能還沒想過：要繼續以前那種方式的話，還有多少東西你應該背但還沒背？

(三) 不定詞用於表達一個企圖

「不定詞」的用法我們比較有印象，困擾也比較少，可能是因爲它的意思比較不一樣，許多人都知道「不定詞」是表達一個目的、一個企圖或一個打算要做甚麼的心意，是代表想要做、即將做、就要做，而非現在已經在做或經常在做。

「不定詞」的中文解釋雖然也是和動詞的意思一樣，大多數的狀況下，這樣的解釋都還說得通，不像「動名詞」和「分詞」比較麻煩，因此，儘管我們大多數的人其實並不眞的熟悉「不定詞」的種種規則，但對它的用法都相對地較熟悉，我們的學生在這方面的困擾比「動名詞」和「分詞」少得多。

當初給這個「不定詞」名稱的人眞的很有程度，這位學者可惜未留下個人的文字註解，說明他爲何要翻成這個名稱，以筆者個人的淺見猜測，可能就是指這類字的用法不像「動名詞」和「分詞」那樣較固定。「動名詞」就是當名詞，「分詞」就是當形容詞，而「不定詞」可以當名詞、當副詞用，也可以在一個 wh- (what, when, where, who, how) 開頭的構句中擔任它的動詞。可能就是因爲它的功能較多樣，不是那麼固定，故名之「不定詞」。

先看幾個例子：

I want to go to Penghu in the summer.（當動詞 want 的受詞）

She hopes to meet her teacher early in the morning.（當動詞 hopes 的受詞）

To meet her teacher early in the morning is very important for her.

（To meet her teacher 當句子的主詞，動詞是 is）

To hear her singing is a wonderful experience.（To hear her singing當句子的主詞，動詞是is）

I am afraid I will not be able to hear her singing in Tainan.

（當副詞說明 be able，能夠怎麼樣，通常我們都背成：be able to + v.）

To be honest with you, *I can*'t go to Pingtun with you.（當副詞說明整個句子）

He drove to Taichung to hear her singing.（當副詞說明爲何 drove to Taichung）

She knows how to please her teacher.

I want to know where to buy a good car.

The teacher told us when to hand in our paper.

（四）不定詞表達打算要做的事情與未來式

正是因爲「不定詞」表達的是一個打算做、即將做的動作，因此它很容易就被用來表達一個未來的動作，談動詞時態的「未來式」時，也會提到「不定詞」表達未來式的用法，這其實是很自然的發展。

I want you to come tomorrow morning.（明天早上才來）

She is about to cry.（快要哭了，但現在還沒）

Our first job is to clean the place.（也還只是規劃、打算、甚至只是建議而已）

每個人在學校時一定都背過下面幾個區別「不定詞」和「動名詞」的例子：

He stopped to smoke.（停下來抽根煙）

He stopped smoking.（停止抽煙這個事情或活動了）

I forgot to call her.（忘了要打電話給她）

I forgot calling her.（不記得曾有打電話給她這個事情或活動）

To be a teacher is not easy.（想當老師不容易，有好多關要一一通過）

Being a teacher is not easy.（當老師這個事情或活動不輕鬆，準備教材外，還要應付調皮的學生和各式各樣的家長）

To travel alone, you need a lot of preparation.（如果你打算獨自旅行）

Traveling alone takes a lot of preparation.（獨自旅行這種事情）

（五）備註

由此可見，文法不是靠讀懂的，也不是先懂了文法才能學好英文，應是因爲接觸多了以致熟悉，因爲熟悉用法，所以再回頭看文法時，才能一目了然，也才能掌握來龍去脈，不是零碎片段的生硬記憶。

任何人若想以「不定詞」爲例，證明靠中文解釋學英文是可行的，不要忘了想一想，爲何較多人對「動名詞」和「分詞」就比較有麻煩？

前文談過，就因爲「不定詞」有這樣一個打算做、即將做、規劃要做的意思，我們的學生通常很容易就能瞭解它在句子中的意思，因此比較熟悉「不定詞」的用法；眞要問有關「不定詞」的用法和規則，坦白講，筆者我都一下子說不清，相信有類似情形的英文老師應該不會只有筆者一人而已。

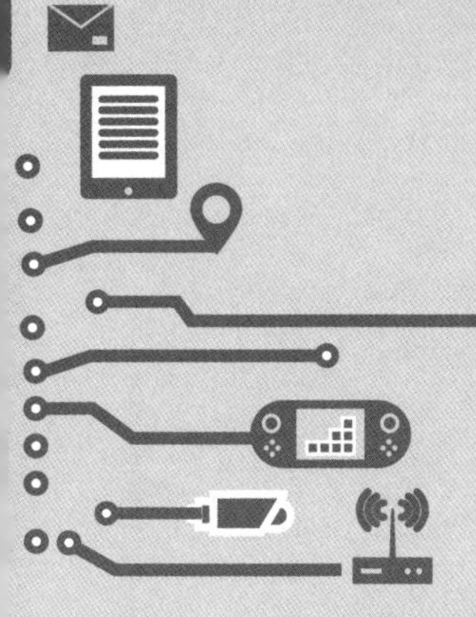

小試身手

第一節

1. 回想一下，你以前每次在想到任一個英文字的「中文解釋」時，有沒有考慮過這個「中文解釋」所呈現的詞性和英文原文的詞性是否相當？
2. 找找看前面要你找的紐約時報的文章中，有沒有名詞當動詞用、動詞當名詞用或形容詞當動詞用這樣的例子？
3. 去翻一本文法書，看看其中有關「動名詞」、「現在分詞」、「現在進行式」的部分，光這三個部分的說明使你對文法更清楚？還是更自卑？
4. 承上題，有沒有哪本文法書將這三個部分的關聯有所交待？
5. 找篇文章，找出其中所有「動詞加-ing」形式的字，判斷一下每個這種形式的字是「動名詞」還是「現在分詞」。

第二節

請從下面的句子中，(1) 找出一句話的「主要結構」（主詞加動詞）；(2) 看一下每個「主要結構」的動詞，是屬於「動作動詞」還是「be 動詞」？ (3) 每個動詞後面接的是「受詞」或是「補語」？還是不屬於這二類的「修飾語」（例如介係詞片語）？

下面的例句，除非另外標明，都是取材自 Spotts, M. F., Shoup, T. E. & Hornberger, L. E. (2004). Design of Machine Elements, 8th edition. Upper Saddle River, NJ, Pearson Education Inc..。

1. We will also look at the process one uses in implementing a design task (p. 1).
2. For example, a physicist studies and records finding in order to understand some phenomenon or physical process better (p. 1).
3. A good example of this would be interior design, which draws heavily on art rather than on scientific or engineering knowledge (p. 2).

4. In much the same way, one can follow the hierarchical structure to see that there are types of design that do not involve the use of engineering fundamental (p. 2).
5. The design process, as we will describe it, involves the six-step procedure diagrammed in Fig. I-2 (0. 3).
6. We will now look at the activity that takes place during each of these steps (p. 3).
7. The organization of problem solving is a hierarchical domain (p. 2).
8. What becomes obvious from this diagram is that many subfields are a part of the domain of problem solving (p. 2).
9. On the other hand, the design of a gear box, a V-belt drive system, a carburetor linkage, or a machine structure are clearly machine design (p. 3).
10. For example, the design of heat exchangers, air compressors, and internal combustion engines involves mechanical design but not machine design (p. 3).
11. These stages carry the design through from inception to completion (p. 5).
12. Of all of the steps in the design process, this one requires the most ingenuity and imagination (p. 4).
13. One way to do this, of course, would be to build the suggested design idea (p. 4).
14. A carefully formulated statement of need can often save considerable time and energy later in the design cycle (p. 4).
15. An understanding of significant figures in calculations is also highly important to performing design analysis (p. 4).
16. As a result of the tests performed on the model, the engineer should have a quantitative measure of the success or failure of the idea (p. 4).
17. A designer must understand that all models are only approximation of a physical phenomenon (p. 4).
18. The design process, as described in the previous section, is a thought module that can be applied over and over again in engineering practice (p. 5).

19. The complete process of making a good design choice need not take excessive time for routine problems (p. 5).
20. In the industrial environment, design is frequently accomplished through a progressive series of four operational stages (p. 5).
21. The diagram also provides for the possibility of returning to a previous stage if the outcome of a particular stage suggests that this is prudent (p. 5).
22. The designer may combine one or more of the blocks in the diagram into what seems like a single activity (p. 5).
23. While this procedure is not wrong, it should be avoided if it results in inadequate treatment of each important step (p. 5).
24. The first stage determines whether it is both possible and profitable to undertake a given engineering project (p. 5).
25. People who are experts from disciplines other than engineering are often part of the design team during this stage (p. 6).
26. The output of this stage will generally be a recommendation either to proceed or to abandon the project (p. 6).
27. The modeling and testing parts of this stage often involve extensive calculations and experiment (p. 6).
28. Much of what we will develop in this text will be appropriate to making decision in the detail design stage (p. 6).
29. The communication output of the preliminary stage will form the basis for a statement of need (p. 6).
30. The statement of need for this stage usually calls for the designer to select the kinds of component that will be used to make the process or product (p. 6).
31. The information in this text will enable you to utilize and understand the terminology of standard parts (p. 7).

32. Since the final product is available, it often becomes the model for evaluation during the revision stage (p. 7).

33. Most companies that are engaged in machine design maintain their own product catalog library (p. 7).

34. Even though vendors of standard parts may be located far away from your place of business, most use toll-free telephone numbers for information and for orders (p. 7).

35. These information organizations often provide regular updates of their materials (p. 7).

36. Most trade publications and magazine that deal with topics relating to machine design have extensive advertisement that will give you the names of companies that manufacture and sell standard parts (p. 8).

37. Trade shows, either at the regional or national level, are an excellent opportunity for you to collect catalogs and to talk face-to-face with sales representatives (p. 8).

38. The first part, consisting of 16 volumes, provides a listing of over 50,000 products and services (p. 9).

39. Engineers would be well advised to become acquainted with the use of standards and to incorporate this information into their professional activities (p. 9).

40. Helica springs made of 3/8 in. bar and larger are usually hot wound to avoid the high residual stresses that would be induced by cold forming (p. 270).

Chapter 6
句子的組合材料

6-1 單字、片語、子句(甚麼是子句？)

一、組成句子的三種材料

大家常聽老師講「句子的結構」，文法書通常都是談句子的幾種句型，這是講給已經懂英文的人聽的。我們這些正在學英文的人，必須先從組成句子最基本的材料開始，如此才有可能逐步地瞭解「句子的結構」。會辨認這些基本的材料，才能在閱讀的時候做爲分段的依據，不要小看了這些。

組合英文句子的材料有三種：就是「單字」、「片語」和「子句」。「單字」不用介紹，片語和子句統稱爲「字組」，也就是由一串字所組成的句子中的一個片段，「片語」和「子句」則是詳細的分類；每一個字組在句子中有其整體的功能，字組中的這一串字彼此之間有強烈的連帶關係，但除了字組開頭的字外，字組中其他個別的字通常和整個句子沒有直接的關係，如：

I saw her reading an English book in her friend's office.

her 是跟著動詞 saw 當它的受詞；an English book 是跟著 reading 當它的受詞（reading 表達動作，後面可以接受詞），而 reading 帶領的這一整組字則是說明 her；her friend's office 則是跟著介係詞 in 當它的受詞，而 in 帶領的這一組字則是說明前面的 her。

依照英文老師講句型分析時慣用的說法是：reading 帶領的這一組字是一個形容詞片語來說明 her，而 in 帶領的這一組字則是一個表示地點的副詞片語來說明 her。筆者個人認爲，如果學生連哪裡有一個片語都認不出來，這些句型分析是講給內行人聽的，多數的學生是聽不懂的。

能夠看得出一個句子的組合方式，更明確點說，就是能辨認出句子中的字組，和閱讀時的分段能力息息相關，這是閱讀必備的基本功夫。

理論上，一個英文句子的長度是無限的，只要作者的文字功力夠好，句子的意思有個明確的主軸，作者可以一直寫下去，據 Steven Pinker 在 The Language

Instinct（中譯「語言本能」[1]）中的記載，「金氏世界記錄」所列世界最長的句子長達一千三百個字[2]；筆者本人看過的最長的一個句子足足有二頁半長，這當然是一個作者爲了展現功力的作品，但足以說明英文句子組合的一個可能性。

我們的學習者在讀到一個長的英文句子時經常都只會依循逐字翻譯的方式去解讀，筆者稱這種方式爲「堆積木式的翻譯」，這種解讀法的問題很多，首先就忽略了句子本身原本簡單的組合方式，這樣解讀會造成至少下列三個嚴重的錯誤：

1. 無法依句子的組合方式去抓出句子本身的重點，只會依每個字的中文意思去抓，結果很容易誤判；
2. 因爲不會分段，以至於在解讀時，偶爾會將原本屬於其他字組的字和別的字組混在一起，這樣更是雪上加霜。
3. 無法看出一個長句子中的片語和子句，在解讀時變成同時在處理一個長句子，學習者腦中塞滿了許多零碎的中文解釋，然後絞盡腦汁地想要將這些零星片段的中文解釋拼成一個有意義的「句子意思」，經常拼湊出一個零零落落的「什錦大拼盤」，正所謂「治絲益棼」。

英文句子的組合方式沒有一個固定的公式，文法書只有針對「子句」和「句型」有較詳盡的介紹，至於如何組合成一個「片語」、「子句」或一個長句子，文法書就無能爲力了，因爲這是屬於「習慣」和「藝術」的層次，而文法的知識只是爲藝術服務的技術罷了。學會辨認字組是分段的重要指標，字組最主要的就是「片語」和「子句」。

二、知易行難的基本功：如何辨認「片語」和「子句」

其實，我們的學生學片語和子句最大的麻煩，是一直都將重點放在文法，但是，眞正的麻煩是許多大學生根本不知道如何辨認出句子中出現的片語和子句，有的即使看得出來有個片語或是子句，可是，其中有不少人卻連一個片語或子句從哪裏開始和到哪裡結束也沒法正確區分，這才是我們在學片語和子句時最先要面對的挑戰。

1 Pinker, Steven (1994). The Language Instinct—How the mind creates language. William Morrow co.；中文版「語言本能」，洪蘭譯，商周出版社，民九十五年二版，頁一零三。

2 是美國小說家 William Faulkner （福克納） 的小說 Absalom Absalom! 中的一句。

這個問題的根源，當然還是因為我們的英文教學仍是「文法翻譯法」的模式，學習文法知識和做練習的重要性凌駕了實際的閱讀，以至於許多英文成績不錯的學生能夠應付考試，但是，沒有能力實際地辨認，甚至於運用片語和子句。這一個缺憾引出的後續效應很深遠的，可惜一直被忽略。

總結筆者個人的經驗，我們的學生學片語和子句最大的麻煩是這樣的：

1. 片語：定義混淆。

   我們講的「片語」這個詞，其實是混指二種不同的東西，一種是我們學生字時說生字與「片語」，如： in case of, as soon as possible, according to, so far so good, by the way, not only… but also, take care of, carry on, go on, catch up with….，這類的「片語」是為了方便我們知道英文一些經常連在一起用的字組，在本書第二章有提到這是英文字的一個特性：Collocational Behavior（常搭配一起使用的字）。我們習慣將這些當成和生字是同一類的一起學習，因此慣稱：生字和片語。大多數的學生聽到「片語」這個詞時，第一個想到的就是這一類。

   還有一種「片語」，這種是英文老師在做句型分析時講的，和前一類的差別就是，這類「片語」不論組成方式或是功能，都有文法上的意義，所以，不論是句子分段或是做句型分析時都是有用的。例如，就組成方式的有：「介係詞片語」、「動名詞片語」、「不定詞片語」、「分詞片語」等，而就功能分的有：「名詞片語」、「形容詞片語」、「副詞片語」等，下一章會有更詳細的說明。

   因為這一個定義的混淆，大多數的學生在學習閱讀時，沒有練習過如何就組成方式或功能來辨認「片語」，因而在閱讀遇到困難時，就束手無策，不會分段，造成嚴重的後果。

2. 子句：太偏重文法知識而少實際辨認。

   先講個筆者親身的經歷，筆者曾在北部某大學的醫學系兼任過四年英文教師，每一班學生至少有一半都來自全省的明星高中，這些學生的大學入學考試的英文科成績大多在14-15級分間，13級分是少數，12級分更是稀有，很不錯吧？

筆者每次給他們閱讀測驗時都會考一些閱讀的基本方法，如句子的主詞和動詞、句子分段，或是找出一個句子中的子句，結果，光是辨認子句這一項目，每一次至少有1/4到1/3的人答錯。當然，有一些學生私下覺得筆者是個「怪咖」，因爲，他們從國中到高中從來沒有英文教師這樣子「烤」過。

各位請想一想：

1. 這一群從國中開始就名列前茅的學生，爲甚麼有這麼高的比例無法正確地辨認子句？因爲文法沒讀熟？不是，因爲筆者曾試過，如果是問有關子句的文法知識，這些學生比筆者熟多了，而且，大家憑經驗都知道，如果沒有相當的文法知識是不可能從國中混到考大學都名列前茅的。
2. 你是寧願學會如何辨認子句？還是學會有關子句的文法知識？
筆者可以在這裡公開承認，筆者到目前爲止所知道有關子句的文法知識，還是很簡單的，有很多文法課本列爲重點的文法詞彙和知識，筆者仍然不清楚，但是，不論是閱讀或是寫作時，筆者在這方面是沒有問題的。

總之，我們的學生學子句最大的麻煩是太偏重文法知識，而少在實際的閱讀中練習辨認子句，才會發生考試會答題卻無法正確辨認出一個子句。

三、「片語」和「子句」

「片語」和「子句」的簡單區別就在於，「子句」本身有個明確的文法結構，就是要有個「主詞加動詞」這樣和句子相同的結構，而「片語」不必有這樣的結構，組合較不麻煩，因此「片語」使用的也就較頻繁，幾乎無句無之，因此學習者通常在簡單的句子中對多數形式的「片語」都還能應付，當然，句子如果長了，很多人就不清楚如何分辨。下一章會針對如何辨識「片語」有進一步的解說。

相對而言，學習者通常對「子句」較不熟悉，花了許多時間去鑽研有關「子句」的文法，學得好的應付考試或許沒有問題，但是，多數的學習者其實是收穫很少，只記得一些文法詞彙，殊爲可惜。

筆者建議，學習子句較有效的方法有二個：

1. 只運用最簡單的觀念，從學會辨認下手，切莫一下子就要學到很詳細；
2. 多看同一類型子句的例句，然後從眾多例句中去看出「子句」的特徵，從子句的特徵和子句在句子中的「功能」去看，不需要讀文法，你也一樣可以掌握住子句。

下面就試著用最簡單的觀念，從「特徵」來學如何辨認子句。

本書盡量不用文法的詞彙，用最簡單的方式介紹「子句」。首先，會稱為「子句」就是有這樣一個字組，因為它有一個句子最主要的特徵，就是有個主詞和動詞的結構，但是，它本身不能單獨存在，必須依附在一個完整的句子中，所以才會稱為「子句」[3]。

「子句」有二個明顯的特徵：

1. 開頭有個引導的字，如我們常見的 when, where, which, who, why, how, if, that⋯等；

   這些「字」都有文法的名稱和道理，筆者在這裡刻意忽略，因為，如果你接觸的例子不夠多，沒有印象，學了文法詞彙也沒有用[4]；反之，如果你接觸的例子夠多，能夠辨認，不必懂文法詞彙也沒麻煩。
2. 每個子句必有個「主詞加動詞」這樣的結構。

   When he left, I closed the door.（粗體字就是引導子句的字）

   Whichever you choose, I will follow you.

   It is true **that** she is a good teacher.

   I don't know **how** many people are coming to the party.

   Whatever you say will not change my mind.

   They went to the classroom **where** everyone was waiting.

以上六個句子中，粗體字加上劃線的部分就是子句，這六個子句在各個句子中的功能都不一樣；在前二句中是當作「副詞子句」，用來說明後面那個「主要子句」是在甚麼情形下發生的（I closed the door 是在 When he left 這樣的情形下發生

3 筆者常常讚嘆：當初翻譯英文文法的人一定是學貫中西的飽學之士，很多文法詞彙的翻譯名稱都很傳神，頗符合孔夫子說的：必也正名乎？可惜後人在學或教文法時常常沒有去仔細體會。

4 筆者在空大問過許多40歲、50歲和60歲的學生，很多人都還記得不少有關子句的文法詞彙，但，僅此而已。

的；第二句同理）；在中間的三句中是當作「名詞子句」，第一句是當補語，說明主詞 It、第二句是作動詞 don't know 的受詞（我不知道 how many people are coming to the party）、第三句則是當句子的主詞（請注意這個句子的動詞是 will not change）；最後一句是當作「形容詞子句」，形容它之前的名詞 the classroom，說明在這個教室裏有甚麼事情。

我們平常閱讀時會遇到的「子句」就是這三種，文法書中針對每一種都有詳盡的介紹，但許多學習者在分篇分章地讀完這些文法說明後，反而「見樹不見林」，看不出這三類子句的共同性，也就是忽略了「子句」的共同特徵。

最後，再介紹有關「子句」使用時的二種變化：

1. 有時候，引導子句的那個字本身可以兼任這個子句的主詞，如：

   She loves to raise questions **that** are challenging.

   I don't know **who** went to the party last night.

   I came to a house, **which** looked very old.

   Whoever comes first will receive a prize. （子句當句子的主詞）

   特徵就是：引導的字（粗體字）後面直接跟著這個子句的動詞。

2. 有時候，一個由 that 所引導的子句，會「省略」這個引導的字，如：

   This is the car (that) I want.

   I think (that) you are right.

   He told me (that) you did not believe him.

以上第一種變化情形在文法書中有更爲繁瑣的說明，但對初學者而言這些文法知識只是使事情更複雜，對於學習者沒有實質的幫助，除非學習者已經能在閱讀中順利地辨認出子句，而且對鑽研文法有興趣，不然，從特徵和功能去看就足夠目前的需要了。

至於第二種情形，相信每一個念過國中的人都還記得以前英文老師說過：「這裏是一個省略了 that 的名詞子句」或是「這裏是一個省略了 that 的形容詞子句」，至於爲何要省略？何時才可以省略？我相信沒幾個人記得以前的英文老師有沒有說明過。

省省吧！重點不是規則的問題，而是人類使用語言時一個經常發生的省略現象，這是個習慣，不是可以依據一個公式去套用的。而且，「這裏是一個省略了 that 的名詞子句」只是事後解釋，眞正的重點是當你在閱讀時能不能順利地看出來這個特徵：

This is the car I want.

I think you are right.

He told me you did not believe him.

換個方式講，你如果會從特徵去看，你就會發現「句子中突然出現一套緊連著的主詞加動詞，使句子中出現了**二套主詞加動詞**」，如：

This is the car I want.

I think you are right.

He told me you did not believe it.

一個簡單的英文句子是只能有一套「主詞加動詞」的，因此，像上面的例子中突然出現了二套「主詞加動詞」，那就先看看其中一套「主詞加動詞」是不是這個句子的主要結構，就是如果將它拿掉後這個句子是否還成立？如：

This is the car. 這樣還是個完整的句子；

the car I want. 這樣就不是個完整的句子，因此，我們就可以懷疑 I want 就是個「省略了 that 的子句」。

這種形式的句子看多、看熟悉了，能不能、會不會搬出「這裏是一個省略了 that 的名詞或形容詞子句」這樣一套解釋，也就沒甚麼意義了。

最後，要如何才能多看同一類型子句的例句？這時候文法書就用得上了，就是將文法書中在介紹每一類子句時所用的每一個例句都放在一起看，刻意去注意有沒有上面介紹的這些特徵。如果一本文法書的例句不夠多，再多找二本以收集更多的例句，將許多例句放在一起看，這樣子學習的效果會比死讀文法知識有效，你一定會對這些特徵有印象的。

四、備註

臺灣對教文法的觀念失之於「不分輕重緩急」，只要是文法就一定重要，務求鉅細靡遺，不論學習者是否有能力消化。如有老師對這種固有的做法有所質疑就招來：「那文法就不重要啦？」這樣的責問，哪個國、高中老師敢有意見？

筆者始終認爲臺灣的英文教學有關文法的部分是「太多、太急、太快」，以子句爲例，筆者不論在社會人士或是在台北科技大學的碩、博士班上調查，每一班都至少有六到八成的人記得「先行詞」這個詞彙，可是，只有其中極少數（約二成）的人知道「先行詞」就是個名詞。

其他如「關係副詞」及「關係代名詞」也是類似的情形，許多四、五十歲的空大學生都還記得這些文法詞彙，但是對子句是心中茫然，無法辨認。

商場上無時無刻不談「投資效益」、「投資報酬率」，我們學語文是不是也該想一想學習的效益？

動腦時間

1. 你看過最長的英文句子有多長？
2. 你以前看到長句子時是用哪種方式解讀：「堆積木式的翻譯」？還是依句子的組合方式先去抓重點？
3. 你以前讀英文長句子時會不會分段？你讀寺廟廊柱上的長詩句時會不會分段？
4. 你是不是同樣地知道「先行詞」、「關係副詞」及「關係代名詞」等的文法詞彙，但在閱讀時其實根本不知如何辨認？
5. 去針對三種子句各找二十個例句好好讀幾遍，看是否能認得子句的特徵。

6-2 片語和子句的名稱

本書中談生字時曾介紹過「詞性」和「功能」的觀念，片語和子句也是一樣，會依據功能而有不同的名稱。不過，片語和子句的名稱分爲二類：以組成的方式和以功能命名的。文法書是不論單字、片語或是子句，都將這二類混在一起講的，因爲，英、美的學生他們知道區別，而我們的學生初學英文，是需要特別釐清的。

一、名稱的混淆

文法書在講「詞性」時都會介紹「八大詞類」:「名詞」、「代名詞」、「動詞」、「形容詞」、「副詞」、「介係詞」、「連接詞」和「感嘆詞」，另外，文法書中還會介紹「動名詞」、「不定詞」、「分詞」、「助動詞」、「主詞」、「受詞」等。

如果就「詞性」和「功能」的角度來看，「八大詞類」和「助動詞」都是因爲那些字在句子中擔任了某種的「功能」，才會有那樣的名稱。而「動名詞」、「不定詞」和「分詞」等，則不是因爲他們的「功能」，而是因爲他們的組成方式而命名的。另一方面，「主詞」和「受詞」則是指在句子中眞正的「功能」，一個字之所以被列爲「名詞」，就是因爲它擔任了「主詞」、「受詞」或是「補語」的「功能」。

上面這樣講，會不會覺得有點昏？會有這樣的感覺是正常的。

上面列出的這許多的「詞」，是當初將那些文法詞彙翻成中文時，爲圖一致而產生的，這些詞彙的英文原文 (subject, verb, adjective, adverb, pronoun, noun….) 可沒有任何暗示他們有甚麼同質性。但是，翻成中文的名稱就有這樣的暗示，以至於我們很多的學生無法區別英文字的「詞性」和「功能」，我們的文法教學也很少就「詞性」和「功能」來談，結果造成我們許多人光是字的「詞性」就很混淆，而這個混淆就延伸到了片語和子句的學習。

單字無法區分「詞性」和「功能」的後果是閱讀時解讀個別字的混亂，「片語」和「子句」無法區分它的名稱是指「組成的方式」還是「功能」，那影響只會更嚴重，因爲，「片語」和「子句」是分段時的重要依據，會嚴重妨礙閱讀的。

二、以組成的方式命名

以組成的方式命名的片語和子句，就是以帶領該個片語或子句的第一個字的文法屬性而命名。

(一) 片語

各位常聽到的有：分詞片語、不定詞片語、動名詞片語、介係詞片語和動詞片語這五類[5]：

1. 分詞片語：就是帶領片語的開頭第一個字是一個分詞，如：

   Sensing a problem coming, he ran away. 現在分詞片語當修飾語[6]

   He ran away, **indicating** there is a problem. 現在分詞片語當修飾語

   Forced into a corner, the dog showed fear. 過去分詞片語當修飾語

   She achieved her goal, **backed** by her determination. 過去分詞片語當修飾語

2. 不定詞片語：就是帶領片語的開頭第一個字是一個不定詞，如：

   I want **to visit** my old friend in Taitung.

   To be honest with you, I don't have a car.

   She is about **to take** charge of the company.

   各位都學過be about to + V表示「將要做甚麼」，但可能不知道，其中的這個to + V就是一個不定詞片語。後面講分段時會詳細談。

3. 動名詞片語： 就是帶領片語的開頭第一個字是一個動名詞，如：

   Memorizing grammar does not guarantee **learning** English well.

   第一個動名詞片語當主詞；第二個當受詞。

   You can not learn grammar well by **memorizing** grammar.

   動名詞片語當介係詞by的受詞。

4. 介係詞片語： 就是帶領片語的開頭第一個字是一個介係詞，如：

   I live **in** the suburb **of** Taichung.

   She took a look **at** my picture **on** the wall.

   I am thinking **of** visiting my friend **in** Taitung **for** a reunion.

---

5 如果有人覺得這五類還不夠詳細，請另行參考其他文法書，這裡只介紹常見的這五類。

6 後面會講到修飾語。

In general, I drive **to** my office **in** the morning and take a walk **on** the sidewalk **after** dinner.

You can not learn grammar well **by** memorizing grammar. 這個例子上面用過，但是在這裡呈現的是，動名詞片語是介係詞片語的一部分。

上面介紹的這四類都是以帶領片語的第一個字的文法屬性來命名的，絲毫不涉及這些片語在一個句子中所擔任的功能，各位從上面的例子中可以看得到各種的功能都有，但那不是這種命名方式的用意。

5. 動詞片語：這種片語其實就是當一個句子的動詞所需要的配備比較多時，這所有相關的字組合成的動詞，稱之為「動詞片語」，如：

She is reading a book.	現在進行式
He has arrived 10 minutes ago.	現在完成式
I have been waiting for more than 3 hours.	現在完成進行式
You should have called me when you saw her.	與過去事實相反

「動詞片語」比較獨特的地方，是它既是以組成方式命名，同時也是以功能命名的，它整個的組合都是在完整地表達出一個句子的動詞。

筆者個人認為，會列出「動詞片語」的原因可能是，看起來耳熟能詳的動詞，有相當比例的人仍然沒有習慣將動詞所需要的配備一併當成是句子的「動詞」的一部分，就用「動詞片語」這個名稱去提醒學習者注意。

如果閱讀的時候都不會注意這一點，等到要寫作或說的時候，當然更容易忽略。所以，習慣是從小地方開始養成的。

（二）子句

各位常聽到的子句有：「關係子句」、「關係代名詞子句」和「關係副詞子句」這三類，在講到這些名稱時同時，也會講到「關係代名詞」、「關係副詞」和「附屬連接詞」。這些名稱只要上過國中英文課的人都不會陌生，至於有沒有一半的大學生能分清楚這些，筆者是持懷疑的態度。

會稱為「關係子句」、「關係代名詞子句」和「關係副詞子句」，就是因為帶領子句的第一個字是一個所謂的「關係代名詞」或是「關係副詞」，重點是指那個字所帶領出的子句，是為了表達出和句子的主要部分在意思上有連帶的關係，例如：

This is **the place** where we first met. 子句說明**地方**是怎麼回事

I know **the reason** why she left. 子句說明**原因**是怎麼回事

When you leave, **please close the door**. 子句說明**主要子句**說的事情何時或是甚麼狀況下才發生

總之，不論是「關係代名詞」、「關係副詞」或是「關係子句」、「關係代名詞子句」和「關係副詞子句」這類的詞彙，就是指哪個帶領子句的字是用來表達子句和主要子句的關係的。

先這樣子就好了，這個部分各位知道觀念就好了，不必刻意去記哪些是「關係代名詞」或是「關係副詞」。因爲，這一看下去，又是許多更詳細的資訊，多數人一下子無法負荷的。

而且，「關係子句」、「關係代名詞子句」和「關係副詞子句」這些看下去，還是會談到各個子句的功能，如：「關係代名詞子句」和「關係副詞子句」不就是在說這種子句的功能是「代名詞子句」和「副詞子句」？所以，筆者個人認爲，我們不一定非要繞經過「關係代名詞」和「關係副詞」這些學術的詞彙去學子句，學習如何從「功能」去認子句比較重要。

各位比較常聽到老師在講句型分析時用的，大多是以功能來命名的。

三、以功能命名

大家對以「功能」命名的片語和子句應該就比較有印象，片語有「名詞片語」、「形容詞片語」、「副詞片語」等，子句有「名詞子句」、「形容詞子句」和「副詞子句」。

這裡簡單地複習一下：

1. 「名詞片語」和「名詞子句」就是因爲有一個片語和子句在句子中擔任「主詞」、「受詞」或是「補語」；
2. 「形容詞片語」和「形容詞子句」就是因爲有一個片語和子句在句子中用來形容一個名詞；
3. 「副詞片語」是因爲有一個片語在句子中用來說明一件事情是在怎麼樣的狀況下（甚麼時間、甚麼地方、怎樣的方式等）發生的；

4. 「副詞子句」是因爲有一個子句在句子中用來說明句子的主要部分是在怎麼樣的狀況下發生的。

一般來講，英文的「副詞片語」和「副詞子句」的使用習慣和中文很接近，我們不論是閱讀或是使用都比較能適應。其他的二類眞的要多從實際的句子中去熟悉，絕不是看看道理就能了解的。

總之，一個片語和子句之所以會被稱之爲「X 詞片語」或「X 詞子句」，不是因爲它天生的組成或是外貌是那個樣子，是因爲它在句子中扮演的功能來決定的。很多人讀文法書學不好子句，其中的一個原因就是，文法書直接就說「X 詞子句」是怎麼組成的，在句子中可以有甚麼功能。筆者個人認爲，這是倒果爲因，是因爲它擔任了某個功能，所以才會稱之爲「X 詞子句」。

所以，學會辨認功能是個不可小覷的功夫，請看下面的例子：

When he came last night, I was sleeping.

I don't know when he came last night.

I think that 11:30 p.m. was the time when he came last night.

以上三個句子中各有一個「子句」，這三個「子句」都是完全一樣的內容，可是，在三個句子中的功能各自不同：

在第一句中是當作「副詞子句」，說明主要子句 I was sleeping 在怎樣的狀況下發生的[7]；

在第二句中是當作「名詞子句」，當動詞 don't know 的受詞；

在第三句中是當作「形容詞子句」，說明 the time。

最後，這裡總結三個學習片語和子句的原則：

1. 片語依據組成的方式來辨認；
2. 子句依據特徵來辨認；
3. 再依據在句子中的關係來判斷片語和子句的功能。

7 可能有人覺得這樣的講法很怪，我們的直覺是主詞「我」應是在他回來前就已入睡。但是，請注意時態是過去進行式，主詞「我」是「正在睡覺」。

四、備註

就如前幾章所講的，字依據在句子中的「功能」決定了它實際的詞性，片語和子句也是同樣的情形。初學者尤其要提醒自己，有關子句的基本特徵和它的功能還沒弄清楚前，還是先不要貌然去看太詳盡的文法說明，以免又像一個背包客突然闖入亞馬遜叢林。

從閱讀和寫作英文的角度看，「片語」要知道如何依據「組成方式」來辨認，因為這有助於閱讀時的分段；而「子句」則一定要會辨認「功能」，因為這有助於準確解讀句子的意思。

動腦時間

找一篇紐約時報的文章，做下面幾個練習：

1. 你能辨認出幾個片語和子句？
2. 這些你找出來的片語和子句在句子中是擔任甚麼功能？

這種練習盡其在我就好，能找到幾個算幾個，不必苛求完美。只要擔心多了，就做不下去了。

Chapter 7
句子的延伸（一）修飾語

「紙短情長」最能說明我們人類在表達意見時「千言萬語，欲罷不能」的感覺。所以，不管中文或是英文，絕大多數的句子都不是僅僅有「主詞+動詞」這樣子的簡單架構而已，經常都是會順帶地多加一些內容，以使句子更詳細。

當然，如此就使得句子變長了，結構也變得多樣和複雜了。面臨這樣子的句子，逐字翻譯註定只是步入死胡同，我們一定要先能分清楚英文句子的結構，方能正確地解讀。

所幸，英文的組織方式仍是有跡可循的，我們可以從中尋找出一些線索，以協助我們將一個看似複雜的句子逐段釐清。英文句子的延伸方式，就是我們可以下手的地方。

接下來的二章分別從二個角度來談：

1. 修飾語[1]（形容詞、副詞），而談這二個詞性時又統合單字、片語和子句三個組合方式，以提供一個完整的觀念；
2. 句子分段的3個明顯指標：介係詞片語、逗點和對等連接詞，這是文法書上著墨不多，但是，閱讀分段時很重要且明顯的指標。

能夠分清楚句子延伸的方式，才能夠在一個長句子中找出它的主要結構，這是閱讀的一個重要技巧。

1 英文講修飾語其實不僅限於形容詞與副詞，本書原本的構想中還包括介係詞片語和逗點的修飾語功能，但是為了編排和教學的因素，改用目前這樣的分法。

7-1 形容詞

一、辨認功能

英文的「修飾語」(Modifier) 就功能涵蓋「形容詞」與「副詞」，就句子的組合材料則包括字與字組（片語和子句）。臺灣的學生對「形容詞」和「副詞」都耳熟能詳，然大多只是從「詞性」的角度瞭解，且多只限於單字，對同是擔任「修飾語」之字組則陌生，其中又以「形容詞子句」和「介係詞片語[2]」爲最。

人類使用語言時都希望「盡量」將事情講「清楚」「一些」（至少「很多」讀者和聽者有此一「強烈的」要求），有時「更」會加「一些」「實用的」修飾語來潤飾「一下」，如此「自然」就會將「原本」「言簡意赅的」句子拉長「一些」，「長的」句子「當然」給經驗「不足的」語言學習者「更」「嚴苛的」挑戰。

上面這一段話中「」中的都是「修飾語」。

「形容詞」顧名思義，就是用來形容「名詞」，它的功能很單純，只修飾名詞。再看它的英文原名：adjective，源自拉丁文 ad（這個字首表達的意思是「朝向、靠近」）+ jacere (to throw)，意思是「朝某個方向丟過去」，用意可能就是說這類的字看到了反正就是朝某類的字那裡丟過去或靠過去就是了，用 to throw 這樣的意思表示，可見「形容詞」的功能眞的很單純。

這個詞性對臺灣的學生是非常熟悉的，尤其是單字，且是從詞性的角度，如一些最簡單、最常用的 big, white, tall, good, bad⋯.，另外，有一些常見的形容詞結尾的字大家多少知道一些，如：wonderful, musical, capable, curious, sensitive, introductory, interesting, frequent⋯.。

相對而言，我們的學生比較有問題的地方，在於就功能看一個句子中擔任「形容詞」的片語及子句，這個部分在閱讀時造成較大的障礙。例如在閱讀時遇到一個形容詞的字，有經驗的學生從這個字的字尾可以看出一些端倪，如：wonderful, intensive, capable, active, generous, magnificent, imaginary, automatic, fortunate, childish⋯等，這些字尾都表示形容詞的字尾，而且形容詞的中文解釋通常不會像

2 如上所述，介係詞片語放到下一章從分段的角度談。

名詞和動詞那樣麻煩；可是閱讀時遇到一個擔任形容詞的片語或子句時，不論是字型或是字典就幫不上忙了，臨時翻文法書也找不到甚麼頭緒的。首要的原因當然還是和不會分段有關，另外則是不會從「功能」的角度去解讀一個字組，無法由此看出某個字組與句中其他字或字組的關係。

「形容詞子句」是「形容詞」中最麻煩的二項之一（另一個是「分詞」，在下一節講），重點不在記那些文法詞彙，而在：

注意子句的特徵；

瞭解功能（注意形容詞子句與它所要修飾的名詞）。

She is beautiful and he is tall.

He has a white and clean little apartment.

This must be one of the most expensive and ambitious productions.

This is a once-in-a-life-time opportunity.

I found the car that I want.

He saw the old lady who had moved out one year ago.

I met the woman whom I had heard a lot about.

You should arrive at the classroom on time where a lot of knowledge is exchanged freely.

The reason why I left early is that I did not feel well.

We heard a news from her, which is good.

The man who has been a teacher for 20 years is now retired.

Can you lend me the pump (that) you are not using?

二、分詞當形容詞

當「形容詞」的單字和片語中比較麻煩的是「分詞」,「分詞」分爲「現在分詞」和「過去分詞」這二類。文法書上將「分詞」分在四個地方講解：動詞時態的「進行式」和「完成式」、「被動語態」和「分詞」，分得太細以致於有許多學生一直未能領悟這四者的共通性，本來是同樣的東西，反而因爲學術的分門別類被弄成了四個不相關的課題；另一個後遺症則是，不少學生看到 -ing 結尾的就當作是「進行式」，看到 -ed 結尾的就當作是「過去式」。本是同一個來源，花功夫學了卻全部混淆了，迷信文法萬能的人要引以爲戒。

「現在分詞」(V + ing) 大家可能較熟悉，我們講進行式的「be 動詞加現在分詞」就是這個東西，如：I am talking now.，大家都知道「進行式」這個規則，可是比較少知道其中這個「現在分詞」talking 的功能本就是當「形容詞」用，換個方式看，「be 動詞」的後面本就可以接「形容詞」來將意思說清楚，如：I am old.; She is young.; We are happy.; It is new.，所以，He is coming. 中 coming 的功能就和 He is tall. 中 tall 的功能一樣，都是擔任「形容詞」。

所以，我們看到下面的句子時，每個人都會說這裡面的 V + ing 是「形容詞」，沒有人會說：這是個現在進行式。

This is interesting.

The news is exciting.

Your story is boring.

可以套用的類似的字還有：annoying, amazing, baffling, chilling, comforting, disgusting, disturbing, eye-catching, eye-opening, exhausting, fascinating, frustrating, perplexing, refreshing, riveting, soothing, stimulating…等不勝枚舉，這些字在上述的例子中都是當形容詞，不是進行式。

請注意，當我們將：The car is moving. 解爲進行式的「車子正在動」，而將 The story is moving. 解爲形容詞的「故事感人的」，這一者是爲了配合文法書的分類的效果，另一方面也是爲了配合我們中文的習慣說法，但是，面面都顧到了，就忽略了整體，大家都沒想過如此分工方式造成的副作用。認清這一點，可以幫忙減輕些負擔[3]。

「過去分詞」(V + ed) 也是同樣的情形，大家對這類字比較熟悉的用法有二個：

1. 「be動詞加過去分詞」用以表達一個「被動」的動作，如：He was found guilty **and** sentenced by the judge.; The car was stolen.
2. 「has或had加過去分詞」用以表達「完成式」，如：I have lived here for 2 years.; He has left already.; She found the ring that she had lost one year ago.。

3 忍不住還是要重覆一下，一昧地靠中文翻譯學英文是有很強的副作用的，許多學習者不察以致一再自誤。

就和「現在分詞」一樣，「過去分詞」的功能也是當形容詞用，道理很簡單，「現在分詞」和「過去分詞」都只是文法給這類字的一個名稱，但他們的功能就是當「形容詞」用，而他們的意思則是：「現在分詞」(V + ing) 表示一種「主動、積極、正在進行」的動作；而「過去分詞」(V + ed) 則是表示一種「被動、已經開始了」的動作（沒有人撞了我，我怎能說：「我被撞到」？）。

所以，當有人說：He is retired. 時，沒有人會說：這是個「被動語態」，解爲「他被退休了」。由 This activity is exciting. 和 I am tired. 這二個例子可以知道，甚麼時候將「be 動詞加現在分詞」解讀爲「進行式」或是單純的「形容詞」？還有甚麼時候將「be 動詞加過去分詞」解讀爲「被動語態」或是單純的「形容詞」？這並不是涇渭分明的二個選擇，「分詞」的基本功能就是當「形容詞」，這一點不會因爲是否在表示「進行式」或是「被動語態」而有不同。

至於如何解釋意思，只要配合句子上下文的意思即可。如：

His words are broken promises.

His dreams are broken.

從文法的角度可以將第二句解爲是個「被動語態」，純從「形容詞」的功能看，這二句中 broken 都是一樣的當「形容詞」，第一句中形容 promises；第二句中形容 dreams。

不管中文怎麼翻譯，也不管文法課本怎麼分門別類，「分詞」就是當形容詞用。

There is an old man sitting by a broken window.

We saw a woman carrying her torn clothes under her arms.

I saw a man running away in a stolen car.

Politicians use a lot of exciting words to make crowds excited.

The woman was hit by a speeding car.

We had a supper filled with a lot of interesting foods.

An educated person respects knowledge, while a learned person treats knowledge as a personal tool.

下面的例子的用法也是同樣的道理：

I am pleased. Vs. I found the news pleasing.

I am honored to meet you. Vs. We had a party honoring him.

He is satisfied with the result. Vs. He received a satisfying answer.

She is amazed by the finding. Vs. Her achievement is amazing.

We are puzzled by his act. Vs. His strange act is very puzzling.

Are you surprised by the result? Vs. We had a surprising result.

Surprised by the outcome, our supporters are very excited.

Surprisingly, we won the game.

三、被動語態的根源

「被動語態」較令我們的學生頭痛，原因很簡單，不是文法道理不懂或不熟悉，而是中文使用「被動語態」的習慣與英文不同。初學英文的都習慣以自己的母語來瞭解和解讀英文，不論是瞭解「字意」或是字的「用法」皆如此，但這樣其實存在很多陷阱，「被動語態」就是其中之一。

「動詞」是任何語文的句子中的靈魂，而英文對於所表達的「動作」都會講究一個動作是出於主角的主動？還是被動？

以「分詞」來看的話，它當「形容詞」就是在說明一個狀況，那英文就是要分清楚：是主角自己主動發生或是正在進行的動作？還是因為一個外力的因素而使主角發生這個狀況？如：

I am interested in this interesting story.

She is excited by the exciting news.

We are deeply moved by the moving story.

不論 I am interested、She is excited 或是 We are moved 都是說明主角是因為一個外力的因素才發生這個狀況，主角不會平白無故地對一個不知道是甚麼內容的事情感到興趣或是感到興奮，一定是因為有個甚麼事情或原因使得主角達到「感興趣」、「感到興奮」或「被感動」，所以，要用「過去分詞」(V + ed)，以表示「被動、受外力影響所致」；至於 story 或是 news，他們是使得主角所以會「感興趣」或「感到興奮」的原因，他們可以說是「肇事者」，而且是個「現行犯」，所以，要用「現在分詞」(V + ing)，以表示「主動、積極、進行中」。

因此，不論是「被動語態」或是「進行式」，他們的基本主軸是當形容詞用的「過去分詞」與「現在分詞」，不論意思或是功能皆如此。

我們學習「過去分詞」和「被動語態」比學「現在分詞」的障礙大，就是因爲我們中文使用「進行式」的習慣和英文比較近，而「被動語態」則不明顯。特別是，**我們中文並沒有如英文那樣要求每一個動作都要標明是主動發生？還是被動發生？**而長期依賴中文翻譯學習的結果，當然不會注意到這一點。

所以，學文法的重點是如何養成語文的習慣，不是如何建立文法知識的問題。語文的使用習慣只能靠多接觸才能「習慣」，除此之外，不知道有甚麼妙方可以解決文法學習的困擾。

TIPS

「現在分詞」和「動名詞」的外型完全一樣，如：Learning English is not very difficult.和I am learning English.，前者是「動名詞」當名詞用，後者則是「現在分詞」當形容詞用。而規則的「過去分詞」和「動詞的過去式」的外型也是一樣的，如：I learned a valuable lesson.和I educated myself by studying hard. 這二個是過去式的動詞，而He made an educated guess., I was educated in a challenging school.和She is a learned person.這都是過去分詞當形容詞。

有關「動名詞」、「現在分詞」和「過去分詞」、「形容詞子句」，以及「完成式」詳細的說明和實例，請參考前面的章節說明。

四、形容詞的本質

大家都知道：形容詞是形容名詞。但是，許多人閱讀時，對形容詞的辨認能力就僅限於形容詞的單字，對於同樣是形容名詞的片語、子句，還有分詞等就較沒有頭緒，造成很大的困擾。

這個現象反映出二個層次的問題：

1. 沒有養成依據「功能」判斷的習慣。會稱一個單字、片語、子句或「V + ing」還有「V + ed」爲「形容詞」，不是因爲它的外型，是因爲它在句子中的功能是「形容、修飾名詞」。
2. 沒有養成「分段」的習慣。因爲不分段，所以，連最基本的片語和子句都看不出來，如此，要判斷「功能」當然更是不可能。

這個習慣不養成，讀再多的文法還是一樣的「文法不好」。

動腦時間

請自行找幾篇文章，做下列三件事：

1. 請找出當形容詞用的「現在分詞」及「過去分詞」；
2. 請找出句子中的「形容詞子句」；
3. 請將整篇文章中你所能找到的形容詞通通刪除，再讀這篇文章，先不要管意思的完整性，這樣子解讀句子會不會輕鬆一些？

7-2 副詞

一、多功能的詞性

「副詞」顧名思義就是「只能」擔任副手的詞，「既然」是副的，「當然」「一定」不可能是正的，「也就是說」，它「只」是輔助性質的詞，「絕對」當不了主角的，就像「協助」開飛機的副駕駛「一樣」，「永遠」「只」是正駕駛身旁的一個助手兼學徒；可是，「反過來看」，「不論」是「副手」、「副座」或「副駕駛」，「如果」少了這種人還「眞的」有「些」不方便。

「副詞」的英文是 adverb，這是由 ad + verbum（拉丁文，意思相當於英文的 word），ad 這個字首表達的意思是「朝向、靠近」，從這個字所組合成的意思來看，意思大概是「朝向或是靠近字」這樣的意思。由此可見，它原文的意思也指它的功能基本上就是靠近或是輔助一些字，將 adverb 翻成「副詞」，可見當初這個詞彙的翻譯者對英文還眞有相當高深的造詣。

傳統的說法是「副詞」修飾動詞、形容詞和副詞，只侷限在單字的範圍，可是，從功能性的角度看就更廣義，「副詞」除了不能修飾「名詞」外，「副詞」可以修飾幾乎任何字、片語、子句和句子，是個不折不扣的多功能的詞。

剛進國中學英語時都知道，「副詞」的功能是修飾動詞、形容詞和副詞，用意是表示一個動作的「方式或態度」，或是說明一個修飾的字（形容詞或副詞）的程度或等級，如：

She *came* immediately. We *ran* away. He *sat* happily.（修飾動詞）

He is so *old*. The sale price is incredibly *cheap*.（修飾形容詞）

They run very *fast*. She treated him lovingly *well*.（修飾副詞）

7

以上的用法大家應該都很熟悉，這是修飾單字，大多數的「副詞」都可以輕易辨認，例如「字尾加 -ly」這類規則性的字，在這樣的情形下，字的詞性「副詞」和他的功能（當「副詞」）是一致的，而且，「副詞」和它所要修飾的字通常都緊靠在一起（ad + verbum）。

可是，「副詞」的用法不只限於修飾緊鄰的單字，他也可以修飾片語、子句和整個句子，學習者對這個部分的印象和理解，可能就不如單純地修飾一個字時那樣清楚，不過，畢竟「副詞」的意思很容易和它附近的字、片語、子句或整個句子搭配，所以，通常不會造成嚴重的困擾。

1. 修飾*片語*

   Her voice *sounds wonderfully charming* there（in the tape, out there, in the concert, in the show）.

   He keeps his memory of her deep (always, constantly, silently) *in his heart*.

2. 修飾*子句*

   This is the car *that I dreamed of* always (constantly, so much, almost everyday, everyday without exception).

   When I say: "*Good Bye*!" that day (then, over there, back then, at that moment), I did not realize (*that*) *that would be our last* "*Good Bye*!" forever (for the last time, to each other).

3. 修飾*句子*

Happily, *they all came back* safely (without anyone being hurt, without any incident, as a group, on time, in time).

I returned home, unexpectedly (unexpected by anyone, as a new man, full of happiness, to everyone's surprise)

以上舉的例子有時不只是一個單字，有時加了一些片語，只是爲了讓同學們看些不同的用法。

二、功能導向的副詞

正確的思維應該是：因爲句子的文義需要一個「副詞」，因此，就在句子中加上一個「字」或是「字組」(「片語」或是「子句」)，使這個「字」或是「字組」擔任「副詞」的功能。

加一個字以擔任「副詞」，最簡便的方式是 : “形容詞字尾加 –ly”，如 : quick + ly = quickly; beautiful + ly = beautifully; suppose + ed + ly = supposedly; hurry + ed + ly = hurriedly。

另一種方式是，用一個現成的字，賦予它「副詞」的功能，如 : everywhere, fast, here, much, many, there, today, well, when, where…. 等等，這些字在字典中都列出了包括「副詞」在內的不同詞性，讓初學者很困擾。其實，從功能的角度看，就是，爲了句子中的文義需要，這些字的「詞性」就改爲「副詞」。不必盲目地記憶有哪些詞性。

另一個明顯的例子是「介係詞」當「副詞」用，如 :

She took out a pen.，out 後面還跟著一組字，這是一個「介係詞片語」

She went out.，out 後面沒有跟著字，這個 out 就是「副詞」，修飾動詞 went。

因此，我們會看到這樣的句子 :

She came **in** from outside.

He spoke **out** against the policy.

He was taken **down** by the police.

乍看之下，以為是連續2個介係詞，其實，粗體字是副詞，修飾之前的動詞，而畫底線的是介係詞片語。會不會注意到這種「小東西」，反映的是閱讀經驗，也就是「程度」的問題。

接下來就談加一個「字組」當「副詞」。

三、「副詞片語」和「副詞子句」

回想一下以前，可能還記得國高中的英文老師每次在分析句型時，常常都會說到：「這是個『副詞片語』」或「這是個『副詞子句』」，相信許多學習者對這個部分的印象和理解就不如單純的一個字時那樣清楚。

首先，「副詞片語」或「副詞子句」不像單字的「副詞」有明顯的特徵（例如多數的「副詞」單字有個 -ly 的結尾）或是一些常見的字如：ago, almost, forever, most, never, quite, often, outside, so, too, very......；「副詞片語」或「副詞子句」完全是依據「功能」來判斷的。

其實，不論是「副詞片語」或「副詞子句」，它的用法和意思都很容易看出來，而意思也很容易和上下文搭配，就是因為「副詞」的用法和中文很相近，大多數人在簡單的句子看到時都沒問題。

會對我們的學生造成困擾的主要原因還是在於分段，就是因為不會分段，以致於在閱讀一個較長或較複雜的句子時，「有時」會因為同時間要處理太多的「意思」造成：

1. 段落混亂；
2. 意思主從不分、輕重不明。

段落混亂的現象是最嚴重的狀況，我們的學生通常在看到「副詞」會發生這樣狀況的機會較少（不是沒有）；至於解讀時不分輕重緩急則使得學生無法暫時先不理會次要的段落，逼自己同時處理整個句子的每一個字，如此當然很難期望能有甚麼進度。

簡言之，不論「副詞片語」或「副詞子句」的功能都是在說明句子主要的部分是在甚麼樣的條件或狀況下發生的，如：

1. 「副詞片語」：

 Last night She saw a movie in her home.（She saw a movie是發生在「昨晚」以及「她家」）；

 He bought the car in less than 2 days just for its color red.（He bought the car是發生在「不到二天之內」以及「只是為了它的顏色是紅的」）；

 Of course, I will go to the office right after my lunch.（I will go to the office是「一定會的」以及是在「我午餐後」）；

 I love my work with all my heart.（I love my work是發生在「全心全意」的狀態下）；

 She ordered a fish instead of a steak.（She ordered a fish是發生在「沒有點牛排」的狀況下）。

2. 「副詞子句」（請注意子句中的主詞加動詞）：

 When I was home last night, I went to bed after I had finished my dinner.

 If you come, he will come, too.

 Since the party was already over, we sat down and ate all the foods.

 Though he did not show up, we decided to leave anyway.

 「副詞子句」的例子可以更清楚地看出它是說明「主要子句」是在甚麼樣的條件或狀況下發生的，以第二句為最明顯的例證：he will come是發生在If you come這樣的狀況或條件，如果沒有「你來」，則「他來」就不會發生。

由上可知，「副詞片語」或「副詞子句」的用法其實和中文的用法很接近，理論上，我們的學生會產生困擾的可能性不大；會產生困擾還是因為「堆積木式翻譯」造成的「不勝負荷」所致。

文法書在講到子句時都會用到二個術語：「主要子句」和「附屬子句」，顧名思義，所謂附屬就是必須依附在一個「主要子句」才能存在、才有意義的子句。會用到這樣的詞彙就是因為一個句子中包含有子句，為了區分句子主體和附帶的子句的重要性才會有這樣的說法。

從「功能」的角度看，「附屬子句」將句子的意思補充得更清楚、更完整，但也因此將一個簡單句子拉長了、變複雜了；從「解讀句子」的角度看，「附屬子句」

是可以先不理會的部分，特別是句子不是一眼就能明瞭時更要先分清段落的主、從和輕、重，「附屬子句」就是可以等「主要子句」解決後再來解決的。

會講：「主要子句」、「附屬子句」、「副詞子句」、「形容詞子句」、「副詞片語」等的術語沒甚麼了不起，了不起的是：

1. 能辨認出句子中夾有子句；
2. 能判斷出某個子句是不是「附屬子句」，以及因此而先跳過它。

動腦時間

請自行找幾篇文章，做下列三件事：

1. 請找出句子當中的「副詞」、「副詞片語」及「副詞子句」；
2. 請找出句子中的「附屬子句」（「形容詞子句」、「名詞子句」及「副詞子句」）；
3. 請將整篇文章中你所能找到的「附屬子句」通通刪除，再讀這篇文章，先不要管意思的完整性，這樣子解讀句子會不會輕鬆一些？

Chapter 8
句子的延伸（二）明顯的標記

還有一種延伸英文句子的方式，這種方式比較有跡可循，在閱讀時可以用來做為分段的依據，所以，將這些放在這一章中一起介紹。

這種延伸句子的方式有 3 種：「介係詞片語」、「對等連接詞」和「標點符號」。「介係詞片語」在前面提過幾次，第六章中也有介紹，這一章中更詳細地介紹，讀者們應該可以感受到本書對這個不起眼的東西的重視；很多人看到 and 或是 or 都知道這是「對等連接詞」，可是大多數的讀者都沒有習慣將「對等連接詞」所連接的東西串起來，在閱讀時無法幫自己在混沌中理出一個頭緒；至於「標點符號」，更是因爲沒有明顯的「意思」而如同隱形人一樣，在許多讀者心中沒有留下一絲痕跡。

這三項東西都在英文的文章中隨處可見，卻無法在文法書或是字典中找到明確的解說或示範，加上考試很少考或是無法考，成了絕大多數英文學習者視而不見的「小東西」。忽視這三項「小東西」，學習英文的旅程只會更顚簸。

8-1 介係詞片語

一、不起眼的鈕扣和拉鍊

前面第五章講「動詞的配備」時，曾引述哈佛大學心理學教授 Steven Pinker 在「語言本能」[1] 一書說的：「我們說的句子都是受到動詞和介係詞的控制」（頁 139）。所以，千萬不要小看了這個小東西。

「介係詞」的英文是 Preposition (pre- + position)，源自拉丁文 praeponere (*prae-* (pre-) + *ponere* (to put))，意思就是「放在甚麼前面」；依筆者自己望文生義的解釋，所謂的「介係詞」就是「介紹關係」的字 [2]，「介係詞片語」就是由「介係詞」所引導的一個片語。

我們來看幾個不同字典的解釋（請注意畫線的關鍵字）：

1. Oxford Dictionaries:

   A word governing, and usually preceding, a noun or pronoun and expressing a relation to another word or element in the clause, as in "the man **on** the platform," "she arrived **after** dinner," "what did you do it **for**?" [3]

   一個通常放在名詞或代名詞前的字，同時掌控它們前面，並且表達和另一個字或是組件的關係。

2. American Heritage Dictionary:

   A word or phrase placed typically before a substantive and indicating the relation of that substantive to a verb, an adjective, or another substantive, as English at, by, with, from, and in regard to[4].

   "a substantive" 是指一個字組，意思是：放在一個字組前的一個字或是片語，並表示這個字組和一個動詞、形容詞或是另一個字組的關係。

---

1 Pinker, Steven (1994). The Language Instinct—How the mind creates language. William Morrow co.；中文版「語言本能」，洪蘭譯，商周出版社，民九十五年二版。

2 當初翻譯這個詞的人的中英文造詣真的很棒，可惜很多文法課沒有將這些精心翻譯出來的詞彙的意義向同學說明。

3 https://en.oxforddictionaries.com/definition/us/preposition

4 https://www.ahdictionary.com/word/search.html?q=preposition

3. Merriam-Webster Dictionary:

   a function word that typically combines with a noun phrase to form a phrase which usually expresses a modification or predication[5]

   一個功能字，通常綜合了一個名詞片語以形成一個片語，來表示一個修飾或是敘述。

4. Cambridge Online Dictionary:

   in grammar, a word which is used before a noun, a noun phrase or a pronoun, connecting it to another word。

   意思就是說明「介係詞」的功能是「將它後面跟著的字與其他的字連結」，「介係詞」後面可以接「名詞」、「名詞片語」或「代名詞」。

綜合這四個字典的解釋，可以清楚看到二個特點：

1. 「介係詞」後面都跟著一個字或是字組；
2. 「介係詞」的功能是連結它之前的字或字組和它後面跟著的字或字組，並且表示出這二者間的關係。

本書所說的「介係詞片語」，就是由「介係詞」引導一個「名詞、代名詞或是名詞片語」而形成了「介係詞片語」，它的功能是當句子的「修飾語」或是「述說語」的一部分（很多文法書寫爲「述部」，這裏爲了和「修飾語」相對應，所以稱爲「述說語」）。

另外，請注意 Merriam-Webster 字典解釋，一開頭的三個英文字：a function word，是先說明「介係詞」就是一種「功能字」，簡言之，這種字的功用不是表達「意思」，而是在句子中擔任一種引導和連結的功能。

很不幸地，我們都習慣以一個中文解釋來瞭解「介係詞」，如：on 是「在甚麼上面」、in 是「在裏面」、to 是「去哪裏」、from 是「從哪裏來」等，因此而使許多學生誤以爲這種東西沒甚麼了不起，在學習時大家都斤斤計較對錯，卻對這裏犯下的大錯渾然不覺[6]，很諷刺！

---

5 http://www.merriam-webster.com/dictionary/preposition

6 筆者在他校兼任英文寫作教學多年，常常告誡學生：我從你們文中使用介係詞的情形就可以看出你們的程度了，不要老是怪罪你們的生字和文法。閱讀時其實也是一樣的，每一個忙碌於「堆積木式的翻譯」的人，對「介係詞」都是一個簡單的意思帶過，極少思索其用法。

簡單說明一下「功能字」，英文將字的用途簡單分爲二種：Content words （表達意思的字）和 Function words（功能字）。Content words 如： a book, a door, to go, to fly, happy, fast...。簡單說，Content words 就是大家平日學生字時最關心的「意思」。但，不是所有的字都是表達意思，英文有一群數量不多、但是很獨特的字，稱爲Function words。

「功能字」就是在句子中發揮某種功能，使得句子的每一個環節都符合英文使用的習慣，例如：名詞單數時前面要用的冠詞、協助動詞使用得更精準的助動詞、用來連接用的介係詞以及一些表達時間、數量和程度的字等。

「功能字」在句子中發揮的功能有多麼重要？讓我們再次引述哈佛大學心理學教授 Steven Pinker 在「語言本能」一書說的：

功能詞[7]在文法上是有結晶的作用，把許多大的片語分成 NP（名詞片語）、VP（動詞片語）和 AP（副詞片語）的片語，使句子的結構呈現出來⋯人類不斷增加新的內容詞⋯，但是功能詞自成一個緊密的團體，不接受新的成員 (頁 141)。

功能詞是一個句子片語結構最可靠的線索 (頁 141) 。

功能詞也是一個語言與另一個語言在文法上不同的最重要地方 (頁 142) 。

「功能字」就如同我們衣服上的鈕扣和拉鍊，他們經常都是隱身幕後，連結起不同的部件，串出一個無縫的衣服。這種小東西值不了多少錢，平日我們甚至都不容易察覺他們的存在，直到哪天不幸面臨到一個尷尬的情境，我們才驚覺他們的重要性，此時，我們都已經付出了難堪的代價。

「功能字」因爲沒有讓人驚艷的「意思」，不論在字典或文法書中都沒有太多的說明，在字典中只查到每一個「功能字」列出一長串的用法的說明，這些也很不容易當成教學和考試的重點。以致於我們的學生不論是從生字或是文法的角度看，很不容易感覺到「功能字」的重要性，特別是在忙著翻譯意思時，更是經常無法察覺到它的存在，因此是很容易就被許多學習者忽略的。這就是閩南語所謂的「有看沒有到」。

等到了要自己提筆寫或是開口說時，就會發現有很嚴重的阻礙，但是，大家永遠都只會怪罪自己的生字和文法，極少有人會注意到是因爲這些看起來不起眼的小東西的。

7 洪蘭女士翻成「功能詞」，筆著則是照字面直譯成「功能字」。引文中括號內的是筆者加的詞彙翻譯。

文法上所謂的「述說語」，簡單講就是指除了主詞以外的部分，也就是從「主詞」之後的「動詞」開始，這一切都是在敘述「主詞」是甚麼或是做甚麼，所以稱之爲「述說語」，如：I am a student. I saw a dog in the road.，劃線的部分就是「述說語」，沒甚麼學問的，不必刻意記這個文法詞彙。

倒是「**修飾語**」這個觀念同學們要注意，原因很簡單，「修飾語」顧名思義就是將原本說得精簡的部分予以修飾，使得內容更詳細、更清楚些，而「介係詞片語」的主要功能就是做「修飾語」，英文只要不是二、三個字的簡短句，幾乎無句無之，簡單的如：I want to go to Taichung.; She likes the color of the car.; He went inside the house and stayed there for at least one hour.

長一些的句子中可能出現好幾個「介係詞片語」，它可以插在句子中的任何一個地方，有時光是二、三個「介係詞片語」，就可以將一個原本簡短的句子拉長至少一倍。如：

In summer, we usually stay in house, with air-conditioner on for almost a whole day.

In summer 說明句子接下來要說的內容是在何時發生；

in house 說明之前的動作 stay 是發生在甚麼地方；

with air-conditioner on 是說明句子之前的部分有**附帶**這樣一個狀況，請注意這樣的用法它通常會用個逗點和句子隔開，以彰顯這種**額外或附加說明**的特性；

for almost a whole day 則是說明之前的 with air-conditioner on 這件事情持續多久。

二、「介係詞」的名稱

「介係詞片語」這個名稱，是指以介係詞開頭的片語，就像文法書上說的「不定詞片語」是以不定詞開頭的片語、「動詞片語」是以動詞開頭的片語、「分詞片語」是以分詞開頭的片語，這都只是依片語開頭的字來命名的。

這樣命名方式對有些同學可能會造成混淆，有的文法書會將「介係詞片語」敘述成「介係詞 + 名詞片語」，這當然是正統的說法（以筆者的瞭解，國、高中英文課中這種講法是主流），可是，有不少同學因爲不會分段，對於「名詞片語」或「副詞片語」這類的片語，多只是聽過這樣的詞彙，在閱讀時的辨識能力很弱，即使老師在分析句型時說出片語的名稱，這些同學大多也無法瞭解他們的功能，針對這類學生，講太多不同類型的片語只是加深他們的混亂而已。

所以，回到前面引 Steven Pinker 說的：「功能詞是一個句子片語結構最可靠的線索」(頁 141)，從介係詞下手來辨認「介係詞片語」是合理且實際的分段方式。

筆者認爲，若以「介係詞片語」爲單元來看，有助於解讀較長的句子，很簡單的原因，首先，介係詞相對而言好辨認，常用的就那三十來個，英文再差的人也認得這三十來個（會不會用是另一個問題，事實上，許多大學畢業生也不知道如何解讀介係詞）；其次，介係詞後面一定會接個「名詞」、「名詞片語」或「代名詞」，只要順著介係詞往後看，只要是和這個介係詞所引導相關的字，就是這個「介係詞片語」的一部分，而這個片語就是當「修飾語」用的，當句子太長時可以先跳過這些部分。

下面這個例子中共有幾個「介係詞片語」？試試看，先找到介係詞，再將它後面與它相關的字連起來：

Throughout history, mankind around the world, regardless of cultural background, has been repeating many of the same foolish mistakes that has led to great misery among human societies, especially so for the poor and the powerless underclass.

你找到幾個？將每個「介係詞片語」圈起來，然後再核對下面的範例：

<u>Throughout history</u>, mankind <u>around the world</u>, regardless <u>of cultural background</u>, has been repeating many <u>of the same foolish mistakes</u> that has led <u>to great misery</u> <u>among human societies</u>, especially so <u>for the poor and the powerless underclass</u>.

前三個「介係詞片語」後面剛好都有個逗點，使他們很好辨認和區分（請見下一章），第四個有沒有注意到：<u>of the same foolish mistakes</u>，the same 和 foolish 都是形容 mistakes，第五個和第六個連在一起，如果你注意到了第六個「介係詞片語」開頭的介係詞 <u>among</u> 就沒事了，最後一個中有個連接詞 and，它連接的是 the poor 和 the powerless，就這樣，七個「介係詞片語」全辨認出來了，如果我們將這七個「介係詞片語」先跳過，這個句子會是甚麼樣子？

_____ mankind ____, ____, has been repeating many _____ that has led ____ ____, especially so ____.

變成這樣一個短句子後，你是不是比較容易找到這個句子的主詞和動詞？

三、「介係詞」當副詞用

「介係詞」有個當副詞的用法，是緊跟在動詞後面專爲修飾這個動作用的，而不是帶領出一個「介係詞片語」，如：

I wake up at seven every morning. -->up 說明 wake 這個動作接著如何進行

He got up and walked back.--> back 說明 walked 這個動作接著如何進行

She walked away and back to the house.--> away and back 說明 walked 這個動作先是「離開」接著「回頭」，後面的 to the house 才是介係詞片語。

We turned around and drove on. -->around 說明 turned「繞個圈子回頭」；on 說明 drove 這個動作「持續地」進行

Please turn the light off. --> 副詞，因爲 off 後面沒有再接任何字

Please turn off the light. --> 介係詞，off 後面接著 the light，就是介係詞片語

幾乎所有靠中文翻譯學英文的人都一定很生疏，這種用法通常在中文翻譯中不容易顯現出「意思」，如此就很容易被忽略了。多數人知道一些，是因爲在國、高中學習時，將其中部分常用的當成「片語」死背，但是，能背的只是一小部分而已，而且，後遺症很強烈。

再看一些例子如（劃線的字是副詞，斜體字是介係詞片語）：

Things turned out *in our favor*.

I woke up *to the loud music this morning*.

He finished his meal off *with a cup of coffee*.

We were back *on the road again*.

I could not make **out** the meaning of life.

沒經驗的學生看到前面四個例子，可能會覺得怎麼有連著二個介係詞（會注意到這樣情形的比「視而不見」的猶勝一籌）？劃線的是當副詞用，修飾它之前的動作，而劃線的副詞後面的「介係詞」才是眞的當「介係詞」；至於第五個例子，有人是將那個 out 當「副詞」，也有說法將它當「介係詞」，這個爭論對現階段的我們沒意義，不論你用哪種方式解釋，都有助於分段解讀。

「介係詞」當副詞的用法很普遍，如：work out, end up, come up, come along, turn over, hand over, flip over…等。原因很簡單，因爲借助這樣一個副詞，可以將動作描述得更精細，最簡單的如叫人過來：Come here. 固然可以，但是 Come over her. 多了一個副詞 over 來將 come 這個動作描述得更精準，表達出要對方跨過一個空間（不管是間隔 2 公尺還是 2000 公尺）來到此地的意思。

再如要提醒人注意時說：Watch out!，多了一個副詞 out，就是要提醒人注意看的方向，所以，只對一個人說時通常就只說：Listen!，而要對一群人宣布事情時說：Listen up!，多加個副詞 up，就好像要這些人朝說話者的方向轉過來；法官准許律師發言或是軍官准許小兵發言通常說：Speak.，而老師要鼓勵學生在教室發言則會說：Speak up.；要人坐下時說：Sit down.，而我們訓練狗狗坐下時只說：Sit.，或是生氣時叫人坐下通常也只說：Sit.。

能否感覺到態度上的差別？少了一個副詞，傳達出的這個動作就少了那麼點細膩，當然，也就傳達出不一樣的態度，可以了解這二者的區別了吧！

所以，看看下面二個句子有何差別：

She walked to the beach.

She walked off to the beach.

如果感覺不明顯，那換個殘忍一點的場景：

She walked to her new lover.

She walked off to her new lover.

多加了一個介係詞 off 當副詞，表達出動詞 walked 多了一個「離開、脫離」的層次，再對照下文的 her new lover，這意思是不是有「琵琶別抱」的味道？中文所謂的「一字之差」應該也就是這樣的例子吧。這一點區別，我們的中文翻譯是很少能表達出的。

「介係詞」在字典或文法書中都列出了許多不同的功能，如：當「介係詞」、「副詞」、「形容詞」，不論用法或意思又各有一群，洋洋灑灑地很壯觀，當然也很嚇人，有時更會發現有專門介紹「介係詞」的書，其中列的實例更是可觀，恐怕只會更進一步地打擊學習者的熱忱。

其實，沒那麼可怕的，基本上，不論在每個句子中的詞性，每個「介係詞」的本質都是一樣的，在實際的解釋上沒甚麼差異，因爲這種字的重點本就不在意思。就如之前的字典解釋開宗明義所說的，「介係詞」是個「功能字」，它是以功能導向，而不是以「意思」導向，所以，不必、也不可以從「意思」去學習或追究「介係詞」。

和「被動語態」一樣，「介係詞」也是我們中文少見的習慣，它的用法殊異且鋪天蓋地，我們不可能用背的學好它，許多用法在字典中也查不到，因此，還是老話一句：多接觸，就會熟悉每個「介係詞」的用法了，熟悉了用法後，不論怎麼變化都有跡可循。

動腦時間

1. 去查一下（上網、找文法書或是查筆者另外出的「學習英語的策略與方法」的附錄），英文的介係詞到底有哪些？其中有多少是你有印象的？
2. 你看到常用的介係詞時，你的腦中是不是立即浮現每個字的「中文意思」？如on是「在上面」、in是「在裏面」、below 是「在下面」、to是「去哪裏」、from 是「從哪裏來」？
3. 這些你比較常見的介係詞，想一想，你到底對他們的用法是否「熟悉」？或至少「知道」？
4. 如前幾章一樣，找一篇英文文章，將其中所有的「介係詞片語」全跳過，看看這樣子句子是不是比較容易解讀了？

8-2 逗點和分號的功能

一、逗點的功能

英文的逗點（,）的基本功能是將某一段話和句子中的另一段話區隔開，這樣的用法有二個效果：

1. 如果是談到連續好幾樣東西或是句子太長，分隔清楚讓讀者可以喘口氣，如：

   I bought meat, fruits, vegetables, coffee, milk, and bread. She only bought apples, oranges, and eggs.

   The purpose of this meeting is to discuss the future of this company, and the conclusion of this meeting shall be an important guideline for this company.

2. 在意思或是語氣上略做區隔，藉著語氣的停頓或轉折，在意思上藉此表示這是一段「附帶、補充」的說明，如：

   In general, we all wish to be able to speak in English.

   When traveling abroad, we all wish to be able to speak in English.

   We, in general, all wish to be able to speak in English.

   Generally speaking, we all wish to be able to speak in English, if we knew how.（加上後面這一段話是不是比較洩氣？）

   Generally speaking, we all wish to be able to speak in English, so that we can broaden our world view.（這一段附加的話就是補充說明，更積極）

   這種用法，除了意思的區隔外，語氣上也會連帶的區隔，這種語氣上的區隔程度可視作者的態度而定，嚴重的可以達到相反的程度，相當於中文的「歇後語」：他鄉遇故知，仇人；久旱逢乾霖，一滴。

   We all wish to be able to speak in English, in our dreams!（只有在夢中才當眞）

   I really miss you, when I am not busy.（好想你，不忙的時候才會啦）

Well, let me think about it. 這樣的回覆一定和 O.K., no problem. 或是 No, no way. 不同，再看看下面三個例子所呈現的語氣和意思的轉折：

I did not watch TV all night, just a little while.

I will join the party, just to say hello.

He said "Yes," on one condition.

再來看看下面二個句子：

He failed the test again.

He failed the test, again.

這二個句子唸出來的語氣有沒有不同？意思上有沒有些微的差別？哪一句唸起來比較可以感受到不懷好意的成分？

英文有時會用個逗點將「修飾語」和句子的主體分開，在上一章的例子：In summer, we usually stay in house, with air-conditioner on for almost a whole day. 曾介紹過，也看到：Throughout history, mankind around the world (, regardless of cultural background,) has been repeating many of the same foolish mistakes that has led to great misery among human societies, especially so for the poor and the powerless underclass.

這種用逗點分隔開的「修飾語」，通常都是表示一種「附帶、補充說明」的用法，也可以放在句子的任何地方，放在句首和句尾的最明顯，如第一個例子中的：, with air-conditioner on for almost a whole day、第二個例子中的：Throughout history, 和 , especially so for the poor and the powerless underclass。

比較會造成困擾的是插在句子中的「修飾語」，如第二個例子中的：, regardless of cultural background,，和這一章的：We, in general, all wish to be able to speak in English.

經驗不足的學生常會由之前的字一路連著讀下去，就經常會發生困惑：這講到哪裏去了？好像高速公路施工，車子要下交流道繞路走，不知情的乘客突然發覺：怎麼原本在高速公路奔馳的車子停在個檳榔攤旁等紅綠燈？

解決之道很簡單，就是先跳過這一段，等句子的主體都解決了，再回頭將它連上就好了。這種段落其實很好辨認，就是句子中突然會出現由二個逗點夾著的一段話，如：I, to be frank, like your idea very much, because this company, suffering from low productivity for a long time, really needs some fresh ideas.，跳過句中那二段補充說明的修飾語後，句子不是比較清楚了：I like your idea very much, because this company really needs some fresh ideas.。

「逗點」和「修飾語」，在文法書中佔的篇幅都不大，英文考試中也很少會考這點小東西，因此，在英文課中這些通常只是一語帶過的。殊不知，這二樣小東西以及因此連帶出的語氣的轉折，是寫作和閱讀英文的基本功夫，沒有一個作家敢忽視它們，反而是我們這些學英文的人一直都很小看了他們。

二、分號的功能

英文文章中有時會見到分號（；）的用法，它和逗點同是用在一個句子中做分隔，不同在二方面：

1. 分號（；）所區隔開的二段話是屬於同等地位的，不像逗點所隔開的是「附帶補充」性質的。
2. 分號（；）所表示的區隔較長，就是說所區隔開的二段話之間的關聯，不似逗點所區隔開的那樣相近，以喘口氣的空間來看，也比較長。

假如以閱讀時的喘口氣的長度來衡量，句點隔的最長，分號（；）次之，逗點最短；若以所區隔的段落間的關聯性來看，逗點的關聯性最強，分號（；）其次，最弱的是句子。

寫作時會將意思分句寫，當然最主要的是換用另一個主角（主詞加動詞）繼續接著談相關的話題，因此句與句間的停頓較長；逗點則是區隔同一個話題內的段落，如果區隔的是「修飾語」則更是屬於同一個主角的，段落間的關聯性緊密，因此喘息的空間較小，連著唸起來比較沒有空間轉換語氣；分號則是區隔相關話題的二段話，但這二段話間的關聯性又比分成二個句子寫要強，怕分成了二個句子，語氣和意思的連貫程度會受到影響，但另一方面，分號所分隔的二段話間的關聯性又不及逗點所分隔的強（請注意這一段話中二個分號的用法）。

紐約時報著名的語言專欄作家 William Safire 是如此描述分號（；）的：she separates and connects at the same time 和 she pushes clauses apart while holding them together (Safire, 1990, p. 38-39)[8]，第一段的意思是「它分隔開且同時連結」；第二段的意思是「她將子句隔開，但又同時將他們繫在一起」。

---

8 Safire, William (1990), Fumble-Rules. New York, Doubleday.

簡言之，分號（；）的功能是介於句子與逗點間。比較一下下列不同的寫法，你自己體會一下語氣上的差別：

We have four seasons. Spring brings us rain. Summer gives us sunshine. Autumn falls leafs. Winter drops temperature and snow.

We have four seasons: spring brings us rain; summer gives us sunshine; autumn falls leafs; winter drops temperature and snow.

We have four seasons: spring rain, summer sunshine, autumn leafs, and winter snow.

你唸唸看，一定會感受到三種不同寫法在語氣上的差異。

雖然在一般程度的文章中，見到分號（；）的頻率不高，但是將它和逗點分開來談，反而無法讓學習者更瞭解逗點，瞭解逗點和分號的用法除了分段外，更重要的是提醒學習者注意到語氣的轉折和連貫的問題，這些是文法書無法教的無形的知識。

許多臺灣人習慣只以文字字面的「意思」來解讀英文句子，在閱讀時一直沒養成注意語氣的習慣，以致於看到“Well,......”這樣的字時，總以爲將它翻成「好」就好了，從不注意它可能因上下文而有不同的語氣，語氣不同，意思怎麼會相同？

動腦時間

1. 找一篇文章，碰到的每一個逗點都看一下它所隔開的片段，看看它和句子間在意思和語氣上的關係；
2. 將這篇文章中所有用逗點隔開的「修飾語」通通刪除，這篇文章是不是比較精簡些了？
3. 自己多練習吧！

8-3 對等連接詞(and, or, but)

一、重要性在找出它連接些甚麼東西

「對等連接詞」這個東西不難，麻煩在於很多人不會用這個簡單的東西做為閱讀時分段的依據。這個詞彙相信大多數唸過國中的人都還記得，可是，許多人不知道要如何善用 and, or 這 2 個簡單的字 [9]，覺得知道它是「好」、「或」就夠了，從未注意過如何將這些連接詞所連接的部分給串起來，在閱讀長句子時就有苦頭吃了。

簡言之，「對等連接詞」的學問不大，但如果不會從分段的角度來對待它，閱讀時就會有不小的麻煩。「對等連接詞」就是說有一個連接詞，它所連接的東西不論就句子的結構，或是意思，都是同等地位的。如：

She has a cat **and** a dog.

She went to Hualian to visit her friends **and** to enjoy the beautiful scenery.

You can give the book to me **or** return it to the library.

I am thinking of going to school **or** staying at home in such a bad weather.

The company decided that its product is ready for the market **and** that there is a need for this kind of product in the market.

I went to visit him **but** he wasn't home.

and, or, but，這是最常見的三個「對等連接詞」，注意看上面的例子，「對等連接詞」所連接的，不論是單字 (例句 1)、片語 (例句 2, 3, 4)、子句 (例句 5) 或是句子 (例句 6)，就形式上和意思上，是不是都是同等地位的？

這又是一個中文和英文不同的地方，中文雖然也用到「對等連接詞」，但是，中文很不容易如英文那樣表現出形式上的對等，例如上面例句 2 連接 2 個不定詞片語、例句 3 連接 2 個動詞片語、例句 4 連接 2 個動名詞片語，而例句 5 連接 2 個子句都是 that 開頭的。

這種形式上的對等，就是英文使用「對等連接詞」的重點。

---

9 常見的對等連接詞是：and, or, but 這 3 個，but 的用法和中文相似，且只連接 2 個部分，很少造成困擾，所以，這裡專注於談 and 和 or。

空大許多老學生每次被問到 and, or 這種字時，都會脫口而出：「對等連接詞」，可是一旦問到：這個連接詞連接些甚麼東西？許多一般的大學生也表現出一付「怎麼會問這種東東？」的態度。總以爲：我都已經告訴你這麼簡單字的意思了，你還要甚麼？這麼簡單的東西有甚麼好問的？

隨便忽略這麼簡單的東西，一定會有苦頭吃。

「對等連接詞」最常見的用法是：

She has (a car **and** a house).

In my bag, I have (two pens, an eraser, a notebook, a ruler, **and** a book).

We (can go out **or** stay home).

You can choose (a chicken, fish, pork, **or** steak).

這種用法大家都很熟悉，只是要注意，當連接的東西超過三個以上時，就要用逗點分隔開[10]，連接二個時通常不必，除了偶爾爲了語氣的考量也會用。

可是，對等連接詞不是永遠只連接單字或簡單的意思，它可以連接甚麼，是沒有限制的，它也可以連接句子（依照文法書的講法就是連接二個「獨立子句」，筆者這裏仍稱之爲句子，是因爲這二個「獨立子句」若單獨寫就是二個獨立的句子），這樣的句子在文法書上稱之爲：Compound Sentence（合句），意思就是將二個或更多原本可以獨立的句子，用對等連接詞將他們合在一個句子中，如：

I bought a book.　She bought a notebook.

-> I bought a book **and** she bought a notebook.

We can go home first and eat something quick and simple.

We can go to a restaurant and eat something we like.

-> We can go home first and eat something quick and simple, **or** we can go to a restaurant and eat something we like.

很明顯地，這樣就將句子拉長了，對學習者的挑戰就在於，如何避免因爲要同時處理太多的資訊而攪亂了思緒，因而無法掌控整個句子的重點。所以，碰到這種狀況時，先從 and, or 下手是必要的手段，藉此達到分段處理的實質目的。

10 當然也有不同的看法，如紐約時報的分法就是： I have a book, a pen and a ruler.，連接詞前面沒有逗點，本書列出的方式是比較通用的，筆者也認為比較清楚，更適合我們學習英文的人。

何況，在一個長句子中，「對等連接詞」有時出現不只一個，如上面的第二個例子的前半段，那個「對等連接詞」是連接哪些東西：是連接幾個單字？還是片語？還是句子？

再看個例子：

And they certainly wouldn't say in words 'Thank you for this', **or** 'Thank you for that', **or** write a card **or** call on the telephone, as your survey-takers claimed[11]. 這一句中共有三個 or ，分別各連接些甚麼？

The "tailgate" is the back end of a pickup truck that folds down, **and** a "tailgate party" is one where people park their trucks, let down the tailgate, bring out the food **and** drinks, **and** have a party while they wait for the game to begin[12].

這一句中共有三個 and，分別各連接些甚麼？

這些「對等連接詞」不逐一釐清，整個句子很容易就融成一團紛亂，從表面看，學生有將幾乎所有的「意思」都寫出來，可是，依據經驗，許多學生的理解都是很混雜的，經不起詳細的詢問，經常一問到「某個連接詞是連接哪些東西？」時就手忙腳亂。這還算是好的，有更多的就是因爲解讀得一團混亂而自暴自棄了，將一切都怪自己的「程度不好」或「文法太差」，其實，這哪裏是文法的問題？

「對等連接詞」和「合句」是個文法的詞彙，可是解決之道不是靠文法的知識，而是靠「辨認」出連接詞所連接的「東西」，會運用這個方法，會不會這些文法詞彙根本就無關緊要，知不知道「複合句」和「複句」的差別也就沒意義了。

二、所謂的「句型」的關鍵

所謂的句型，最常被當做高深學問談的是三個：Compound Sentence, Complex Sentence 和 Compound Complex Sentence，文法書上的名稱是「合句」、「複句」和「複合句」。光是搬弄這些詞彙就足以讓不少學習者的心情沉重了，但是，這些句型眞的沒甚麼學問，而且，對我們大多數的學習者，知不知道這些句型的學問和我們能否學好英文沒有太大的關係，所以，不必擔心，只要會辨認就好了。

11 摘自「英文文選」（民九十年），陳達武等著，國立空中大學，頁 237。
12 摘自「英文文選」（民九十年），陳達武等著，國立空中大學，頁 127。

關鍵其實就在會不會分段。先以本章介紹的「合句」爲例，就是用「對等連接詞」將二個以上的「句子」連成一個長的句子。稱爲「合句」應是取其「合在一起」之意，當然要身分地位相當的才能「合在一起」。這樣的稱呼應該是和中文稱二人結婚爲「合婚」[13] 有關，這個說法可能源自於古時論及婚嫁前都要先「合八字」。「合婚」除了八字合之外，還講究門當戶對；所以，我們稱一個句子爲「合句」，就是說這一個句子中連結了二個身分地位相當的「句子」，文法書的講法是連接了二個「對等子句」，**簡單的一個比喻就是二個成年人在一起**。

因此，關鍵在於當你在看到一個「對等連接詞」and, or, but 時，有沒有養成習慣去注意一下句子中的「對等連接詞」是連接些甚麼「東西」。

再看「複句」，就是說一個句子是由一個「主要子句」（又名「獨立子句」）加一個（或更多）「附屬子句」，因此造成了「主、從」之分，使得意思和結構都複雜了，故名之「複句」。所謂的「主要子句」或「獨立子句」，就是可以單獨成爲一個句子的，如：

I will go.

He bought a book.

We love traveling other countries.

至於「附屬子句」，就是不能單獨存在成爲一個句子的，本書在前面介紹的三種子句就是這類，都只是來修飾或說明別的意思，沒有主角，哪裏會有配角？如：

If you go,

that he has heard about for a long time

, if we have time and money

這二者合在一起，就是個「複句」：

If you go, I will go.

He bought a book that he has heard about for a long time.

We love traveling other countries, if we have time and money.

13 史記 · 卷七十一 · 樗里子甘茂傳：「齊使甘茂於楚，楚懷王新與秦合婚而驩。」

8

這樣的用法有多複雜？**簡單的一個比喻就是一個大人帶著一個小孩。**

至於「複合句」，也是沒甚麼，就是上述二種句型混在一起，就是一個句子中既有個「對等連接詞」連接二個以上、對等的「句子」，而其中某個或是二個「句子」又附帶有個「附屬子句」，這樣當然就將句子拉得更長了。如：

When we were in the bookstore, I bought a book which I will use for my class **and** she bought a notebook that has interested her very much.

We can go home right after the office closes and eat something that is quick and simple, **or** we can go to a restaurant and eat something that we like.

有沒有認出來？這二個句子都是剛剛在介紹「合句」時用的例子，只不過多加了二個「附屬子句」，句子不就看起來複雜了？可是，如果將那些「附屬子句」刪去，不就只剩下二個「句子」？

We can go home first and eat something quick and simple.

or

We can go to a restaurant and eat something.

總之，簡單的比喻來說明：

「合句」就是二個成年人在一起；
「複句」就是一個大人帶著一個小孩；
「複合句」就是二個大人其中一人或是二人都帶著自己的小孩在一起

甚麼能力的人玩甚麼樣的車，這個淺顯的道理一樣適用於英文學習上；初學者要面對的各種知識一大堆，不可能通通都能掌握，何況，文法也不是給門外漢當成入門的工具的，沒有相當的程度貿然教太多文法，只是像不懂園藝的我只會每天澆水，許多原本美麗的盆栽都因此慘遭了我愛心的毒手。

知道「合句」、「複句」和「複合句」的文法沒有甚麼了不起，眞正的本事是在閱讀時能夠借助正確的分段，來看出一個句子是「合句」、「複句」還是「複合句」。想一想，你比較希望會哪一種本事？

動腦時間

找篇文章，從其中的長句子去找：

1. 將所有看得到的「對等連接詞」(and, or)所連接的東西串起來
2. 「合句」
3. 「複句」
4. 「複合句」

Chapter 9
英文閱讀方法

古人讀書有「三上」之說，是指「馬上、枕上、廁上」，出自歐陽修文集中的《歸田景》：

錢思公[1]雖生長富貴，而少所嗜好。在西洛時嚐語僚屬，言平生惟好讀書，坐則讀經史，臥則讀小說[2]，上廁則閱小辭[3]。蓋未嚐頃刻釋卷也。謝希深亦言：宋公垂[4]同在史院，每走廁必挾書以往，諷誦之聲琅然，聞於遠近，亦篤學如此。餘因謂希深曰：餘平生所作文章，多在三上，乃馬上、枕上、廁上也。蓋惟此尤可以屬思[5]爾。

「閱讀」，直覺是很簡單、大家都知道也都會的，有甚麼學問？

其中學問大了，在美國和英國的教育學院，「閱讀」是重要的課程，不僅想當英語教師的必修「閱讀」相關的課程；在研究所，「閱讀」是碩士和博士生研究的專門領域之一；至於專門針對「閱讀」領域的研究者集思廣益的學術刊物、學術研討會以及專業的協會，更是每一個英語教師和研究者必定要參加的。

1 錢思公：錢惟演，北宋「西昆體」代表作家之一。下文提及的謝希深（謝絳）、宋公垂（宋綬）也以文學知名一時。
2 小說：指先秦百家著作以及後來的各種雜記。
3 小辭：指短小的詩詞。
4 宋公垂：即宋綬，家富藏書，以讀書敏慧強記著名。
5 構思。

美國每一個中、小學都會有一種專業的教師，叫做「閱讀專家」(Reading Specialist)；甚至於很多大學或學院都還有這類的人員和組織，專門輔導同學學習有效地閱讀，有的叫 Reading Lab[6] 、或是 Academic Support Reading Lab[7] 等等。

連世界排名頂尖的哈佛大學都提供至少 2 個管道輔導學生精通閱讀：

1. 在暑期開 Harvard Reading and Study Strategies[8]（哈佛閱讀和研讀策略課）；
2. 在圖書館提供的「研究指引」服務中輔導 Reading Strategies[9]（閱讀策略）。

我們是不是該想一想：美國人是如此地重視閱讀教學，從小學到大學都投入很多的資源來協助學生更有效地閱讀，我們學他們的英語，為何是如此地輕忽閱讀教學？

9-1 正確的態度

學生經常有一個疑惑：我們知道要多閱讀，但我如果讀不懂，你叫我怎麼讀？本書前面提過好幾次的「堆積木式的閱讀」是所有的挫折的起源，因為，幾乎每一個人都認為，閱讀就是每一句話都要讀懂，為了這個目的，就必須將每一個字都能掌握住。怪來怪去，最後的結論都是一樣的：生字少、文法差。

「每一句話都要讀懂或是聽懂」，這是一個非常錯誤的命題。請各位想一想，你自己在讀中文時，真的是每一個字都能掌握？真的是每一句話都能讀懂？請試著回答下列幾個中文單字和片語的真正意思：

1. 豎子、宦豎、橫豎中的「豎」字是指甚麼；
2. 權衡、權力、權勢中的「權」字是指甚麼；
3. 「忐」和「忑」是指甚麼；
4. 為何是「五顏」和「六色」？「五彩繽紛」一定是五種顏色嗎？
5. 三緘其口中的「緘」是指甚麼？

6 https://www.grinnell.edu/academics/arc/reading-lab

7 http://www.ecsu.edu/academics/department/general-studies/reading-lab.htm

8 https://bsc.harvard.edu/readingcourse

9 https://guides.library.harvard.edu/sixreadinghabits

6. 「信口雌黃」中的「雌」是指女性，「黃」是指顏色，那「雌黃」是甚麼？
7. 你知不知道「和衷共濟」的「衷」是指人穿的內衣？
8. 「屠宰」和「宰相」共用「宰」這個字，那「宰相」原本是指怎麼樣的人？
9. 當別人勸我們「請三思」，我們聽到的是「思考三次」？還是「要多考慮」？
10. 爲何你已經有好久沒有查中文字典了？是因爲你的中文造詣高深？還是你早已經有一套兵來將擋、水來土掩的應對之道？

我們在高速公路上常看到這樣的標誌：「前有違規取締」，當然，大家都知道它的「意思」，但是，各位有沒有想過，這段文字的字面「意思」是甚麼？就是說，各位在看到這個標誌時，是依據它的字面意思讀的？還是用你自己的想法去猜這段文字的意思？

如果只是說：「前有取締」、「前有取締超速」、「前有取締違規」、「前有針對違規的取締」或是「前有取締違規超速」，這樣子的字面意思應該大家都很清楚。但是，「前有違規取締」的讀法是否和「前有車禍」相同？其中的「違規」是在形容「取締」嗎？哪不就是指警察的取締超速是「違規」的？高速公路警察當然不是這個意思，那麼，「違規取締」和「取締違規」有何不同？

咬文嚼字了一大段，用意只是在提醒各位，你自己在閱讀中文時，是完完全全照著每一個字的「意思」在解讀的嗎？當我們看到「沆瀣一氣」、「烹飪」、「道地」或是「氣吞牛斗」時，我們是確實知道他們每一個字的意思？還是知道他們整體的意思或用法？有幾個人曾經爲了追究「沆瀣」或是「雌黃」而查過字典？哪我們閱讀英文時，爲何就一定要採用一個與我們自己閱讀中文完全不同的做法？

一、一個根本的問題

請各位回想一下，自己學中文的歷程：你目前的中文程度，眞的只是靠國小、國中、高中那 12 年共 24 本國文課本造成的嗎？相對於那 24 本國文課本，你在那 12 年間總共讀了多少本的故事書、漫畫書、報章雜誌的文章以及網路上的大大小小的貼文和分享的文章？

英國和美國所有關於語文程度的研究，都只有一個共同的結論：讀的分量越多的人，語文程度越好；而這其中絕大部分是來自於休閒性的閱讀。

休閒性的閱讀一定是學習語文，不論是母語或是外語，一個必不可缺少的元素，所以，各位一定要糾正一個固有的觀念：正經地精讀、細讀才能學好英文。正確的觀念應該是：廣泛的、休閒性的閱讀 (Extensive Reading) 才是學好英文的主要途徑；精讀、細讀 (Intensive Reading) 反而是輔助性質的功夫。前者是隨時、隨地、隨興皆可以做的，而後者則多是在書桌前正襟危坐時才能做的；前者是隨緣、隨喜地做，能行則行，不能行則可以繞道或是改道而行，沒有必要非見到甚麼或是到達哪裏才算有付出，後者則是全神貫注，如臨大敵，每一步皆小心翼翼，唯恐一個閃失而壞了大事。

對照前面所引歐陽修所講的，「臥時」及「上廁」時讀的都是「廣泛的、休閒性的閱讀」，而「坐時」所讀的就是「正經地精讀、細讀」；第二段所講的「三上」讀書方式，用意不過就是表達如何善於利用日常零碎的、休閒的時間。可見古人讀書其實也是講究善用時間和策略的。

以我們日常的飲食比喻，大家都知道要「均衡的飲食」，就是五大類的食物都要攝取；而我們在閱讀時的「均衡的飲食」，就是「廣泛的、休閒性的閱讀」和「精讀、細讀」搭配得宜，二者都需要。我們傳統的做法是幾乎完全偏廢了「廣泛的、休閒性的閱讀」，不論就學理或是實務的經驗看，這是錯誤的策略。

至於如何搭配，一般的說法都是以「廣泛的、休閒性的閱讀」爲主要，美國和英國從小學到大學的語文教育也都是鼓勵廣泛的閱讀，因爲就是大家習慣說的「打基礎」。至於「精讀、細讀」則是在針對特定的材料（非常有興趣的、非讀不可的、很重要的）、爲了一個特定的目的（爲了考試、爲了一探究竟、爲了重大的輸贏）而做的，不是每一份文章都要精讀的。

特別是我們這些正在學習英語的人，「廣泛的、休閒性的閱讀」的比例應該是偏高的，最簡單的原因就是，英文中許多基本常用字和詞彙不論意思或是用法多元，不是靠記憶和一次學習就能學會，都必須藉由密集的接觸才能熟悉；再加上，每一個學英文的人最懼怕的「文法」，絕不是看懂說明和例句、做過練習就會了，一定要經過無數次實際的體驗，才能夠眞正的掌握。所以，唯有休閒性的閱讀才能提供我們這樣一個密集接觸的機會。

雖然沒有具體的數據，依筆者個人的估計，「廣泛的、休閒性的閱讀」至少要占據我們用於學習英文時間的至少五成以上，另外的五成中，至少一半以上用於聽的練習。也就是說，死記和硬啃英文不應佔據太多學習英文的時間。

因爲是休閒性的閱讀，每一個人最擔心的「不懂」的部分，可以掃描、掠過或跳過，不必爲了一個有疑惑的字、詞或是句子，而打斷了我們閱讀的興致。英文可以學習和需要學習的題材這麼多，猶如街上熙熙攘攘的行人，暫時跳過、放過有疑惑的字、詞、句子，猶如在街上和陌生的行人擦肩而過，不會有重大的影響。因此，「廣泛的、休閒性的閱讀」是隨時、隨地、隨興皆可以做的，就是古人充分利用零碎時間的「三上」的學習。只要持續地讀，君子報仇，三年不晚。

換一個角度看，各位可曾想過，幾乎每一個放棄學英文的人，都是在努力精讀、細讀時發生的；相反地，各位可曾聽說過，有人在讀英文漫畫、暢銷故事，或是在讀英文版電動遊戲的說明書和秘笈時放棄的？甚麼原因？ 再想想，在挫折感中放棄閱讀，誰還有勇氣繼續閱讀？不就是放棄學習？所以，閱讀也是要講究策略的。

二、四種閱讀策略

美國和英國教他們自己的學生閱讀，都會提醒他們有四種不同的閱讀策略：

1. Skimming（蜻蜓點水式閱讀）；

   Skim 這個字是指在一個東西的表面上快速地掠過，就如丟石頭打水漂一樣，石頭在水面上點幾下往前行；也可以說是蜻蜓點水。這樣的閱讀通常是爲了大略知道這篇文章講甚麼題材，以決定是否需要仔細讀。這樣做法類似我們在美食攤位試吃，如果喜歡了就買，不然就算了，沒有甚麼大不了的。

2. Scanning（掃描式閱讀）；

   Scan 這個字是指大範圍的掃描，這種閱讀方式通常是爲了對整篇文章大概在談甚麼？談了哪些重點？有沒有談到可能有興趣的重點？也有可能是爲了尋找一個特定的資訊，例如：某個人名、表達時間或金錢的數字。這樣的做法類似軍隊用雷達掃描天空，以防範敵機突襲，如果發現可疑的飛機，就進一步地追蹤；如果沒有發現，就繼續掃描其他地區。

3. Skipping （省略式閱讀）；

   Skip的原意是從一個點跳到另一個點，中間的地方就省略掉了。這個省略式和蜻蜓點水式的差別在於，蜻蜓點水式的閱讀是隨意地跳躍，目光在段落間隨意落下，以大略曉得這篇文章在談甚麼主題。而省略式的閱讀則是碰到了一段文字後，因爲種種原因，例如：不合興趣、內容不重要、內容太艱深或已經知道了，就跳過這一段文字（一個字、一句話或一段話），目光移到下一段或下一頁去繼續讀。

4. Reading for Details/ Intensive Reading （細讀）。

這當然就是我們英文課的閱讀態度，將文章從頭到尾仔細地閱讀。

很可惜，我們的學生都不知道，你決定仔細閱讀一篇文章，是經過前面的 Skimming 和 Scanning 的步驟後，你覺得很有意思，値得一讀或是認爲某篇文章有你想要的資訊，必須好好看一看，你這才會去仔細閱讀整篇文章。

經過 Skimming 和 Scanning 的步驟後，你挑了一篇覺得有意思的文章，是否有必要強迫自己一定要將全文完全看完且看懂？如果遇到些麻煩，一時之間不容易解答，爲何不可以就先跳過這一個麻煩之處 (Skipping) ？先就自己能夠掌握到的部分閱讀，將這些能掌握的部分串起來，雖然不是完整的意思，但也是部分，爲何這樣子不算努力？

我們回到開頭時提到的很多人在學英文時的疑惑：我如果讀不懂，你叫我怎麼讀？很簡單，你就照著前面介紹的 Skimming、Scanning 和 Skipping 去做就好了。這樣的閱讀策略，一定還是會有人滿腹狐疑：這樣子到底學到了甚麼？這樣的策略，最少有二個收穫：

1. 在你預定用來閱讀的時間中，你沒有一直陷入一個挫折、不知所措、煩惱和怨嘆的心理狀態，也沒有浪費時間在亂查字典和胡亂翻譯。這樣的過程中的學習效果是很差的，時間的使用效益也是微不足道的。相反的，你是一直在這裡一點和那裡一點地在「看英文」，最起碼有充分地利用時間，而且，你的心情沒有那麼地低落。
2. 你在「溫故而知新」。這裡一點和那裡一點地「看到」的英文，大多是你已經認得的，感覺起來都沒有甚麼了不起，很難有學習的成就感。你不知道的是，這些「你已經認得的」大多是英文中很基本、很常用的字和詞，這些都是需要頻繁的接觸才可能熟悉。所以，你絕不是沒有學到新東西，只是不像新學到一個字或詞那麼明顯。

天下的文章那麼多，不是每一篇都值得你讀，不是每一篇都讓你感到有興趣，也不是每一篇、每一段、甚至於每一句都需要仔細地讀。挑到一篇你覺得有意思，或是值得仔細一讀的文章，你的閱讀態度和專注的心力一定是不一樣的。所以，平日在做休閒式閱讀時，充分運用 Skimming、Scanning 和 Skipping 的步驟，挑出你眞正有興趣的部分讀，然後，能讀多少就讀多少，這才是正確的策略。

大家都知道一句話：「每天進步一點點」，這個策略就是有這個效果，別輕忽了「日積月累」的功夫所帶來的可觀效果。

三、結語

古代的交通及生活方式都不如今天便利，因此，每人每天都要花費許多時間在一些基本的民生問題上。歐陽修文中所講的「三上」，其中二個就是交通與最基本的方便問題，「馬上」泛指各式各樣的交通方式，不論步行、牛車、驢子或是馬車，其速度與今日的自行車皆難以相比；至於「廁上」，不是說古人喜歡賴在茅坑上，而是許多戶共用一個茅廁，因此，經常必須排隊等候如廁（尤其是每天早上），這個等待的時間也算在「廁上」[10]。因此，會不會、能不能利用這些零碎的時間，是區分成功者與望塵莫及者的一個關鍵因素。

學習語文，關鍵因素就是量的累積。我們可以找到各式各樣的不方便理由而不做；或者，我們只要善用閱讀的策略，還有能夠善用日常許多零碎的時間，就是能夠比別人多出許多學習的時間。這一點，就是能否學好英文的關鍵點。

總之，學英文的正確態度是：

1. 善用所有的零碎時間閱讀休閒性的文章；
2. Skim, Scan, Skip 都是正確的閱讀策略，通過這3個步驟後，如果有興趣也有時間，挑選出來的才可以做爲精讀 (Intensive Reading)的材料。

10 筆者小時候住的眷村，一百多戶才一個公共廁所；高中時，親眼見到同學家的「廁所」就是一個桶子，全家共用，可以想見，經常也是要排隊等候的。

9-2 閱讀的本質

一、前言

會善用閱讀的策略和利用日常零碎的時間，是學好英文的第一步。因為，學習閱讀的路上有許多的點滴知識和經驗要逐一地掌握，就如同光看食譜是當不了好廚師，光靠二道拿手菜也開不成好館子的，所謂的「火候的拿捏」，可是多少的經驗所累積的智慧。學習閱讀也是同樣的道理，這一路上經常會遇到新的挑戰，如何面對和克服這些挑戰的本事，也是在經驗中磨出來的。

本書後面幾章的功能，就是在指引出一些克服困難的方法，以減少同學們的盲目摸索，好讓同學們累積經驗的過程順利許多。接下來的章節，分成二個部分：

1. 從理論說明閱讀的本質，好使讀者相信所要採取的具體做法；
2. 介紹幾個實用的具體做法。

學英文的學問不大，最難的是學習者的觀念；觀念改了，才有可能採取迴異於傳統的做法，還有，在面對疑難時才不會慌亂。

二、不變的今與昔

在民國六十四年（1975 年），一位在臺灣的大學教了二十年英文的外籍老師在輔仁大學的學報上發表了一篇文章 (Sprenger, 1975)，文章中總結了一個現象：幾乎每個大學生都認為生字和文法是最重要的因素，他們從初中開始已經學了六年的生字和文法，即使上了大學後，他們仍然覺得不夠（民國六十四年大學聯考的總錄取率是 25%）；他的研究還發現，幾乎每個大學生都認為閱讀是學習英文的過程中自然就會學到的，只要生字和文法學好了，閱讀自然就不會有問題，因而，學校課程中很少會教授閱讀的方法和技巧，有興趣的學生自己去想辦法。

那是民國六十四年的觀察，現在又過了四十多年後，情況有沒有甚麼改變？很遺憾地，閱讀仍然不是學習英文的重點；從國一到大學生，大家都在遵循一套不變的背生字、學文法、翻譯課文的模式，「廣泛閱讀」仍然是個很陌生的名詞，「閱讀方法」更是未曾聽聞。

我們這個困境來自於一個錯誤的認知：閱讀就是精讀、就是翻譯。

這個錯誤的認知和三個偏執的觀念有關：

1. 生字和文法就等於英文程度；
2. 學習英文就是「會」或是「不會」，沒有中間、過渡地帶。
3. 學習英文，特別是閱讀以及寫作，沒有甚麼方法，就只是「會」或是「不會」。

本書前面介紹過「過程導向」的學習的觀念，學習如果只看結果，而不重視執行的方法，當然就只剩下了「努力」、「用功」這樣子空洞的口號。這是爲何已經七、八十年了，絕大多數學英文的人還深陷在逐字翻譯的泥沼中無法自拔，我們就像陷在流沙中的人一樣，越用力掙扎脫困，反而陷得更深。

要知道有哪些步驟是我們必須採取的，還有哪些方法是我們可以採用的，我們必須先知道有關閱讀的道理。

三、甚麼是閱讀

我們中文傳統對閱讀的觀念和西方的觀念有二點不同：

1. 閱讀的定義不同：

   我們講的閱讀從嚴肅的到輕鬆的都算，通常是偏重嚴肅的讀，這當然和我們科舉考試的傳統有關。英文則不同，英文講的 reading 是偏重輕鬆的、休閒的閱讀，是爲了獲得資訊而讀的，如讀報紙、雜誌和小說，如果是爲嚴肅的學習而讀，那是 study。

2. 閱讀的教學法不同：

   中文因爲古文的寫作方式很精簡，非飽讀詩書的人沒有辦法解讀，所以傳統的閱讀教學是必須跟著老師背誦和聽講解，學生跟著教師朗誦文章以學習認字和斷句，聽教師講解以瞭解古文的「微言大義」 ，因此才會說「一日爲師，終生爲父」。這個傳統經歷了二千年延續到今日。

英文的閱讀教學則在二十世紀 20 年代開始受到重視，「英文科」在大學和中、小學逐步地取代了拉丁文，而成爲主要的語文科目，大學新成立的「英文系」是爲了推廣閱讀英文的文學作品，也順便關心中小學的英文教育。逐漸地，英文教育分離出去成爲一個專門的學門，結合了實證科學、認知心理學、語言學和文學，以探索更有效的課程和教學方法，「閱讀」自然也成了其中一個專門的科目。

可以說，我們是抱著傳統中文的閱讀態度和方法來面對英文的閱讀，就好像我們帶著一副筷子去西餐廳吃飯，來份牛排或是雞腿就不好對付了。

（一）閱讀的特性

閱讀當然是爲了要讀懂，英文是說 Reading Comprehension，何謂「讀懂」？前面第三篇介紹過的美國權威的專案研究小組 National Reading Panel 2000，在它的總結報告中，對 Reading Comprehension 的說明是：

Reading Comprehension is the act of understanding and interpreting the information within a text. Comprehension is about the construction of meaning more than about passive remembering. It is a form of active and dynamic thinking and includes interpreting information through the filter of one's own knowledge and beliefs, using the author's organizational plan to think about information (or imposing one's own structure on the ideas), inferring what the author does not tell explicitly as well as many other cognitive actions. Successful comprehension requires the thoughtful interaction of a reader with a text (p. 28)[11].

「瞭解文意」是瞭解和解讀文章中的訊息，這是一個積極且動態的認知活動。閱讀包括讀者透過自己的知識及理念來解讀訊息、使用作者的文章架構來思考訊息，或是使用讀者自己的架構來套用觀念，推論作者的微言大義，以及許多其他的認知活動，成功的「讀懂」是建立在讀者和文章間的一個不停思索的互動。

美國學者 William Grabe (2009) 用一個別緻的方式來說明閱讀的本質，他從閱讀過程的角度，列舉了閱讀的十個特性 (p. 14-16)：

1. A rapid process （快速的過程）
2. An efficient process （流利的過程）

   流利的閱讀當然是快速且有效的，所謂的有效，是指閱讀過程中的許多相關的認知技能能夠自動且快速地整合起來，這些認知技能包括：辨音、認字、斷

11 National Reading Panel (2000). Teaching Children to Read: An Evidence-based Assessment of the Scientific Research Literature on Reading and its Implications for Reading Instruction。National Institute of Child Health and Human Development (NICHD).

句、組成意思、建立文句的理解、推論、自我評估和個人的知識結合等；這些認知技能經常是同步在進行的。

3. A comprehending process （理解的過程）

   閱讀當然是為了要「讀懂」，要達到這個目的，就牽涉到所有相關的認知活動。

4. An interactive process （互動的過程）

   作者透過文字要將訊息傳達給讀者，而讀者則透過個人的知識、理念及情緒來解讀文章。例如：一則新台幣貶值的新聞，從事進口貿易和出口貿易的人，就會有不同的反應，研究經濟的學者的反應方式當然和進出口商不一樣，所以說閱讀是一個互動的過程。學者認為這種平行互動是流利的閱讀的關鍵 (Breznitz, 2006)。

5. A strategic process （講究策略的過程）

   「閱讀策略」是指讀者為了使閱讀順利進行，或是為了解決閱讀所遭遇到的困難，所刻意採取的行為，這些是無法自動且快速地進行的，例如：預期下文可能的情況、選擇關鍵的訊息、監控和評估理解的程度、組織和整理大意、修補理解中斷的困境、結合閱讀的目的和所讀懂的訊息等。

6. A flexible process （彈性的過程）

   因為閱讀是多個活動同步進行的，當閱讀的目的改變了，或是閱讀遭遇瓶頸，讀者要能夠調整閱讀的目的和過程，使二者能夠配合。例如閱讀太困難時，就調整原本要求完全讀懂的目的，改為先只抓大意，配合這個調整，閱讀的過程也跟著調整，放棄某些無法順利進行的活動，刻意採取某些策略以因應等。

7. A purposeful process （有目的的過程）

   因為上面的原因，閱讀的過程是充滿各種目的的，閱讀的目的經常要和閱讀進行的程度相互影響。

8. An evaluative process （監控的過程）

   閱讀是個不停地監控和評估的過程，一方面，讀者監控和評估閱讀進行的順利程度，以決定如何調整目的和策略；另一方面，讀者也評估該如何解讀和反應所讀到的文章，以決定是否接受或喜歡這文章，這樣的評估牽涉到讀者個人的知性和感性的態度。當然，這又是一個平行互動。

9. A learning process （學習的過程）

   不停地監控和評估的過程，使得閱讀是一個學習的過程，原因就在於平行互動，讀者最後決定如何解讀和如何反應，這都是學習。

10. A linguistic process （語言的過程）

    這是我們學生唯一知道的，可惜，即使是這一點，多數學生只知道生字和文法。其實，「語言」還包括字音和拼法的連結、字組的組成、字型的變化等。如何處理這些，是流利的閱讀必備的能力，也是「瞭解文意」的基礎。

綜上所述，閱讀是一個動態的智力活動，讀者在閱讀的時候，要同時處理許多資訊，讀者處理資訊的方式是平行互動，就是說，讀者是帶著一個目的和相關的背景知識來閱讀的，而在閱讀的過程中，他要不停地監控和評估，藉以判斷是否需要調整閱讀的目的和過程，是否需要採取何種策略以因應，而這個調整過的閱讀目的和過程，反過來影響讀者閱讀的動機以及如何解讀和吸納所讀到的資訊。閱讀是一個忙碌的過程，這是爲何許多人在床上閱讀很容易入睡的原因[12]。

（二）策略與技能

「策略」與「技能」這二個詞大家都不陌生，但是，不見得知道這二者的區別，因爲這二個詞是語文學習中經常會提到的，這裡就專門解釋清楚。

「策略」(Strategy)，是指刻意而爲之的學習行爲，例如，讀者面對一篇文章時，決定要掃描、瀏覽、跳過還是詳細閱讀，這是策略；是先看結論再看說明，還是從原委開始仔細讀？ 這是策略；閱讀進行順利時，是否要跳著讀？閱讀進行不順時，是否要暫停，回頭去重讀前面的，改爲只判斷個大意就好？繼續堅持下去？放棄閱讀？還是另謀解決之道？這些都是策略。這些都是讀者自己當下思考後採取的作法，是讀者有意識的行爲。

「技能」(Skills)，則是指閱讀過程中所牽涉到的許多認知的活動，例如：聽音、認字、辨形、拼音、拼字、讀音、斷句、聯想、理解、監控、評估、與讀者既有的知識結合以及讀者情緒的反應等等，這些都是在工作記憶[13]中迅速處理的。

---

12 許多人會抱怨自己，在床上一看書就想睡，其實，是因為他們讀的是需要動腦的書，反過來看，讀武俠小說及輕鬆的愛情小說，不會那麼容易入睡，不就是因為這類東西不太需要動腦筋？

13 這個觀念很重要的，等下會介紹。

這些技能「理論上講」，都不是讀者自己有意識地做的，例如：是否一眼就認得某個字？能否立即唸出它的音？能否正確地處理單數名詞和複數名詞？是否同意或是反對某個資訊等，讀者有時候不需要刻意提醒自己去想，自動就會有這樣的反應了（通常是與學習性質較無關的閱讀）；或是，讀的過程順利與否，讀者自己的監控與評估技能在第一時間就反映出來了。這就是「技能」。

前面說：「理論上講」，因爲，大部分的「技能」不是天生就會的，剛開始時是需要刻意學習的，學習者會刻意提醒自己要做這個或注意那個，經過學習和練習，等熟練之後才變成我們自動反應的能力。以用筷子吃飯爲例，每一個人剛開始都要花些功夫學習，經過一段很笨拙的練習後才能熟練，才能夠輕鬆地用筷子夾花生米。我們騎自行車和開汽車的技能，也都是經過同樣的練習過程。接著就談一下「技能」從剛開始的刻意學習到最後的自動反應的學習過程。

(三)「技能」的養成過程

學者認爲，我們學習技能是經過三個階段 (Anderson, 2000a; Grabe, 2009)：

1. 認知學習(Cognitive learning)

   另一個名稱爲「陳述式學習」(Declarative learning)，顧名思義，就好像公開宣布某個東西是要學習的目標。簡言之，就是刻意地學習特定的東西，如學習使用筷子、騎機車、學認字、學跳舞等。

2. 聯結學習 (Associative learning)

   另一個名稱爲「程序式學習」(Procedural learning) ，顧名思義，就好像一道必須經過的程序，經由練習以建立聯結或聯想 (association) 和流利的程度。在這練習的過程中，因爲聯結的道理，才注意到了許多相關的道理和配套的技能，同時，也因爲密集的練習而使動作流暢。

3. 自動學習 (Autonomous learning)

   等眞正熟練了，這些技能都不假思索就自動的反應了。看我們拿一雙筷子夾花生米、夾粉絲、夾雞腿、夾豬腳，全部搞定。

以學騎機車為例

我們學騎機車，剛開始時抓著油門、龍頭和煞車，戰戰兢兢地注意每一個動作，心中默記著，右邊煞車管後輪煞車、左邊煞車管前輪煞車。還有油門，要推多少、收多少、何時收油門？同時管這三項裝置就讓我們頭皮緊繃、雙手僵硬、眼睛緊盯著五公尺前方的路，腦袋空白而車子的行徑怪異。因爲，我們腦中時刻想著每一個動作，提醒自己要注意這個和小心那個。這就是認知學習。

等上路學習幾次後，神經沒有那麼緊繃了，我們摸索出了如何順暢地操作油門、龍頭和煞車，尤其是轉彎時，不同的速度下龍頭的角度不同。接下來，再學著和方向燈一起搭配使用。再進一步，逐漸地摸索出身體的重心如何配合速度和彎度而調整。

這是好幾個動作的協同運用：注意到路的狀況、進入彎路多遠前要開始控制速度、打方向燈、入彎時的速度和轉彎的角度、身體重心的調整、出彎後速度的調整等。這些都是靠著直覺一氣呵成，不是文字可以說明清楚的，也不可能刻意提醒自己如何做。這些都是因爲經驗的累積，才能「建立聯結或聯想和流利的程度」。這就是聯結學習，我們常說的駕駛經驗應該指的就是這個學習的歷程。

等上路的經驗多了以後，油門、龍頭和煞車都能隨心所欲而掌控自如，所以，就能順便觀看道路上的各種景象、過彎路或在車陣中前進時會巧妙地調整身體重心，甚至於大膽的邊騎邊用手機[14]，就是因爲騎車的技能已經完全到了自動化的地步了。這就是自動學習。

所以，爲何許多新手上路後，遇到緊急狀況時會張皇失措？就是因爲在他的「認知學習」中，不知道有這樣一個緊急狀況，自然也沒有學到如何處理；再加上，新手駕駛的「聯結學習」中也還沒有摸索出如何順暢地操作油門、龍頭和煞車。此時，新手駕駛只能靠本能和運氣來面對。看新聞報導，有新手駕駛遇到緊急狀況時誤將油門當成煞車，以致釀成悲劇，究其原因，應該就是駕駛的「技能」養成過程還不完整、不熟練，以致於不知所措。

所以，一個成熟的駕駛在路上遇到緊急狀況時，他可以憑著直覺順利地化解危機，原因就是許多駕駛的技能，以及狀況的處置，他都已經能夠自動化處理了。在緊急狀況時，他不假思索，整個人的心、眼、手、腳和身體都立即配合動員。因此，我們讚美一個師傅「經驗老到」，不是因爲他只會將一件重複做過的事情做得好，而是因爲這個師傅累積了多年的經驗後，許多技能和經驗都已經達到自動化，

14 大家都知道這是危險行為，但是，很多人藝高人膽大就不顧生死了。

就是俗話說的：「閉著眼睛都能做」。所以交給他一個有挑戰性的工作，他可以專心全意地去面對挑戰，而不必分心去顧慮如何處理某些技能。

套用在我們學英語，爲何許多人都大學畢業了，聽和讀英文仍然感覺吃力？問題就是在於許多基本的「技能」仍未達到自動化的地步，以致於聽到或讀到一個句子時，還是從基本的認字和搜尋記憶中的意思著手。而這些人看到一個字時，通常除了印象中的拼法、讀音和意思外，就很少能聯想到相關的讀音、用法和意思。這就如同有人考到汽車駕照十年後，因爲很少開車，仍然像新手上路。可以說，有不少大學畢業生的英文學習仍然停留在認知學習的階段。

最後，來介紹一個和閱讀息息相關、但很容易被我們忽略的機制：「工作記憶」。很多人學習語文遭遇到挫折的一個重要原因，就是因爲違反了這個天生的機制。

四、工作記憶

「短期記憶」(Short-term Memory) 這個詞彙和「工作記憶」(Working Memory) 相關，二者重疊程度很高，但不完全相同。爲了讓讀者便於理解，本書統一採用「工作記憶」這個用法。

依據「國家教育研究院」編的「教育大辭書」(2000)：短期記憶又稱工作記憶 (Working memory)。依照訊息處理理論對記憶歷程的說法，外界的訊息經個體感官收錄後，較重要部分會進到短期記憶中作短暫保存，但儲存時間通常很短（大約在一分鐘以內）。**因此短期記憶是指訊息呈現一次後，保存在一分鐘以內的記憶**[15]。記憶時間雖短，但已足以使人選擇所要保留的訊息。例如向查號臺詢問電話號碼時，查號臺所告知的電話號碼大約可保留到撥號的時候，撥完隨即就忘記了。如果覺得訊息重要，就得使用一些方法（例如背誦），才能把訊息傳送到長期記憶 (long-term memory) 去永久保存。日常生活中使用短期記憶的例子不勝枚舉，例如看電影時，銀幕上的字幕看過就忘了；逛街時，商店的擺設隨看隨忘等。**短期記憶的容量有限，因為要處理短期記憶的材料需要適當分配認知資源**，所以短期記憶的內容有時接近意識界限。但是要決定短期記憶的容量有多少仍相當困難。因為不同的學說，

15 黑體字是筆者自己加的，以提醒重點。

這個名詞表示不同的內容，裡面可能是指一個數字、一個單字、或一組數字。例如米勒 (G.A. Miller) 在一九五六年的一篇論文中提到，短期記憶的容量是 7±2 個。在這個研究裡，短期記憶的內容是指數字。也就是短期記憶只能容納五至九個阿拉伯數字。這或許可以說明為何一般人在記憶七個數字的電話號碼時，並不感到困難。**由於短期記憶的容量有限，而且會分散部分認知資源**，因此可以用技巧自動化 (automation) 的方法，或把訊息加以串節 (chuncking) 的方法，用來減少短期記憶的負荷[16]。

「短期記憶」或是「工作記憶」，就如同我們使用的電腦中的 random-access memory（隨機存取存儲器），它是有容量限制的，如果使用電腦時同時開啓好幾個程式，電腦就會因爲無法處理過多的資訊而僵住，早期的電腦就經常因此而當機。

上面的引文中提到一個人：米勒 (G.A. Miller)。這是哈佛大學心理系的教授 George Miller，他在 1955[17] 年發表一篇論文：The Magical Number Seven, Plus or Minus Two—Some Limits on Our Capacity for Information Processing[18].，論文題目就標明了 7±2 個資訊是人腦處理資訊的極限。他這篇論文過了 60 年後，一直到今天仍舊是探討「短期記憶」時常被提到的經典，他舉的 7±2 個的數字幾乎成了顚撲不破的魔術數字。

簡單講，米勒教授的論點是：人的判斷 (absolute judgment) 是以 chunks（塊）爲單位，而人的立即記憶 (immediate memory)[19]，就是我們現在講的「短期記憶」，則是以 bits（筆）爲單位。人的判斷受限於資訊的量 (the amount of information)，而短期記憶則受限於東西的數量 (the number of items)。

例如，全家要出遊，擔任領隊的老爸要考慮許多事情：日期、景點、交通路線、食和宿、時間控制、天氣狀況等，這些是領隊要綜合考慮和判斷的資訊。如果考慮不周全，漏了一個，例如忘了注意天氣變化或是忽略了時間的控制，或許會對整個旅遊行程造成重大的影響。這就是所謂的「受限於資訊的量」。

16 引用網址：http://terms.naer.edu.tw/detail/1311517/?index=1

17 國家教育院的資料是寫 1956，是 1955 在研討會宣讀，1956 才刊登於 Psychological Review，1994 再刊登一次：Vol. 101 (2), p. 343-352.。

18 Miller, George A. (1956). The Magical number seven, plus or minus two—Some limits on our capacity for processing information. Psychological Review, 63 (2): 81–97.

19 米勒教授寫此論文時可能「工作記憶」這個詞尚未盛行，雖然他用 immediate memory 這個名稱，但是學界在談工作記憶時，都會將米勒教授這篇論文當成經典引用。

至於其中任何一個項目的詳細資訊，則包含許多個別的資訊，這就是考驗老爸和老媽腦袋中記得住的項目，如：行程中所有要住宿地方的名稱和連絡資訊、沿路有哪些地方特色美食、交通路線上可以順道參觀和休息的地方、每一個景點的開放時間及門票價格等，這麼多細鎖的資訊都不是一個腦袋全記得住的，這就是所謂的「受限於東西的數量」。這是爲何每次全家出遊時，都要帶著記事本詳細記下許多這種細瑣的資訊。

米勒教授認爲，人在學習的過程中就是要學習如何將許多的「東西」組織成「單位」(units) 或是「塊」(chunks)，以方便我們做判斷；而採用的手段是「重新編碼」(recoding)，就是將幾筆「東西」組成一個「塊」，以減輕記憶的負擔，同時讓判斷有更充分的資訊，才會更準確。

米勒教授是用當時仍常用的電報編碼工作來說明「重新編碼」的：

The input is given in a code that contains many chunks with few bits per chunk. The operator recodes the input into another code that contains fewer chunks with more bits per chunk. There are many ways to do this recoding, but probably the simplest is to group the input events, apply a new name to the group, and then remember the new name rather than the original input events (p. 90-91).

學習者剛開始時幾乎是一筆「東西」就是一個「塊」，例如：台北市今天的高溫 36 度、低溫 28 度、下雨機率 10% 等。「重新編碼」就是學習者要學著先將幾筆「東西」組成一個「塊」，如：「台北熱、沒雨」。接著，學習者用同樣的方式。將旅遊沿線的天氣資訊處理成許多的「塊」，如：「台北熱、沒雨」、「宜蘭可能有雨」、「花蓮晴天」等。

接著，學習者繼續這個「重新編碼」的過程，逐漸地增加每一個「塊」中「東西」的數量，同時減少在判斷時要處理的「塊」的數量。而且，爲了方便處理這些「塊」，最簡單的方式就是給一個名稱，用這個名稱來代表整個的「塊」以及其中所含的「東西」。

例如：出發前看過了今天沿路的天氣預報，北部地區的高溫和低溫、降雨機率、降雨時間等資訊看過了，組成一個簡單的「塊」，同時給一個名稱：「沒問題」或是「可能會下雨」，這樣子簡化了所有北部天氣的資訊；接著，宜蘭和花蓮地區的天氣預報也是同樣的將所有的天氣資訊組成一個「塊」和一個名稱，最後，綜合幾個「塊」後做了判斷：今天的天氣狀況是「北部沒問題」還是「東部地區要注意」，憑著這個判斷讓我們可以放心專心地去注意其他重要的事項。

這個「重新編碼」一再持續，到最後就剩下幾個「塊」：「天氣狀況」、「道路交通狀況」、「車輛狀況」、「目的地狀況」、「家裡安全措施」和「家人狀況」等幾個不超過 7±2 的「塊」，領隊綜合判斷後，決定：出發！

記憶測驗

再舉一個經典的研究爲例：

荷蘭一位心理學者 de Groot，在 1965 年找了一群西洋棋的高手做了一個很有名的實驗 (de Groot, 1976)，這群西洋棋高手分成三階：Grandmaster（大師）、Master（高手）、Amateur（業餘）。

首先，他擺出一盤其他大師下過的棋，盤面上還剩下 25 個棋子，給他們每人看 5 秒鐘，然後，要他們在另一個空白的棋盤上擺回去哪 25 個棋子。結果，幾乎每一位大師都全對，最差的也只擺錯 1 個，多數的大師甚至只看了 3-4 秒而已，根本不必 5 秒鐘；高手級的平均擺錯 2 個，業餘級的平均擺錯 5-6 個棋子。這樣的結果不令人訝異。

de Groot 分析其原因，其實很簡單，大師級的棋手能夠迅速擺回去 25 個棋子，不是因爲他們有驚人的記憶力，而是因爲他們是依據多年的功夫所累積的 Knowledge（我們中文通常說是「功力」），他們在實驗中一眼瞄到了幾個熟悉的「塊」，所以，他們不是在那 5 秒鐘內記憶 25 個棋子，而是看到了幾個熟悉的「塊」或是幾個「名稱」（我們的象棋不也是針對各種走法有很多名稱？），而他們看到棋盤上不過就是幾個「塊」，不是 25 個棋子，這樣子就輕鬆地擺回去了。

次一級的棋手，因爲「功力」不及大師，沒法將隨意的一盤棋迅速消化成可以輕鬆掌握的幾個「塊」(7±2)，工作記憶無法負荷，記憶力只剩下一點點的空間能夠硬記，就容易漏失。所以，功力越遜一級的棋手，擺錯的棋子就多一些。

以我們的中國象棋爲例，許多經典的布局和走法也都有個名稱，老於棋道的人都能一眼就看出這些，立即說出他們的名稱，例如：布局用的「順手炮」、「屏風馬」與「反宮馬」等，至於「馬後砲」和「將軍抽車」等也都已經進入了我們日常用語中。所以，老棋手也是以辨認熟悉的「塊」來看棋，不是靠記棋子的。

爲了確認是因爲記憶力還是因爲「功力」的關係，de Groot 在接下來的實驗中，刻意將這 25 個棋子不按棋譜亂擺，要同樣這群棋手再做一次實驗，這次隨意亂擺的實驗結果，不論大師、高手或是業餘棋手的表現都差不多，都跳不出米勒教授的 7±2 個資訊的框框。可見，短期記憶的限制是適用於每一個人的。

de Groot (1966) 指出，其實，如果這些棋手在這樣子不按棋譜的狀況下，如果不靠硬記，而靠印象中大師的比賽通常會怎麼下而用猜的去擺的話，平均會擺對至少 11 個棋子，就是至少 44% 的正確性。可見純靠死記的可憐成果。

也就是說，當面對一個大量陌生資訊的狀況時，想要依靠工作記憶力去解決，結果是逃不出 7±2 的先天限制的。大師與高手的差別在「功力」，天才與凡人的差別在「處理的速度」，不在於他們的短期記憶力特優，這一點先天的限制是很公平的。de Groot 的這個研究已經成爲經典，許多學者延續他的研究，因此而確定了 Chunking（串節）在學習過程中的地位，這個觀念也是延續自米勒教授提出的 Chunks（塊）的說法。

總結上面二個著名的研究，「短期記憶」或是工作記憶是我們人類在學習時無法逃脫的生理本質，這樣子的本質，就如同電腦的「隨機存取存儲器」，功能是爲了方便大腦更有效率的處理大量的資訊，同時，它也是個保護機制，以免大腦使用超過限度，也就必須有限制的效果。

7±2 個資訊或許不算是定理，但是，我們能爭議的就只是到底是 7±1、7±3、6±2 還是 8±2，這種些微的差異只對尖端的研究者有意義，對我們學習者是無關痛癢的，不管數字是大一些或小一些，這個先天的限制是一定存在的。

因此，學習就是一個學習「重新編碼」的過程，要學著如何將許多原本零散的「東西」，組成一個方便掌握的「塊」，所謂的「功力」就是能夠「自動」將較多筆的「東西」組成一個較大的「塊」，然後，在 7±2 的範圍內處理所組成的「塊」。

以這個句子爲例：I am going to Taitung to visit one of my best friends.

一個忙著逐字翻譯的學生，他是在處理 12 筆「東西」；而一個閱讀經驗豐富的學生，則是在處理二個「塊」："I am going to Taitung" 和 "to visit one of my best friends"。如果這句話再多加二個字：I am going to Taitung to visit one of my best friends—Ms. Wang.，一個閱讀經驗豐富的學生很可能是在處理三個「塊」："I am going to Taitung"、"to visit one of my best friends" 和 "—Ms. Wang"。第三塊只有 2 個字是因爲，第二個「塊」剛好 7 個字，接近了 7±2 個資訊的限制。不會分段的同時處理 14 個字，有經驗的分成三個「塊」分別處理。這就是「功力」。

簡單地講，我們閱讀的過程是這樣的[20]：

1. 讀者從看到的一個字的文字符號，啓動了有關這個字的讀音；
2. 讀音的功能在於協助儲存和啓動我們的長期記憶，而我們有關一個字整體的用法和意思的知識是儲存在長期記憶中的；
3. 如果(1)啓動讀音和(2)啓動儲存在長期記憶中的用法和意思的知識順利的話，這些資訊送到我們的處理中心，配合工作記憶力來處理；
4. 將已經處理過的字和接下來出現的字整合、處理，然後，將已經處理完成的好幾個字，依據熟悉的程度組成一個「塊」；
5. 綜合判斷所整理出來的好幾個「塊」，依據個別的字以及所組成的較小的「塊」的意思，來判斷較大的「塊」的意思以及「塊」與「塊」間如何相連；
6. 綜合判斷的過程中，對照自己已經有的背景知識，決定如何解讀一個句子整體的意思，還有隨著的反應方式。

上面簡單的流程中有二個關鍵的要件：

1. 自動化處理；
2. 工作記憶。

每一個步驟中都牽涉到許多的技能，例如：認字、聽音、分音節、讀意思等，這些如果能達到自動化處理的能力，工作記憶才有足夠的空間，將一個又一個小的「塊」組成一個較大的「塊」，然後，較大的「塊」才能去和其他的「塊」去綜合和對比。

如果這樣整個的流程中有任一環節不順的話，工作記憶力就會堵塞，導致我們的處理中心負荷過重，我們處理和整合接下來的字的能力會受到連累。結果就是，閱讀過程一個字、一個字地爬，如此更堵塞了工作記憶，處理中心超過負荷，形成一個惡性循環，這樣子閱讀的結果也就很容易顧此而失彼，漏洞百出。

用簡單的電腦常識來講：

20 這裡是參照拙著「中階英語」之「生字篇」第三章略做改寫。

1. 讀者看到一個字的文字符號，相當於使用電腦的滑鼠做了一個動作；
2. 電腦處理中心將這個動作的指令化為電腦內部的語言（啓動讀音）開始工作；
3. 處理中心依據這個內部的語言（讀音），去電腦的記憶體中擷取相關的資料（從長期記憶中擷取用法和意思的知識），放在工作記憶體中處理；
4. 處理的結果呈現在電腦螢幕上。

如果資料處理的流程中有一個環節不順，工作記憶體被超多的資料卡住，處理中心必須加速運轉以解決問題。如果連續幾個動作都是如此，就造成工作記憶體超載，電腦的處理中心無法負荷，就形成畫面靜止狀態，再嚴重的話就是當機。

所以，Koda (2005) 說：「簡言之，辨認英文單字不順暢會直接和間接地，對建立閱讀能力造成長遠的傷害」。

一個嚴重的問題是，如果電腦的處理中心超過負荷，它會自動停止或當機，而我們人腦不能停機，它的保護方式則是遺忘或刪除超過 7±2 的資訊，這是為何新手學開車時，會經常忘了一些看起來很簡單的動作，如：打方向燈、查看後視鏡、注意速度、甚至於忘了注意路況。旁人看了會覺得怎麼這麼簡單的事情也會忘，其實，這是完全符合人腦運轉的機制的，每個人都是這樣子。

所以，就會看到有人不屈不撓的努力逐字翻譯，但是，翻譯出來的是一個完全失控的東西，最明顯的缺失就是漏掉了句子的一些資訊，也根本無法注意到句子最基本的主詞和動詞等。原因就是這個逐字翻譯的過程，早已超過了工作記憶 7±2 個資訊的限制，會遺漏許多重要的資訊是必然的。

總之，工作記憶是我們閱讀的過程中關鍵的要件，為了要讓我們的工作記憶能順利的運作，我們必須經過密集的學習，使許多技能達到自動化處理的地步，如此，我們的工作記憶才有足夠的空間持續的做「重新編碼」。

五、閱讀的心智流程

凡是閱讀有困難的人都有一個共同的特色：忙著查生字和試著將一個個字的意思堆砌出整句的意思。任何學生，只要是如此在閱讀的，一定都飽嚐挫折感，然而，更殘酷的打擊是，許多人一直納悶，怎麼在閱讀時腦袋一片空白，學了那麼多的文法，毫無文法的概念，一點句型分析都用不上？

哈佛大學心理學者 Steven Pinker 在他的著作：The Language Instinct (1998)[21]，關於文法是這樣子描述的：

文法本身只是一個編碼(code)或記錄[22](protocol)，是一個靜態的資料庫(database)，告訴你哪一種聲音對應到某個語言中的哪種意義，它本身並不是告訴你如何說或如何瞭解程式。說話和瞭解共用了相同的文法資料庫（我們所說的語言與我們瞭解的語言是同一個語言），但是當字開始湧進來或我們開始說話時，也需要流程來告訴心智，每一步該如何做，這個在瞭解語言的過程中所做的句子結構分析的心智流程，就叫做分析。（頁 235）

這段話點出了許多學英文的人對文法的錯誤期待。簡單講，文法「是一個靜態的資料庫」，而我們在閱讀、收聽或表達時，我們需要的是一個「流程來告訴心智每一步該如何做」，而這個流程具體而言是做「句子結構分析的心智流程」。也就是說，知道文法的知識和能夠做「句子結構分析」是二個不同層次的事情，靜態的資料庫不會自動轉換成動態的、做「句子結構分析的心智流程」。

進一步講，許多人在閱讀英文時最在意的「意思」，是經過讀者的一番「心智流程」後才可能出現的，而這個「心智流程」分成二個部分：

1. 文法的層次，是「句子結構分析」。
2. 整個句子意思的層次，是「找線索」與「判斷大意」。

這些一系列的動作，都是解讀一個句子時所需要鋪陳好的「文章的大環境」。許多人一味靠著逐字翻譯來追求句子的意思，這種方式就相當於我們買房子時，很用心的去比較房子的價格、隔局、方位、施工的品質和社區的機能性，可是，我們卻疏於瞭解這個社區是否有淹水、地震、土石流或公共安全的威脅。當我們面對一

21 中文譯本：語言本能（洪蘭女士譯，民 87 年，商周出版社）。
22 Protocol 這個字的意思是指書面的或是雙方同意的「約定、協議」。

個新家時，我們滿心喜悅地構思著，要如何裝潢以營造出一個理想的家的氣氛，我們滿心期待著一個可以安心居住的家園。但是，因爲對外在大環境疏於注意，而使得許多小老百姓的美麗家園變成惡夢。

閱讀英文時也同樣的，有許多有心的學習者因爲對於「文章的大環境」疏忽，以至於永遠只能在逐字翻譯的困境中怨嘆，枉費了許多心血。這樣說很殘酷，可是，年復一年，許許多多有心學好英文的人，包括職場人士及研究生，一直深陷在這個泥沼中，他們雖有心卻因不得其法而飽嚐挫折，這才更殘酷。

甚麼是「文章的大環境」？對我們的初學者，最迫切需要學會掌握的，以筆者愚見，可以分成二個層次：一個是「找句子的主要結構」；另一個是「找線索」。

學習者必須認清：這些是我們「最終」能讀懂句子意思前的前置作業，是每一個人在閱讀時必須經過的歷程，無一例外。唯一的差別是，有經驗的讀者早已經將這些磨練成爲自動化的基本「技能」，在閱讀過程中很輕鬆、自然的解決了，只有當閱讀遇到障礙時，才會刻意提醒自己注意採取哪些策略來解決問題；而許多學習者欠缺閱讀經驗，許多基本的「技能」仍然很陌生，正處於很尷尬的「處處皆學問」的地步，必須要先將這些當成「策略」學習，或是用「認知學習」的方式來學，等經過相當的運用經驗後，逐漸的轉化成能自動處理的基本「技能」。

如同毛毛蟲蛻變成美麗的蝴蝶，我們學習英文就是要經歷過這樣一段學習閱讀的轉化過程。簡言之，接下來這幾章的目的是要提示：

1. 如何運用一些方法來找出一個句子的重點（主要結構）；重點確定後再來重新組合字組和字組間的「關聯」，以明瞭一個句子的基本架構，可以幫我們來判斷這個句子的「大意」。
2. 對一個句子的大概意思有個籠統的概念後，再配合我們從字裡行間所找來的種種「線索」，我們才能知道一個個的字和字之間是如何的「關聯」，如此才能正確的解讀整個句子。

六、結論

本章分別從「閱讀的態度」、「閱讀的特性」、「工作記憶」和「閱讀的心智流程」等四個角度談閱讀的本質。因爲，閱讀是一個積極、活躍且複雜的過程。

從看到文字的那一刹，讀者的大腦就啓動了一連串的動作以處理大量的資訊：個別字的字型、字音、字義，還有這個字相關的個人經驗與情緒；接著，和接下來的字連結後所產生的連串的字型、字音、字義和用法，到一整個長句子的分段、結構、背景知識，一直到整合出整個句子的意思。讀者不僅需要綜合運用到好幾項技能以處理許多資訊，也要能及時的自我監控和求證，隨時調整原有的判斷，而所有這些技能及資訊，都必須要在工作記憶 7±2 個資訊的限制內處理。

因此，學習語文的人平時多聽和多讀的功效有二個：

1. 將處理許多基本、常用字的技能練到熟練，在閱讀時，這些常用的字和詞就能夠自動化處理，不會佔工作記憶的容量；
2. 練習將許多基本、常用的字、詞或片語組成一個又一個的「塊」，以方便工作記憶在7±2的容量內處理。

本書前面九章講的都是針對如何使許多基本技能達到自動化處理，而如何在閱讀時將一個又一個辨認出來的字和詞「重新編碼」，組成工作記憶 7±2 的限制內可以處理的「塊」，這也是我們要練習到自動化的一個技能。

下面就要講到閱讀的分段練習的重點就在這裡，這就是本書前面所有介紹的觀念和理論化爲實際運用的重點。

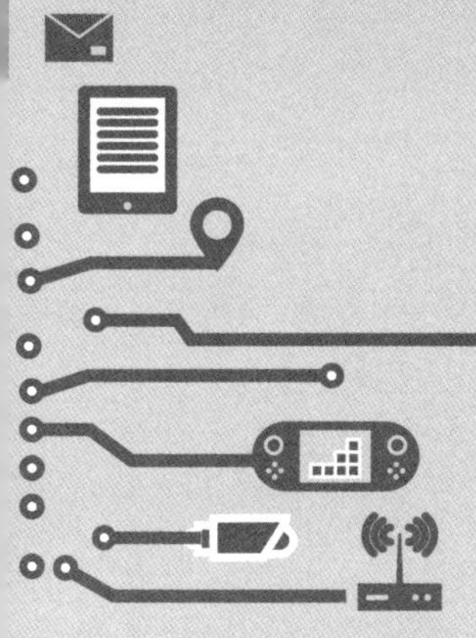

小試身手

請出聲音的唸下面 3 個句子，碰到生字就跳過，你自己體驗看看，這樣子的朗讀過程算不算「順利」？還是像新手上路一樣的走走停停？

1. It is a form of active and dynamic thinking and includes interpreting information through the filter of one's own knowledge and beliefs, using the author's organizational plan to think about information (or imposing one's own structure on the ideas), inferring what the author does not tell explicitly as well as many other cognitive actions[23](p. 28).

   National Reading Panel (2000), p. 28.

2. To illustrate, inventory costing $200 is purchased from Ace Manufacturing on Feb. 5. The creditor's name (Ace) is entered in the Account column, the invoice date is entered in the Date of Invoice column, the purchase terms are entered in the Terms column, and the $200 amount is entered in the Accounts Payable Cr. and the inventory Dr. columns[24].

   Wild, John, Kwok, Winston, Shaw, Ken, and Chiappetta, Barbara (2015). Principles of Financial Accounting. Asian and global edition. McGraw-Hill Education, p. 283.

3. The operator recodes the input into another code that contains fewer chunks with more bits per chunk. There are many ways to do this recoding, but probably the simplest is to group the input events, apply a new name to the group, and then remember the new name rather than the original input events[25] (p. 90-91).

   George, Miller A. (1956). The Magical Number Seven, Plus or Minus Two…. P. 90-91.

---

23 National Reading Panel (2000), p. 28.

24 Wild, John, Kwok, Winston, Shaw, Ken, and Chiappetta, Barbara (2015). Principles of Financial Accounting. Asian and global edition. McGraw-Hill Education, p. 283.

25 George, Miller A. (1956). The Magical Number Seven, Plus or Minus Two…. P. 90-91.

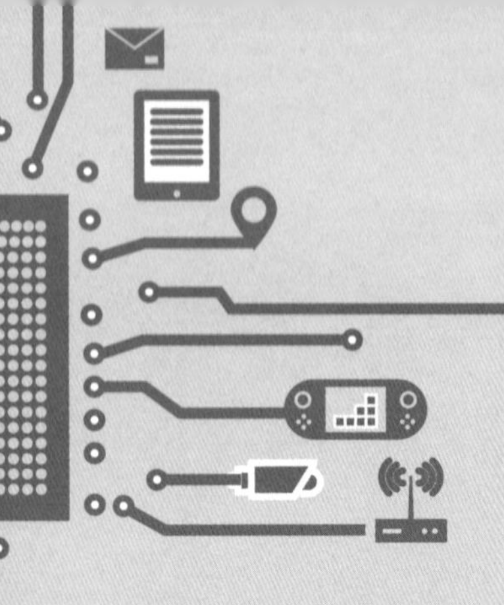

小試身手

這個練習證明甚麼？請回答下面的問題：

1. 朗讀這3句話的過程，你是：

(1)一氣呵成 (2)雖不是順暢，但也沒有甚麼遲疑、停頓 (3)遲疑、停頓一、二次 (4)遲疑、停頓三、四次 (5)遲疑、停頓超過五次

2. 朗讀的過程中，總共有多少字不知道或不確定如何唸？

(1) 3-4個 (2) 5-6個 (3) 7-8個 (4) 9-10個 (5) 12個以上

3. 那些不知道或不確定如何唸的字，大多是因爲：

(1)第一次見到的生字 (2)見過，但不會唸

4. 朗讀這3個稍長的句子過程中，勢必要停頓幾次，請問，你是否有把握何處該或可以停頓：

(1)完全沒有問題 (2)沒有十足的把握 (3)大部分沒把握 (4)毫無概念

5. 朗讀這3個句子的過程中，你是否能夠順便看懂句子的意思？

(1) 可以 (2) 看懂大部分 (3) 看懂約一半 (4) 看懂小部分 (5) 只能看到認得的字

6. 朗讀這3個句子的過程中，你的腦中有沒有同時在「翻譯」？

(1)沒有 (2)看到認得的字就會想它的意思 (3)沒有辦法同時兼顧朗讀和想意思 (4) 一邊朗讀一邊逐字翻譯

以上六個問題的答案，可以幫你瞭解：

☐ 你在處理許多基本、常用的字和詞的字音和字型的熟練的程度。

☐ 是否有分段處理的概念。

☐ 你的工作記憶忙碌的情形。

如果這個處理的過程是很順利的，你接著來處理他們的字義和用法才會比較順利，也才有比較多的工作記憶的容量來處理整個句子的意思。反之，如果連處理這些基本、常用字的字音和字型都要遲疑、停頓，你的工作記憶還有多少空間來處理字義？做這個練習，你就能明瞭你的閱讀能力大約在哪一級。

Chapter 10
解決問題第一步：分段與結構

靜態的文法知識不會自動轉換成「句型分析」的能力；我們所知道不完整的生字和詞彙的知識，也無法填補所有意思上的空白，需要搜尋「線索」，以填補空白。另一方面，大家欽羡的會做「句型分析」、會搜尋「線索」的能力，是能「瞭解文意」的因，但也是果。三者是相輔相成，是同步成長的。

從本章到第十三章是針對如何學會「句型分析」的能力，第十四和十五這二章則針對如何搜尋「線索」的能力，有理論說明也有詳細的講解實際做法。

10-1 文章的大環境、串節與字組

前一章介紹工作記憶時，談到了「串節」(Chunking)，這是學習者在「重新編碼」的過程中重要的工具。套用在閱讀教學上，就是我們講的「分段」這樣的動作，而分出來的「字組」，就是米勒教授說的「塊」(Chunks)。

也就是說，閱讀時的分段是完全符合人腦運作特質的必要動作，不論是閱讀母語或是外語的文章皆是如此，這是我們要藉著密集閱讀來提升英文程度的過程中，必須要學會的功夫。

進一步說，米勒教授說的「重新編碼」和 de Groot 談到的「功力」(Knowledge)[1]，那是一個展現出來的結果，de Groot (1966) 明白說了，「功力」是多年的學習和苦練所累積出來的。我們都希望能有這樣的本事，但是，願望和實現願望是二件不同的事情，我們的挑戰是要如何才能學會「重新編碼」和練出這樣的「功力」。

筆者以前苦讀時，沒有人教如何做，只能自己辛苦地摸索，跌跌撞撞多年後，才逐漸摸索出分段的概念。這本書的用意，就是藉著一些明顯的概念和標記，來引導學生學會分段，這是用個迂迴的方式來學習「重新編碼」。就是先讓學生知道可以如此分段，接著，才認識分出的這一段中有些甚麼東西，等這樣的分段做法熟練後，學習者在閱讀時就能自動地依據「功力」來做「重新編碼」，也才可能做「句子結構分析」。

我們用修理機車的技師當學徒的過程爲例說明：以前機車行的老闆都是當學徒出身的（現在很多仍然是這一途徑出身），很多小學徒都是國中畢業就跟著老闆，剛開始時，老闆教小徒弟幾個重要組件的名稱，再教小徒弟如何換機油、換燈泡、修煞車和補輪胎，接著學習將組件從車上拆解和裝回去，小徒弟這時哪裡知道整個車子的設計和各個零件的完整功能？反正就是死記和在勤快做事中熟悉。

在這樣子幫老闆修車的過程中，一點一點的學習將車子的組件拆解和分解零件，在這個過程中小徒弟才慢慢從瞭解各個組件的功能，接著進一步的了解組件內部的零件的功能。等整輛車子能夠從外部到內部整個細部分解和裝回去後，升格爲

1 Knowledge 在字典中的解釋是「知識」，但是據 de Groot 的說明，筆者認為在這裡譯為「功力」更符合我們中文的說法。

師傅的身分，再跟著老闆幾年以累積解決問題的經驗，就可以準備出師了。所以，各位接下來就是要經歷這樣一個在跟著做的過程中去摸索和熟悉一些閱讀的基本「技能」。

10-2 英文句子的結構

一、簡短的聲明

爲了便於同學們瞭解英文句子的結構，本書中所講的「句子」，都是以直述的簡單句子爲例。文法書每次談到句子的結構時，都會介紹到「四種基本的句型」，用意固然很好，但是，對多數還沒法辨認句子的「主詞」和「動詞」的同學們，突然就進入到「四種基本的句型」，就難免混亂了。

因此，本書在講到句子的結構時，都是以直述的簡單句子爲例子，等能夠熟練後再進入到「四種基本的句型」就很容易了。

二、英文句子不一樣的組合方式

本書「簡易文法」中已有說明，這裏簡短重述一下：英文句子的結構和中文的結構不一樣：**英文每句話一定要有個主詞和動詞，結尾一定是句點**；但中文在這方面就比較沒那麼嚴格[2]。首先，對句子的界定比較模糊，甚麼時候算是一個句子的結束？經常會看到有人一段話才用了一個句點；其次，經常沒有主詞，似乎假設讀者或聽者自動就能補充上去，如此也使得句子的分野更不容易掌握（這一段話從第二行的後段開始到底算是一句話還是幾句話？從「首先」開始到這段結尾沒有一「句」有主詞，可是，相信每位讀者都能看得懂）。

從另一方面講，英文的一個句子也可以盡可能的拉長。有的作家爲了表現出一氣呵成的閱讀效果，或是純粹只爲了展現功力，而刻意地創作一個長句子，同時，長、短句子搭配可以產生更好的閱讀效果。功夫就表現在句子雖然長得離譜，可是

2 有沒有看過古代的書？中國的古文是不用標點符號的，中文在文章中用標點符號來清楚的標明段落是在民國九年（1920 年）的五四新文學運動後才有的。

作者掌控得好，使得讀者仍然可以清楚的掌握意思，而不會被拉哩拉雜的一堆東西給弄得昏頭轉向。英文的一個句子如何拉長？就是多加一些「修飾用語」的字或字組。例如：

1. I need to see you.
2. I **really** need to see you **now**.
3. I really need to see you now, **because I have something to tell you**.
4. I really need to see you now, because I have something **very important** to tell you.
5. **Though it is late in the night**, I really need to see you now, because I have something very important to tell you.
6. Though it is late in the night, **1 a.m., to be exact**, I really need to see you now, because I have something **that is** very important to tell you.
7. Though it is late in the night, 1 a.m., to be exact, I really need to see you now, **in person**, **alone**, because I, **out of a deep concern**, have something that is very important to tell you, **no kidding**.

   從第二句開始每一句中的黑體字就是多加上去的「修飾用語」的字或字組，從原先的五個字一下子擴充到了二行半共四十個字。字雖多，可是這整句話的主要結構其實就是第一句的：I need to see you.。只要再稍微花點心思，這個句子還可以再加長：

8. Though it is late in the night, 1 a.m., to be exact, I really need to see you now, in person, alone, because I, out of a deep concern, have something that is very important to tell you **and which may mean very much to you**, no kidding.

英文句子如此的結構方式，首先就注定了逐字堆積木式的翻譯的悲慘下場，由前面的例子可以清楚的看出來，英文的「修飾用語」的字或字組可以出現在一個句子的任何地方，而且，「修飾用語」中又可以再加「修飾用語」，如上面第七句中的 "Though it is late in the night, 1 a.m., to be exact,"、"out of a deep concern," 和 "that is very important"。

如此的組合句子的方式，使得閱讀英文不可能像中文一樣的從第一個字開始解，將後面的字的意思一直往前面加上去。上面第七句英文，讀起來就好像一個人說故事，不停的打個岔，補充一點額外的說明，再回到故事的主題。於是，沒有經驗的學生在閱讀這類句子時，就會因爲沒有先花點功夫去抓出「文章的大環境」來，被眼前的一個字又一個字給牽著走，就像盲人騎瞎馬，團團亂轉，以至於努力的翻譯了老半天後，最好也不過是「差強人意」，多數是「顛三倒四、不知所云」，不時會有些令人「啼笑皆非」的翻譯。

因而，當我們面對一個稍微長一點或複雜一些的句子時，首先要做的就是：先將這個句子的「大環境」給抓住。沒有做到這一點前，可千萬別貿然做任何翻譯。這個「文章的大環境」就是句子的「結構」，其實就是將一個句子分成幾個能夠掌控的「字組」。然後，試著找出這一串「字組」中最重要的那一個，就是這個句子的「主要結構」。

能做到這一步，已經成功了一半。因爲到了這個地步，「字組」與「字組」間的關聯就可以看出來了，通常就可以掌握到整個句子的大概。以建造房子比喻，這如同房子的主體結構已經完成，來到工地已經可以清晰地看出整個房子的布局，雖然還是一片凌亂，但是，可以開始構思如何利用空間和裝潢內部，距離美麗家庭的夢想近了。

10-3　句子結構簡易的分類

用最簡單的方式講，一個句子不論再複雜或多簡單，我們都可以將之分成二個部分：「**主要結構**」和「**修飾用語**」[3]。重點是，當面對一個長句子或複雜些的句子時，能夠將主要部分（主要結構）和次要部分（修飾補充）分開來，以便於我們在解讀時，能夠藉由刪除次要部分，來協助我們先找到這個長句子的「主要結構」，以便逐次整理出它的基本架構。

不論是「主要結構」或是「修飾用語」，只要句子的「分段」（也就是分成一個個的字組）沒有發生「歸類錯誤」，一個句子細分成八段或是粗分成三段都不是問

3 中文文法書上當然不是這樣說的，如此說是為了先給同學一個簡單的概念好掌握。但是，英文講句子結構是有用這 2 個名稱。

題，反正只有一段是「主要結構」[4]。每一段要分多細，就是依據自己所能勝任的程度來分段，也就是工作記憶能夠勝任的範圍，沒有必要去在乎太長或太短。這個在接下來介紹「句子的分段」時，會有更詳細的說明。

一、主要結構

「主要結構」是一個句子核心的部分，它最基本的組成就是「主詞＋動詞」，在上面的例子中就是「I need」。

一般的文法書在講到句子的組成時，通常是將句子分成二個主要的部分：「主詞＋述部」。所謂的「述部」，就是從「動詞」開始一直到句子結束的所有部分。這樣的講法，適合已經能夠聽、說和閱讀英文的人，因爲，他們沒有分段的問題。但是，針對我們的學生，學習分段仍是學習閱讀時的一個重要的課題，因此，本書不採用「主詞＋述部」這樣的分法，而改採用「主詞＋動詞」這樣的分法，著眼點就在於教學生藉由分段來抓出「句子的大環境」。

回到前面用的例子：

Though it is late in the night, 1 a.m., to be exact, **I** really **need** to see you now, in person, alone, because I, out of a deep concern, have something that is very important to tell you and which may mean very much to you, no kidding.

這個句子的「主詞＋動詞」是：I need；如果套用「主詞＋述部」的分法，它的「述部」就是從 need 開始，一直到結尾的 no kidding。

我們不會分段的學生所面臨的最嚴重的考驗是，很多人連主詞及動詞在哪裡都沒有概念，跟他們談「主詞＋動詞」或是「主詞＋述部」都是陳義過高。因而，關鍵就在於，哪一種方式可以藉著教導分段的方式來釐清一個句子的基本結構？更重要的是，哪一種方式不是先假設同學們能夠自動地辨認出一個句子的「主詞＋動詞」？

本書採用辨認「主詞＋動詞」的方式，重點不是要同學們直接去找出一個句子的「主詞＋動詞」，而是知道大多數的同學們有困難，所以，需要藉著先分段才能

4 這樣子的陳述只是針對簡單的句型，「複句」和「合句」時當然要用另一種方式陳述。為了避免一下子講太多、太複雜，這裡就只針對簡單句型。同學們能先掌握了「主要結構」的概念後，再擴大到「複句」、「合句」和「複合句」就容易了。

順利地辨認出「主詞＋動詞」。也就是說，能夠辨認出一個句子的「主詞＋動詞」，是經過一連串的分段功夫後的結果，而不是一個自動就會的先決條件。

二、修飾用語

一個英文句子不論多長，它的「主要結構」只有一個[5]，其他全是「修飾用語」。甚麼是「修飾用語」？在介紹文法時，「修飾」這二個字很容易混淆，就像另外講到「一段話」一樣，都不只是一個用法。

「修飾用語」的英文原文是「Modifier”，它的動詞是「Modify」，意思是「修飾、修改、調整」，核心的意思就是「將一件東西略作調整，以使之更合意」；「Modifier」這個字就是表示「用來略作調整的東西或工具」，用在文法上，依據字典的解釋是：「一個字、片語（phrase）或子句，用在一個句子中來補充說明或是陳述一個條件或是限制」（Random House Webster's Dictionary of American English, 1997）。所以，「Modifier」上面有講過在句子中的功能，就是針對句子的字或是字組予以修飾、修改或調整：

它有可能是一個字，如：“I **really** like this **beautiful** house.”、“**Suddenly**, he ran away **fast**.”；

它有可能是一個片語（phrase），如：“I really like the design **of this beautiful house**.”、“**All of a sudden**, he ran away **like a flash**.”；

它也有可能是一個子句，如：“I really like the design of this house, **which is designed by a famous architect**.”、“**Before we knew it**, he ran away **as if he had seen a ghost**.”。

從上面的例子我們可以清楚的看出，「修飾用語」其實是可以泛指所有用來修飾、補充、說明的字、片語以及子句，本書也就是從這個定義來使用「修飾用語」。

我們來看上一章結尾當練習的這個 National Reading Panel 2000 的句子：

It is a form of active and dynamic thinking and includes interpreting information through the filter of one's own knowledge and beliefs, using the author's organizational plan to think about information (or imposing one's own structure on the ideas), inferring what the author does not tell explicitly as well as many other cognitive actions.

5 前面聲明過，這是以簡單句為例子說明，功力不夠的讀者先不要逕自跳到「四種基本的句型」去。

這句話總共是 54 個字，用傳統逐字翻譯的方式閱讀是很困難的，一定要先將整個句子的「結構」或是「大環境」弄清楚，才有可能正確解讀。

首先，我們先用斜線，依據句子中的 2 個逗點將整個句子分成三大段：

It is a form of active and dynamic thinking and includes interpreting information through the filter of one's own knowledge and beliefs/, using the author's organizational plan to think about information (or imposing one's own structure on the ideas)/, inferring what the author does not tell explicitly as well as many other cognitive actions.

經過這樣子簡單的分段後，再來逐段去看，才有可能藉由刪除明顯的不重要的部分，因此而看到這個長句子的主詞和動詞。（黑體字）：其餘的 51 個字都是「修飾用語」。

首先，我們看到一個明顯的特色，就是逗點隔開的後面這 2 段都是由一個 -ing 這樣形式的字開頭，而且看起來也不像是有完整的「主詞＋動詞」。這在前面「簡易文法」介紹過，就是一個分詞片語的用法。所以，這 2 段話都是修飾功能的，可以先略過。

因此，這個句子的重點在第一段話：主詞是：**It**，動詞是：**is and includes**。所以，這個句子的「基本架構」就是：It is a form…（修飾用語）[6] and includes….（修飾用語）。全句 54 個字，修飾用語共 48 個字。

如果要精準的解讀整句話，我們再逐段的細分：

1. It is a form of active and dynamic thinking **and** includes interpreting information through the filter of one's own knowledge and beliefs
   (1) 畫底線的是介係詞片語
   (2) 2個 of 引導的介係詞片語中，都有一個對等連接詞 and 連接2個東西
   (3) 粗體字的 and 連接的是這句話的2個動詞：is and includes
   (4) 這句話的「主要結構」是：It is… and includes….
2. , using the author's organizational plan to think about information (**or** imposing one's own structure on the ideas)
   (1) 括號 中的可以先不管，這段的意思就較容易掌握
   (2) 括號中開頭的是 or，這也是個對等連接詞，連接的是： using or imposing

6 詳細的分段示範在後面，這裡只是先顯示分段閱讀的功能。

3. , inferring what the author does not tell explicitly **as well as** many other cognitive actions

   (1) **as well as**也是對等連接，連接的是：A (what the author does not tell explicitly) as well as B (many other cognitive actions)

   (2) 這一段：, inferring A as well as B 就是來修飾、說明前面的內容

英文句子就是這樣子如積木般的分段組成，如果不會藉著隔離出一個又一個的片段，藉此找出這個句子的「主要結構」，靠逐字的翻譯能讀出甚麼？就文法書的「四種基本的句型」來看，上面這個句子應該只能算是「簡單句」，但是，對我們的大學生，閱讀這樣的句子簡單嗎？ 如果不會分段，是很困難的。「文法差」是個籠統的說法，「分段」則是具體、有效的解決方法。

10-4　結論

不論是蓋房子、畫畫、攝影或是作文，都會先講結構，我們讀句子也是一樣的，要先抓出句子的結構來。文法書可以講「四種基本的句型」，語言學可以用結構圖將每一個句子詳細的解析和分類。

文法書中，爲了解說得更詳細，當然會分類得更精細，就學術的立場，文法知識當然要講究有系統和邏輯連貫，於是文法書就變得越來越「一言難盡」。也難怪許多學生打開文法書，從第一章、第一節開始一節、一章仔細的閱讀，全本文法書讀完了，卻很容易就迷失在許多太過細瑣的說明中而「見樹不見林」。

就閱讀英文的角度，困難的挑戰在如何藉著一些技巧，以引導、帶領自己進入「句子結構分析的心智流程」，非如此就不可能掌握句子的「結構」。

就如廚師不可能光靠著讀食譜就學會做菜，其中的選材、刀工和火候，一定要學藝者自己一點一滴地去摸索出竅門。同樣的道理，英文句子的結構，或是說組合方式，不是讀懂靜態的文法理論就會的，其中的一些竅門還是要學習者從基本的分段開始練習的。

先從「主要結構」和「修飾用語」的概念來瞭解句子的基本架構（就是「文章的大環境」），如此才可能在閱讀時抓到句子的重點，而靜態的文法知識也必須是在能夠完全掌握這樣一分爲二的基本架構後，才可能逐步印證和體會到。

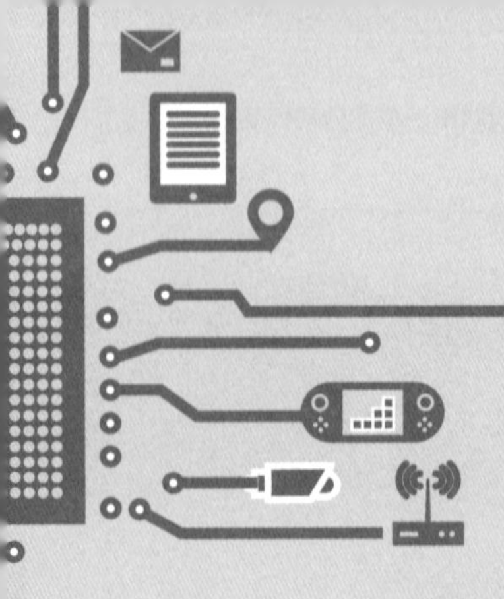

小試身手

這一章只是閱讀分段技巧的說明而已，下面接著幾章都是在實例示範；所以，這個練習就請各位好好思考下面的問題：

1. 你在以前學習英文的過程中，有沒有教過你如何分段？
2. 你開始學英文時，就聽過英文的「主詞」和「動詞」，有沒有文法書或是教師教過你如何辨認一個句子的「主詞」和「動詞」？
3. 你以前可曾疑惑過，你學的文法要如何才能轉變爲實用的英文能力？
4. 你以前是否也深信，文法的知識可以幫助你看懂英文的句子？
5. 你以前看到 and 和 or，是否和大多數人一樣，將他們解爲「以及」和「或是」就交代過去了？
6. 你以前有沒有注意過逗點在英文句子中的用法？有沒有老師教過？
7. 你以前閱讀一個長的英文句子時，有沒有習慣將句子分成「主要結構」和「修飾用語」來逐步解決困擾？
8. 你以前閱讀英文時，是不是 (1) 逐字翻譯 (2) 同時將整個句子全部解出來？
9. 當你閱讀英文有挫折感時，有沒有試過不同的方式解決困擾？
10. 你以前認爲，翻譯出整句的意思，是 (1) 幫助你瞭解句子的手段，還是 (2) 是一連串解讀過程的最後結果？

想一想，靜態的文法知識，如何才能轉化成做「句子結構分析的心智流程」？不是只有你們有這樣的困擾，許多學英文的人在閱讀時，同樣的感到腦袋空白，學過的文法，在閱讀或是考試時，經常是茫茫然的，在寫作時更是如此。

文法課本不會教你如何做，你要如何才能養成「句子結構分析的心智流程」？要達到這個理想，必須經過實際的分段解讀句子的練習，才能逐漸地體會出英文組織句子的方式和道理。下面幾章就來示範如何藉著分段以解讀英文的句子。

Chapter 11
分段與結構（二）

明·羅貫中《三國演義》第37回：「豈不聞『順天者逸，逆天者勞』，『數之所在，理不得而奪之；命之所在，人不得而　之』乎？」。

閱讀英文的「天道」、「數」、「命」就是：

1. 英文句子的結構方式
2. 7±2的短期記憶

逐字逐句翻譯就是違逆天道。

前一章談到工作記憶時介紹過「串節」(Chunking) 的做法，這運用在我們閱讀時就是分段的概念。分段，就是將句子中相關的幾個字連成一個單元，就是在前一章，米勒教授說的，學習如何將許多的「東西」組織成「單位」(units) 或是「塊」(chunks)，以方便我們做判斷，這樣的過程就是「重新編碼」(recoding)。

學習分段就是學習用「串節」來處理複雜的資料，藉由刻意的分段練習，以熟悉將長句子「重新編碼」，以方便我們掌握整個句子的結構。就是將一個複雜的句子簡化成我們的工作記憶可以輕鬆處理的幾個單元，如此才有多餘的能力去逐次且精準的處理句子意思相關的各種資訊。

會分段是解讀句子的第一步，接下來才可能藉由「刪除法」，刪掉長句子中不重要的枝枝節節（就是各種的修飾用語），好讓讀者在「工作記憶」能夠充分掌控的範圍內，清楚地看出一個句子的「基本架構」：「主要結構」以及「修飾用語」。確定了一個句子的「主要結構」後，再逐次地將之前刪除掉的修飾用語逐一地補回去。這樣的步驟熟練後，分段的觀念才能逐漸深化成我們的「長期記憶」，等到這時候，就不必刻意地做分段練習了。這整個練習的基本概念及做法，是完全符合現代腦神經科學的理論，切莫逆天道而行。

11-1 分段的四個指標

英文句子的分段有四個明確的指標可以依循

1. 標點符號：「,」、「;」、「:」、「,_____,」、「--_____--」、「(_____)」等。
2. 對等連接詞。如："and"、"or"、"but"等。
3. 介係詞片語。如："He came with a present."、"I found the blueprint of the house."、"She found him sitting on the desk in the house at around noon."等。
4. 子句。如："I really like this car of yours which is designed and built by an excellent team and hope that I may have a car just like this one someday."等。

這些都是英文句子中很明顯的標記，特別是前面三種，都是很好辨識的標點符號及功能字，好好運用這些標記，可以很容易地將句子分成好幾段，這樣子就比較容易找出句子的「基本架構」。這完全符合前面引用的 Steven Pinker 在「語言本能」一書說的：功能詞是一個句子片語結構最可靠的線索（頁 141）。

以下先簡單的介紹一下標點符號、連接詞以及介係詞片語這三者的特徵（片語和子句在「簡易文法」那一篇已介紹過了）。

一、標點符號

(一) 補充說明用的符號

標點符號中最好辨認的是：「:」、「,_____,」、「—_____—」、「(_____)」等，因爲這幾個符號都是用來標明一段「補充說明」用的字組，如：

「:」就是用來表示一個人所實際表達出的意思：

She said: "I want to go home."

「,_____,」這樣子是在句子當中額外穿插進來的一段字組，前後各用一個逗點和句子的主體分隔開來[1]：

She, with a sobbing voice, said: "I want to go home."[2]

「—_____—」以及「(_____)」的中文名稱是「夾注號」，顧名思義，它們的功能和上面的符號一樣，都是將所要額外補充說明的字組，在前後各用個相同的符號（短線或是括弧）予以分隔：

1 逗點隔開「修飾語」的用法不只這一種，這種用法比較困擾經驗不足的人，詳情請參閱簡易文法及下一節說明。
2 這是「修飾語」的用法，請參看「簡易文法」較詳細的說明。

She—the one to the left—said: "I want to go home."

She (unaware that someone might be listening) said: "I want to go home."。

像這類標點符號所框起來表示補充說明用的字組，當然可以單獨標記成一段，最起碼可以提醒自己，在解讀時這個部分和句子的主體部分是要有區隔的。以上面三個句子為例，補充說明的部分都不是句子的主體，在閱讀時可以先跳過，等句子的主體部分（She said: "I want to go home."）讀完後，再將補充說明的部分補回去。

（二）逗點與分號

逗點（,）與分號（;）基本的功能，就是讓作者和讀者能夠喘口氣，但同時也提醒讀者：這個句子還沒結束：After this, there is more to come.。這二者不同的一點是，分號所隔開的是二個同等位階的東西，而逗點則不一定；逗點所分隔的有可能是同等位階的二段話，如：

"I would like to come, but my car broke down."

"I saw Mr. Chen, Miss Wang, and Mr. Lin in school this morning."

但也有可能是二段有主從、輕重之分的話，如：

"If you don't like this one, I can find you another one."

"Finally, we arrived safely."、"We arrived safely, finally."

"We, after a long journey, arrived safely, finally."

"Talking about driving, no one knows who is responsible for educating and correcting many drivers' bad, dangerous driving habits on the road."

分號的基本道理是作者寫完了一個意思後，接下來有一段話和前面那個意思相近，結構也相似，但為了語氣和意思不會突然中斷，而不想將這一段話另外單獨寫成一個句子，但也不想為了將這前後二段話寫成一整句，而必須考慮到其中文法的連結和語氣的連貫，於是就用分號。例如：

"Many people don't have the patience to study English; learning English is no different from learning any other subject."

"Mr. Chen loves what he is doing; not many people love what they are doing."

從上面二個例子中可見，分號所隔開的這二段話的意思有相關，但沒有強到可以直接用個連接詞或語氣的轉折就將這二者連起來，這二段話也可以直接寫成二個句子，但如此就使得語氣的連貫性受到影響。

從語氣停頓的角度看，句點代表的是一個語氣和語意的結束，逗點代表的是一個暫時的停頓，換口氣再繼續將這一句講完，而分號則是介於這二者之間。舉個很簡單的例子："I saw Mr. Chen, Miss Wang, and Mr. Lin in school this morning."，這句話中用逗點來分隔這三個人，因爲是在一起的，所以用逗點，語氣的停頓都很短，讀起來比較有一氣呵成的感覺。

再看這個例子："I need three tools to do this job: a bag, a rope, and a knife."，當然，這個句子也可以寫成："I need three tools to do this job: (a) a bag; (b) a rope; (c) a knife."。這二個句子唸起來語氣是否有些不同？哪一個語氣比較連貫、一氣呵成？

現在回過頭來看逗點，剛剛提到過，逗點所分隔的有可能是同等位階的二段話，也有可能是二段有主從、輕重之分的話，因而在分段時，逗點是個很好的依據，將一個長的句子分成幾個段落來分開處理，可以避免超出負荷而全面失控。

依據逗點來分段，唯一要注意的是要學會判斷某一段話是不是句子主要的部分，檢驗的標準就是**看這一段話中有沒有個「主要的結構」，就是「主詞 + 動詞」**。如果不符合這樣的條件的話，這一段話可以先暫時不理會，先將整個句子的主要部分找到，並將它解決了再說。

二、對等連接詞

對等連接詞的基本功能，就是將二件以上相關的事情連在一起；常見的對等連接詞有：and, or, but 等。這其中沒有甚麼大學問，要注意的是：當我們在試圖爲句子分段時，如果碰到有對等連接詞 and 和 or 時，就一定要先確定它是連接了哪些事情，因爲這個連接詞有可能連接的是二個或以上的字、有可能是二個或以上的片語、也有可能是二個子句，先將這個部分查明清楚了，才能幫我們瞭解這個句子的基本架構。我們來看幾個例子（and 和 or 的用法一樣，所以就以 and 爲例）：

1. For this trip, we can invite Mr. Wang, Mr. Hwang, **and** Miss Lin.
2. The purpose of this trip is first to see beautiful sceneries, then to visit a few friends there, **and** finally to enjoy some special local foods.

3. The purpose of this trip is for all of us to relax *and* rest, **and** we will forget about our work *and* enjoy ourselves as much as we can.（爲了方便瞭解，所以只標出主要的部分）。

從這三個例子中可以看出來，當我們將連接詞所連接的部分查明後，每個句子的基本架構就變得很容易辨認了，最重要的原因就是負荷減輕了，不論這個連接詞所連接的是字、片語或子句，我們不再是面對一個長句子，這樣一個動作，幫我們確定了這個句子的主要部分在哪裡。

很多學英文的人都聽過一句話：「對等連接詞是連接二個對等的東西」。甚麼是所謂的「對等的」？很簡單的答案就是：**「位階和形式一樣的」**；例如上面第一個例句中所連接的三個都是人名，第二個例句中所連接的三個都是由不定詞所帶頭的一個活動（to see, to visit, to enjoy），第三個例句中黑體字的 and 所連接的二個都是二個完整的句子，而第一個句子中斜體字的 and 所連接的二個都是動詞（relax, rest），第二個句子中斜體字的 and 所連接的二個也都是動詞（forget, enjoy）。這 2 個字都是句子 we will 的動詞，所以，這個 and 所連接的用框框標記。

所謂的「對等的」就是「位階和形式一樣的」，由這一點特性，當我們在查明對等連接詞所連接的是甚麼東西時，就可以**先看看連接詞後面接著的是甚麼形式的東西**，是個字？是個片語？還是個句子？等這一點確定後，再往前去找相同形式的東西即可。再看二個例子：

1. Sometimes I dream of living in a time of prosperity, working in a place of professionalism, **and** traveling in a state of comfort and safety.（都是V+ing形式）
2. A good leader should work hard for the long-term prosperity of the society **and** for the well being of the people.（都是for引導的介係詞片語）

在以上二個句子中，劃線的部分就是「形式一樣的」，所以，經驗不足的同學，可以試著先從連接詞後面緊跟的字來確定是甚麼形式的東西。

三、介係詞片語

介係詞片語是英文中常見的一種字組，他的功能就是因爲在一個動詞或是一個名詞之後需要靠介係詞[3]來引導一組字，將意思說得更完整。

(一) 動詞後接介係詞片語

接在動詞後面的介係詞片語，是用來說明動詞進行的方式、在哪裡進行的或是如何進行的，唯一的用意就是將一個動作完整地表達出來。例如（黑體字是介係詞；畫底線的是介係詞片語）：

1. We were just talking **about** your car.
2. This product comes **from** China **in** June.
3. This car is made **by** Ford **in** Taiwan.
4. Before you go **to** bed, please put the food **on** the stove **into** refrigerator.
5. This daredevil pilot flew his airplane just 10 feet **above** the crowd and pass **under** a bridge **beneath** all the crowds **on** the bridge.
6. Churchill said: "We shall fight **on** the beach, **in** the hills, **on** the streets, and **in** the field. We will never surrender."
7. We all listened **to** his speech **with** a sense **of** amazement.
8. The thief jumped **over** the fence and ran **across** the road **without** any regard **to** his personal safety.

(二) 名詞後接介係詞片語

接在名詞後面的介係詞片語，是用來說明它和名詞之間的關係、屬性。在這種情形下，所謂的介係詞，顧名思義就是用來介紹這個介係詞之前和之後的這二個名詞之間的關係的。例如：

3 網路搜尋介係詞可以看到好幾個不同的版本，不必為哪個是標準版本煩惱，常用的就是二、三十個，其他的以後再熟悉。

1. We like the color **of** your car.
2. The maker **of** this product knows a lot **about** art.
3. I see a fly **on** the wall. Can you tell what kind **of** fly it is?
4. The person **from** Taipei doesn't know much **about** what is going on **in** Taitong.
5. Many **of** my high school classmates are still learning English, the language **of** the world.
6. Scholars can easily lose touch **with** realities.
7. I saw a drunken man **at** the corner **of** M. Street **in** Taipei.

以上這些就是介係詞片語，不論是接在動詞或是名詞之後，它都是用來進一步說明用的；因而，介係詞片語在分段時是可以單獨當作一段，也是可以先將它刪除，以方便我們還原一個長句子的基本架構。這就是本書要在這一章中特別介紹介係詞片語的唯一目的。

11-2 分段的處理

分段的目的有二個：

1. 將一個比較長或比較複雜的句子，「重新編碼」成我們可以輕鬆處理的幾個「塊」；
2. 便於辨認清楚一個句子的基本架構：「主要結構」和「修飾用語」。

可是，許多初學者對分段有二個誤解：

1. 分段練習是先解出了句子的中文意思後才能做的；
2. 分段練習浪費時間，不如直接翻譯意思。

如果可以不分段就能清楚地瞭解句子的意思，這當然很好！不過，這是有相當閱讀經驗的人才能做到，因此，分段是協助程度還不夠的學習者起步的必要功夫，當然更不是等解出中文意思後才做的。簡言之，分段是爲了幫我們按部就班地解讀出一個句子的必要手段。在分段時可以依據下面三個原則來進行：

一、先刪除枝節以簡化句子

有哪些東西可以刪除而毫不影響到句子的基本架構？所有用來做修飾或是補充說明用的字或字組（片語）都可以先刪掉，這類的東西有：

1. 形容詞和副詞
2. 標點符號區隔出來做補充說明用的字組
3. 介係詞片語

舉個最簡單的例子：

1. “I have a car.”和“I have a big, white car.”、“She gave me a book.”和“She gave me a wonderful new book.”；
2. “I like it.”和“I like it very much.”、“He came to me.”和“He came to me quickly.”；

這二個例子中，將形容詞或副詞省掉是否會影響到句子的基本架構？對句子的意思有沒有造成重大的改變？ 當我們正在為如何解讀而困擾時，為何要多花一分力氣在這種無關緊要的修飾、形容用的字？ 7±2 的工作記憶很容易塞爆的。

像「:」、「,_____,」、「--_____--」、「(_____)」等明顯地標示一段補充說明用的字組，還有介係詞片語，在上一節都已介紹過。這些都是可以先刪除，以便我們集中心力在句子的重點。一個再長、再複雜的句子，是經不起這麼刪刪減減的。根據經驗，越長的句子它可以被刪除的比例就越大，刪掉一半是很普通的。

二、若有逗點分段，先確定哪一段不是重點

在前一節中介紹過逗點的基本功能，在一個長句子中若見到有逗點，最簡單的做法就是依據逗點所分成的段落來分開看，首先就是要確定哪一段才是這句話的重點，也就是「主要結構」所在的地方。

有時候比較容易的方式就是像上面介紹的「刪除法」的方式一樣，先刪除掉很明顯不像是重要的段落。例如：

1. When I met her this morning, I could hardly recognize her.
2. In the middle of the meadow, there is a farmhouse, sitting by a creek.

3. As she was about to speak, out of nowhere, a motorcycle sped up toward her and distracted her attention.
4. I hope you could come to this meeting, so that you could see for yourself the true identity of this person, whom you have heard so much talking about him.（so that 在這裡的功能是做為連接詞用，意思則是「所以、以至於」）。

以上這四個例句，如果你沒有辦法一眼就認出每個句子的重點，那就有必要首先依據逗點所切割的段落來判斷重點在哪一段。如果同學不能立即辨認出來，根據經驗，先找出比較不重要的那一段，並將之刪除，是個較可行的方式。

如何確定某一段字組不是重要的？一個簡單的方式就是試試看將這一段字組刪除後，這一句話是否還能算是一句話？也就是說，剩下來的文字當中，是否含有個組成句子最基本的要件：「主要結構」？或是說，剩下來的文字是否能夠單獨成為一個句子？

以上面四個例句為例，每一句可以刪除的部分就是：

1. When I met her this morning,
2. In the middle of the meadow, sitting by a creek.
3. As she was about to speak, out of nowhere,
4. you could come to this meeting, for yourself the true identity of this person, whom you have heard so much talking about him.

去掉了枝節的部分後，每一句剩下的「基本架構」是：

1. I could hardly recognize her.
2. There is a farmhouse.
3. A motorcycle sped up toward her and distracted her attention.
4. I hope ____, so that you could see ____.

這四段話算不算是原本長句子的「基本架構」？是否含有「主要結構」？儘管意思不是很完整，這些文字是否能夠讓你知道句子的梗概？

三、將對等連接詞所連接的東西全部圈起來

在上一節介紹連接詞時曾說過，對等連接詞有可能連接二個或以上的字、片語或子句，它有可能是連接幾個無關緊要的東西，如：

"I had a dinner with Miss Wang, Miss Chang, **and** Mr. Lin."

它也有可能是連接幾個重要的字，如：

"She went to Taichung in the morning, visited a few friends in the afternoon, **and** came back home in the evening."。這是連接句子的 3 個動詞。

它也有可能是連接二個句子，以成為一個長的句子，如：

You can go to the theater and watch a movie **or** you can stay here and enjoy a cup of coffee with me.

在以上三個例子中，連接詞都連接了一串的東西，閱讀經驗不足的同學最好先弄清楚連接詞所連的到底是些甚麼；換個方式說，先確定二件事情：（一）連接詞所連接的是甚麼東西？（二）確定連接詞所連接的這些東西的範圍。

在上面三個例句中，對等連接詞所連接的這些東西的範圍是：

1. Miss Wang, Miss Chang, **and** Mr. Lin.
2. *went* to Taichung in the morning, *visited* a few friends in the afternoon, **and** *came* back home in the evening.（都是過去式的動詞，這就是對等）
3. You can go to the theater and watch a movie **or** you can stay here and enjoy a cup of coffee with me.（每個句子中又各有一個and連接二個動作）

將連接詞所連接的這些東西整個圈起來後，這三個句子就只剩下：

1. I had a dinner with __________.
2. She went......, visited......, and came......
3. _________ or _________.

這樣子，找這三個句子的基本架構是不是容易多了？進一步細看，這三個句子的基本架構就是：

1. I had a dinner with A, B, and C.（三個人）
2. She A, B, and C.（做了三個動作）
3. You can go...... or you can stay.......（有二個做法可以選擇）

先確定了如此的基本架構，此時再來解句子是不是就容易多了？

四、將子句的範圍全部圈起來（前提是如果你認得出有個子句）

在「簡易文法」介紹過子句，在閱讀時比較會造成困擾的是名詞子句和形容詞子句，可是最大的挑戰是在閱讀時是否能夠辨認得出你眼前有個子句。在「簡易文法」那一篇中曾介紹如何辨認子句的特徵，不過，還是要靠經驗的累積。

在句子中發現有子句時，很重要的步驟是先確定這個子句的範圍，它從哪裡開始，到哪裡結束。確定了這個範圍後，也同時算是將這一段字組和其他的字組給正確地分隔開來，當然也表示：如果這個子句是可以先刪除的話，你可以確定從哪裡刪到何處。

如此做的目的當然也是為了要方便我們先確定這個句子的基本架構，所以，重點不在於如何從這個子句本身去辨認它是甚麼樣的子句，而是刪除了子句使得句子精簡之後，我們可以由這個句子的基本架構去判斷出這個子句在這個句子中是擔任甚麼功能，接著才可能判斷它是做名詞子句？還是做形容詞子句？

不瞭解句子的基本架構，怎麼可能知道一個子句是擔任甚麼功能？不能辨認出有個子句，並將這個子句的範圍明確的標示出來，怎麼可能知道這個句子的基本架構？來看幾個例子：

1. I believe you are right.
2. It is true that we need to be patient when we are studying a language.
3. What we need is a good leader and a professional government that works for the long-term prosperity of the country.
4. He finally bought the car that he had dreamed about for such a long time.
5. This is the car we have been talking about.
6. She introduced Miss Liu, who is a teacher, and Mr. Chin, who is a car salesman, to us, when we were having a meeting.

如果將這些句子中的子句都圈起來，這些句子的基本架構就很清楚了：

1. I believe _____.
2. It is true _________________.（這個子句中又有一個副詞子句，所以這個子句也可以進一步標示為：we need to be patient _____）
3. _____ is a good leader and a professional government _____.

4. He finally bought the car _____.
5. This is the car _____.
6. She introduced Miss Liu, _____, and Mr. Chin, _____, to us, _____.

從這樣子的句子結構，我們就很容易判斷每個子句在句子中的功能：

1. 子句“you are right”做動詞“believe”的受詞，所以是名詞子句。
2. 子句“that we need to be patient when we are studying a language”做虛擬主詞“It”的同位語，等於是說明主詞所指的是甚麼，所以是名詞子句。而其中的“when we are studying a language”則是一個表示在甚麼時間條件下發生的，所以是副詞子句。
3. “is”是這個句子的動詞，在動詞前面的就是主詞了，所以“What we need”是名詞子句，做這個句子的主詞。“government”後面的字都是用來說明要的是一個甚麼樣的政府，所以是形容詞子句。
4. “car”後面的字都是用來說明和這輛車有關的事情，所以“that he had dreamed about for such a long time”是形容詞子句。
5. 同上，所以“we have been talking about”是形容詞子句（省略掉 that）。
6. 首先，從標點符號的用法，我們知道在人名之後的是插進來補充說明用的，插進來的又是個子句，所以“who is a teacher”和 “who is a car sales man”都是形容詞子句用來說明之前提到的人名。其次，and連接的2個人名後面都跟著一個who開頭的形容詞子句，這就是「位階和形式都一樣」的「對等連接」。

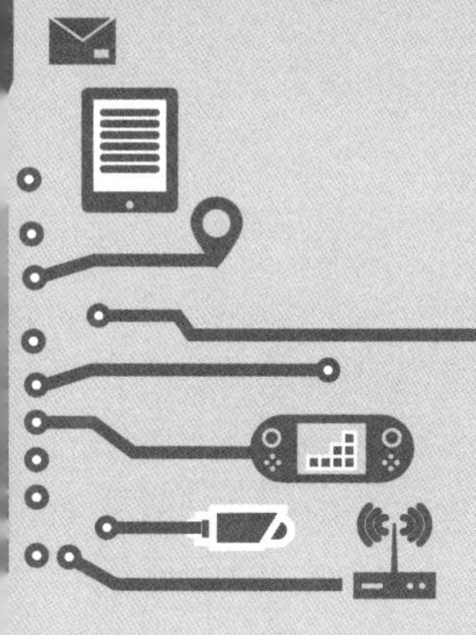

小試身手

請在閱讀下面的報告時[4]，找出本章教的分段的四個指標，看看你能找出多少個 (1) 介係詞片語；(2) 逗點分隔的修飾語；(3) 對等連接詞連接的；(4) 子句。

National Reading Panel (2000). Teaching Children to Read. Eunice Kennedy Shriver National Institute of Child Health & Human Development, NIH Pub. No. 00-4769, p. 4.

In 1997, Congress asked the "Director of the National Institute of Child Health and Human Development (NICHD), in consultation with the Secretary of Education, to convene a national panel to assess the status of research-based knowledge, including the effectiveness of various approaches to teaching children to read." This panel was charged with providing a report that "should present the panel's conclusions, an indication of the readiness for application in the classroom of the results of this research, and, if appropriate, a strategy for rapidly disseminating this information to facilitate effective reading instruction in the schools. If found warranted, the panel should also recommend a plan for additional research regarding early reading development and instruction[5]."

4 National Reading Panel (2000). Teaching Children to Read. Eunice Kennedy Shriver National Institute of Child Health & Human Development, NIH Pub. No. 00-4769, p. 4.

5 這一段話是專案報告的第一段，說明整個專案研究的起源。

Chapter 12 分段與結構綜合練習（一）

上一章介紹分段的一些基本概念以及作法，接下來這二章共提出 16 個案例，是用來具體示範如何藉著分段來 (1) 理出整句的基本架構；(2) 逐步解出句子的大概意思。用意是爲了示範在閱讀遭遇困難時，可以先放下對生字和正確意思的無止境又傷神的計較，只要我們秉持著「化繁爲簡」、「找出主要結構」和「逐一還原」這三個原則，再長、再複雜的句子，也都可以按部就班地解讀的。

先學會如何分段解讀是關鍵的第一步。這一章的解說方式是爲了引導對分段不熟悉的同學，能按部就班地領悟分段的做法，藉著這樣的分解，引導同學實際地認識上一章中介紹的那些分段的指標。因此，下面 16 個例子的解說盡量不厭其煩，每位讀者依據自己欠缺的部分仔細閱讀。

這 16 個例子盡量從不同類型的專業科目挑選各種形式的句子組織方式，讓同學了解如何採取不同的步驟以因應。其實，語文是藝術，句子的組織方式千變萬化，不是這些例子就能概括；但是，解讀的基本道理是相同的，掌握了句子的組織方式，此時再來計較生字、詞彙和句子意思才有可能。所以，會掌握分段的要領，才能突破閱讀英文的障礙。

> **1** For observational studies they serve as the central metric of the strength of association between exposure **and** outcome, a key criterion for establishing causality in classic epidemiology[1] (p. 1).

這個句子摘自英國醫學期刊 (BMJ)，共 27 個字，其中當然有許多專業的用語和背景知識，這些疑難的生字，並不足以妨礙我們用分段的方式來抓出句子的基本架構，甚至還可以看出一些大意。

初步掃描，這個句子中只有一個逗點（劃底線標示），和一個對等連接詞 and（粗體字標示）；也看到了好幾個介係詞，這個例子就先從介係詞片語開始。

1. 先刪除枝節以簡化句子

(1) 介係詞片語（畫底線的字組）

For observational studies they serve as the central metric of the strength of association between exposure and outcome, a key criterion for establishing causality in classic epidemiology.

刪除這7個介係詞片語後，這個句子剩下：

they serve......, a key criterion......

這個句子總共27個字，介係詞片語就佔了22個字，高達81.5%。經過這樣的處理後，這個句子的基本架構清楚可見： they serve 是主要結構，而 a key criterion......則是跟在後面當補充說明用的，所以用逗點隔開來。這是標準的修飾用語的做法。

(2) 將對等連接詞所連接的東西全部圈起來

唯一的一個對等連接詞 and 是跟著介係詞 between 連著用的，就是標準的 between A and B 的用法。

2. 確定句子的基本架構和「主要結構」（主詞+動詞）

這個句子的基本架構是：they serve......, a key criterion......

1 摘自 British Medical Journal: Ratio measures in leading medical journals: structured review of accessibility of underlying absolute risks, by Lisa M Schwartz, Steven Woloshin, Evan L Dvorin, H Gilbert Welch: BMJ, doi:10.1136/bmj.38985.564317.7C (published 23 October 2006)。

主詞是：they，動詞是：serve。, a key criterion……則是補充說明前面的the central metric。

意思是：他們當作……，一個關鍵的（生字）。

3. 將之前刪除的逐一還原

(1) For observational studies they serve……, a key criterion…….

意思是：對哪些觀察性的研究，他們當作……，一個關鍵的（生字）。

(2) For observational studies they serve as the central metric……., a key criterion…….

意思是：對哪些觀察性的研究，他們當作一個核心的（生字）……，一個關鍵的（生字）。

(3) For observational studies they serve as the central metric of the strength of association……., a key criterion…….

意思是：對哪些觀察性的研究，他們當作關聯性的強度的一個核心的（生字）……，一個關鍵的（生字）。

(4) For observational studies they serve as the central metric of the strength of association between exposure and outcome, a key criterion for establishing causality in classic epidemiology.

意思是：對哪些觀察性的研究，他們當作曝光度和結果間的關聯性的強度的一個核心的（生字)…，一個關鍵的（生字）。

(5) For observational studies they serve as the central metric of the strength of association between exposure and outcome, a key criterion for establishing causality…….

意思是：對哪些觀察性的研究，他們當作曝光度和結果間的關聯性的強度的一個核心的（生字）…，一個關鍵的（生字）做爲建立因果關係。

(6) For observational studies they serve as the central metric of the strength of association between exposure and outcome, a key criterion for establishing causality in classic epidemiology.

意思是：對哪些觀察性的研究，他們當作曝光度和結果間的關聯性的強度的一個核心的（生字）……，一個關鍵的（生字）做爲在古典的（生字，指某種學問）建立因果關係。

這個句子明顯的展示出介係詞片語在英文中的使用情形，特別是長句子中一定有相當的比例是介係詞片語。

4. 生字、生字

上面的解讀還有3個生字未解決： metric, criterion, epidemiology。

首先，epidemiology 從字尾的 –ology，可以判斷這是指某一門學問；先就這樣子，有需要的再去詳查。

再來看 metric，從“-ic”這個字尾可以判斷這可能是個形容詞，表示「和甚麼有關」，例如：academic, critic, ethic……等；這個字和 meter 有關，在科學和工程界有許多測量的儀器的名稱都有“meter”，如：barometer, centermeter, kilometer, odometer, thermometer……等，由此類推，可以判斷 meter 和 metric 都是和測量有關的字。在本句子中，從 the central metric 可見，metric 在這裡是當名詞用。

最後，criterion 這個字在學術界是常見到的，表示「用以判斷的標準」。

> **2** Although most of the research articles you encounter will be discarded after looking at the article, reading the abstract, or simply skimming the text, there will be some that are directly relevant to your research interests and deserve careful reading[2] (p. 66).

這一句話共有 40 個字，初步掃描看到有 3 個逗點和 2 個對等連接詞：1 個 or 和 1 個 and。而對等連接詞 or 是跟在 1 個逗點之後，這就值得我們先去確認一下，這個 or 之前的逗點和它之前的 2 個逗點，是否就是通常連接 3 樣東西時的用法。我們就先從這裡下手：

1. 先刪除枝節以簡化句子

(1) 將對等連接詞所連接的東西全部圈起來

先從最後面的開始，and 的後面是 deserve，是個動詞，所以，去前面找個動詞，看到 are，因此，and 是連接二個動詞： are 和 deserve。

2 本文摘自 Gravetter & Forzano (2012), Research Methods for the Behavioral Sciences, 4th edition, Wadsworth, Cengage Learning.

接著看 or，是跟在一個逗點之後，要先確認這是不是常見到的，連接3項以上東西的用法。

or 的後面是simply skimming，simply 是個副詞，不太可能是連接2或3個副詞（這就是經驗），很可能是 skimming，這是個動詞加上 –ing 形式的字，所以，去前面找同樣形式的加上 –ing 的字，看到 looking......, 還有 reading......,，因此，可以確認or 是連接3 個加上 –ing 的字： looking......, reading......, or skimming......。此刻還無法判斷這3 個加上 –ing 的字是動名詞還是現在分詞，先暫且不管。

經過這一步驟後，這個句子就簡化成：

Although most of the research articles you encounter will be discarded after (looking......, reading...... or simply skimming......), there will be some that (are......and deserve…).

(2) 介係詞片語（劃底線的字組）

Although most of the research articles you encounter will be discarded after (looking......, reading......, or simply skimming......), there will be some that (are......and deserve......).

經過這個步驟，我們可以清楚地看到二個現象：

① 前半段是 Although most ____ you encounter will be discarded

② after 這個介係詞後面跟著的是 looking，上面我們已經知道，對等連接詞or 是連接3 個加上 –ing 的字： looking......, reading......, or skimming......。因此，我們確定這些都是介係詞after所引導的一個介係詞片語，而looking, reading, skimming 這3個字，因爲是跟在介係詞 after 後面，所以是動名詞。

因此，我們可以確定，Although 開始的這一段話是一直到 there 之前的哪個逗點。

(3) 逗點

前面解決對等連接詞or時知道，or 之前的2個逗點和 or 一起連接了3樣東西；剩下來的一個逗點，就是Although 開始的這一段話的結尾，以區隔Although 開始的這一段話和後面的那一段話。

到此，這句話的基本架構就是：

Although......, there (are...... and deserve......).

(4) 子句

先解決最明顯的： 經過前面的2個步驟後，我們知道，對等連接詞 and是連接二個動詞，而這二個動詞是跟在 that 之後，這很符合子句的一個變化的用法：「引導子句的字兼做子句的主詞」，因此可以判斷，that (are...... and deserve......)是一個子句。而這個子句是跟在 some 這個字後面，應該就是形容詞子句來形容 some這個字。

接著，在前半段的 Although most ____ you encounter will be discarded，我們看到前面有 you encounter，後面緊跟著 will be discarded，後者很明顯的是個被動式的動詞，那是否看得出來，它是否有個主詞？若有，是哪個字？

爲了釐清，我們先將介係詞片語還原：

Although most of the research articles you encounter **will be discarded**

我們看到 the，因此一定有一個名詞，就是：the research articles；有沒有可能是 will be discarded 的主詞？如果不確定，那就要給這個被動式的動詞找到一個相關的主詞。如果找不到，那就先假定the research articles will be discarded 是Although 所引導的這一段話的主詞和動詞。

所以，you encounter 只有一個可能：是一個子句，這就是大家熟悉的 「省略了 that 的子句」。

這個Although 所引導的子句，和後面的一段話 there will be….用逗點隔開，這是一個典型的附屬子句的用法，因此，可以判斷這是一個副詞子句，用來說明主要子句是在怎麼樣的條件或狀況下成立的。

接著，就看到插在 the research articles 和 will be discarded 之間的 you encounter。看這2個字，跟在 the research articles 後面，和這個名詞有沒有關係？（如果沒有關係，那是和這段話中的哪一個字有關係？）。接著，看 you encounter 這2個字，像不像是一個「主詞＋動詞」這樣的東西？

當我們看到一段話中接連出現二個「疑似」「主詞＋動詞」這樣的東西，我們可以假設，其中有一個可能是一個「省略了 that 的子句」，就是 you encounter，形容它前面的名詞the research articles，故這是個形容詞子句。

2. 確定句子的「主要結構」（主詞+動詞）

根據經驗，我們知道Although 開始的這一段話不會是句子的重點所在，句子的重點是在後面的那一段話：

there will be some that (are...... and deserve......)

所以，這個句子的主要結構就是剩下來的： there will be some

意思是：會有一些。

3. 將之前刪除的逐一還原

(1) there will be some that are directly relevant to your research interests and deserve careful reading.

意思是： 會有一些是和你的研究興趣直接地（生字），而且值得仔細的閱讀。

(2) Although most of the research articles (　) will be discarded, there will be some that are directly relevant to your research interests and deserve careful reading.

意思是：雖然多數的研究文章會被（生字），會有一些是和你的研究興趣直接地（_生字_），而且值得仔細的閱讀。

(3) Although most of the research articles you encounter will be discarded, there will be some that are directly relevant to your research interests and deserve careful reading.

意思是： 雖然多數的你（生字）的研究文章會被（生字），會有一些是和你的研究興趣直接地（生字），而且值得仔細的閱讀。

(4) Although most of the research articles you encounter will be discarded after looking at the article, reading the abstract, or simply skimming the text, there will be some that are directly relevant to your research interests and deserve careful reading.

意思是： 雖然多數的你（生字）的研究文章在瞄過文章、讀過摘要或是僅僅瀏覽過文字後，會被 （生字），會有一些是和你的研究興趣直接地（生字），而且值得仔細的閱讀。

4. 生字、生字

上面的解讀還有3個生字未解決：encounter, discarded, relevant。我們來試試看是否可以從上下文中的關連性來理出一點頭緒。

先從比較明顯的下手：最後一個 relevant，它的全文是：that are directly relevant to your research interests and deserve careful reading。

首先，請注意介係詞 to，意思是：「和你的研究興趣直接地___」，接著，請注意下文是：「值得仔細的閱讀」。這二個線索連起來，directly relevant 是甚麼意思應該呼之欲出了吧。

接著，most of the research articles you encounter，前面分析過，you encounter 是一個形容詞子句，形容 the research articles，而 encounter 是這個子句的動詞。這裡可以轉換成一個很簡單的填空題：你____過的研究文章，依據常識，這個空格裡可以填的字應該是相當明確的。

最後，will be discarded，這個字不像前面2個有直接的線索，這個字要連著整個句子的上下文，連貫性才好解，至少，我們知道這是一個被動的語態 （be 動詞 + 過去分詞）；大意是： 雖然多數的你（生字、動詞）的研究文章在瞄過文章、讀過摘要或是僅僅瀏覽過文字後，會被（生字、被動的動作），會有一些是和你的研究興趣直接地（生字、形容詞），而且值得仔細的閱讀。

請注意Although 的用法，這類似我們中文的「雖然，但是」的用法，而這句話的後段是說「仍然有一些是和你的研究興趣直接地相關的且值得仔細的閱讀」，那麼前面Although 所引導的不就是表達和後段相反的意思？

後段說：「值得仔細的閱讀」，那麼前段所表達的不就是相反的意思？那麼，will be discarded 可能是甚麼意思？是不是有一個可判斷的方向了？

3

Using or even proposing approximate formulations for the emission current (or diode saturation current) and the ideality factor, as in, would be possible, but this would require detailed extensive analyses taking into account the specific near-field radiation absorption regime[3] (p. 5-6).

這個取自電機工程的句子有 40 個字，第一眼的掃描，看到這個句子有 3 個逗點和 4 個對等連接詞；另外一個特色是，介係詞片語不多，還是按部就班分段。

1. 先刪除枝節以簡化句子

(1) 介係詞片語（畫底線部分）

Using or even proposing approximate formulations <u>for the emission current (or diode saturation current) and the ideality factor</u>, as <u>in refs</u>[37,38], would be possible, but this would require detailed extensive analyses taking <u>into account</u> the specific near-field radiation absorption regime.

這個句子中，介係詞片語共有16個字，占全句的40%。其中 for 開頭的這個片語，因為中間有2個對等連接詞：or & and，這2個連接詞所連接的都是在這個介係詞片語中的，所以比較長。

最後的介係詞片語，因為taking into account 是大家都熟悉的這3個字一起使用的，所以，如果知道這3個字這樣的用法，可以保留；如果不熟悉，還是將<u>into account</u>當成介係詞片語刪除也可以。

(2) 對等連接詞

這個句子中共有4個對等連接詞：or, or, and, but。我們就逐一確認每一個連接詞所連接的是甚麼。

第一個是很簡單就能分辨的：or 連接 Using 和 proposing。

第二個是包在括號內的 or，or 的後面是 saturation current，前面就有一個同樣形式的字組： the emission current，即使筆者不懂這2個專業詞彙的意思，但是，看得出這2個專業詞彙是同樣的形式（都在講某種和 current 有關的東西）。

3 Blandre, Etienne, Chapuis, Pierre-Olivier & Vaillon, Rodolphe (2017). High-injection effects in near-field thermophotovoltaic devices. Nature, scientific reports, 7: 15860. DOI:10.1038/s41598-017-15996-0.

第三個是 and，它的後面是 the ideality factor，是名詞；前面也有個名詞：the emission current。所以，and連接的是：the emission current (or diode saturation current) and the ideality factor。

最後一個是 but，它的後面是 this would require，很明顯是一個句子（有主詞＋動詞），所以，but 連接的是2個「主詞＋動詞」這樣的字組。這整個句子是由2個句子所組成的。

(3) 標點符號

這個句子共有3個逗點，其中2個用在：, as in refs[37,38],，應該就是插進這一個補充說明的段落，而其中的refs[37,38]，是寫論文時標記參考資料的編號 (refs = references)。

第3個逗點出現在 but 前面，上面討論對等連接詞時知道，but 是連接2個句子，因此，這個逗點應該就是區隔這2個句子用的。

經過這樣分解後，這個句子的基本架構是：

Using or even proposing approximate formulations ____ would be possible, but this would require detailed extensive analyses taking into account the specific near-field radiation absorption regime.

2. 確定句子的「主要結構」（主詞+動詞）

這個句子的主要結構就是：

Using or even proposing approximate formulations ____ would be possible, but this would require。前面的句子的主詞是： Using or even proposing approximate formulations，動詞是： would be；but 後面的句子的主詞是： this，動詞是：would require。

意思是： 使用或甚至於提議 approximate formulations[4]將是可能的，但是這就需要。

3. 將之前刪除的逐一還原

(1) Using or even proposing approximate formulations _____ would be possible, but this would require <u>detailed extensive analyses taking into account the specific near-field radiation absorption regime</u>.

4 術業有專攻，專業的詞彙還是留給專業人士去詳解。

意思是： 使用或甚至於提議 approximate formulations 將是可能的，但是這就需要詳細、廣泛的分析，且納入特定的near-field radiation absorption regime[5]。

(2) Using or even proposing approximate formulations for the emission current (or diode saturation current) and the ideality factor, as in refs[37,38], would be possible, but this would require detailed extensive analyses taking into account the specific near-field radiation absorption regime.

意思是：爲了the emission current（或者 diode saturation current）還有 the ideality factor而使用或甚至於提議approximate formulations 將是可能的，但是這就需要詳細、廣泛的分析，且納入特定的near-field radiation absorption regime。

這個句子的結構其實很簡單，就是2個句子用 but 連接起來。經過分段的步驟，讓我們看清楚句子的基本架構，也讓我們瞭解每個段落的功能，還有段落間的關係。掌握了這些就能知道句子的大意，至於句子中那些專業的詞彙，就像填空題的空格，留給有需要知道的人自己去填補。

4

This relationship, called the **Stefan-Boltzamann law** after Josef Stefan (1835-1893) and Ludwig Boltzmann (1844- 1906), who derived it, states that all objects with temperatures above absolute zero (0 K or -273 ℃) emit radiation at a rate proportional to the fourth power of their absolute temperature[6] (p. 38).

這個句子長達 46 個字，乍看很嚇人，但是，其中絕大部分的內容都是補充說明，會分段就很容易看出重點了。最醒目的是句子中使用了 3 個逗點 ，將句子分成了 4 段。

5　同樣的留給專業人士去詳解。

6　Ahrens, C. Donald (1994). Meteorology Today. MN, West Publishing Company.

1. 先刪除枝節以簡化句子

(1) 介係詞片語（畫底線標示）

This relationship, called the **Stefan-Boltzamann law** after Josef Stefan (1835-1893) and Ludwig Boltzmann (1844- 1906), who derived it, states that all objects with temperatures above absolute zero (0 K or -273℃) emit radiation at a rate proportional to the fourth power of their absolute temperature.

光是介係詞片語就占了這個句子的2/3，剩下來15個字：

This relationship, called the **Stefan-Boltzamann law**, who derived it, states that all objects emit radiation.

(2) 標點符號區隔出來做補充說明用的字組

這個句子的3個逗點將句子分成了4段；遇到這種情形，只要問： 這一段會不會是「主要結構」所在？如果不是，就有可能是做補充說明用的，先跳過。

首先看到的是：, called the **Stefan-Boltzamann law**，仔細看這段引頭的字called，這是明顯的分詞片語的用法，就是做補充說明用的。

跟在它後面的是： , who derived it，這更是明顯的做補充說明用的。

這2個字組，完全不像是可以獨立存在的片段，所以，這2段可以先跳過去，這句就剩下清晰的基本架構：

This relationship states that all objects emit radiation.

(3) 子句

首先，最明顯的是：, who derived it,，這個就是在「簡易文法」中介紹過的子句的一個變化的情形：引導子句的字 (who) 兼做這個子句的主詞，derived 就是這個子句的動詞；而這個子句的前面和後面各有一個逗點，很有可能這個子句是個補充說明的片段。

再加上這個子句引導的字是 who，因此，可以判斷這個子句的功能是補充說明前面提到的人；回去看剛才刪除掉的這個子句前面的介係詞片語：after Josef Stefan (1835-1893) and Ludwig Boltzmann (1844- 1906)，這是2個人名。所以，, who derived it, 這是個形容詞子句，來進一步說明這2個人。

因此，這個介係詞片語可以延伸爲：after Josef Stefan (1835-1893) and Ludwig Boltzmann (1844- 1906) , who derived it,。

這個句子精簡爲：This relationship states that all objects emit radiation. 這個子句的主要結構已經呼之欲出了。

接著，看到 that all objects emit radiation，這是一個很標準的子句： that 引導子句，all objects 是主詞，emit 則是動詞，radiation 是動詞的受詞。這個子句跟在 states 後面，可能有人還無法判斷states 在這裡是個複數的名詞，還是動詞，就先按下不論。

如此之後，這個句子進一步精簡爲：This relationship states.

看起來，states 只有一個可能：當這個句子的動詞；如此，那個that all objects emit radiation 就是一個名詞子句，當動詞 states 的受詞。

2. 確定句子的「主要結構」（主詞+動詞）

經過上面的2個分段步驟，這個句子的主要結構很清楚了：

This relationship states.，所以，這個句子的主詞和動詞很容易分辨。

意思是：這個關係表明（陳述）……。

3. 將之前刪除的逐一還原

(1) This relationship states that all objects emit radiation.

意思是：這個關係表明所有的物體都（生字，動詞）輻射。

(2) This relationship, called the **Stefan-Boltzamann law**, who derived it, states that all objects emit radiation.

意思是：這個關係，又稱之**Stefan-Boltzamann**定律，是他們所導出來的，表明所有的物體都（生字，動詞 輻射。

(3) This relationship, called the **Stefan-Boltzamann law** after Josef Stefan (1835-1893) and Ludwig Boltzmann (1844- 1906), who derived it, states that all objects with temperatures above absolute zero (0 K or -273℃) emit radiation at a rate proportional to the fourth power of their absolute temperature.

意思是： 這個關係，又稱之**Stefan-Boltzamann**定律，以Josef Stefan (1835-1893) 和 Ludwig Boltzmann (1844- 1906) 而命名，是他們所導出來的，表明

所有的物體溫度高於絕對零度(0 K or -273℃)時都以他們絕對溫度的4次方的速率來（生字，動詞）輻射。

4. 生字、生字

前面談到子句中的動詞是emit，這個字雖然不常見，但是，如果耐性配合上下文來看that all objects emit radiation，可以協助解讀emit 的關鍵是 radiation。

radiation 這個字比較常見，和它相關的字有：radio, radiate, radius, radial, radioactive, radioactivity 等；大家對radio 和 radius這2個字應該最熟悉，而radioactive, radioactivity 這2個字是和原子彈與核能有關的新聞會看到的，如果你試著想想這些字共同的特性，可以發現，這些字共同的地方都是「從中心向四方四散」。所以radio是指「向四方發送的無線電波」[7]，radius是「從中心到邊緣的距離」，radioactive就是「有向四方散放的特性的」。

因此，radiation 這個字是 「向四方散放的東西」，字典解釋為「放射線」；所以，emit radiation 的意思是「散放、發射」放射線。

5

Since initial values for U are known only on the line segment OF, Fig. 4.1, where $0 \leqq x_R \geqq 1$, it follows that the solution is defined only in the region bounded by, and including, the terminal characteristics $y^2 = 2x$ and $y^2 = 2(x - 1)$[8](p. 177).

這個談數學公式的句子有 46 個字，初步掃描時最醒目的，除了數學公式外，是有 5 個逗點，另外，有 2 個對等連接詞 and。這 5 個逗點已經足以讓我們看出來整個句子的基本架構，那就從這裡開始吧。

1. 先刪除枝節以簡化句子

(1) 介係詞片語（畫底線標示）

Since initial values for U are known only on the line segment OF, Fig. 4.1, where $0 \leqq x_R \geqq 1$, it follows that the solution is defined only in the region bounded by, and including, the terminal characteristics $y^2 = 2x$ and $y^2 = 2(x - 1)$.

7 如果你對 radio 還死守著「收音機」的解釋，無法試著思考 radio 和 radius 這 2 個字共同的地方，你學習英文不易突破瓶頸。

8 Smith, G. D. (1985). Numerical Solution of Partial Differential Equations: Finite Difference Methods, third edition. New York, Oxford University Press.

介係詞片語占了全句的52%。奇怪的是 in 開頭的這一個，各位一定覺得疑惑，爲何in 開頭的這個介係詞片語一拉這麼長？

這個介係詞片語本來是in the region，然而，跟在它後面的是 bounded by，這個字是個「過去分詞」，是當形容詞說明它之前的the region；而這個 bounded by 後面接著的the terminal characteristics… 則是當 bounded by 這個動作的受詞，這是相關的字組，所以，這個介係詞片語就一直到句尾了。

這個例子說明：看到in the region bounded by，能不能看出來 bounded是「過去分詞」，而不是過去式的動詞，很多人會歸罪於「文法不好」，眞正的原因是閱讀經驗欠缺，看到實際的句子時不知如何從種種線索來判斷[9]。

(2) 將對等連接詞所連接的東西全部圈起來

有2個對等連接詞 and，先看最後一個 and，它的後面是：$y^2 = 2(x-1)$，很明顯的，這個 and 連接的是2個公式：$y^2 = 2x$ and $y^2 = 2(x-1)$ 。

接著看第一個 and，這個很有意思： , and including,，很明顯的，這2個字是做爲一個插進句子中補充說明的用法。

它的後面是 including，看起來是個分詞：到前面去找另一個分詞，就在 and 的前面： bounded。這個 and 連接的是2個分詞：bounded by, and including,。

因此確認了，這2個 and 都是在 in 開頭的介係詞片語的內容。

(3) 標點符號區隔出來做補充說明用的字組

5個逗點將這個句子分成了6段，其中有3段可以明顯的看出是插進句子中補充說明的：① , Fig. 4.1,；② , where $0 \leqq x_R \geqq 1$,；③ , and including,。

①和②都是補充說明之前的 Since initial values for *U* are known only on the line segment *OF*，而③已經確認是補充說明in the region bounded by。

(4) 子句

本書前面的「簡易文法」介紹子句時，提到辨認子句要依據特徵。我們在這個句子中可以看到3個符合子句特徵的字組（引導的字粗體標示，子句的主詞＋動詞以底線標示）：

9 收聽和閱讀英文經驗不足的同學可能無法瞭解為何如此認定，這真的是「功力」的問題；補救之道不是讀文法，而是多聽和多讀。本書前面幾章一再強調的就是如何建立「功力」。

Since initial values for U are known only on the line segment OF

where $0 \leqq x_R \geqq 1$（口語陳述公式時還是會說出主詞＋動詞）

that the solution is defined only in the region bounded by, and including, the terminal characteristics $y^2 = 2x$ and $y^2 = 2(x-1)$

所以，這個句子的基本架構是：Since......, it follows that......。

2. 確定句子的「主要結構」（主詞+動詞）

經過上面的4個分段步驟，這個句子的主要結構很清楚了：it follows......

主詞是：it，動詞是：follows。

意思是：那麼接下來是。

3. 將之前刪除的逐一還原

(1) it follows that the solution is defined only in the region.

意思是：那麼接下來是這個解答是由這個區域來界定的[10]。

(2) it follows that the solution is defined only in the region bounded by, and including, the terminal characteristics $y^2 = 2x$ and $y^2 = 2(x-1)$.

意思是：那麼接下來是這個解答是在這個被終端特性 $y^2 = 2x$ and $y^2 = 2(x-1)$ 所限制的區域來界定的。

(3) Since initial values for U are known only on the line segment OF, it follows that the solution is defined only in the region bounded by the terminal characteristics $y^2 = 2x$ and $y^2 = 2(x-1)$.

意思是：既然U的最初價值只在OF的線段上才知道，那麼接下來是這個解答是在這個被終端特性 $y^2 = 2x$ and $y^2 = 2(x-1)$ 所限制的區域來界定的。

(4) Since initial values for U are known only on the line segment OF, Fig. 4.1, where $0 \leqq x_R \geqq 1$, it follows that the solution is defined only in the region bounded by, and including, the terminal characteristics $y^2 = 2x$ and $y^2 = 2(x-1)$

意思是：既然U的最初價值只在OF的線段上才知道，如圖表 4.1 所示 $0 \leqq x_R \geqq 1$，那麼接下來是這個解答是在這個被終端特性$y^2 = 2x$ and $y^2 = 2(x-1)$ 所限制也包含的區域來界定的。

10 這裡只用淺顯的中文說明大意，不是在精準翻譯句意，所以不是專業的用語。

4. 生字、生字

這個句子中沒有甚麼生字。但是，好幾個常見的字如：initial values，line segment, terminal characteristics 等，應該都有專業的用法，語文程度不好的，或是像筆者欠缺這種專業的人閱讀時，如果要硬翻譯成通順、專業的中文是很吃力的。筆者是靠著英文底子夠，可以依據這些字一般的用法來掌握大意。也就是說，先求掌握大意比較實在。之後才可能期望通順的中文意思。

6

Thus from Equation (1.5.1) we see that $E[X]$ is a weighted average of the conditional expected value of X given that $Y = y$, each of the terms $E[X|Y = y]$ being weighted by the probability of the event on which it is conditioned[11] (p. 16).

這一句話摘自統計學的教科書，雖然長達 44 個字，掃描時看見句子中只有 1 個逗點，除此之外，沒有甚麼很明顯的分段線索。而進一步的觀察發現，其中有不少的介係詞片語，就先從這個最基本的特徵著手。

1. 先刪除枝節以簡化句子

(1) 介係詞片語

Thus from Equation (1.5.1) we see that $E[X]$ is a weighted average of the conditional expected value of X given that $Y = y$, each of the terms $E[X|Y = y]$ being weighted by the probability of the event on which it is conditioned.

這個句子刪除掉這7個介係詞片語後，剩下來的十幾個字中已經可以看出這個句子的基本架構了；科技文章中這樣子的大量使用介係詞片語很常見。

其中有2個介係詞片語有必要說明一下：

of the conditional expected value，這裡的 conditional 和 expected 這2個都是形容詞來形容 the value；

of the terms $E[X|Y = y]$being weighted，being weighted 是一個進行式的被動語態，來形容之前的the terms $E[X|Y = y]$；這個所謂的「進行式的被動語態」，是爲了滿足二個需要：①首先，這個字要擔任形容詞的功能，

11 Ross, Sheldon M. (1983). Stochastic Processes. NJ: John Wiley & Sons.

而且要表達這個動作是被動發生的，就需要一個「過去分詞」，在這裡是 weighted（同樣這一句中的 given that $Y = y$ 也是同樣的用法）；②同時要表達這個動作是進行中的，就需要一個現在分詞 (V + ing)。

解決的方法，就是在 weighted 前面加上一個 being，如此就滿足了上面的二個需要。

最後，on which it is conditioned，這個介係詞片語包含了一個子句，這個等到了子句那一節再說明。

(2) 標點符號

這句子中只有1個逗點，經過前面標出介係詞片語後，這個句子的基本架構就很清楚了：

Thus _____ we see that $E[X]$ is a weighted average ____ given that $Y = y$, each ____.

誰都看得出來，each 開頭的這一段話是一個補充說明的用法。這句話的主要結構是在第一段。

(3) 子句

這個句子中共有3個子句：① that $E[X]$ is a weighted average；② that $Y = y$；③ on which it is conditioned。

①和 ② 都是 that 引導的子句，② 在前面第三個例子看過同樣的用法：where $0 \leqq x_R \geqq 1$，這種結合語言和數學符號的用法，在口語唸時仍是有主詞和動詞的子句。

第三個子句比較麻煩些：on which it is conditioned，這種形式的來源，是因爲那個介係詞在表達這個形容詞子句和被它修飾的字之間的關係，簡單講，如果將這個形容詞子句和被它修飾的字寫成一個簡單的直述句，是這樣子：

It is conditioned **on** the probability of the event.，請注意句子中的 on（粗體字）。現在是因爲要將主從的關係顚倒，將原本的主角寫成一個形容詞子句來修飾原本的配角，就成了： on which it is conditioned。

再看2個例子：

I stayed in the house. I watched the sea from the house.

→ I stayed in the house from which I watched the sea.

She got in the car. She changed her shoes in the car.

→ She got in the car in which she changed her shoes.

2. 確定句子的「主要結構」（主詞+動詞）

這一句話的主要結構，經過上面的分段步驟後就很容易看出來了：we see。

意思是：我們看見。

3. 將之前刪除的逐一還原：

(1) we see that $E[X]$ is a weighted average of the conditional expected value of X given that $Y = y$

意思是：我們看見假設$Y = y$時，$E[X]$是X有條件預期值的一個加權平均[12]。

(2) Thus from Equation (1.5.1) we see that $E[X]$ is a weighted average of the conditional expected value of X given that $Y = y$, each of the terms $E[X \mid Y = y]$ being weighted by the probability of the event.

意思是：因此從方程式(1.5.1)，我們看見假設$Y = y$時，$E[X]$是X的有條件的預期值的一個加權平均，$E[X \mid Y = y]$的每一個項目都依據事件發生的機率而加權。

(3) Thus from Equation (1.5.1) we see that $E[X]$ is a weighted average of the conditional expected value of X given that $Y = y$, each of the terms $E[X \mid Y = y]$ being weighted by the probability of the event on which it is conditioned.

意思是：因此從方程式(1.5.1)，我們看見假設$Y = y$時，$E[X]$是X的有條件的預期值的一個加權平均，$E[X \mid Y = y]$的每一個項目都依據事件導致每一個項目發生的機率而加權。

筆者這個門外漢無法精確解讀 terms 在這個領域的意思，因此，就留給專業人士去完成精準、完整的解釋。

12 這裡的解釋，當然只是作者這個不同專業的人依據有限的知識做的臨時翻譯，重點是抓出了句子的大意。

4. 生字、生字

首先，句子中有個字terms，各位查英漢字典會看到一些不相干的意思：用語、術語、期限或條件等等。遇到這種情形時，要先想想見過的實例。各位可能見過 in terms of, the term "XX" means.....或是the term of this buyout includes......這樣的例子，通常用於嚴肅的討論時。這個用法延伸的還有：They are on good terms. 或是They have come to terms.。各位可能也看過：in the President's first term......, in a short term 等表示「任期、期限」的意思。

我們試著從上下文來看：each of the terms $E[X]$，請注意 (1) term + s，是複數；(2) each of 是指每一個；(3)一個定冠詞the。看起來，the terms 應該是和後面的公式中的幾個符號有關，所以，可以確定這個terms的意思應該是和「用語、術語或條件」有關的。

此外，句子最後的子句中有個 it，很多人習慣性地將這個字解成「它」，就不管了，這是很糟的習慣。既然文法稱這個字爲「代名詞」，就要弄清楚，它是代表那個名詞？前面才看到each of the terms，那麼，這個each和 it 有沒有關係？

先就字面看，都是指一個東西；接著，it 所在的子句是修飾the probability of the event，而這個片語又是在說明每一個「用語、術語或條件」是用這種方式被加權的。因此，可以判斷，這個和所指的應該是相關的東西。

由此可見，解讀句子時，文法必須配合句子的上下文意才能準確解釋。光憑字義或是「句型分析」是不可能完成的。

7

As an application of the above analysis, we shall derive the *skin effect*, which says that, for sufficiently high frequencies, the current flowing through the circular wire at radius *r* is small compared with the total current, even for *r* nearly equal to R[13] (p. 317).

初步掃描，看到這個 44 個字的工程數學的句子中有 5 個逗點，將句子分成了 6 段。逐段來看，第一段 "As an application of the above analysis," 第四段 ", for

13 O'Neil, Peter (1987). Advanced Engineering Mathematics, revised by Miaou, S.G.. Wadsworth Publishing Company.

sufficiently high frequencies,” 和最後一段 “, even for *r* nearly equal to R” 這三個用逗點隔開的片段，很明顯的不像是有個主詞 + 動詞的結構；也就是說，這種很明顯的只是修飾語功能的片段，可以在第一時間就略過。

我們就先從剩下的 2 段話（因為句子中 , for sufficiently high frequencies, 被跳過，它前後的二段就合併成一段話了）來解讀。

1. 先刪除枝節以簡化句子

上面掃描時已經先勾出了三個明顯是當修飾語的片段，這個句子剩下：

we shall derive the *skin effect*, which says that the current flowing through the circular wire at radius *r* is small compared with the total current

(1) 介係詞片語 （劃底線的）

we shall derive the *skin effect*, which says that the current flowing through the circular wire at radius r is small compared with the total current

(2) 標點符號區隔出來做補充說明用的字組

掃描時已經順便分段和略過了三個片段，剩下來二段話，我們看到：“, which says that......” ，有經驗的可以看出來，這是個明顯的修飾用的子句。

(3) 子句

上面在解決逗點時已經順便認出了，第二段話是一個修飾用的子句，何以見得？因為，我們可以清楚地看到子句的二個特徵：which says，引導子句的 which 兼做這個子句的主詞[14]，says 就是這個子句的動詞。而 which says 則因為 “, which says......” 這樣的修飾語的用法，可以確定這是個形容詞子句，形容它之前的 the *skin effect*。

緊接著 which says，我們又看到 that......這樣的字組，有沒有可能是 says 的受詞？

省略掉了介係詞片語後的句子是：

we shall derive the *skin effect*, which says that the current flowing is small compared，可以看到很醒目的 is，這應該就是子句的動詞，而 the current (flowing 是現在分詞用來形容 current)就是這個子句的主詞，因此，可以確

14 如果不熟悉，請翻到前面「簡易文法」再複習子句的那一章。

定，that the current flowing is small 這也是個子句，當子句 which says 的受詞，所以，這個子句是名詞子句。

跟在 is small 後面的 compared，這不可能是過去式的動詞（子句已經有動詞 is），所以，這是個過去分詞；是用來形容前面提到的the current flowing…。而 compared這個字通常是和 with 引導的介係詞片語連著用的。

綜合上面的分解，我們看出來了 “, which says…” 這個子句一直延伸到句子的結尾。

2. 確定句子的「主要結構」（主詞+動詞）

經過前面的二個解讀的步驟，這個句子的主要結構已經清晰可見： we shall derive the *skin effect*。主詞是 we，動詞是 shall derive，the *skin effect*是受詞。

意思是： 我們將可得到表皮效應[15]。

3. 將之前刪除的逐一還原

(1) we shall derive the *skin effect*, which says that the current flowing is small.

意思是： 我們將可得到表皮效應，這表示通過的電流量是小的。

(2) we shall derive the *skin effect*, which says that the current flowing through the circular wire at radius *r* is small compared with the total current.

意思是：我們將可得到表皮效應，這表示通過半徑爲*r*的環狀線圈的電流量和全體的電流量比是小的。

(3) As an application of the above analysis, we shall derive the *skin effect*, which says that, for sufficiently high frequencies, the current flowing through the circular wire at radius *r* is small compared with the total current, even for *r* nearly equal to R.

意思是：做爲上述分析的一個應用，我們將可得到表皮效應，這表示，只要足夠高的頻率，通過半徑爲*r*的環狀線圈的電流量和全體的電流量比是小的，即使*r*幾乎等於R。

這裡請注意最後一個修飾語：, even for *r* nearly equal to R，大家都知道 even 的意思，不過，請注意這段話和前面的逗點搭配的修飾語的用法，藉此加深對修飾語這種「額外補充說明」的印象。

15 這只是暫時的翻譯，專業的譯名請到專業學科的教室去問。

4. 生字、生字

"current" 和 "flow" 這2個字很常見，英文在描述電及水的流量時都會用到這2個字。原因很簡單，當初在發明電力時，爲了描述電力的現象，就借用了水力方面的字。同樣的例子還有 plug，用在水有關的是「拿東西堵塞漏水孔」這樣的動作，在電力有關的則是「電器的插頭插入插座」這樣的動作。想想看，這二個動作是否相似？從這個角度去思考，就容易理解爲何同一個英文字，中文解釋卻如此地風馬牛不相干。

還有一個例子，電池的電力，有的美國人在口語上喜歡用 "juice" 這個字來表示，也是借用液體的字來表示電力。

8

For the solution of problems involving no impulsive forces, it will usually be found that the equation $\Sigma \mathbf{F} = m\mathbf{a}$ yields a solution just as fast as the method of impulse and momentum and that the method of work and energy, if it applies, is more rapid and more convenient [16](p. 826).

這個動力工程的句子共有 51 個字，初步掃描看見有 3 個逗點和 4 個 and；此外，還看到一個熟悉的 as fast as，這種字的使用模式一定是：A is as fast as B；所以，這又是一個額外的分段線索。

1. 先刪除枝節以簡化句子

(1) 介係詞片語（劃底線的）

<u>For the solution</u> <u>of problems involving no impulsive forces</u>, it will usually be found that the equation $\Sigma \mathbf{F} = m\mathbf{a}$ yields a solution just as fast as the method <u>of impulse and momentum</u> and that the method <u>of work and energy</u>, if it applies, is more rapid and more convenient.

分介係詞片語順便也解決了2個 and，因爲太明顯了。此外，開頭的第二個介係詞片語 of problems 後面的 involving 是用來修飾、說明problems，所以，這是個現在分詞，因此，這個介係詞片語就一直延伸到 forces。4個介

16 Beer, Ferdinand P. B., Johnston, E. Russell Jr. & Clausen, William E. (2004). Vector Mechanics for Engineers: Dynamics, 7th edition. NY: McGraw Hill.

係詞片語共17個字，剛好是這個句子的1/3。

(2) 標點符號區隔出來做補充說明用的字組：

經過分隔介係詞片語後，這個句子的3個逗點也很清楚了： 第一個是隔開句子開頭的介係詞片語；而第二和第三個逗點，則是隔開插入句子補充說明的 , if it applies, 這3個字。於是，這個句子剩下：

it will usually be found that the equation $\Sigma\mathbf{F} = m\mathbf{a}$ yields a solution just as fast as the method ____ and that the method ____ is more rapid and more convenient.

(3) 子句

經過簡化後可以清楚看到，有2個that 引導的子句；而這2個子句又是剩下來的那個 and 所連接的。

或是，換從確認 and 所連接的方式來看，這個and 的後面是： that the method ____ is，這明顯地是一個子句，必須優先查看前面that開頭的字組。

(4) as fast as

這3個字國中生都認得，它的使用模式是：A is as fast as B，所以去辨認，A: a solution，B: the method。

經過這4個步驟後，這個句子的基本架構是：

it will usually be found that the equation $\Sigma\mathbf{F} = m\mathbf{a}$ yields A as fast as B and that the method is more rapid and more convenient.

2. 確定句子的「主要結構」（主詞+動詞）

這個句子的主要結構是：it will be found

意思是： 這將被發現。

3. 將之前刪除的逐一還原

(1) it will usually be found that the equation $\Sigma\mathbf{F} = m\mathbf{a}$ yields A as fast as B and that the method is more rapid and more convenient.

意思是： 下面事情[17]將被發現：$\Sigma\mathbf{F} = m\mathbf{a}$這個式子產生的 A 和 B 一樣快，還有，這個方法是更快速且更方便。

(2) it will usually be found that the equation $\Sigma\mathbf{F} = m\mathbf{a}$ yields a solution just as fast as

17 中英文的表達方式不同，所以，亂翻譯是學不好英文的。

the method of impulse and momentum and that the method of work and energy, if it applies, is more rapid and more convenient.

意思是： 下面事情將被發現：$\Sigma \mathbf{F} = m\mathbf{a}$這個式子產生的解決方案和脈衝與動[18]能的方法一樣快，還有，這個工作與能量的方法，如果可以適用，是更快速且更方便。

(3) For the solution of problems involving no impulsive forces, it will usually be found that the equation $\Sigma \mathbf{F} = m\mathbf{a}$ yields a solution just as fast as the method of impulse and momentum and that the method of work and energy, if it applies, is more rapid and more convenient.

意思是：針對不牽涉到impulsive forces的解決方案，下面事情將被發現： $\Sigma \mathbf{F} = m\mathbf{a}$這個式子產生的解決方案和脈衝與動能的方法一樣快，還有，這個工作與能量的方法，如果可以適用，是更快速且更方便。

18 同樣地，精準的意思留給專業人士去解。

Chapter 13
分段與結構綜合練習（二）

上一章示範了八個例子，各位對解讀的方法應該有點概念了，這一章繼續練習，以加深印象。這一章的例子，建議各位自己先做過分段，再來對照書本的講解，以驗證你熟悉的程度。

9

If we think of X as being the lifetime of some instrument, then (1.6.2) states that the probability that the instrument lives for at least $s = t$ hours, given that it has survived t hours, is the same as the initial probability that it lives for at least s hours [1](p. 23).

這一個長句子取材自統計專業，共有 51 個字。初步的掃描看到句子中有 3 個逗點將句子分成了 4 段；沒有對等連接詞。此外，句中有：the same as 這個國中生都知道的「片語」，這也是個分段的線索。解的方式可以有好幾種，畢竟長達 51 個字有點眼花，我們就從介係詞片語開始，按部就班地來解讀。

1. 先刪除枝節以簡化句子

 (1) 介係詞片語 （劃底線的）

 If we think of X as being the lifetime of some instrument, then (1.6.2) states that the probability that the instrument lives for at least $s = t$ hours, given that it has survived t hours, is the same as the initial probability that it lives for at least s hours.

 將2個 as 開頭的段落也算進去，有25個字，恰好50%。

 上面將2個 as 開頭的段落也算進去是個權宜的作法，因為 as 這個字大家都認得，可是，as 的用法從文法的角度來講有4種，在解釋意思時更多種，很容易就混淆，很多大學畢業生對這個認識很久的字還是停留在單純的層次。

 因此，從分段的角度看，建議將 as 開頭的段落也和介係詞片語一起分段，這樣子不論對閱讀的分段或是對於瞭解 as 這個字的用法都有益處。

 (2) 標點符號區隔出來做補充說明用的字組

 掃描整個句子時，這句話的3個逗點都有些醒目的特徵： 第一段的開頭是 If…，這個用法大家都常見；第二段的開頭是, then (1.6.2) states that…，表達出和第一段之間的連帶關係。

1 Ross, Sheldon M. (1983). Stochastic Processes. NJ： John Wiley & Sons.

第三段的開頭是, given......，同樣的用法在上一章的案例六見過：given that $Y=y$，也是在表達一個假設的條件；這一段話的開始和結尾都各有一個逗點，加上這句話的功能是在提出一個假設的條件，因此，可以判斷，這一段話是插進來句子中補充說明的字組。

第四段的開頭是 is......，這很明顯的是一個動詞，它的主詞隱身在前面某處，這是接下來要完成的。

僅僅這樣子的觀察，只要有點閱讀英文經驗的就可以看出來，只有第二段話有可能是這個句子的主要結構所在的地方，因爲其他三段話開頭的字所顯示的都已經排除了可能。

(3) 子句

這句話中用了好幾個子句，能夠清楚辨認出來才可能準確的解讀句意。

首先是第一段 If we think......，這是很標準的子句特徵，是副詞子句。

接著是, then (1.6.2) states that......，上面已經看出來了這一段話是這個句子的主要結構所在的地方，那麼，(1.6.2) 就是句子的主詞，而states 就是句子的動詞，如此，接著的 that......依據經驗應該就是一個名詞子句，當動詞的受詞。

進一步看這個子句：that the probability that the instrument lives，我們看到2個現象：① that the probability 這不是一個完整的子句，因爲沒有動詞；② 其中的 that the instrument lives 這又是一個that引導的子句，應該是來補充說明前面的 the probability 這個字，是個形容詞子句。

那麼that the probability 這到底是不是一個子句？我們先繼續看下去。在第三段看到：given that it has survived，前面說過given是在表達一個假設的條件，那麼that it has survived就是這個條件的內容，這也是一個that引導的子句，當given這個動作的受詞，所以是個名詞子句。

而第四段的開頭是動詞is，綜合前面已經知道的二點：①第三段話是插進句子中補充說明的；② that the probability這看起來像子句，但是缺了一個動詞。由此，我們可以認定，第四段話開頭的這個 is 是 that the probability 的動詞，這一個子句在主詞和動詞間插進了一長串的字組，不仔細分段是看不出來的。

最後一個又是that引導的子句：that it lives，是來補充說明它前面的the initial probability這個字，是個形容詞子句。

(4) the same as

這種字的用法一定是：A is the same as B，所以在長句子中遇到時，就是要確認 A 和 B 是甚麼。在這裡，可以確定，子句的動詞 is 前面的就是 A (the probability that the instrument lives for......)，而 as 後面的就是 B (the initial probability that it lives for......)。

請注意：A 和 B 的「形式對等」。

經過前面的分段，已經看出來這個句子的基本架構是：

If⋯, then (1.6.2) states that A is the same as B.。

2. 確定句子的「主要結構」（主詞+動詞）

主要結構是：(1.6.2) states

意思是：(1.6.2)表達出。

3. 將之前刪除的逐一還原

(1) If we think, then (1.6.2) states that the probability is the same as the initial probability.

意思是：假設我們認爲，接著(1.6.2)表達出這個機率和起初的機率是相同的。

(2) If we think, then (1.6.2) states that the probability that the instrument lives for at least $s = t$ hours is the same as the initial probability that it lives for at least s hours.

意思是：假設我們認爲，接著(1.6.2)表達出這個儀器可以存活至少$s = t$小時的機率和它可以存活至少s小時的起初的機率是相同的。

(3) If we think of X as being the lifetime of some instrument, then (1.6.2) states that the probability that the instrument lives for at least $s = t$ hours, given that it has survived t hours, is the same as the initial probability that it lives for at least s hours.

意思是：假設我們將X認為是某些儀器的壽命，接著(1.6.2)表達出這個儀器可以存活至少$s=t$小時（假設它可以存活到t小時）的機率和它可以存活至少s小時的起初的機率是相同的。

解讀這個句子唯一比較麻煩的地方，是that引導的子句中立即插入另一個that引導的子句，將子句的主詞和動詞分隔很遠。像這樣子的句子，會分段就能夠看得很清楚。

10

Although the conditions under which u converges to U have been established for linear elliptic, parabolic and hyperbolic second-order partial differential equations with solutions satisfying fairly general boundary and initial conditions, they are not yet known for non-linear equations except in a few particular cases[2] (p. 44).

這個談數學的句子共 45 個字，初步的掃描看到句子中有 2 個逗點將句子分成了 3 段；此外，有 2 個對等連接詞 and。

仔細看，注意到二個現象：(1) 第一段的開頭是 Although......；(2) 這 2 個對等連接詞 and 都是在第二段話中，可以判斷，這 2 個 and 應該是連接一些字，不像是連接片語或子句類的。有經驗的同學此時應該可以判斷，這句話的主要結構在哪一段話。

我們就先從這 2 個對等連接詞 and 著手。

1. 先刪除枝節以簡化句子

   (1) 將對等連接詞 and所連接的東西全部圈起來

   第一個and，它的後面是：hyperbolic，前面則是：elliptic, parabolic，請注意這3個字的結尾都是-ic，或許是巧合，但卻也符合英文講究的形式對等；因此，這個and連接的是：elliptic, parabolic and hyperbolic 這3個–ic結尾的形容詞。

2 Smith, G. D. (1985). Numerical Solution of Partial Differential Equations: Finite Difference Methods, third edition. New York, Oxford University Press.

第二個and，它的後面是：initial conditions，它的前面是：general boundary，都是名詞，所以，這個 and 連接的是：general boundary and initial conditions。

(2) 標點符號區隔出來做補充說明用的字組

經過上面的分段後，我們知道，第一個逗點其實是分隔對等連接詞and所連接的3項東西。也就是說，這個句子Although......開頭的這段話其實一直延伸到initial conditions,，這句話只有分成2段，不是剛開始掃描時以爲的3段話。

有經驗的都知道，Although......開頭的這段話不會是這句話的主要結構所在的地方，這句話的重點是在第二段話。

(3) 子句

這個句子中的子句要仔細尋找。首先，我們看到一個明顯的是：under which *u* converges to *U*，前面**案例**六介紹過了on which...... 的用法，這是同樣形式的用法，只是介係詞換成under，是形容詞子句，形容前面的the conditions。

抽掉這個形容詞子句，這一段話剩下：Although the conditions _____ have been established for......，如此，我們才清楚看到，Although......開頭的這段話也是一個子句，主詞是：the conditions，動詞是：have been established。這個子句是說明句子的主要部分是在怎麼樣的條件下成立的，所以，是一個副詞子句。

(4) 介係詞片語（劃底線標示）

Although the conditions <u>under which *u* converges to *U*</u> have been established <u>for linear (A, B and C) second-order partial differential equations</u> <u>with solutions</u> satisfying fairly (A and B), they are not yet known <u>for non-linear equations</u> except <u>in a few particular cases</u>.

這個句子共有5個介係詞片語，第一個for開頭的要特別說明一下：前面對等連接詞and所連接的3個形容詞用括號框起來，這樣子比較容易看出，這裡用了一連串的形容詞：<u>linear (A, B and C) second-order partial differential</u>，這些都是在形容、修飾 <u>equations</u>。

另外，with solutions，後面緊接著satisfying，依據經驗判斷，這應該是一個現在分詞，用來形容、說明solutions；satisfying後面又接著它這個動作（滿足）的受詞：fairly (A and B)，因此，這個with開頭的介係詞片語應該是一直延伸到這段話的結尾，也就是到逗點：with solutions satisfying fairly general boundary and initial conditions。

2. 確定句子的「主要結構」（主詞+動詞）

這個句子經過4個分段的步驟後，剩下的基本架構是：

Although the conditions have been established, they are not yet known.

主要結構是：they are not yet known，從45個字刪減到只剩這5個字。

主詞：they；動詞：are not known。

意思是：他們還不為人知道。

3. 將之前刪除的逐一還原

(1) Although the conditions have been established, they are not yet known.

意思是：雖然條件已經建立了，他們還不為人知道。

(2) Although the conditions under which u converges to U have been established, they are not yet known except.

意思是：雖然使 u 轉換成 U 的條件已經建立了，他們還不為人知道。

(3) Although the conditions under which u converges to U have been established for linear elliptic, parabolic and hyperbolic second-order partial differential equations with solutions satisfying fairly general boundary and initial conditions, they are not yet known for non-linear equations except in a few particular cases.

意思是：雖然使 u 轉換成 U 的條件已經為線性的(A, B and C)、第二順位的，而且解方能夠滿足一般的界線和起初的條件的partial differential equations[3]建立了，他們還不因為非線性的等式而為人知道，除了在少數特殊的案例中。

3 這些專業的詞彙也是一樣留給有需要的專業人士去詳解。

4. 補充說明

這一個句子中有 2 個地方值得我們關注：

(1) 國中生都知道「對等連接詞」，但許多大學畢業生還不知道，這個詞彙的精義在於「形式對等」，如這個句子中所連接的3個字都是–ic結尾的形容詞。另外，前面案例九中的the same as所連接的二個子句的結構方式也是講究形式對等。我們中文不習慣如此重複同樣的形式，但英文會講究這種形式的對等。

(2) 第一段話中：for......with......，這2個接連的介係詞片語，滿是專業的詞彙。在解讀時，不瞭解每一個介係詞片語的功能是很麻煩的，即使是Google翻譯也翻不出來的。特別是，後面的這個with......，對這個專業內容沒有一點瞭解，如何將它妥適地和前面的內容搭配是有困難的。講到文法和生字讓我們怵目驚心，但是，讓很多人深受內傷的，就是許多我們看起來簡單的東西，其實只知道一點皮毛的字、詞和用法。

11

Scientific computer models, called *general circulation models* (GCMs)—that mathematically simulate the physical processes of the atmosphere and oceans—predict that if such a warming should continue unabated, we would be irrevocably committed to some measure of climate change, notably a shift of the world's wind patterns that steer the rain-producing storms across the globe[4] (p. 43).

這句氣象學的句子有 56 個字，中間有 5 個標點符號：3 個逗點和 2 個——，將句子分割成 6 段；此外，還有 1 個對等連接詞 and，一眼可以看出來就是簡單地連接前後 2 個字。分段可以從這麼多標點符號下手，這裡還是先從刪除枝節開始。

1. 先刪除枝節以簡化句子

(1) 對等連接詞and

很容易就看出來句中唯一的and連接的東西：the atmosphere and oceans。

4 Ahrens, C. Donald (1994). Meteorology Today. MN, West Publishing Company.

(2) 介係詞片語（劃底線的字）

Scientific computer models, called *general circulation models* (GCMs)—that mathematically simulate the physical processes of (A and B)—predict that if such a warming should continue unabated, we would be irrevocably committed to some measure of climate change, notably a shift of the world's wind patterns that steer the rain-producing storms across the globe.

這個句子剩下36個字：

Scientific computer models, called *general circulation models* (GCMs)—that mathematically simulate the physical processes—predict that if such a warming should continue unabated, we would be irrevocably committed, notably a shift that steer the rain-producing storms.

這個句子的主要結構已經清楚可見了，我們還是先解決子句，這樣更清楚。

(3) 子句

掃描時可以看到有3個 that，來看看會不會是由that引導的子句。

第一個是：that mathematically simulate the physical processes，從mathematically的–ly結尾知道這個字是副詞，那麼，跟在它後面的simulate應該是動詞，於是，這個應該是「簡易文法」中介紹的「『子句』使用時的二種變化」中的一種，就是引導子句的字 that順便兼做這個子句的主詞。

接著又看到一個：that if such a warming should continue unabated, we would be irrevocably committed。這個子句有點複雜，關鍵在於許多人受到中文翻譯的習慣，在讀這樣的字組時，通常一次只專注於解讀2、3個字，沒養成先看完整段的習慣，如此支零破碎的閱讀方式，當然無法看出句子的結構。

我們如果往下讀，會看到2個值得注意的東西：a warming should continue和we would be，2個都是「主詞+動詞」。英文句子不會莫名其妙出現2套「主詞+動詞」，這就值得細看。

因此看到：if such a warming should continue unabated,，這就是一個子句；而we would be則是 that引導的子句的「主詞+動詞」。也就是說，這個that

引導的子句中間還夾了一個 if 引導的子句，而這個子句 (if......) 是個副詞子句，說明that we would be這個子句是在怎麼樣的狀況或條件下成立。而這個that引導的子句則是當動詞predict的受詞，所以，是個名詞子句。

最後一個that引導的子句是：a shift that steer the rain-producing storms，這個子句的that兼做子句的主詞，所以，that後面接著動詞steer；這個子句應該是和它之前的字a shift有關，因此，是一個形容詞子句。

(4) 標點符號區隔出來做補充說明用的字組

經過前面3個分段的步驟後，這個句子剩下：

Scientific computer models, called *general circulation models* (GCMs)—XXXX—predict XXXX, notably a shift XXXX.

第一個逗點的後面接著的是, called，這是一個補充說明用的分詞片語，前面的案例中看過好幾次同樣的用法；而這個分詞片語中又插入一個—XXXX—，因此，這個, called開頭的分詞片語是一直延伸到—XXXX—。

而最後一個逗點接著的是, notably a shift XXXX，看不出來有「主詞+動詞」這樣的結構，很明顯的也是個補充說明的片段。

於是，句子剩下：

Scientific computer models predict ____.

2. 確定句子的「主要結構」（主詞+動詞）

Scientific computer models predict ____.，主詞是： Scientific computer models，動詞是：predict。

意思是：科學化的電腦模型預測。

3. 將之前刪除的逐一還原

(1) Scientific computer models predict that if such a warming should continue unabated, we would be irrevocably committed.

意思是：科學化的電腦模型預測如果這樣的暖化不受控制地繼續下去，我們將不可避免地投入。

(2) Scientific computer models, *called general circulation models* (GCMs)—that mathematically simulate the physical processes of the atmosphere and oceans—

predict that if such a warming should continue unabated, we would be irrevocably committed to some measure of climate change.

意思是：科學化的電腦模型，稱爲*一般循環模型* (GCMs)—就是用數學模擬大氣層和海洋的物理過程—預測如果這樣的暖化不受控制地繼續下去我們將不可避免地投入某些氣候改變的手段。

(3) Scientific computer models, called *general circulation models* (GCMs)—that mathematically simulate the physical processes of the atmosphere and oceans—predict that if such a warming should continue unabated, we would be irrevocably committed to some measure of climate change, notably a shift of the world's wind patterns that steer the rain-producing storms across the globe.

意思是：科學化的電腦模型，稱爲*一般循環模型*(GCMs)—就是用數學模擬大氣層和海洋的物理過程—預測如果這樣的暖化不受控制地繼續下去我們將不可避免地投入某些氣候改變的手段，値得注意的是引導全球各地帶來雨量的暴風雨的世界的風場型態的改變。

4. 補充說明

這種帶著大量資訊的英文句子，和我們中文的使用習慣有很大的差異，因此，試圖用中文翻譯來「讀懂」這種句子是注定困難的。上面的解讀示範中，各位可以清楚看到，即使筆者已經將整個句子的結構分段得條理清楚，眞要筆者用中文解釋句子的意思時，只能先求掌握大意。不會分段的人胡亂翻譯，結果不難想像。

> **12** High-performance mechanical components that exhibit high strength **and** stiffness have found useful applications in different fields in medicine, engineering **and** technology: stronger **and** more reliable artificial bones can improve the lives of bone cancer patients; more resistant catalytic pellets can reduce costs in the production of hydrogen, ammonia **and** other industrial chemicals; the same applies to the pellets that make up the nuclear fuel in the core of nuclear power plants[5].

這個句子取自材料科學，全句共 71 個字。掃描時注意到，句子中除了 4 個 and 外，還有 5 個標點符號；其中 3 個特別醒目，就是冒號以及 2 個分號，從這二種標點符號著手，很容易就將這個看起來很長的句子分成幾段。

1. 先刪除枝節以簡化句子

 (1) 標點符號區隔出來做補充說明用的字組

 首先，冒號後面所接的文字都是接著前面的內容在詳細說明，因此，這個句子立刻可以分成2塊：在冒號之前的是主要部分，冒號之後的是接著說明的內容。

 接下來，冒號之後的文字中有2個分號；在「簡易文法」說分號也是有**對等連接**的功能，因此，冒號之後的部分被這2個分號分成了3段話：

 a. **stronger and more reliable** artificial bones **can improve** the lives of bone cancer patients

 b. **more resistant** catalytic pellets **can reduce** costs in the production of hydrogen, ammonia and other industrial chemicals

 c. the same applies to the pellets that make up the nuclear fuel in the core of nuclear power plants

 請注意第1段和第2段粗體字的部分，這2段充分展現出對等連接的特性，這2段話修飾主詞所用的形容詞都是比較級的，至於動詞都是用 can 這個助動詞；這2段話書寫的形式完全對等的。

---

5 Farsi, A., Pullen, A. D., Latham, J. P., Bowen, J., Carlsson, M., Stitt, E. H., & Marigo, M. (2017). Full deflection profile calculation and Young's modulus optimisation for engineered high performance materials. Scientific Reportsvolume 7, Article number: 46190 (2017), p. 1.

至於第3段話，不是採用完全同樣的形式 (同樣也是一個句子)，這應是作者想表達的內容不適用同樣的形式，這點留待後面再解說。

這個句子還有2個逗點，依據經驗，可能和句子中的4個 and有關聯，就流到對等連接詞那裏去解讀。

(2) 對等連接詞 and

這個句子有4個對等連接詞 and，還有2個逗點。這2個逗點都和逗點之後的 and 有關，用來表達連接3樣東西：A, B and C

in medicine, engineering **and** technology

of hydrogen, ammonia **and** other industrial chemicals

其餘的2個 and 就簡單了：strength **and** stiffness和stronger **and** more reliable。

處理到這裡，仍然無法清楚看出句子的主要結構，因爲句子中還夾雜著其他的字組，就接著來處理子句。

(3) 子句

我們注意到句子中有2個「疑似」子句的字組

that exhibit high strength **and** stiffness

that make up the nuclear fuel in the core of nuclear power plants（劃底線的是介係詞片語）

都是 that 後面接著一個動詞，就是在「簡易文法」介紹的，引導子句的字順便兼做子句的主詞，特徵就是，引導子句的字緊接著一個動詞。

因此，確定這2個都是子句。

這樣子，我們可以確定，這個句子的基本架構是

High-performance mechanical components (that) have found useful applications in different fieldsin (A, B and C): A; B;C.

這樣是不是很清楚看出來這個句子的組織方式？

2. 確定句子的「主要結構」(主詞+動詞)

主詞是：High-performance mechanical components，動詞是：have found。

意思是：高性能的機械組件已經找到。

3. 將之前刪除的逐一還原

(1) High-performance mechanical components that exhibit high strength **and** stiffness have found useful applications.

意思是：能展現高強度和硬度（的）高性能的機械組件已經找到有用的運用方式。

High-performance mechanical components that exhibit high strength **and** stiffness have found useful applications in different fields in medicine, engineering **and** technology: stronger **and** more reliable artificial bones can improve the lives of bone cancer patients; more resistant catalytic pellets can reduce costs in the production of hydrogen, ammonia **and** other industrial chemicals; the same applies to the pellets that make up the nuclear fuel in the core of nuclear power plants.

(2) High-performance mechanical components that exhibit high strength and stiffness have found useful applications in different fields in medicine, engineering and technology:stronger and more reliable artificial bones can improve the lives of bone cancer patients;more resistant catalytic pellets can reduce costs in the production of hydrogen, ammonia and other industrial chemicals;.

意思是：能展現高強度和硬度的高性能的機械組件已經在不同的領域如醫學、工程和科技找到有用的運用方式：更強與更可靠的人造骨材能夠改善骨癌病患的生活；更耐的（生字）能降低生產氫氣、阿摩尼亞和其他工業用化學原料的成本。

(3) High-performance mechanical components that exhibit high strength and stiffness have found useful applications in different fields in medicine, engineering and technology: stronger and more reliable artificial bones can improve the lives of bone cancer patients; more resistant catalytic pellets can reduce costs in the production of hydrogen, ammonia and other industrial chemicals; the same applies to the pellets that make up the nuclear fuel in the core of nuclear power plants.

意思是：能展現高強度和硬度的高性能的機械組件已經在不同的領域如醫學、工程和科技找到有用的運用方式，更強與更可靠的人造骨材能夠改善骨癌病患的生活；更耐的（生字）能降低生產氫氣、阿摩尼亞和其他工業用化學原料的成本；同樣的情形也可運用在組成核能發電廠核心的核燃料的（生字）。

4. 生字、生字

這個句子雖長，生字只有2個：catalytic pellets。從字尾的組成可以判斷，catalytic是形容詞，pellets 是名詞。catalytic的名詞是catalysis，這個字在化學領域常用到；而pellets則是指材料的形狀。這2個字對相關專業的人是常見到的。

倒是有個看起來很普通的字：more resistant，如何解讀resistant？這可不是照著字典就可以，要依據上下文才能明確知道指的是甚麼。

我們知道more resistant是說更能抵抗或是抗拒，但到底是抵抗甚麼？是抗磨損還是抗侵蝕？因為下文說是用在生產化學材料上，由此才能確定，more resistant是抗侵蝕。

還有一個同樣要依據上下文才能明確意思的例子是：the same applies to the pellets that make up the nuclear fuel in the core of nuclear power plants。

國中生都認得這個the same，但它們指的是甚麼？有2個線索可以判斷：

(1) 這段話是跟在冒號之後，用來說明詳細的3段話的最後一個。

(2) 前面2段話都是同樣形式，說明「更怎麼樣的情形能夠產生怎麼樣的效果」。

因此，這個the same，指的就是前面那2段話所講的情形，特別是那2段話的主詞：stronger and more reliable還有more resistant；依據我們的常識，核能所需要的材料都是很高級的，前面2段話所指出的更怎麼樣的特性，製造核能燃料當然需要這樣的特性。

上面這2個依據上下文線索判斷明確意思的作法，在第15章會有更多的例子專門示範。

13

In an actual computation, however, k and h are normally kept constant as the solution is propagated forward time-level by time-level from $t = 0$ to $ti = jk$, and in many textbooks and papers stability is defined in terms of the boundedness of this numerical solution as $j \to \infty$, k fixed[6](p. 48).

這個談公式的句子有 53 個字，有 4 個逗點和 3 個對等連接詞 and；當然，最醒目的就是公式用的符號。本書前面示範了 12 個案例，這裡開始就直接從最明顯的地方開始分段。

4 個逗點分成 5 段話，其中的第一、第二和第五段，很明顯的就是補充說明的片段，這就解決了 3 個逗點。所以，我們先專注於第三和第四這 2 段話。

1. 先刪除枝節以簡化句子

(1) 標點符號和對等連接詞 and

第三和第四這2段話中間有個逗點，第四段的開頭是and，and的後面是 in many textbooks and papers stability is defined，劃底線的是介係詞片語，stability is defined看起來是個「主詞 + 動詞」；所以，這個and應該是連接2個句子：

k and h are normally kept⋯ and stability is defined⋯

順便就解決了句子中的3個and。

(2) 子句

上面已經知道and是連接2個句子，可是，在第一個句子中我們看到了一個有「主詞 + 動詞」的字組：as the solution is propagated，這就是一個as引導的子句；無獨有偶的，在第二個句子中也有一個as引導的子句：as $j \to \infty$，不同的只是這個子句的「主詞 + 動詞」都是用公式符號來表達，這也是個子句。

由此我們又一次見證到了英文對等連接詞所講究的「對等連接」，and連接的這2個句子的結構方式相同（請注意____部分）：

6 Smith, G. D. (1985). Numerical Solution of Partial Differential Equations: Finite Difference Methods, third edition. New York, Oxford University Press.

k and h are normally kept constant as the solution is propagated and stability is defined......as $j \rightarrow \infty$......。這就是這個句子的基本架構。

英文組織句子 時的這個「對等連接」特性，我們在翻譯中文時看不到的。

2. 確定句子的「主要結構」（主詞+動詞）

這個句子的主要結構是： k and h are normally kept constant...... and stability is defined......。

第一個句子的主詞是： k and h，動詞是： are kept；

第二個句子的主詞是：stability，動詞是：is defined。

意思是： k and h 保持常數，還有「穩定」是定義為……。

3. 將之前刪除的逐一還原

(1) k and h are kept constant as the solution is propagated and stability is defined......as $j \rightarrow \infty$.

意思是： k and h 保持常數當解法是散播出去，還有「穩定」是定義為……當as $j \rightarrow \infty$.。

(2) k and h are normally kept constant as the solution is propagated forward time-level by time-level from $t = 0$ to $t_i = jk$, and stability is defined in terms of the boundedness of this numerical solution as $j \rightarrow \infty$, k fixed.

意思是：k and h保持常數當解法是以一個 time-level接著一個 time-level，從 $t = 0$ to $t_i = jk$ 的方式向前散播出去，還有「穩定」是以當$j \rightarrow \infty$時這個數值解法的boundedness來定義的，而k是固定的。

(3) In an actual computation, however, k and h are normally kept constant as the solution is propagated forward time-level by time-level from $t = 0$ to $t_i = jk$, and in many textbooks and papers stability is defined in terms of the boundedness of this numerical solution as $j \rightarrow \infty$, k fixed.

意思是：然而，在實際的計算時，k and h保持常數當解法是以一個time-level接著一個 time-level，從$t = 0$ 到 $t_i = jk$的方式向前散播出去，還有在許多教科書和論文中，「穩定」是以當$j \rightarrow \infty$時這個數值解法的boundedness來定義的，而k是固定的。

有的句子雖然字數多，看起來壓力大，但是，如果會分段，很容易就找出它的基本架構。從基本架構的角度去看，就會發現，其實，這個積木遊戲的組合方式不難掌握，它的內容也就不難逐一理解了。

14

As a preliminary to computing the distribution of t_i, let us note that the record times of the sequence X_1, X_2, ... will be the same as for the sequence $F(X_1)$, $F(X_2)$, ... , and since $F(X)$ has a uniform (0, 1) distribution (see Problem 1.2), it follows that the distribution of t_i does not depend on the actual distribution F (as long as it is continuous)[7](p. 24).

掃描這個有關數學的句子，長達 67 個字，可以看到有 3 個逗點將它分成了 4 段話，不過，其中還有好幾個逗點的用法相當於我們中文的頓號，這些只是在連接個別的符號 ($F(X_1)$, $F(X_2)$, ...)，不是區隔段落的，所以，不是分段的逗點。

此外，還有一個 and、3 個括號圈起來補充說明的，和之前看過的 the same as。這個句子雖然字數多，其實只要善用分段，不難抓出它的基本架構。

我們就從最基本的刪除枝節這個方向著手。

1. 先刪除枝節以簡化句子

(1) 介係詞片語 （畫底線的字）

As a preliminary to computing the distribution of t_i, let us note that the record times of the sequence X_1, X_2, ... will be the same as for the sequence $F(X_1)$, $F(X_2)$, ... , and since $F(X)$ has a uniform (0, 1) distribution (see Problem 1.2), it follows that the distribution of t_i does not depend on the actual distribution F (as long as it is continuous).

再刪除掉3個括號的內容，這個句子剩下：

let us note that the record times will be the same as, and since $F(X)$ has a uniform distribution, it follows that the distribution does not depend.

7 Ross, Sheldon M. (1983). Stochastic Processes. NJ: John Wiley & Sons.

(2) 將對等連接詞所連接的東西全部圈起來

這句話唯一的對等連接詞and的後面是：since $F(X)$ has a uniform distribution, it follows that the distribution does not depend。光這個部分就足以當成一個包含了副詞子句和主要子句的「複句」，於是，我們知道這個and連接的是2個句子。

(3) the same as

又看到了the same as，這裡的A是：of the sequence $X_1, X_2, ...$，而B是：for the sequence $F(X_1), F(X_2), ...$。這2個介係詞片語都是在補充說明the record times，又是形式對等。

(4) 子句

首先看到的是2個that引導的子句，都是相同用法的：let us note that the record times will be和it follows that the distribution does not depend。

二段話都有：that + 主詞 + 動詞；其次，都是當動詞的受詞：note和follows，所以，2個都是名詞子句。

最後，since $F(X)$ has a uniform distribution，這也是一個標準的子句，符號$F(X)$是子句的主詞，has是動詞，這是一個副詞子句，用來說明它後面的主要子句成立的條件或是狀況。

經過這一連串的分段，這個句子的基本架構是：

let us note that the record times A will be the same as B, and since____, it follows that ____.

2. 確定句子的「主要結構」（主詞+動詞）

這句話「主要結構」是：let us note and it follows.

意思是：讓我們記住以及那接著就是。

3. 將之前刪除的逐一還原

(1) let us note that the record times will be the same as, and since $F(X)$ has a uniform distribution, it follows that the distribution does not depend.

意思是：讓我們記住記錄的次數將會相同以及既然$F(X)$的分布是一致的，那接著就是這個分布將不依賴。

13

(2) As a preliminary to computing the distribution of t_i, let us note that the record times of the sequence X_1, X_2,...... will be the same as for the sequence $F(X_1)$, $F(X_2)$, ..., and since $F(X)$ has a uniform (0, 1) distribution (see Problem 1.2), it follows that the distribution of t_i does not depend on the actual distribution F (as long as it is continuous).

意思是：做爲計算t_i的分布的先決條件，讓我們記住X_1, X_2,……序列的記錄的次數將會和記錄$F(X_1)$, $F(X_2)$, ……序列的次數相同以及既然$F(X)$的分布是一致的(0, 1)，那接著就是這個t_i的分布將不依賴F實際的分布情形（只要它是持續的）。

4. 生字、生字

這個句子中用的都是常見的字，沒有甚麼專業的生字；可是，如果對這些英文常用字的掌握程度還停留在高中階段，閱讀還是會有困難的。以the record times爲例，國中生都認得，但是，這樣組合使用對初學這門課程的人的英文程度是個考驗。

首先，the record times應該是一個複合字，record是指甚麼？就詞性看應該是個名詞，表示「記錄」。接著，注意 times 這個字的–s結尾，應是表示複數，所以，不是表示 「時間」，而是表示 「次數」（計時的運動比賽講：the record time則是指「所記錄最佳的時間」，請注意沒有–s結尾）。

所以，the record times筆者解釋爲：「所記錄的次數」[8]。

再看of the sequence X_1, X_2, ... will be the same as for the sequence $F(X_1)$, $F(X_2)$, ...，我們都知道 the same as，也能辨認這個of, for開頭的介係詞片語，可是，這樣子2個 「介係詞」連著使用，對許多傳統依賴中文翻譯閱讀的人是很難領悟的；偏偏英文中這種用法很常見，再一次提醒太過依賴中文翻譯閱讀的人。

8 這當然也是筆者這個非專業人士純粹依照一般的英文用法解讀的。

15

A few of the possible behaviors which can encourage the establishment of an environment conducive to participation are the teacher's remembering and referring to students' ideas, yielding to class members during a discussion, acknowledging his own fallibility, framing open-ended questions which provide for expressions of opinion and personal interpretations of data, accepting the students' right to be wrong as well as right, encouraging joint determination of goals and procedures when feasible (i.e., "How can I help you best to learn this material?"), sharing the responsibility for learning with the learners (i.e., permitting students to answer their peers' questions; freeing oneself from the burden of thinking that what isn't covered in the class, the student cannot learn elsewhere; encouraging group presentations of the material to be covered, etc.), and soliciting student participation in their own learning evaluation such as feed-in of test questions and joint correction of examinations (P. 201-2)[9].

這個特長的句子長達 147 個字，搜尋分段的特徵，看到：(1) 11 個逗點；(2)2 個分號；(3)2 個括號；(4) 4 個對等連接詞 and。先從這 15 個標點符號著手，一定可以減輕許多負擔，可以輕鬆地掌握整個句子的基本架構。

這個案例就不再照著以前依據分段的特徵分段的方式，改為混合式的，依據眼前的需要來決定何種方式分段。

1. 先刪除枝節以簡化句子

(1) 標點符號

先從最明顯的標點符號下手：2個括號，將括號去掉後，這個句子剩下：

A few of the possible behaviors which can encourage the establishment of an environment conducive to participation are the teacher's remembering and referring to students' ideas, yielding to class members during a discussion,

9 Barnes, Louis B., Christensen, C. Roland, and Hansen Abby J. (1987). Teaching and the Case Method, 3rd edition. MA: Harvard Business School Press.

13

acknowledging his own fallibility, framing open-ended questions which provide for expressions of opinion and personal interpretations of data, accepting the students' right to be wrong as well as right, encouraging joint determination of goals and procedures when feasible, sharing the responsibility for learning with the learners, and soliciting student participation in their own learning evaluation such as feed-in of test questions and joint correction of examinations.

一下子就跳過了4個逗點和2個分號，而句子剩下了99個字。

(2) 標點符號和對等連接詞and

重新掃描句子，應該會注意到一個現象，就是好幾個逗點後面的片段開頭的字都是「V + ing」，有經驗的讀者（這已經是本書的第15個案例）應該會思考一個假設：有沒有可能是一個對等連接詞 and連接好幾個相同形式的片段，逗點是區隔這些片段？

我們看到句子的最後一個逗點：, and soliciting......，這證實了上面的假設；依據這樣的結論，我們確認這個and連接的是9個相同形式的片段，於是，這個句子可以立即簡化爲：

A few of the possible behaviors which can encourage the establishment of an environment conducive to participation are the teacher's remembering and referring......, yielding......, acknowledging......, framing......, accepting......, encouraging......, sharing......, and soliciting......

第一個and就是連接remembering and referring。分段到這個地步，這個句子就很容易解讀了。

(3) 子句

這裡看到一個子句：which can encourage the establishment，which引導子句，還兼做子句的主詞，所以，which後面緊跟著can encourage；這個子句應是用來修飾它之前的那個名詞：behavior，因此，是個形容詞子句。現在的考驗是，這個子句到哪裡結束？

首先，of an environment這個介係詞片語當然是跟著which can encourage the establishment，接下來，conducive是個形容詞，應當是來修飾an environment，緊接著的to participation這個介係詞片語是跟著conducive；所以，這個子句是從which開始一直延伸到to participation。

到此，我們已經可以清楚地掌握這個句子的基本架構：

A few of the possible behaviors which...... are the teacher's remembering and referring......, yielding......, acknowledging......, framing......, accepting......, encouraging......, sharing......, and soliciting......

2. 確定句子的「主要結構」（主詞+動詞）

這個句子的主要結構是：A few of the possible behaviors are......

意思是：幾個可能的行爲方式是。

3. 將之前刪除的逐一還原[10]

(1) A few of the possible behaviors are the teacher's remembering and referring......, yielding......, acknowledging......, framing......, accepting......, encouraging......, sharing......, and soliciting......

(2) A few of the possible behaviors which can encourage the establishment of an environment conducive to participation are the teacher's remembering and referring......, yielding......, acknowledging......, framing......, accepting......, encouraging......, sharing......, and soliciting......

(3) 剩下來的工作就是將句子的倒數第2個and所連接的9個形式相同的片段逐一填補回去。

4. 對等連接的句型

前面在解讀對等連接詞時，都一再提示「對等連接」的重點就是「形式對等」。英文在寫作時習慣性地使用「形式對等」，小到對等連接詞所連接的字或字組，大到整個句子的分段組織。

13

10　經過前面 14 個案例後，這裡就不再仔細分段，也不再說明意思，重點只在示範：看起來麻煩的長句子一樣可以清楚分段解讀。

在這個例子，我們就不僅看到了一個and所連接的9個形式相同的片段（V + ing開頭的分詞片語），同時，也看到了使用分號來分隔二個形式對等的字組：

(i.e., permitting students to answer their peers' questions; freeing oneself from the burden of thinking that what isn't covered in the class, the student cannot learn elsewhere; encouraging group presentations of the material to be covered, etc.)

請注意括號中的2個分號 「;」，這2個分號將括號內的文字區隔為3個形式相同的片段：permitting…; freeing…; encouraging…。分號的使用是屬於文字藝術的層次，以這個為例，作者可以寫成：permitting…; freeing…; encouraging…。也可以寫成：permitting…, freeing…, and encouraging…。

為何作者選擇用分號？各位讀者自己朗讀這2種寫法，至少可以感受到2種不同的朗讀速度，連帶的語氣也會受到影響。這就牽涉寫作的藝術層次，我們還在學習英文的學生目前只需要注意分號的「對等連接」的特性。

5. 生字、生字

這個句子有2個字：i.e. 和etc.，這在學術文章中常見。這個字是拉丁文id est的縮寫，意思相當於：that is, that is to say，類似我們中文說的：也就是說。請注意，每個字母都有個句點。

至於etc.，也是由拉丁文來的，用法類似我們中文在列舉好幾樣東西後，不再一一詳列時說的： 等等。也是請注意有個句點。

案例十四和十五都是表現出句子組織方式的「形式對等」，案例十四是二個句子的形式相同；而案例十五則是以2種不同的方式來連接相同形式的字組。

這個寫作時的「形式對等」的觀念，在文法書中不容易看到，一般的英文課也很少著墨；我們在閱讀專業的文章時，若能掌握這個概念，再複雜的句子也能藉此減輕負擔，輕易地整理出句子的基本架構。

16

用一個超長句子為第十到十二章介紹的分段找結構做總結，同時，也為後續的二章做個引子。

The first is that the rate of discharge of a fluid flowing through an opening at the bottom of a container is given by

$$\frac{dV}{dt} = -kAv,$$

in which V(t) is the volume of fluid in the container at time t, $v(t)$ is the discharge velocity of fluid through the opening, A is the cross-sectional area of the opening (assumed constant), and is a constant determined by the viscosity of the fluid, the shape of the opening, and the fact that the cross-sectional area of fluid pouring out of the opening is slightly less than that of the opening itself[11] (p. 18).

這一個工程數學的句子長達 101 個字，看起來很嚇人。以筆者這個外行人看，像是在解說一個公式。其實，整個句子的結構不算複雜，如果會分段的話。

1. 先查看逗點和對等連接詞and的分段

   像這樣的長句子，會出現幾個逗點還有對等連接詞是很正常的，就先從這個角度切入：

   The first is that the rate of discharge of a fluid flowing through an opening at the bottom of a container is given by

   $$\frac{dV}{dt} = -kAv,$$

   in which V(t) is the volume of fluid in the container at time t, $v(t)$ is the discharge velocity of fluid through the opening, A is the cross-sectional area of the opening (assumed constant), and is a constant determined by the viscosity of the fluid, the shape of the opening, and the fact that the cross-sectional area of fluid pouring out of the opening is slightly less than that of the opening itself.

11 O'Neil, Peter V. (2003). Advanced Engineering Mathematics, 5th edition. CA: Brooks/Cole—Thomson Learning.

有6個逗點和2個對等連接詞and，依據前面15個案例的經驗，很有可能有些個逗點是和對等連接詞and連著用，以連接多個段落，就朝這個方向去檢查。

先看最後一個and，它的後面是the fact，是個名詞，往前去看有2個： the viscosity of the fluid,和the shape of the opening,。

再來看第一個and，它的後面是is，前面也有一個相同的：is the cross-sectional area，這二段都是當*A*的動詞，說明*A*是甚麼。

於是這個句子先簡化爲：

The first is that the rate of discharge of a fluid flowing through an opening at the bottom of a container is given by

$$\frac{dV}{dt} = -kAv,$$

in which { V(*t*) is......, *v*(*t*) is......, *A* [is......, and is a constant determined by (A, B, and C)]}.

2. 子句

剩下來的部分，可以看到2個子句[12]：

that the rate⋯. is given by，子句的主詞是the rate，動詞是is given。

in which⋯.，這個子句內分成3段：V(*t*) is、*v*(*t*) is、*A* [is⋯ and is⋯]。請注意，這個子句內的 V(*t*) is、*v*(*t*) is、*A*這3段的連接沒有用and。

3. 確定句子的「主要結構」（主詞+動詞）

這個句子的主要結構就是，The first is，後面的98個字都在說明是甚麼。

4. 上下文線索

前面確認A [is......, and is a constant determined by (A, B, and C)]，何以見得？而且，可能有人懷疑V(*t*) is、*v*(*t*) is、*A* [is...... and is......] 這3個段落的連接沒有對等連接詞and，會不會是in which⋯.，這個子句內不只這3個段落而已？

請看，*A* is **the cross-sectional area of the opening** (assumed constant), and is a constant determined by (A, B, and **the fact that the cross-sectional area** of fluid pouring out **of the opening**.......)。請注意2段粗體字以及2個畫底線的字。

12 最後一個 and 連接的也有一個子句 the fact that the⋯ is⋯.，但是因為已經先隨著對等連接詞 and 的分段而割離，優先順序就排到後面了。

純粹從語文的用法看，*A*的第2段話的主要功能就是在進一步說明第1段結尾提到的 (assumed constant)，說明這個 constant是如何產生的。所以，確認以上這個句子的分段和組織方式。

結論

這二章示範的就是分段、刪除枝節和確認句子的主要結構的功能，幫我們掌握整個句子的基本架構。就如蓋房子，先確保結構安全無虞。

當然，絕不是光會分段和知道大意就能高枕無憂。我們都希望能精準地了解句子的意思，這就需要準確地整合句子的結構以及個別字和詞的意思。

然而，要如何準確的解讀個別字和整個句子的意思？遇到陌生的字和詞要如何處理？遇到很多蘊含背景知識的字和詞，但都不是字典能夠解決的，除了怨嘆外還有沒有辦法？還有，翻開字典，看到有四、五個意思，要如何決定選擇哪一個才是正確的？最後，為何閱讀時勤查字典反而挫折感越沉重？

這許許多多的困擾，都需要從文章的上下文中找線索來協助整合的工作。下面二章就接著介紹如何利用上下文找線索來整合整句的意思。

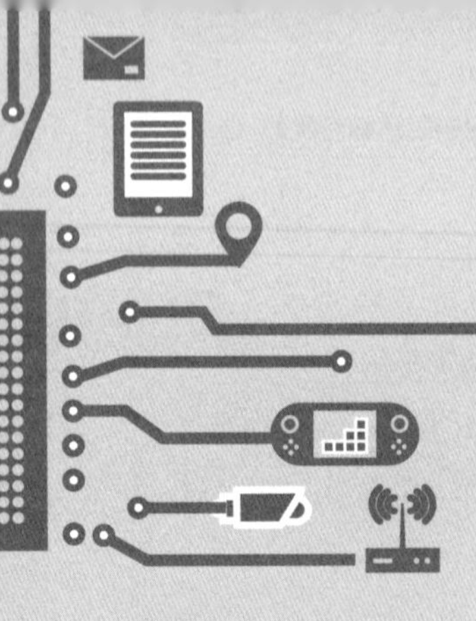

小試身手

下面的練習題，請依據前面示範的分段要領分段和找出「主要結構」；此外，請回答每一題的問題。句中不認識的專業詞彙不至於妨礙你的分段。

1. It is very offensive to women to assume that the man is paying, and it is very embarrassing to both if you talk only to the man, when it is the woman who invited him[13].

   請問：(1)這個句子中有幾個子句？(2)從哪裡到哪裏？(3)是甚麼子句？

2. The field of RF micro-electromechanical systems is another, older example where electroacoustic transduction of bulk and surface acoustic waves in acoustic resonators enables some devices which outperform conventional RF electronics[14](p. 1).

   Dostart, Nathat, Liu, Yangyang & Popović, Miloš A. (2017). Acoustic Waveguide Eigenmode Solver Based on a Staggered-Grid Finite-Diference Method. Nzture Scientific REportS | 7: 17509 | DOI:10.1038/s41598-017-17511-x.

   請問：(1)句子中有幾個子句？答對了，這個句子的「基本架構」就一覽無遺。

3. It was shown that the thermal conductivity improved at elevated temperatures in cases without a magnetic field, while it decreased in the presence of applied magnetic fields with increasing temperature[15] (p. 2).

   Amani, Mohammad, Pouria Amani, Pouria, Kasaeian, Alibakhsh, Mahian, Omid, Pop, Ioan & Wongwises, Somachai (2017). Modeling and optimization of thermal conductivity and viscosity of MnFe2O4 nanofluid under magnetic field using an

13 「英文文選」（民九十年），陳達武等著，國立空中大學，頁 351。

14 Dostart, Nathat, Liu, Yangyang & Popović, Miloš A. (2017). Acoustic Waveguide Eigenmode Solver Based on a Staggered-Grid Finite-Diference Method. Nzture Scientific REportS | 7: 17509 | DOI:10.1038/s41598-017-17511-x.

15 Amani, Mohammad, Pouria Amani, Pouria, Kasaeian, Alibakhsh, Mahian, Omid, Pop, Ioan & Wongwises, Somachai (2017). Modeling and optimization of thermal conductivity and viscosity of MnFe2O4 nanofluid under magnetic field using an ANN. Nature SCIENTIFIC RePOrtS | 7: 17369 | DOI:10.1038/s41598-017-17444-5.

ANN. Nature SCIENTIFIC RePOrtS | 7: 17369 | DOI:10.1038/s41598-017-17444-5.

請問：(1)句子中有幾個子句？

4. The comparison between the performance of the ANN model and the results obtained from experimental data disclosed that the neural network can more accurately predict the thermophysical properties of the studied nanofluids [16] (p. 2).

   請問：(1)有沒有注意到 between… and？將這2個字所連接的找出來。

5. If this parameter is considered to be very small, the accuracy of the network's prediction regarding the trained data diminishes, and if the ratio is regarded as being too large, overfitting may occur [17](p. 5).

   請問：(1) and是連接怎樣的相同形式？(2)這句子的「基本架構」爲何？

6. The most efficient approach to design a waveguide is to directly solve the source-free eigenmode problem on its 2D cross-section, the smallest domain that is necessary and sufficient to specify the problem (also referred to as '2+1D') [18] (p. 1).

   請問：(1)逗點隔開的最後一段話在句子中的功能爲何？

7. An efficient and computationally stable implementation is to remove the corresponding boundary-normal displacements u_n (since they are the only ones coincident with the boundary) from the matrix operator and solution vector, which is the method used here [19] (p. 5).

   請問：(1)句子中有幾個子句？(2)最後一個子句是甚麼子句？

8. For all these acoustic wave based devices, good performance requires confining most of the acoustic energy to a small cross-sectional area (waveguides) or volume (resonators), phase-matching the acoustic wave to transducer arrays and/or optical waves, and optimizing transduction efficiency [20] (p. 1).

   請問：(1)最後一個and是連接怎樣的相同形式？

9. The mode solver reproduces the key aspects of these acoustic waves with < 0.01%

16 同上。
17 同上。
18 同第一題。
19 同第一題。
20 同第一題。

error across a range of wavelengths which captures the thick, thin, and wavelength-scale plate thickness regimes, indicating that the mode solver faithfully models linear elastic physics[21] (p. 7).

請問：(1) of wavelengths這個介係詞片語一直延伸到哪裡？(2)最後一段話的用法有沒有似曾相識的感覺？是何功能？

10. As a result, various studies have been conducted regarding the fow, heat, and mass transport behavior of these types of nanofluids under magnetic felds6–9 , and it has been found that their thermal performances are significantly dependent on the magnetic field[22] (p. 1).

請問：(1)第二個and是連接怎樣的相同形式？

11. To model the thermal conductivity and dynamic viscosity of the MnFe2O4/water nanofluid (output of the network) as a function of nanofluid temperature, concentration and an applied magnetic field (input of the network), the multilayer perceptron ANN shown in Fig. 2, is implemented[23] (p. 3).

請問：(1)釐清句子的3個逗點區隔出的4段字組，就能確認「基本架構」。

12. To those already convinced of its value, we can suggest that most college teachers have classes small enough for discussion, that discussion can go on in classes that used to be thought too big for anything but lecturing, and that discussion can work in disciplines that have minimal traditions of using it[24](p. 314).

請問：(1)共有幾個子句？(2) and是連接怎樣的相同形式？

13. When h = 0.3 μ m, the absorption curve has changed a lot, for the reason that the graphene below is close to the interface of the dielectric and air, varying the medium condition around the graphene ribbon and inducing mismatching of the phase matching condition[25.].

21 同第一題。

22 同第二題。

23 同第二題。

24 Barnes, Louis B., Christensen, C. Roland, and Hansen Abby J. (1987). Teaching and the Case Method, 3rd edition. MA: Harvard Business School Press.

25 Dingbo Chen1, Junbo Yang1,2, Jingjing Zhang1, Jie Huang1 & Zhaojian Zhang (2017). Section 1Tunable broadband terahertz absorbers based on multiple layers of graphene ribbons. Nature, scientific reports, 7:

請問：(1) for 開頭的介係詞片語到哪個字結束？(2) 2個and各是連接甚麼？

14. In [3], the authors employed the infinite horizon backward stochastic differential equations as (1.4) to verify that, under suitable assumptions, the mild solution to (1.1) exists and is unique for all $\lambda > 0$[26].

請問：(1) , under suitable assumptions, 這段話在句子中的功能爲何？(2) and連接甚麼？

15. To illustrate, inventory costing $200 is purchased from Ace Manufacturing on Feb. 5. The creditor's name (Ace) is entered in the Account column, the invoice date is entered in the Date of Invoice column, the purchase terms are entered in the Terms column, and the $200 amount is entered in the Accounts Payable Cr. and the inventory Dr. columns[27].

請問：(1) and連接甚麼？(2)這句話的基本架構爲何？

16. To those already convinced of its value, we can suggest that most college teachers have classes small enough for discussion, that discussion can go on in classes that used to be thought too big for anything but lecturing, and that discussion can work in disciplines that have minimal traditions of using it[28] (p. 314).

請問：(1) and連接甚麼？(2)這句話共有幾個子句？

17. We fully assume that there will be practical limitations to fully automating the concept discussed in this section, however, given the objectives, a value and unique contribution proposed by this research is on the appropriate system (and SoS) methodological guidance in the context of specific technologies[29](p. 6).

請問：(1) 2個逗點夾的3個字在句子中的功能爲何？(2)這句話共有幾個子句？

15836 | DOI:10.1038/s41598-017-16220-9

26 蘇　國　樑 (2012)，A Note on Applications of Infinite Dimensional Elliptic PDE to Infinite Horizon Control Problems，國立空中大學商學學報。

27 Wild, John, Kwok, Winston, Shaw, Ken, and Chiappetta, Barbara (2015). Principles of Financial Accounting. Asian and global edition. McGraw-Hill Education, p. 283.

28 Barnes, Louis B., Christensen, C. Roland, and Hansen Abby J. (1987). Teaching and the Case Method, 3rd edition. MA: Harvard Business School Press.

29 Blackburn, Mark & Verma, Dinesh (2017). Transforming Systems Engineering through Model-Centric Engineering. Stevens Institute of Technology, Systems Engineering Research Center (SERC). Technical Report SERC-2017-TR-110.

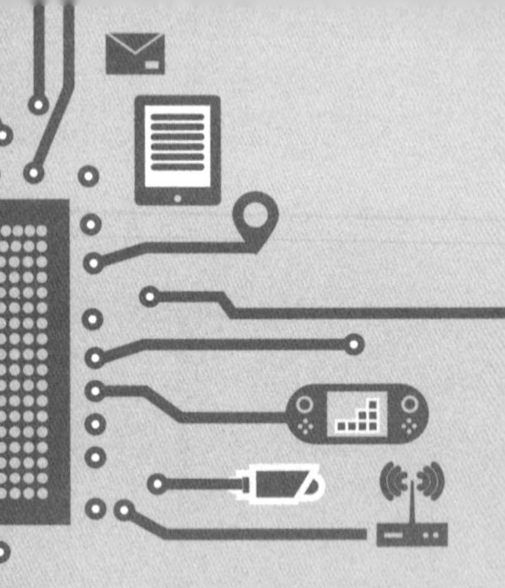

小試身手

18. This points to the need for both methods (Task 3), and because many of the modeling and simulation capabilities that may be integrated into an MDAO workflow can be modeling and simulation capabilities, they require some type of assessment to ensure the integrity of the predictions[30] (p. 28).

請問：(1)第一個and 連接甚麼？(2)這句話共有幾個子句？

19. It is clear that true “next generation” game analysis will be some combination of in-game data aggregation, manipulation and visualization, along with a robust “user model” where each individual user is tracked for not only a history of their in-game actions but also their emotional and mental state[31] (p. 38).

請問：(1)句子中的2個逗點各是甚麼用法？(2) not only… but also… 這是連接哪2樣東西？

20. Although the gel also absorbs bacteria, it is advisable that after repeated heavy load use, the retentate should not be mixed with the gel layer and it would be advisable to provide a protective mesh on top of the gel filter to enable clean removal of retentate to minimize or avoid disturbance with the gel layer[32](p. 6).

請問：(1)這句話共有幾個子句？(2) and連接的是甚麼？

30 同註 81。
31 同註 81。
32 Malekizadeh, Ali & M. Schenk, Peer (2017). High fux water purifcation using aluminium hydroxide hydrate gels. Nature ScienTiFic REPOrts | 7: 17437 | DOI:10.1038/s41598-017-17741-z.

Chapter 14

解決問題第二步
線索與大意

《論語 · 子張第十九》：

子夏曰：「博學而篤志，切問而近思，仁在其中矣。」

清 · 王夫之 · 《論梁元帝讀書》：

夫讀書將以何為哉？辨其大義，以立修己治人之體也；察其微言，以善精義入神之用也。

上面引用王夫之的話，可以借用到我們解讀英文的句子的二個層次：

1. 辨其大義：掌握一個句子的基本架構以及整體大概的意思。
2. 察其微言：仔細瞭解一個句子確切的意思。

前面三章示範了如何以技術的手段釐清一個句子的結構，如同一棟房子的整體結構完成了，但是，這只是個粗胚屋，還需要細部的加工及裝潢才能入住。畢竟，語文不是電信的密碼，也不是電腦語言，按圖就能索驥。語文的每一個音、字、詞和句子都承載了文化的背景以及使用的習慣，這牽涉到廣泛的背景知識，也就是我們平常說的「功力」（第九章提到的 Knowledge）或是我們習慣說的：「程度」。

對學外語的人而言，這許多相關的背景知識更是如同隔了重重的山，通常都不是立即可以查到，或是快速學會的；因而，我們在閱讀時，這就需要一番刻意地「旁敲側擊」的思索，才能想起或是連結起來相關的訊息。

這個刻意地、「旁敲側擊」的思索的內容，就是一個句子或是一段文章的上下文及線索，從這個過程中去挖掘出相連貫的、相關的訊息，以及藉此推論出以前沒有想過的可能性。這個功力，是靠長年的學習所累積的，累積的不僅是相關的知識及常識，也累積了這個蒐尋線索和推論、判斷求證的本事。

14-1　閱讀是另一種拼圖遊戲

各位小時候有沒有玩過拼圖遊戲？有沒有玩過超大的拼圖遊戲？當你剛將拼圖遊戲整盒 500-1000 片的圖案碎片倒出時，你的心情是興奮還是冷靜？緊張還是惶恐？

根據金氏世界記錄，世界最大的拼圖遊戲是 5428.8 平方公尺大，共有 21600 片，是 2002 年 11 月 3 日由 777 個人在香港的啓德機場拼出來的[1]。而世界最多片的拼圖遊戲則是 2010 年德國一個公司做出來的，共有 32256 片[2]。

看到撒得滿地的圖案碎片後，有人就打了退堂鼓；有人試了一陣子後，受不了挫折感，也退了；只有少數人有濃厚的興緻，專心地玩，一點一滴地，不管是一、二個星期、一、二個月、甚至於三、四個月，最後還是將整幅圖案拼出來了。

爲甚麼有的人能將一個超大的拼圖遊戲拼出來？是因爲他們的智慧超高？還是因爲他們有足夠的耐性忍受一再的挫折？

我們來檢視一下玩這個遊戲的過程：

1. 剛開始時眼花撩亂、茫無頭緒，就先從圖案的邊緣，特別是四個角開始，因爲所有放在邊緣的小塊都至少有一面是筆直的，在轉角處的則是直角，而且邊緣的圖案也較單純；

1 http://www.guinnessworldrecords.com/world-records/largest-jigsaw-puzzle-

2 http://www.guinnessworldrecords.com/world-records/largest-commercial-jigsaw-puzzle-most-pieces

2. 四個角及邊緣大部分的圖案排好後，就分二個途徑：
   (1) 由邊緣起依據圖案和形狀向中間擴大，遇到困難就轉到其它地方去找連結；
   (2) 比較明顯且容易辨識的圖案，能拼多少就先連起來，無法辨識的先擱置。
   此時進行的速度最慢，大部分的小塊看起來都差不多，很難針對特定的目標找連結，這個時候的「錯誤嘗試」(trial & error)最頻繁，有許多連結常常是在尋覓其他主題的連結時無意間發現的。
3. 到一半時，板子上出現的是一個破碎的、不成形的圖案，有的由邊緣向中間伸展，有的則如散落的孤島。在繼續尋找連結點的過程中，有的小區塊的形狀及位置漸漸明朗，更多的連結點逐一浮現，此時，錯誤嘗試的機率減少了，針對特定的連結點尋找小塊就比較容易。
4. 幾個獨立的小區塊連成大區塊，整個圖案不完整的輪廓浮現，原先一些很容易弄混的小塊，因整個主題的圖案明顯可見，連結點此時才得以逐一釐清，錯誤嘗試更少了，進行的速度加快了；
5. 圖案呼之欲出，只剩下幾塊散落的碎片，速度加快了而心情興奮，最後幾塊放下，大功告成！

想一想，在整個拼圖的過程中，我們是如何判斷出某一個小塊應放在哪裏，或是和哪一塊相連結的？光看著這一個小塊是茫無頭緒的，一定是因爲看出這個小塊和另一塊不論就 (1) 圖案或是 (2) 形狀好像可以相連，於是我們就試試看。

但也不是每次嘗試都準的，誤判是常發生的，尤其是剛開始時，錯誤嘗試的比例非常高的。有的時候我們看二個小塊的圖案及形狀都似乎相關，很有可能相連，但放下去後才發現原先的判斷有誤，只好另闢蹊徑去找連結。

這樣的過程和我們的閱讀其實是一樣的，其中的關鍵都是在找一個相容且相關的環境，例如位置以及圖案的相關性，在閱讀文章時我們稱之爲「上下文」(Context)；而在決定某一個塊是否完全符合時，就是要尋找和確認能夠相連的點：顏色、圖案和形狀，這些在閱讀的過程中就是所謂的「線索」(Clues)。

「錯誤嘗試」與「保持彈性」是尋找線索的過程的特色。有二個原因：

1. 因爲搜尋的過程經常會遇到瓶頸，與其一直卡在一個點上，不如暫且放下，轉到其他的地方去尋找能掌握的；
2. 搜尋是充滿「錯誤嘗試」的，不僅要勇於猜測與判斷，也要準備好配合新找到的線索而修正原先的猜測與判斷。

因此，如果你發現你閱讀英文時，爲了一個疑惑而卡住閱讀，你很可能是只顧著埋頭照著字面的意思在解讀，建議你最好暫停，換個方式解讀，彈性調整一下閱讀的過程。

故事的連貫性

閱讀時注重的故事的連貫性就是那拼圖板上每一個連結點上的圖案、顏色和形狀的連貫性。故事的連貫性的關鍵就在上下文和線索，大到故事的結構、主題的情節發展、文句的語氣、句子的強度到用字遣詞時的咬文嚼字都有連貫性，不然與囈語何異？

拼圖遊戲能夠成功的關鍵也是在每個小塊之間的圖案、顏色和形狀的連貫性。每一個小塊依據本身的圖案、顏色和形狀，在衆多令人眼花的小塊中去找到那唯一能正確連結的小塊，由每一個成功的小小連結組合成最後那個完整的圖案。

拼圖遊戲中，每一個連結點的上下文就是整體的圖案和形狀的連貫性，這提供了一個大概的方向；線索則是每一個連結點具體的圖案、顏色和形狀是否連貫。而每一個成功的連結又成了一個新的上下文和線索，可以協助辨識更多的連結，就這樣子，上下文和線索逐漸擴大，連結點更多、更明顯，而原本讓我們眼花撩亂的難題就逐一解決。

閱讀和玩拼圖遊戲一樣，一開始時如何盡快地摸索出一個輪廓（也就是Context）是關鍵。不過，起步維艱，除非是老手，通常都是在一團混亂、茫無頭緒的狀況下起步的。

當感覺束手無策時，一些看起來簡單但無關緊要的小地方都是可以著手的地方（就是 Clue），從幾個微不足道、看起來無甚麼重要內容的字開始，有時僅在一段話中找還不夠，經常還要到前文或是後文中去找到更多的線索，從這些點點滴滴的細節中找相關的內容，由此理出一點故事的輪廓（就是 Context），這些足以幫助串出一點故事的連貫性的細節，就是所謂的「線索」；由故事的連貫性協助將點點線索建立起一個輪廓，由每一個新的連結再擴大 Context，故事的輪廓更明顯，因此而找到更多的線索和建立更多的連結。

也就是說，閱讀和玩拼圖遊戲同樣的都是一個搜尋線索和錯誤嘗試的過程，都是要在茫無頭緒的狀況下努力去尋找點點滴滴的線索和建構一個輪廓，都是一個充滿挑戰、錯誤嘗試、挫折和成就感的過程。

14-2　上下文與線索

小時候在屏東潮州的眷村看外婆做手工活幫忙補貼家用，見她戴著老花眼鏡，捏著根針在一滿盤的小珠子中戳，中空的珠子被針戳到後就套在針上，等針上穿的珠子滿了，外婆就將針提起，將珠子推到針後牽曳的線上，線上串的珠子滿了後將線頭打個結，就成了條細細的珠子項鍊。穿著開襠褲的我的目光一直被外婆那穿引的動作和一條條五顏六色的項鍊給吸引住，至於那一大盤的珠子？眼花撩亂，沒甚麼好看的。

上下文和線索的功能是不是很像那串起連串珠子的針和線？原本散落的小珠子，經這針線穿過後就成了條有用的裝飾品；原本一些落單的字或詞，經過上下文和線索一串就顯出了意義，上下文和線索的功能也如綠葉襯紅花，相輔相成，也相得益彰。

一、上下文(Context)的概念

英文使用 Context 這個字有三個常見的說法：

To put it in context.

It is taken out of context.

Context is everything.

第一句的意思是說「將某件事情放到一個上下文的大環境中去看」，就是不要單單只看這個事情本身，這樣的說法當然就和第二句的意思相反；第二句的意思是說「斷章取義」，就是說沒將某件事情放到一個大環境中去看，就直接的望文生義；第三句的意思是說「上下文的大環境決定了一切」。

我們就來看看甚麼是 Context。我們先來看看這個字的字源，這樣子對這個字的意思及用法就會有個清楚的概念（請注意畫線部分的說明）：

字源：Middle English, weaving together of words, from Latin *contextus* connection of words, coherence, from *contexere* to weave together, from *com-* + *texere* to weave (Merriam-Webster Online[3])

這個字最早源於拉丁文的 *contexere*: to weave together，這個字是由二個部分組合成的 *com-* + *texere*，*texere* 是「紡織、編織」[4]，*com-* 這個字首在英文中很常見，如 compose = com- + pose、compare = com- + pare，com- 這樣的字首意思是說「在一起、使得在一起」，*contexere* 就是將東西（如布料）編織在一起。

等到了中世紀英文，它的意思就演變成了「將文字如衣物一樣經緯交錯地編織在一起」，當時應是當動詞用，我們現在常看到這個字的用法多是當名詞用，就是指「連成一體的字」，我們英漢字典的解釋則是「上下文、文章脈絡[5]」。

Context 的定義：

n. 1. The part of a text or statement that surrounds a particular word or passage and determines its meaning. 2. The circumstances in which an event occurs; a setting[6].

第一個解釋的意思是說「一段文章環繞著一個特定的字或文句，並足以決定它的意思」；第二個解釋則是說「一件事情發生的背景；一個場景」。

從以上的解釋，我們應已充分瞭解 Context 這個字的意思，它指的就是編織成一張網一樣的文字，絲絲相扣又彼此相連。

二、線索(Clue)的概念

依據線上字源字典 (Online Etymology Dictionary) 的說明，英文字「線索」(clue) 這個字源自 clew 這個字，是指一團線球[7]。這個字的來源則是希臘神話的英雄人物

3 這是從 Merriam-Webster Dictionary 的網路版上摘錄下來的說明。

4 是拉丁文，text 是英文，意思指文章或文句；英文的 textile 則是指紡織品；texture 則是指東西的材質紋理，都和 text 有關，可見這幾個英文字都是從 *texere* 這個拉丁文演變來的。在今天人手一隻智慧手機的時代，我們發的簡訊就是 text 這個字；而 textbook 我們都翻譯成「教科書」，就是因為教科書的寫作是如衣物之經緯交錯，比小說或傳記作品嚴謹的。以此例再次警惕胡亂背生字的人。

5 取自雅虎奇摩的線上字典：https://tw.dictionary.yahoo.com/dictionary?p=context

6 取自 The American Heritage® Dictionary of the English Language: Fourth Edition. 2000。

7 http://www.etymonline.com/index.php?term=clue

鐵修斯(Theseus)，Theseus 大膽進入迷宮以救出被怪獸監禁的同胞，他帶著一團線球，將線頭綁在入口的門柱上，然後深入迷宮尋找怪獸。等殺死怪獸後，帶著同胞循著那條細線一路走出迷宮。Clue 這個字便因此流傳下來了。

牛津線上字典給這個字的解釋是[1]：

noun

1. A piece of evidence or information used in the detection of a crime or solving of a mystery: *police officers are still searching for clues*
   幫忙解決犯罪或是疑惑的證據或是資訊
   1.1 A fact or idea that serves as a guide or aid in a task or problem: *archaeological evidence can give clues about the past*
   足以引導或是協助一個任務或是困難的事實或是點子
2. A verbal formula giving an indication as to what is to be inserted in a particular space in a crossword or other puzzle.
   玩填字遊戲時用來提供指示的制式文字

三、文義的線索

各位小學時上國語課是否做過這樣的練習：

1. 請用下列的用語造句：
   (1) 因爲……所以
   (2) 雖然……但是
   (3) 心花怒放
2. 請在下面的空格填入適當的字
   (1) 他 ____ 說好要來的，但是臨時有事情不能來，讓我感到 _____ 。
   (2) 在智慧手機的時代，許多人走在路上都 ____ 手機，很危險。

還有，各位一定遇過這樣子的句子：

「小明告訴小王，說他明天不能去，希望他能諒解」。
「小明告訴小王，說他前天說錯話，讓他很不高興，希望他能道歉」。

1 http://www.oxforddictionaries.com/us/definition/american_english/clue

我們都很習慣這樣的用法，我們好像也很少會被句子中的這幾個「他」給搞混，爲甚麼？不就是因爲我們會自動依據上下文中的線索和文義來解讀每一個「他」。

本書前面提到高速公路上的「前有違規取締」，也是同樣的情形，我們都是依據這個路標的上下文（設立目的、放的位置、不理會的後果），而不是依照字面的意思來解讀的。

最後，來看看二位著名的作家描寫一個女人的衣著：首先是白先勇在《金大班的最後一夜》的開場介紹金大班：金大班穿了一件黑紗金絲相間的緊身旗袍，一個大道士髻梳得烏光水滑的高聳在頭頂上；耳墜、項鍊、手串、髮針，金碧輝煌的掛滿了一身，她臉上早已酒意盎然，連眼皮蓋都泛了紅。

接著是白先勇在《一把青》介紹女主角剛登場時的模樣：原來朱青卻是一個十八九歲頗為單瘦的黃花閨女，來做客還穿著一身辦新舊直統子的藍布長衫，襟上掖了一塊白綢子手絹兒。頭髮也沒有燙，抿得整整齊齊的垂在耳後。腳上穿了一雙帶絆的黑皮鞋，一雙白色的短統襪子倒是乾乾淨淨的。

最後是張愛玲在《半生緣》的介紹描寫：穿了件翠藍竹布袍子，袍叉裡微微露出裡面的杏黃銀花緞旗袍，她穿著這樣一件藍布罩袍來赴宴，大家看在眼裡都覺得有些詫異。

上面三段描述女人的文字，各位早已離開那個時代久遠，文字中描述的那種服飾，你們幾乎都沒有見過，你們也不見得能完全想像得出；可是，你們仍然可以從字裡行間看出來，作者要表達的每一個女人的特質。

可見，你們不是依據每一個字的意思來瞭解文義，而是從上下文中的種種線索合併而成的判斷，這就是文義的線索。閱讀英文何嘗不需要同樣的功夫？

14-3 字的線索

中文有一個很有名的例子，杭州西湖的湖心島上有湖心亭，亭內有一塊石碑，上面題著「蟲二」二字，盛讚此地風光。中國山東的泰山上有個石碑也刻著這二個字，也是同樣的用意。

這「蟲二」二字原來是玩弄成語「風月無邊」，既然說「無邊」，就將「風月」這二個字的邊拿去，剩下裡面的「蟲二」二字。要解這個謎，還眞的要有相當的知識造詣以及聯想力。

中文講閱讀方法時常講一句：「字裡行間」。前面講的上下文與線索，是以文字內容所必備的故事的連貫性爲主，哪是「行間」，也是上下文。「字裡」也是一樣有很多線索的，唯有細心和「功力」足夠的人才能發掘到。

特別是英文這個拼音的文字，字組合的方式也是隱藏著不少線索的，當然只有那些有耐心和細心的讀者才能發掘。簡單講，英文字是可以像玩積木似地組合起來的；可以藉著增加一個又一個的組件而擴大架構，以改變字的詞性及意思。英文字有二種組合方式：

可以在一個主體的字（稱爲字根）的前面加個「字首」或後面加個「字尾」，以添加意思或是改變詞性。例如：help 可以當名詞或動詞，helpful 是形容詞，「很有幫助的」；unhelpful 是形容詞，「一點幫助都沒有的」；helpless 是形容詞，「無助的」，helplessness，是名詞，「無助的狀態」。

也可以將二個或更多的字串聯在一起形成「複合字」，以表達一個複雜的意思。例如：fire + wall 就是我們熟知的「防火牆」、flow + chart 就是「流程圖」、ether + net 就是「乙太網路」。

所以，當我們遇見一個生字時，能不能從這些「不認識」的字中去辨認其中一些認得的部分，以供判斷和它相關的可能意思，這反映的就是個閱讀能力或是「功力」的問題。

以大家在科技領域常看到的一個字首 trans- 爲例，這只是個字首，表示「跨越、超越」。經常用來表示「從一個狀態或地方轉換到另一個狀態或地方」，例如：transport 是將東西從一個口岸 (port) 轉運到另個口岸、transcontinental 是跨越洲

際的 (continental)、transplant 是移植植物 (plant)，醫學界移植器官也是這個字、transform 是將東西的型態 (form) 改變、transformer 用在電器領域就是變壓器，同樣這個字用在玩具就是「變形金剛」。

在科技領域，最常見的例子是許多學科的名稱是 /-ology/ 結尾，這是表示一門「知識或科學」，如：Bio-logy「生物學」、Psycho-logy「心理學」、Socio-logy「社會學」、Onco-logy「腫瘤科」、Dermato-logy「皮膚科」、Oto-laryn-gology「耳鼻喉科」。

在人文社會學科，常見的是某種思想學說是 /-ism/ 結尾，如：Communism、Socialism、Behaviorism、Modernism、Post-Modernism、Structuralism 等等。

複合字

「複合字」就是將二個或更多的字連在一起，以表達一個複雜的意思，例如：boyfriend, girlfriend, firewall, sightseeing, guidebook, state-of-the-art, in-your-face, not-so-friendly, in-house, play-of-the-game, a once-in-a-lifetime opportunity……等。

一個複合字剛出現時，通常會以一個 /-/ 符號連接二個字，如：air-craft, bath-room, boy-friend, hard-ware，battle-ship，mother-board。如果這個「新字」被大眾使用廣泛後，中間的那個 /-/ 就漸漸地消失了，所以，今天我們都很習慣：aircraft, bathroom, boyfriend, hardware, battleship, motherboard, smartphone[2] 等。

每當有新的發現時，需要一個字來描述這個新的現象，最簡單的方式就是用現成的字組成一個「複合字」，如：資訊業用的 firewall, motherboard, fast-page mode, logout, chipset, composite, pipelining, meta-data；如企業界的字：businesslike, chairperson, streamline（流線型）, flowchart（流程圖）, blacklist（黑名單）, economics（經濟學）, ergonomics（人因工程）；金融業的 cost-of-carry（持有成本）, cross-rate（交叉匯率）, good-till-cancelled order（長效單）；新聞界的總編輯是：editor-in-chief；醫學界也很多：breastfeed（哺乳）, headache, stomachache, tumor-like（腫瘤樣的）, 看看這個病名：Pneumonoultramicroscopicsilicovolcanoconiosis（谷歌翻譯是：火山肺矽病），這個名稱就是由好幾個字複合成的：Pneumono（肺部的）ultra（極度地）microscopic（微粒）silico（矽狀）volcano（火山）coniosis（病情），這

2 以 smartphone 這個字為例，字典以及報紙都已經接受寫成一個字，但是，微軟的文書處理軟體到 2017 年初仍不接受，仍然只認 smart-phone。表示這個字仍在轉變的過程中。

一長串的字是說明這個病是「因為火山爆發後吸入了大量極細小的火山灰後，使肺部出了問題」。

英文的「複合字」就是可以這樣子組成；所以，處理複合字的方式其實很簡單，就是將字面上的意思加起來就是了，如 software 是 soft + ware（軟體）、headache 是 head + ache（頭痛）、outpatient 是 out + patient（在醫院外的門診看病的病人）、in-your-face 是「當著你的面」、state-of-the-art 是「達到藝術的境界」、tug-of-war 是「拉扯的戰爭」，就是「拔河」、surface-effect 是「表面效應」、after-effect 是「後續效應」、side-effet 是「副作用」。

上面介紹 software，我們就來看 ware 這個字。這個字當名詞指「用某種材料做的東西」，不常單獨使用，但卻經常和其他字組成複合字使用，如：silverware 就是西餐的餐具[3]、glassware 指玻璃製的東西、warehouse 就是放東西的地方；科技界常見的就是 software, hardware, ransomware 等，在資訊界引人注意的 malware（惡意程式）和 ransom-ware（網路勒索）；另外，ware 這個字當形容詞，表示「明瞭、注意」，就有 aware, beware 這樣的組合。

總之，不是所有的生字都是同等的恐怖，面對一個陌生的字時，仔細分析一下字的組合方式，通常都可能找到一些蛛絲馬跡，例如在科技領域常見的 transpond, transistor, transmit, translate 等，都可以從 trans- 這個字首看出些端倪。這些蛛絲馬跡可以協助跳脫全然的茫茫然，多少提供一個判斷的大方向。

進一步講，看到 transpond，這和 respond, correspond 有沒有相關或是相同的地方？類似的如：transistor 和 resist、transmit 和 omit、translate 和 relate 等等；英文字就是有這樣的特性，亂查字典和亂翻譯的人是無法注意到的。這個從字的組成方式尋找蛛絲馬跡的本事，才是真正的程度。

3 有錢人家的刀叉用銀做的，後來就以此字來通稱西餐的餐具。

14-4 結論

人生有許多挑戰是和拼圖遊戲類似的，例如：刑警偵辦命案、學習一個新的知識或技術、開拓一個新的市場等等，這些全新的挑戰，必須在茫無頭緒中去清理出一個清楚的條理。閱讀外文書籍，只是這眾多同性質挑戰中的一個而已。

語文的表達永遠是個藝術，專業的文章也是一樣，因爲語文不是電碼或程式語言；每一個句子的寫作都是作者摸索和創新的歷程，否則便是抄襲或重複。閱讀則是寫作的「逆向工程」，沒有一個工作手冊或是標準作業流程可以依循的。

作者在「字裡行間」要表達的訊息，也唯有透過上下文和字的組成方式的線索才得解開，這些正是我們閱讀外文的過程中，必須不停地搜尋和探索的東西，只有他們才能幫我們理出一個清楚的條理和指出一個明確的頭緒；而這個功夫才是建立英語能力的眞本事。

下一章的練習就是在掌握了一個句子的基本架構後，加入上下文以及字的線索來幫忙解決一些疑難的字和詞，這些才能幫我們更進一步的瞭解句子的意思。

Chapter 15 閱讀之分段、結構、線索及大意練習

這一章是綜合練習前面從第九章以來所教授和示範的解讀方法。閱讀是一個複雜的心智活動，讀者要將一堆文字符號處理成有意義、可以理解的資訊。套用第九章介紹「技能的養成過程」，前面第十二和十三算是「聯結學習」或是「程序式學習」，這一章的用意是引導同學進入「分段、結構及大意」的「自動學習」，加上「找線索及大意」的「聯結學習」。

1

However, in order to avoid any confusion, *G* will be referred to as the *mass center* of the system of particles when properties associated with the *mass* of the particles are being discussed, and as the *center of gravity* of the system when properties associated with the *weight* of the particles are being considered[1].

這是動力工程方面的文章，共 54 個字。掃描時看到有 3 個逗點，還有一個對等連接詞 and，還是先從這裡下手。

1. 先刪除枝節以簡化句子

(1) 標點符號區隔出來做補充說明用的字組

句子一開頭的二個逗點的用法，很明顯的就是在隔開句子開頭的二段補充說明：However 以及, in order to avoid any confusion,。

最後一個逗點，後面緊跟著對等連接詞and，因此，這個逗點是區隔對等連接詞 and所連接的字組，同樣的用法我們在前面已經看過好幾次了。

(2) 對等連接詞and

and的後面是as the *center of gravity* of the system when properties associated with，往前面去找，看到一個相同形式的字組：as the *mass center* of the system of particles when properties associated with，同樣都是as⋯ when...，甚至連副詞子句when properties associated with都相同。

(3) 子句

上面解對等連接詞and時候，已經看到and連接的二個字組中，都有一個when properties associated with......，很明顯地符合子句的特徵。這二個子句的功能都是在補充說明他們之前的as......這個字組，是說明as......是在怎麼樣的條件或狀況下成立的，所以，這二個是副詞子句。

1 Beer, Ferdinand P. B., Johnston, E. Russell Jr. & Clausen, William E. (2004). Vector Mechanics for Engineers: Dynamics, 7th edition. NY: McGraw Hill, p. 861.

2. 句子的「主要結構」

經過上面的分段，這個句子的基本架構爲：

G will be referred to (as...... when......, and as...... when......).

如此，我們確認這個句子的主詞是*G*，動詞是 will be referred。

此外，我們也看到to這個介係詞，後面括號中的(as...... and as......)則是to所引導的介係詞片語。因此，這一個長達54個字的句子的結構其實很簡單，就是主詞+動詞+介係詞片語。

3. 利用線索及上下文解決部分疑難

讀這個句子的麻煩處不在生字，在於其中的許多資訊是息息相聯的，因此，一定要循著這個句子的基本架構，去按部就班地將各個線索逐一釐清和連貫。

首先，這個句子的基本架構顯示，主詞G是以(A and B)來代表(be referred to)；A和B各自陳述在某一個條件時，G會以何種方式來代表。

A是說，當when properties associated with the *mass* of the particles are being discussed時，G是以the *mass center* of the system of particles 來代表；B是說，當when properties associated with the *weight* of the particles are being considered，G是以 as the *center of gravity* of the system來代表。

爲何會用二種不同的方式來代表？句子開宗明義就說了：爲了避免混亂。

這二種不同方式的差別在哪裡？

A的條件是和the *mass* of the particles有關時，而B的條件是和the *weight* of the particles有關時；二者差別的關鍵是，A的條件是「質量」，而B的則是「重量」。因此各以不同的方式來代表。

上下文的線索連貫到這個地步，相信任一個修這門課的人都能清楚了解這句話的意思。這個例子，從掌握了基本架構後，由此來逐步將上下文的線索連貫起來，如此閱讀就不會頭昏腦脹了。

2

It can be proved that the transient component of the solution of any explicit or implicit finite-difference scheme for a parabolic equation satisfying the boundary conditions above does not tend to zero as t increases, as does the transient, i.e. exponential component of the solution of the differential equation, but tends to a value of $k(\delta x)^2$, k constant[2] (p. 88).

這個句子共有 60 個字，初步掃描只看到 4 個逗點，另外還有對等連接詞 or 和 but 各一。此外，句子中用了不少數學的專業用字，面對如此多陌生的專業詞彙，更是要先專注於分段，有沒有注意到句子中也使用了好幾個介係詞？ 先從這裡下手，照樣可以掌握句子的基本架構。

1. 先刪除枝節以簡化句子

(1) 介係詞片語（劃底線的）

It can be proved that the transient component <u>of the solution</u> <u>of any explicit or implicit finite-difference scheme</u> <u>for a parabolic equation</u> satisfying the boundary conditions above does not tend <u>to zero</u> as t increases, as does the transient, i.e. exponential component <u>of the solution</u> <u>of the differential equation</u>, but tends <u>to a value</u> <u>of $k(\delta x)^2$</u>, k constant.

第二個 of 開頭的介係詞片語順便解決了連接詞 or，因爲它所連接的 explicit or implicit 太明顯了，連這 2 個字的形式都相同，結尾都是 -icit。

其次，for 開頭的介係詞片語，equation 後面接著 satisfying，這應該是一個現在分詞，形容 equation 這個字，所以，for 開頭的介係詞片語就一直延伸到 above。因此，經過確認後，這個句子的介係詞片語是：

It can be proved that the transient component <u>of the solution</u> <u>of any explicit or implicit finite-difference scheme</u> <u>for a parabolic equation satisfying the boundary conditions above</u> does not tend <u>to zero</u> as t increases, as does the transient, i.e. exponential component <u>of the solution</u> <u>of the differential equation</u>, but tends <u>to a value</u> <u>of $k(\delta x)^2$</u>, k constant.

2 Smith, G. D. (1985). Numerical Solution of Partial Differential Equations: Finite Difference Methods, third edition. New York, Oxford University Press.

如果將介係詞片語都刪除，這個句子剩下：

It can be proved that the transient component ____ does not tend ____ as t increases, as does the transient, i.e. exponential component ____, but tends ____, k constant. 只剩下25個字，後續的分段就更容易辨認了。

(2) 對等連接詞

前面已經解決了or，剩下but需要釐清。

細心的同學應該看得出來，but的後面是tends，這是個動詞(tend to是當動詞時連著用的）；而前面有個does not tend to，這個對等的形式不僅是詞性相同，而且還都使用同一個動詞tend to。所以，but連接的是：

does not tend (to ......), but tends (to......)

(3) 標點符號區隔出來做補充說明用的字組

我們先從最明顯的著手：but。前面的分段已經知道它所連接的段落，因此，它前面的逗點明顯的是爲了區隔does not tend (to ......)和but tends (to......)中間的一大段。

而but tends (to......)後面的逗點：, k constant，這顯然地，是一個補充說明的片段。

其餘的2個逗點都是在does not tend (to......)和, but tends (to......)之間，我們已經知道but在這個句子的功能，有經驗的讀者已經可以判斷，這2個逗點所夾的段落，都是在補充說明does not tend (to......)這一段。

即使經驗不足的，光看：, as does the transient, 和, i.e. exponential component ____,，這種片段的結構和意思都不完整，只有一個功能，就是補充說明的片段。

(4) 子句

這又要將前面確認了but連接的拉來輔助分段；我們知道but是連接2個動詞：does not tend to...... but tends to......，那他們的主詞爲何？

只有一個可能，就是does not tend to前面的that the transient component，於是，這個that引導的子句就是一直延伸到句子的結尾。而這個子句是當can be proved的受詞，所以，是一個名詞子句。

此外，在這個子句中還有2個補充說明的片段：as t increases和, as does the transient,。先看as t increases，這個increases是個動詞，英文不會沒來由的出現一個動詞，只有一個可能，這個 as 就是引導子句的字，t increases是子句的主詞和動詞。

再來看, as does the transient,。大家都知道does是助動詞，大家也都熟悉：Does she have a car? Yes, she does (have a car).這個用法；這個, as does the transient, 也是同樣的用法。因此，這個 does應該就是子句的動詞，而這個as就是引導子句的字，同時又兼做這個子句的主詞。

於是，這個句子共有3個子句。

經過這4個分段的步驟後，這個句子的基本架構是：

It can be proved that......

2. 確定句子的「主要結構」（主詞+動詞）

   It can be proved

   主詞是：It，動詞是：can be proved。

   意思是：這是可以被證明的。

3. 將之前刪除的逐一還原

   (1) It can be proved that the transient component does not tend to zero[3] as t increases, but tends to a value of $k(\delta x)^2$.

   意思是：當 t 增加時，the transient component[4] 不會趨向於零，但是趨向於$k(\delta x)^2$這樣的數值，這是可以被證明的。

   (2) It can be proved that the transient component does not tend to zero as t increases, as does the transient, i.e. exponential component, but tends to a value o f $k(\delta x)^2$, k constant.

   意思是： 當t和the transient（就是exponential component）一起增加時，the transient component不會趨向於零，但是趨向於$k(\delta x)^2$這樣的數值，(k是常數)，這是可以被證明的。

3 有的介係詞習慣性地和某個動詞連著使用，如這裡的 tend to，很多人也都熟悉，因此，在此就順便一起解讀了，不等到最後再補回去。

4 專業的詞彙就不硬解了，留給專業的人去詳解。

(3) It can be proved that the transient component of the solution of any explicit or implicit finite-difference scheme for a parabolic equation satisfying the boundary conditions above does not tend to zero as t increases, as does the transient, i.e. exponential component of the solution of the differential equation, but tends to a value of $k(\delta x)^2$, k constant.

意思是：當t和the transient（就是 exponential component在微分方程的方法）一起增加時，任何明顯的或是隱含的、針對一個可以滿足上面的界限條件的parabolic 程式的finite-difference scheme的解決方案的the transient component不會趨向於零，但是趨向於$k(\delta x)^2$這樣的數值，(k是常數)，這是可以被證明的。

根據上面的拆解，這個句子的結構方式其實不複雜，然而，這個句子卻能將與核心意思相關的許多複雜的成分一併呈現，這是一個很典型的將許多不同的條件彼此間的關連性在一個句子中清楚呈現的表達方式；只要看這個句子中的介係詞片語如何解讀成中文的挑戰，就知道英文這種「再補充說明」的特性，這種特性不是中文所擅長的。這是爲何，筆者所解讀出的中文大意，其中不少片段的位置和英文原文的位置很不同。

英文這一點特性，我們中文沒有，依賴中文翻譯是學不到這一點的；也唯有經過分段才能發覺到這個特性。所以，重點還是回到筆者一再強調的，多閱讀英文，少依賴中文翻譯。

3

Three potential mechanisms have been proposed: kinetic sieving, in which smaller particles migrate downward through the void spaces between larger particles during motion; “equal mobility”, whereby the proportion of large and small surficial grains adjusts to achieve a spatially constant entrainment stress; and sediment supply imbalance, in which the transport capacity of the flow locally exceeds the upstream supply and results in surface coarsening[5] (p. 1).

這一個水利工程的句子有 64 個字，第一眼的掃描，除了好幾個專業的生字外，可以看到二個明顯的分段指標 (1) 有 3 個逗點和 2 個分號；(2) 有 3 個對等連接詞 and。這裡不再像前面一樣按部就班地分段，直接先從明顯的線索著手，以方便迅速地掌握這個句子的基本架構。

1. 利用線索及上下文解決部分疑難

有經驗的讀者看到這樣的句子，不會被那些專業的生字嚇到，反而會專注於找線索，以幫忙分解這個句子的結構，例如：字的線索、標點符號和對等連接詞等。這個句子提供了一個案例。

(1) 字的線索

首先，句子開頭的字是：Three potential mechanisms，大家都認得Three。

(2) 標點符號和對等連接詞的線索

其次，我們試著不要去管那許多的字，只專注於標點符號和對等連接詞 and；如此做的用意，是因爲看到了這麼多的逗點和分號加上對等連接詞 and，要確認是否有可能其中有個and以及逗點、分號連著使用，是連接著好幾個段落的文字？這樣的用法我們在前面的案例中見過好幾次了。

我們看到的是：

Three potential mechanisms have been proposed: kinetic sieving, in which......; “equal mobility”, whereby the proportion of large and small surficial grains......;

5 Ferdowsi, Behrooz, Ortiz, Carlos P., Houssais, Morgane & Jerolmack, Douglas J. (2017). River-bed armouring as a granular segregation phenomenon. NATURE COMMUNICATIONS | 8: 1363 |DOI: 10.1038/s41467-017-01681-3.

and sediment supply imbalance, in which the transport capacity of the flow locally exceeds the upstream supply and results in surface coarsening.

到這個地步，就先解決對等連接詞and。

第三個and的後面是results in......，是個動詞，這個and連接的是2個動詞：exceeds the...... and results in......。這2個動詞是當which引導的子句的動詞。

來看第二個 and，它的後面是sediment supply imbalance, in which......，這不像是一般的連接2個單字、片語或是子句的用法；現在將整個句子再看一遍，不要管那些生字，專注於標點符號和對等連接詞的用法，我們看到了一個現象：

Three potential mechanisms have been proposed: kinetic sieving, in which......; “equal mobility”, whereby......; and sediment supply imbalance, in which......

各位有沒有看到其中的一個相同的形式？就是每一個分號所分隔的段落都有一個逗點，將這個段落內又分爲2段，第一段都是一個專業的詞彙，跟著逗點的第二段的開頭都是個子句的形式。有沒有看到，這樣的形式共有三個？這就對應了句子的第一個字：Three potential mechanisms。

接著來看第二個and的用法，就比較有概念了： 這個and是要和句子中的2個分號一起看的。也就是說，這個and和2個分號一起串連起三段形式相同的段落。

第一個and的後面是small，這個很明顯就是連接large and small。

這個句子的基本架構其實是：

Three potential mechanisms have been proposed: kinetic sieving......; “equal mobility”......; and sediment supply imbalance.......

2. 確定句子的「主要結構」（主詞+動詞）

   經過前面的步驟後，這個句子的主要結構是：Three potential mechanisms have been proposed.

   意思是： 三個潛在的機制已經被提出了。

3. 將之前刪除的逐一還原

   這裡就不再逐一詳述還原的部分，方法就是將那三個段落逐一補回。而每一個段落的架構就是：一個專業的詞彙，一個形容詞子句來說明這個詞彙[6]。

15

6 除非是專業人士要知道詳細的內容，不然，掌握每一段落的大意即可。

4

This technology is generally applicable to many different applications, and our research is beginning to reflect that from the demonstrations of the IoIF, to the Decision Framework, and communicating the uses of SWT by NASA/JPL, and how such capabilities can be integrated within a model based engineering environment, like OpenMBEE to provide additional reasoning on the information that is captured such as completeness, consistency and well-formedness[7](p. 22-23).

這句話共有 66 個字，學者在寫論述性質文章時經常會出現這樣的句子，就是在寫作時針對某個資訊再多陳述或補充一些相關的資訊，如此補充再補充，就使得一個句子夾帶了大量的資訊，即使對專業人士也是沉重的負荷。

面對這樣的句子，除了分段以外，還要將這些段落依據在句子整體結構中的功能予以分類，就是依據在句子中的位置以及關聯性，決定每個段落的重要性，據此將好幾個段落分成幾個層次，然後分層詳細解讀。

初步掃描，我們看到有 6 個逗點，還有 4 個 and，加上幾個專業詞彙。有這麼多的逗點和 and，會不會其中一個或二個 and 和逗點連著用以連接二個或三個以上的東西？就從這 6 個逗點和 4 個 and 著手，以簡化結構。

1. 先刪除枝節以簡化句子

逗點和對等連接詞 and：

我們看到的第一個 , and，它的後面是 our research is beginning，就是一個句子，於是，這個 and 連接的是2個句子： This technology is...... and our research is beginning...... 。

接下來的2個逗點明顯的是夾著一個介係詞片語： , to the Decision Framework,，這應該是個插進句子補充說明的片段，可以先不理會。

第二個 and，它的後面是 communicating，往前面看到： our research is beginning，因此，這個 and 連接的是： our research is beginning......and

7 Blackburn, Mark & Verma, Dinesh (2017). Transforming Systems Engineering through Model-Centric Engineering. Technical Report SERC-2017-TR-110. Copyright © 2017 Stevens Institute of Technology, Systems Engineering Research Center.

communicating......。

接著，又看到一個 , and，它的後面是： how such capabilities can be integrated，明顯的是個子句，可是，前面沒有一個子句這樣的字組，無法藉助「形式對等」輕易地確認這個 and 所連接的，只好等下再來尋找其他的線索來解決。

下一個逗點 （第五個） 的後面是 , like OpenMBEE，這種用法是很典型的表示：「例如」。

最後一個逗點是和最後一個 and 連著用，因爲是在連接3樣東西： completeness, consistency and well-formedness。因此，, like OpenMBEE 這一段話是一直延伸到句尾。

經過這樣初步的整理，這個句子的基本架構就浮現了：

This technology is......, and our research is beginning...... and communicating the uses of SWT by NASA/JPL, and how such capabilities can be integrated within a model based engineering environment.畫線的字組標示尚待釐清的部分。

2. 利用線索及上下文解決部分疑難

前面看到一個疑難：and連接的不是「形式對等」，它後面接著一個子句，但是，前面卻沒有這樣一個字組，這個and是連接甚麼？

(1) 線索：對等連接詞的「形式對等」

從上面整體的基本架構看，有三個可能：

① This technology is......, and our research is beginning......, and how such capabilities can be integrated within a model based engineering environment.

這個and是連接三個有「主詞+動詞」這樣的字組，但是，前二個是可以單獨存在的句子，第三個how such capabilities can be integrated比較像是個子句，也不盡然算是「形式對等」。

② ......is beginning...... and communicating the uses of SWT by NASA/JPL, and how such capabilities can be integrated within a model based engineering environment.

這個and是連接前面的二個動詞：is beginning and communicating，後面則是一個子句，毫無「形式對等」的蛛絲馬跡。

15

③ the uses of SWT by NASA/JPL, and how such capabilities can be integrated within a model based engineering environment.

這個and是連接前面的名詞the uses，和後面的名詞子句：how such capabilities can be integrated，就詞性看，也是「形式對等」。

經過這樣的假設和篩檢，第三個連接方式較有可能；這是純粹就對等連接詞的「形式對等」來看的。

(2) 線索：前後文意思

這一段文字簡化後是：our research is communicating the uses of SWT ___ and how such capabilities can be integrated。

意思是： 我們的研究正在傳播多種使用SWT的方式[8]，還有這些能力可以如何整合。

一個是名詞單字，另一個是名詞子句，因爲詞性相同，就意思上連起來就比較流利。

簡化後，這句話就剩下：

This technology is···, and our research is beginning...... and communicating......

3. 確定句子的「主要結構」（主詞+動詞）：

這個句子的「主要結構」是This technology is......, and our research is beginning...... and communicating......。

4. 依據各個段落的相關性以確認層次：

This technology is generally applicable to many different applications, *and* our research is beginning to reflect that from the demonstrations of the IoIF, to the Decision Framework, *and* communicating the uses of SWT by NASA/JPL, *and* how such capabilities can be integrated within a model based engineering environment, like OpenMBEE to provide additional reasoning on the information that is captured such as completeness, consistency and well-formedness.

英文組織句子有個特性，就是可以像我們在寒冷的冬天穿衣服，一層一層的加上去；等將全身包裹好後，每個人看起來都是厚厚的，原本再苗條動人的身材都看不出來了。而這個句子就充分展現了這個特性。

8 請注意 uses 是複數。

解讀這種句子，對於後面附加的段落，要能夠依據其在句子中的功能予以分別層次，這樣子才不會將各個段落所有呈現的資訊的重要性及相關性弄混。這一點功夫，即使是今天的谷歌翻譯也沒有辦法，所以，還是腳踏實地練習。

這個句子的「主要結構」是This technology is……, and our research is beginning......and communicating......。將一些和主詞與動詞直接相關的字加上去，就是：This technology is generally applicable......, and our research is beginning to relflect that...... and communicating......。這是第一個層次，就是句子最核心的部分。

(1) 將第二個層次（劃底線部分）加上去：

This technology is generally applicable to many different applications, and our research is beginning to reflect that from the demonstrations of the IoIF, to the Decision Framework, and communicating the uses of SWT by NASA/JPL, and how such capabilities can be integrated.

到這個地步，相信多數的同學也能掌握分段和內容，可是，接下來一連串的介係詞片語就使資訊爆炸：

(2) 第三個層次是：

how such capabilities can be integrated within a model based engineering environment,。說明在如何的環境下可以整合。

(3) 第四個層次是：

how such capabilities can be integrated within a model based engineering environment, like OpenMBEE to provide additional reasoning on the information。

以OpenMBEE 爲例，說明如此做可以提供額外、可供思索的資訊。

(4) 最後，第五個層次是：

how such capabilities can be integrated within a model based engineering environment, like OpenMBEE to provide additional reasoning on the information that is captured such as completeness, consistency and well-formedness。

說明這個可供思索的資訊的三個特質。

這個句子的內容分成五個層次，先理清它的組織的層次，接著才能處理各個段落的內容，到這個地步，大家畏懼的生字才有意義。如果企圖將這個分成五個層次的英文句子翻譯成一個中文句子，要超級高深的文字水準，還有對內容精準的理解。我們多數人做不到，谷歌翻譯也做不到。

5

Fortunately, the sun and the earth both have characteristics (discussed in a later section) that enable us to use the following relationship called **Wien's law** (or Wien's displacement law) after the German physicist Wilhelm Wien, pronounced Wēēn (1864- 1928), who discovered it:

$$\lambda_{max} = \frac{cons\,tan\,t}{T},$$

where λ_{max} is the wavelength in micrometers at which maximum radiation emission occurs, T is the object's temperature in Kelvins, and the *constant* is 2897 μm K[9](p. 38-9).

這個氣象學的句子長達 76 個字，有 6 個逗點分成了七段話；最醒目的是，中間有一個公式，而公式之後的文字都是再進一步解說，麻煩處應該在這裡。

1. 標點符號區隔的段落和對等連接詞and

   雖然句子長，但是，7段話中也有一些明顯的補充說明的片段，先將這些解決後，讓我們能掌握句子的基本架構。

   這句話不僅有6個逗點，還有3個括號，其中幾個逗點的用法，前面的案例中已經呈現過許多次，有經驗的讀者應該可以輕易辨認他們的功能。

   這6個逗點的用法可分為二類：

   (1) 區隔一個修飾語：前面3個都是這類的用法，區隔開：

   Fortunately,

   , pronounced Wēēn (1864 - 1928),

9 Blackburn, Mark & Verma, Dinesh (2017). Transforming Systems Engineering through Model-Centric Engineering. Technical Report SERC-2017-TR-110. Copyright © 2017 Stevens Institute of Technology, Systems Engineering Research Center.

第四個逗點，就是公式後面的那個逗點也是這個用法：, where......這也是個補充說明的修飾語的用法，應該是來進一步說明這個公式。

(2) 最後2個逗點和 and是連著用的，就是說，and是連接針對公式中的3個符號的說明：λ_{max}, T, and *constant*。

而這3段說明都是在where引導的形容詞子句內的三個「主詞＋動詞」。

2. 確立句子的基本架構

經過上面將6個逗點的功能確認後，這個句子的基本架構浮現了：

the sun and the earth both have characteristics that enable us to use the following relationship called **Wien's law** after the German physicist Wilhelm Wien who discovered it:

$$\lambda_{max} = \frac{constant}{T},$$

where λ_{max} is......, T is......, and the constant is ......

3. 確定句子的「主要結構」（主詞+動詞）

這個句子的「主要結構」是：the sun and the earth both have。

4. 依據各個段落的相關性以確認層次

(1) 將第二個層次（劃底線部分）加上去：

the sun and the earth both have characteristics <u>that enable us to use the following relationship</u>。

形容詞子句說明characteristics。

(2) 將第三個層次（劃底線部分）加上去：

the sun and the earth both have characteristics that enable us to use the following relationship <u>called **Wien's law** (or Wien's displacement law)</u>:

$$\lambda_{max} = \frac{constant}{T},$$

因為形容詞子句中說：to use the following relationship，而這個形容詞子句的結尾是個冒號「：」，所以，這個公式算是第三個層次。

(3) 第四個層次（劃底線部分）：

the sun and the earth both have characteristics that enable us to use the following relationship called **Wien's law** after the German physicist Wilhelm Wien, pronounced Wēēn, who discovered it:

$$\lambda_{\max} = \frac{cons\,tan\,t}{T},$$

where λ_{max} is the wavelength in micrometers at which maximum radiation emission occurs, T is the object's temperature in Kelvins, and the constant is 2897 μm K.

對等連接詞 and 連接的是這個公式的符號的個別說明。

(4) 第五個層次（劃底線部分）：

the sun and the earth both have characteristics that enable us to use the following relationship called **Wien's law** after the German physicist Wilhelm Wien, pronounced Wēēn, who discovered it:

$$\lambda_{\max} = \frac{cons\,tan\,t}{T},$$

where λ_{max} is the wavelength in micrometers at which maximum radiation emission occurs, T is the object's temperature in Kelvins, and the constant is 2897 μm K.

經過這樣的分段和分層次，各位可以看得出來，這一個句子雖然長，但是，分段的關鍵在辨認那 6 個逗點的用法，特別是確認出最後 2 個逗點和 and 連著的 3 段說明都是 , where...... 這個形容詞子句的內容。總之，掌握基本架構和各個段落間的關係後，才有機會爲生字傷腦筋的。

6

There are processes that fall into the boundary region between the two such as the forging of a dome-shaped part from a thick plate, in which the thickness may not be changed a great deal, and sheetmetal stretching and ironing during deep drawing in which, in the latter case, an intentional change in thickness of the sheet is made by the close clearance provided between the punch and die[10].

這個材料科學的例子長70個字，加上許多專業的字，很嚇人。除了分段解讀之外，能夠好好運用內容中有連貫性的線索，一個外行人仍然可以抓出整個句子的大意的。分段解讀經過前面總共二十一個例子後，這裡就不再示範初步的和簡單的步驟，直接從「上下文的線索」和「故事的連貫性」著手解讀。

1. 利用線索及上下文解讀

所謂的「有連貫性的線索」，在這個句子中可以明顯看到二個：in which 和 thickness 這二個字都出現了二次；而且，句中也有and。這些是巧合？還是「有連貫性的線索」？會這樣子出現一定有原因的。

(1) in which

對子句有經驗的人都知道，這是一個形容詞子句的用法，介係詞in是將「原本表示這個形容詞子句和它所要形容的名詞之間的關係的介係詞」移到which 開頭的形容詞子句前面。例如：I live **in** this house. → This is the house **in** which I live.；She likes to lie on her sofa to relax. → It is her sofa on which she likes to lie to relax.。

加上英文習慣用對等形式來表達，所以，這個句子中出現二次in which引導的形容詞子句： 第一個in which是形容它之前的the forging；第二個in which則是形容它之前的sheetmetal stretching and ironing；然而，因爲這個in which後面插進來一段補充說明的：, in the latter case, （後者的情形下），所以，這個形容詞子句是針對ironing。

10 Mielnik, Edward (1993). Metalworking Science and Engineering. International edition, McGraw-Hill Inc., p. 191.

所以，可以看出來，這個句子中2個in which引導的形容詞子句，很有可能是運用同樣的寫作形式來比較或是對比二件事情：a thick plate和sheetmetal stretching and ironing。

(2) thickness & thick

thickness這個字出現了二次：the thickness may not be changed和an intentional change in thickness，都是上面提到的in which引導的形容詞子句內，都是進一步說明形容詞子句所要形容的字。再從和thickness搭配使用的字，很明顯的是在陳述二種不同的thickness的情形；這樣的推論確認極有可能是在比較或對比二件事情。

(3) 對等連接詞and

上面的推論已經指出，這個句子在比較或對比二件和thickness有關的事情，因此，這個句子中的3個and，其中一個很可能就是連接這二件事情的。

同學們應該已經有相當的經驗，最後一個and連接的是punch and die；第二個and連接的是 stretching and ironing；第一個and的後面是sheetmetal stretching and ironing，它前面要連接的是甚麼？

這個and前面是：, in which the thickness may not be changed a great deal,，這一個形容詞子句是用插進來補充說明的方式呈現，所以，這一段可以跳過，這樣子，and的前面就是the forging of a dome-shaped part（介係詞片語from a thick plate看起來無關）。

這個and連接的是the forging of a dome-shaped part and sheetmetal stretching and ironing，看字形都是動名詞：forging, stretching, ironing（所謂的對等連接詞就是包括這種形式的一致性）；而動名詞的意思就是在表達「做一個動作的這件事情」，由整句的上下文判斷，這3個動名詞應該是陳述如何給鋼材(sheetmetal)加工。因此，可以確認這個and連接的是如此。

(4) such as

這個句子解讀到這個地步，剩下：There are processes that fall into the boundary region between the two such as......。

大家對such as應該都不陌生，就是表示「例如」；所以，這個such as後面的一長串字都是在說明所舉的例子。

2. 句子的整體架構

綜合上面的推論，這個句子整體的架構是這樣組織的：

There are processes that fall into the boundary region between the two such as (A and B)。There are processes是句子的主要結構；畫底線的是一個形容詞子句，形容processes；接著，就舉了二個例子： A是：the forging of a dome-shaped part；B是：sheetmetal stretching and ironing。

因此，整句的大意是：

有些程序是介於這二者之間，例如：A (the forging of a dome-shaped part)和B (sheetmetal stretching and ironing)；A和B各附有一個in which 引導的形容詞子句說明，重點在說明不同的thickness和製作的processes (forging & stretching and ironing)有何關係。

3. 生字的線索

這個句子中的專業用字太多了：forging, stretching, ironing, drawing, clearance, punch, die.。forging, stretching, ironing, 和 drawing 這 4 個動名詞在上面介紹過了，在這個談材料處理的句子中都是表示處理鋼材的不同方式：

forging是forge的動名詞，原意是 「花很大的力氣去造成想要的形狀」，在古代就是指鐵工的「鍛造」；stretching是stretch的動名詞，意思是「伸展」，就是將東西拉長。forging和stretching這種字不如下面2個常見，但是，意思和用法不複雜，反而較簡單。

ironing來自iron；大家都不陌生，名詞的意思是「鐵」，當動詞是指「用鐵（很重的東西）將東西壓平」，所以，字典的字面意思是 「熨燙（衣服）」、「將事情理順」；這個方式處理鋼材，可能是表示將材料表面像熨燙衣服那樣地整平；而drawing 來自draw；國中生都知道是 「畫圖」，但是，這個字也用在to draw blood（抽血）, to draw out a pistol（拔槍）, to draw a lottery（抽籤）；明顯地在表示一個 「將東西抽出來或是引導出來」的動作，所以，用在處理鋼材，可能是指將鋼材抽成細長條；這純是筆者外行人依據這個字的核心意思去判斷的，至於詳細的內容就留給專業的去解說。

接著看clearance，源自clear；clearance是名詞，意思是「清理、清除雜物、清除出來的地方、清理好的情形」。在這個句子中的用法是the close clearance，是指前面提到的ironing 過程中（將鋼板整平），爲了刻意改變鋼板的厚度而採用的一種做法，所以，the close clearance字面的意思是「很貼近鋼板的清理」，可能是指「切得很薄的清理方式」。

而這個the close clearance是藉著**between** the punch **and** die（注意between A and B的用法）而造成的。punch and die，這二個字都不陌生，尤其是後者，加上定冠詞**the** punch and die，在這裡很明顯的是機器加工專業的用字。

從句子的上下文看，between the punch and die這二種加工的動作，可以造成the close clearance；而如此就改變了鋼板的厚度，因此做到了ironing。

剩下的是將專業的用字的意思塡進去就好了。

結論

從上面的六個實例，還有 13 章的案例 12，可以清楚地看到，解讀出文章眞正的意思是一個在上下文中搜尋線索的歷程，在這個過程中，不論是上下文故事的連貫性的線索、句子結構的線索乃至於字的組成方式的線索，這些都是我們可以充分運用的，而在這個過程中，眞正的關鍵不在於許多人畏懼的生字，而在於能否從認得的字、生字的組成方式、句子的結構和上下文故事的連貫性中，去挖掘出各式各樣的線索，這才是所謂的「功力」。

尋找線索是「功力」，如何將上下文中種種明顯的以及隱晦的線索綜合處理，這需要融入個人的知識與常識，才可能知道要如何取捨及判斷。就以前面例子中看到的，字典中的解釋其實經常不如依據上下文的連貫性所判斷出來的解釋好，這都是因爲融入了個人的知識與常識，這個本事，就是「程度」。程度，不是靠文法書、字典和翻譯堆出來的，是在持續的閱讀過程中，克服一個又一個的疑難而累積出來的。

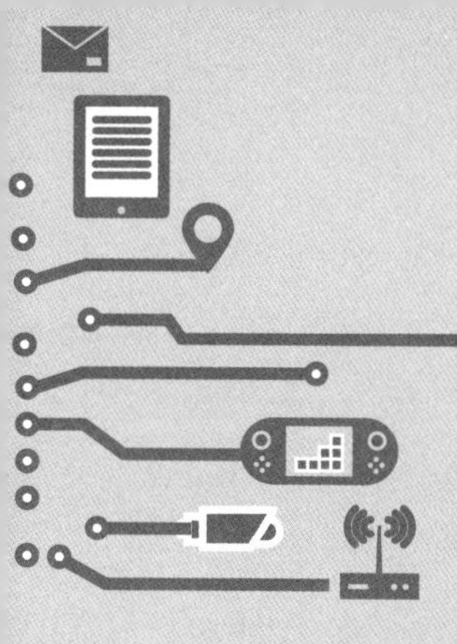

小試身手

下面的練習題，回答了每一題的問題後，記得找出每一句的主詞和動詞。

1. At sunrise and sunset, when the white beam of sunlight must pass through a thick portion of the atmosphere, scattering by air molecules removes the blue light, leaving the longer wavelengths of red, orange, and yellow to pass on through, creating the image of a ruddy or yellowish sun (see Fig. 2.13)[1] (p. 46).

   請問：(1)劃線部分指的是甚麼？(2) to pass on through指通過哪裡？

2. We can infer that if a player spends a lot of time going through certain dialogues without committing to an action that the player is either collecting various information before acting or is struggling with the interface. It is possible that the success of that action may help to distinguish this[2] (p. 36).

   請問：(1) going through certain dialogues和interface有沒有關係？

   (2)第二句的this是指甚麼？

3. Now given a total of *n* heads in the first 2*n* flips, it is easy to see that all possible orderings of the *n* heads and *n* tails are equally likely and thus the above conditional probability is equivalent to the probability that in an election in which each candidate receives *n* votes, one of the candidates is always ahead in the counting until the last vote (which ties them)[3] (p. 18, 70).

   請問：(1)這個句子中雖然只有2個逗點，但是，你可以分成幾段以掌握它的基本架構？

   (2)這幾個段落依據功能可以分成幾個層次？

1 Ahrens, C. Donald (1994). Meteorology Today. MN, West Publishing Company.

2 Blackburn, Mark & Verma, Dinesh (2017). Transforming Systems Engineering through Model-Centric Engineering. Stevens Institute of Technology, Systems Engineering Research Center (SERC). Technical Report SERC-2017-TR-110.

3 Ross, Sheldon M. (1983). Stochastic Processes. NJ: John Wiley & Sons.

小試身手

4. The discretization error can usually be diminished by decreasing δx and δt, subject invariably to some relationship between them, but as this leads to an increase in the number of equations to be solved, this method of improvement is limited by such factors as cost of computation and computer storage requirements, etc[4] (p. 45).

請問：(1) between them 是指甚麼？(2) this指甚麼事情？

(3) such factors又是指甚麼？

5. Three (or more) time-level schemes can be constructed but naturally this is done only to achieve some advantage over two-level schemes, such as a smaller local truncation error, greater stability, or the transformation of a non-linear problem to a linear one as is demonstrated further on in this chapter[5] (p. 138).

請問：(1) this指甚麼？(2) some advantage有哪些？

6. Compared to a broadband emitting radiator (e.g. tungsten as in refs[21,24]), such a radiator transfers thermal radiation to the cell less efficiently in the far field and in the near field down to a radiator-to-cell distance of 10 nm[24], but generates huge near-field radiation absorption fluxes close to the front interface of the cell in the extreme near-field ($d \leq 10$ nm)[6] (p. 2).

請問：but是連接哪些事情？

7. Although FEM is more sophisticated and general than FDM (which it includes as a subset), FDM on a uniform grid has a number of strengths when it comes to the design of nano-scale photonic, and we believe by extension also phononic, devices and circuits[7] (p. 2).

---

4 Smith, G. D. (1985). Numerical Solution of Partial Differential Equations: Finite Difference Methods, third edition. New York, Oxford University Press.

5 Smith, G. D. (1985). Numerical Solution of Partial Differential Equations: Finite Difference Methods, third edition. New York, Oxford University Press.

6 Blandre, Etienne, Chapuis, Pierre-Olivier & Vaillon, Rodolphe (2017). High-injection effects in near-field thermophotovoltaic devices. Nature, scientific reports, 7: 15860. DOI:10.1038/s41598-017-15996-0.

7 Dostart, Nathat, Liu, Yangyang & Popović, Miloš A. (2017). Acoustic Waveguide Eigenmode Solver Based on a Staggered-Grid Finite-Diference Method. Nzture Scientific REportS | 7: 17509 | DOI:10.1038/s41598-017-17511-x.

請問：(1) which 引導的子句是修飾甚麼？(2)這個子句的主詞it指甚麼？

(3) when it comes to…的it又是指甚麼？

8. An efficient and computationally stable implementation is to remove the corresponding boundary-normal displacements u_n (since they are the only ones coincident with the boundary) from the matrix operator and solution vector, which is the method used here[8] (p. 5).

請問：(1) the only ones的ones是對應於哪一個字？

(2) which引導的子句是針對哪個字說明？

9. Simulation has been used in a variety of ways for concept, design, and testing, but current methods do not put the user into the system in ways that provide deep feedback and enable a dialogue between Warfighter and Engineer (as well as other stakeholders) that can inform design, and more broadly, the entire acquisition process[9] (p. 34).

請問：(1)這個句子在but 之後的部分可以分成幾個層次？

(2)這句話共有幾個子句？

10. Additionally, and more tentatively, the urban prediction problem is a more complex problem to address than the freeway prediction problem because there are many more degrees of freedom that govern the underlying local traffic dynamics (e.g. intersection control, crossing flows, high-frequency queuing also under free flowing conditions, much more route alternatives, etc), and thereby also the dynamics of speed and travel time[10] (p. 6).

請問：依據上下文，第一行的urban prediction是指甚麼？。

---

8 同註 7。

9 同註 105。

10 Lopez, Clélia, Leclercq, Ludovic, Krishnakumari, Panchamy, Chiabaut, Nicolas & Lint, Hans van (2017). Revealing the day-to-day regularity of urban congestion patterns with 3D speed maps. Nature Scientific Reports | 7: 14029 | DOI: 10.1038/s41598-017-14237-8.

Chapter 16
總結

這本書有三百多頁的篇幅，試圖從各個與閱讀相關的面向來說明如何才能有效的閱讀，其實，閱讀的本質可以一句話總結：量大則質變。

美國教育界不論是針對學齡兒童或是高中畢業生的閱讀能力調查，都指出一個共同的結論：收聽和閱讀的量大的學生的語文能力就是高。例如：美國針對小一學生的調查發現，這些小孩所知道的字彙量和他們從小在家中接觸和使用語言的量成正比，就是說，家長多花時間和小孩講話和說故事的，小孩的字彙量就是高，前段學生的字彙量是末段學生的至少二倍，而這又影響到了入學後的語文能力；另一個針對高三學生的調查發現，語文能力前面十分之一（相當於 PR 99-90）和後面十分之一的人（相當於 PR 9-0）相比，他們在十二年的學校教育期間，閱讀的數量差距達到二百倍。

不僅如此，不論是小一學生字彙量的差距，或是高三學生的語文能力的差距，這個能力高、低的差距，會持續影響到後續的學習表現，除了少數學生願意痛下決心急起直追，否則通常很難彌補，因爲，能力高的很容易就進入一個「良性循環」，而能力低的則陷入一個「惡性循環」。美國教育界對這個現象有一個專有名詞：「馬太效應」(Matthew Effects) 。

「馬太效應」這個理論最早由美國學者 Merton (1968) 提出，源自基督教的新約聖經的馬太福音，第二十五章："For unto every one that hath shall be given, and he shall have abundance; but from him that hath not shall be taken away even that which he hath" (XXV: 29).。中文意思是：「凡有的，還要加給他，叫他有餘；凡沒有的，連他所有的也要奪去。」加拿大心理學者 Stanovich (1986) 簡化爲："the richer get richer and the poorer get poorer"，就是：「富者愈富，貧者愈貧」。

「馬太效應」已被運用在許多社會科學領域，如：經濟學、社會學及教育等。在語文教育上，「馬太效應」是很明顯的，剛入學的學生若是閱讀能力較好，他們在後續的語文學習活動就比較積極，表現也會較好；那些剛開始就比較差的，他們的學習意願就比較低落，表現也差，和前者的差距就逐年愈拉愈大 (Hirsh, 2011, Stanovich, 1986, Cunningham & Stanovich, 1997, Walberg & Tsai, 1983)。這個現象在我們臺灣的講法就是：「雙峰現象」、「M 型化」。

「馬太效應」和「良性循環」及「惡性循環」是互爲表裡的。Nuttal 在 1982 年提出學外語的「良性循環」(Virtuous Circle)（圖 16-1）及「惡性循環」(Vicious Circle)（圖 16-2）。他以圖表將這個概念顯示出來 (頁 167-8)，本書改成中文版：

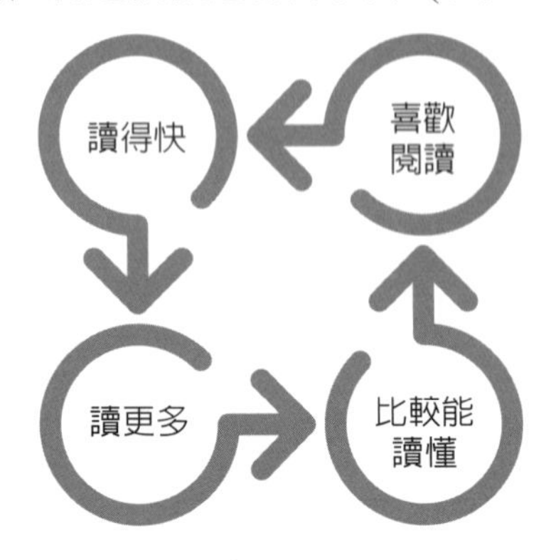

圖 16-1　好的讀者的良性循環 (THE VIRTUOUS CIRCLE OF THE GOOD READER)

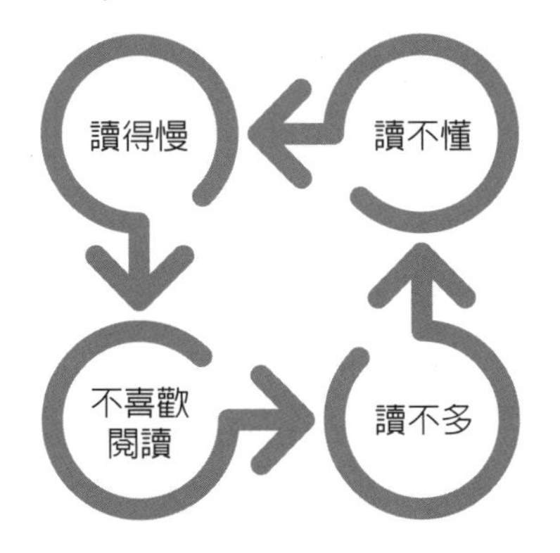

圖 16-2　差的讀者的惡性循環 (THE VICIOUS CIRCLE OF THE WEAK READER)

不論是收聽或是閱讀，沒有任何理論、任何策略、任何教法、任何教材、任何大師能保證我們一定會進入「良性循環」；而要進入「惡性循環」是不必費任何力氣的，只要一次挫折、一次怨嘆、一次心灰意冷或一次怠惰就夠了。

許多人放棄學英文就是因爲陷入了一個「惡性循環」，以致於閱讀停滯，沒有閱讀，語文學習就是很難進展。而會陷入「惡性循環」的元凶，就是因爲執著於一定要懂得每一個句子、每一個字的意思，因爲這個執著就採取了「堆積木式的翻譯」，等挫折感累積多了，不論是因爲「讀不懂」、「讀不多」、「不喜歡閱讀」還是「讀得慢」，反正就是在「惡性循環」中輾轉反側，最終逃不出「馬太效應」的預言。

我們的學習是進入「良性循環」或是「惡性循環」，只有學習者本人能決定。我們無法明確的說，因爲哪一個點而開始了「良性循環」或「惡性循環」，或是一定要先從哪一個點開始才能突破「惡性循環」，我們能確定的是，不論從哪裏先開始，一定要持續做下去，才能使我們進入「良性循環」。

因此，本書的中心點只有一個：學習者的態度決定一切。

學習者的態度反映在二點：

1. 持續的閱讀和收聽是學好語文的必備工夫；
2. 疑難是每一個學習者都會遭遇到的，學會如何逐步克服和暫時放過是必經的考驗。

本書的前八章是針對第一點，而後面七章則是針對第二點，學會如何解決疑難是爲了保障持續的閱讀和收聽能順利地進行。唯有如此，學習者才不會輕易地墜入「惡性循環」，也才能進入一個「良性循環」，這樣才能享受到「馬太效應」好的一面，等到閱讀的量及經驗累積達到滿足點，一定會爆發「質變」。那個滿足點在哪裡？

磚頭理論

筆者有個「磚頭理論」：假設閱讀一頁 A4 大小的文章算一塊磚頭[1]，據建築包商的算法，一平方公尺的建築須要 80 塊磚，問問你自己：從高中到大學這些年來，你所閱讀的英文文章夠不夠蓋一間 2.5 平方公尺的浴室（不到一坪）？如果想蓋一間自己一個人住的 30 平方公尺小套房（約 10 坪），需要多少塊磚頭？

很多人對學英文的目標是：又沒有要學到多好，能夠應付學校及職場需要就好了。即使以這樣子的標準，相當於一間不含浴室的單人房間，至少也要 15 平方公尺，就是要 1200 塊磚頭。這個數字乍看可能嚇人，其實，每天讀 4 頁，一年就可以達到 1460 頁，就相當於 18.25 平方公尺。因此，重點就在二項：

1. 持續且密集；
2. 如何解決疑難。

1 持續的收聽當然也有學習的效果，但是和閱讀的效果不盡相同，而且學習語文還是以閱讀為核心的，所以就以閱讀為簡單計算的方式。

這當然就是學習者的態度：

1. 不間斷才是持續、量大才是密集。每週做一、二次當然不算持續且密集，更何況很多人經常是受到刺激而衝刺了二週，然後一休息就是三、四個月，這種暴衝接著又長期冷落的方式是微不足道的；
2. 進步總是發生在解決疑難時，暫時放過也是解決疑難的方法之一。就像人生總是有各種大大小小的挑戰與挫折，我們的成長都是在面對挑戰及挫折時，但也不是每一個挑戰與挫折我們都能面對，學會暫且放下也是一種成長的方式。

歸根結底，你持續且密集的程度就決定了你的英文脫胎換骨的速度，這是不破的鐵律！務實之道就是剛開始學習閱讀時，一定要學會將精力專注於能認得的部分，從這裡開始向外延伸，能懂多少就算多少，每次推論出一點心得，就是一點進步。所以，「每天進步一點點」就是這持續閱讀過程中的精神，也是「量大則質變」的關鍵，學習者通常是無法察覺那一點點小小的進步，但是，日積月累的功夫就很可觀。總之，學習者的態度決定了一切。

參考資料

參考資料

中文部分

1. 陳達武著，[91]。英文閱讀方法，國立空中大學，民91。
2. 陳達武著，「95」。學習英語的策略與方法，國立空中大學，民95。
3. 陳達武、洪敏琬著，「103」。中階英語(單字篇)，國立空中大學，民103。

英文部分

1. Anderson, J. R. (2000a). Learning and memory: An integrated approach (2nd ed.). New York: John Wiley.
2. August, Diane & Shanahan, Timothy (2006). Executive Summary: Developing literacy in second-language learners: Report of the national literacy panel on language-minority children and youth. New Jersey: Lawrence Erlbaum Associates.
3. Barnes, Douglas (1987). From communication to curriculum. Middlesex, England: Penguin Books.
4. Bowers, P. G., Golden, Jr., Kennedy, A. & Young, A. (1994). Limits upon orthographic knowledge due to processes indexed by naming speed. In V. W. Berninger (Ed.), The Varieties of Orthographic Knowledge (Vol 1, 173-218), Dordrecht, the Netherlands: Kluwer Academic.
5. Breznitz, Z. (2006). Fluency in reading. Mahwah, NJ: L. Erlbaum.
6. Britton, James (1970). Language and learning. Coral Gables, FL.: University of Miami Press.
7. Bruner, J. S. (1966). Toward a theory of instruction, Cambridge, Mass.: Belkapp Press.
8. Carey, S. (1978). The child as word learner. In M. Halle, J. Bresnan, & G. Miller (Eds.), Linguistic theory and psychological reality (pp. 264-293). Cambridge, MA: MIT Press.

9. Cunningham, Anne E. & Stanovich, Keith E. (1997). Early reading acquisition and its relation to reading experience and ability 10 years later. Development Psychology. 33(6), 934-945.
10. de Groot, A.D., & Gobet, F. (1996). Perception and memory in chess. Heuristics of the professional eye. Assen: Van Gorcum.
11. de Groot, A. D. (1966). Perception and memory versus thought: Some old ideas and recent findings. In B. Kleimnuntz (Ed.) Problem solving. New York: Wiley,
12. Grabe, William (2009). Reading in a second language—Moving from theory to practice. New York, NY: Cambridge University Press.
13. Hintzman, D. L. (1974). Theoretical implications of the spacing effect. In R. L. Solso (Ed.), Theories in cognitive psychology." The Loyola Symposium (pp. 77-99). Potomac, MD: Erlbaum.
14. Hirsh Jr. (2011). How to stop the drop in verbal scores. New York Times. Sep. 18, 2011.
15. Kleiman, G. M. (1975). Speech recoding in reading. Journal of Verbal Learning and Verbal Behavior, 14, 323-339.
16. Lehr, F., Osborn, J., Hiebert, E.H. (2004). Research-based practices in early reading series: A focus on vocabulary.Honolulu, HI: Pacific Resources for Education and Learning.
17. Levy, Betty Ann (1975). Vocalization and suppression effects in sentence memory. Journal of Verbal Learning and Verbal Behavior, 14(3), 304-306.
18. Merton, R. (1968). The Matthew effect in science: the reward and communication systems of science are considered. Science, 159. 56-63.
19. Metsala, J. L. & Walley, A. C. (1998). Spoken vocabulary growth and the segmental restructuring of lexical representations : Precursors to phonemic awareness and early reading ability. In J. L. Metsala & L. C. Ehri (Eds), Word recognition in beginning literacy (pp. 89–120). New York: Erlbaum.

20. Miller, George (1955). The Magical Number Seven, Plus or Minus Two Some Limits on Our Capacity for Processing Information. Psychological Review, Vol. 101, No. 2, 343-352.
21. Moffett, James (1968). Teaching the universe of discourse. Boston, MA.: Houghton Mifflin.
22. Nagy, William & Scott, Judith (2000). Vocabulary processes In Kamil, Michael L., Mosenthal, Peter B., Pearson, P. David, Barr, Rebecca (Eds). Handbook of reading research, Vol. III (pp. 269-284). Mahwah, NJ: Lawrence Erlbaum Associates Publishers.
23. National Reading Panel (2000). Teaching children to read: An evidence-based assessment of the scientific research literature on reading and its implications for reading instruction (NIH Publication No. 00-4769).Washington, DC: U.S. Government Printing Office.
24. Nuttal, C. E. (1982). Teaching reading skills in a foreign language. London: Heinemann Educational Books.
25. Pavlik Jr., P. I., & Anderson, J. R. (2005). Practice and forgetting effects on vocabulary memory: An activation-based model of the spacing effect. Cognitive Science, 29, 559–586.
26. Piaget, Jean (1962). Comments. Cambridge, MA.: MIT Press.
27. Piaget, Jean & Inhelder, Barbel (1969). The psychology of the child. Translated from the French version by Helen Weaver. New York: Basic Books.
28. Rose, Jim (2009). Identifying and teaching children and young people with dyslexia and literacy difficulties. Retrieved from: http://www.teachernet.gov.uk/publications.
29. Share, D. L., & Stanovich, K. E. (1995). Cognitive processes in early reading development: Accommodating individual differences into a model of acquisition. Issues in Education: Contributions from Educational Psychology, 1, 1-57.
30. Stahl, Steven (2003). How words are learned incrementally over multiple exposures. American Educator, 27(1), 18-19, 44.

31. Stanovich, Keith, E. (1986). Matthew effects in reading: Some consequences of individual differences in the acquisition of literacy. Reading Research Quarterly, 21(4), 360-407.
32. Torgesen, J.K., & Burgess, S.R. (1998). Consistency of reading-related phonological processes throughout early childhood: Evidence from longitudinal-correlational and instructional studies. In J. Metsala & L. Ehri (Eds.). Word Recognition in Beginning Reading. Hillsdale, NJ: Lawrence Erlbaum Associates.
33. Vygotsky, L.S. (1962). Thought and language. Cambridge, MA.: MIT Press, 1962.
34. Wagner, R.K.,Torgesen, J.K., & Rashotte, C.A. (1994).The development of reading-related phonological processing abilities: New evidence of bi-directional causality from a latent variable longitudinal study. Developmental Psychology, 30, 73-87.
35. Walberg, H.J., & Tsai, S. (1983). Matthew effects in education. American Educational Research Journal, 20, 359-373.
36. Waring, R., & Nation, P. (2004). Second language reading and incidental vocabulary growth. Angels on the English-Speaking World, 4, 11-23.

國家圖書館出版品預行編目（CIP）資料

科技英文閱讀方法 / 陳達武編著. -- 初版. -- 新北市 :
全華圖書, 2018.08
面； 公分
ISBN 978-986-463-884-0(平裝)

1.英語 2.科學技術 3.學習方法

805.1 107010849

科技英文閱讀方法

作　　者 / 陳達武
發 行 人 / 陳本源
執行編輯 / 梁嘉倫、黃上蓉
封面設計 / 林彥彣
出 版 者 / 全華圖書股份有限公司
郵政帳號 / 0100836-1號
印 刷 者 / 宏懋打字印刷股份有限公司
圖書編號 / 09132
初版一刷 / 2019年3月
定　　價 / 新臺幣420元
I S B N / 978-986-463-884-0
全華圖書 / www.chwa.com.tw
全華網路書局 Open Tech / www.opentech.com.tw
若您對書籍內容、排版印刷有任何問題，歡迎來信指導book@chwa.com.tw

臺北總公司（北區營業處）
地址：23671新北市土城區忠義路21號
電話：(02) 2262-5666
傳真：(02) 6637-3695、6637-3696

南區營業處
地址：80769高雄市三民區應安街12號
電話：(07) 381-1377
傳真：(07) 862-5562

中區營業處
地址：40256臺中市南區樹義一巷26號
電話：(04) 2261-8485
傳真：(04) 3600-9806

歡迎加入 全華會員

● 會員獨享

會員享購書折扣、紅利積點、生日禮金、不定期優惠活動…等。

● 如何加入會員

填妥讀者回函卡直接傳真（02）2262-0900 或寄回，將由專人協助登入會員資料，待收到 E-MAIL 通知後即可成為會員。

如何購買 全華書籍

1. 網路購書

全華網路書店「http://www.opentech.com.tw」，加入會員購書更便利，並享有紅利積點回饋等各式優惠。

2. 全華門市、全省書局

歡迎至全華門市（新北市土城區忠義路 21 號）或全省各大書局、連鎖書店選購。

3. 來電訂購

(1) 訂購專線：(02) 2262-5666 轉 321-324
(2) 傳真專線：(02) 6637-3696
(3) 郵局劃撥（帳號：0100836-1 戶名：全華圖書股份有限公司）
※ 購書未滿一千元者，酌收運費 70 元。

全華網路書店 www.opentech.com.tw
E-mail: service@chwa.com.tw

※ 本會員制如有變更則以最新修訂制度為準，造成不便請見諒。

廣告回信
板橋郵局登記證
板橋廣字第540號

行銷企劃部 收

23671
新北市土城區忠義路21號
全華圖書股份有限公司

讀者回函卡

填寫日期：　/　/

姓名：＿＿＿＿ 生日：西元＿＿年＿＿月＿＿日 性別：□男 □女

電話：（　）＿＿＿＿ 傳真：（　）＿＿＿＿ 手機：＿＿＿＿

e-mail：（必填）＿＿＿＿

註：數字零，請用 Φ 表示，數字 1 與英文 L 請另註明並書寫端正，謝謝。

通訊處：□□□□□＿＿＿＿

學歷：□博士 □碩士 □大學 □專科 □高中・職

職業：□工程師 □教師 □學生 □軍・公 □其他

學校 / 公司：＿＿＿＿ 科系 / 部門：＿＿＿＿

・需求書類：

□ A. 電子 □ B. 電機 □ C. 計算機工程 □ D. 資訊 □ E. 機械 □ F. 汽車 □ I. 工管 □ J. 土木

□ K. 化工 □ L. 設計 □ M. 商管 □ N. 日文 □ O. 美容 □ P. 休閒 □ Q. 餐飲 □ B. 其他

・本次購買圖書為：＿＿＿＿ 書號：＿＿＿＿

・您對本書的評價：

封面設計：□非常滿意 □滿意 □尚可 □需改善，請說明＿＿＿＿

內容表達：□非常滿意 □滿意 □尚可 □需改善，請說明＿＿＿＿

版面編排：□非常滿意 □滿意 □尚可 □需改善，請說明＿＿＿＿

印刷品質：□非常滿意 □滿意 □尚可 □需改善，請說明＿＿＿＿

書籍定價：□非常滿意 □滿意 □尚可 □需改善，請說明＿＿＿＿

整體評價：請說明＿＿＿＿

・您在何處購買本書？

□書局 □網路書店 □書展 □團購 □其他＿＿＿＿

・您購買本書的原因？（可複選）

□個人需要 □幫公司採購 □親友推薦 □老師指定之課本 □其他＿＿＿＿

・您希望全華以何種方式提供出版訊息及特惠活動？

□電子報 □ DM □廣告（媒體名稱＿＿＿＿）

・您是否上過全華網路書店？（www.opentech.com.tw）

□是 □否 您的建議＿＿＿＿

・您希望全華出版那方面書籍？＿＿＿＿

・您希望全華加強那些服務？＿＿＿＿

～感謝您提供寶貴意見，全華將秉持服務的熱忱，出版更多好書，以饗讀者。

全華網路書店 http://www.opentech.com.tw　　客服信箱 service@chwa.com.tw

2011.03 修訂

親愛的讀者：

感謝您對全華圖書的支持與愛護，雖然我們很慎重的處理每一本書，但恐仍有疏漏之處，若您發現本書有任何錯誤，請填寫於勘誤表內寄回，我們將於再版時修正，您的批評與指教是我們進步的原動力，謝謝！

全華圖書　敬上

勘誤表

書號		書名	作者
頁數	行數	錯誤或不當之詞句	建議修改之詞句

我有話要說：（其它之批評與建議，如封面、編排、內容、印刷品質等・・・）